Zum Buch:

Eine überraschend sexy gekleidete Grundschullehrerin, zwei Beste-Freundinnen-Mamis im Partnerlook, ein zum Dahinschmelzen gut aussehender Daddy, eine rothaarige Allergiker-Mom und eine steife Mrs. Tadellos – als Elternsprecherin bekommt Jennifer Dixon es mit sehr eigenen Persönlichkeiten zu tun. Und einige von ihnen sind für Jens Humor leider gänzlich unempfänglich. So unempfänglich, dass Jen aus dem Amt gedrängt wird. Das lässt sie nicht auf sich sitzen. Mit der Erfahrung einer dreifachen Mutter und dem Charme eines ehemaligen Groupies nimmt sie jede Hürde.

»Ein absoluter Lesespaß!«

Booklist

»Fast auf jeder Seite urkomische Beobachtungen und kluge Witze. Leser werden mit einer einfühlsamen Parodie überdrehter Elternschaft belohnt.«

Publishers Weekly

Zur Autorin:

Die gebürtige Kanadierin Laurie Gelman hat fünfundzwanzig Jahre als Moderatorin für das kanadische und auch für das amerikanische Fernsehen gearbeitet, unter anderem für »The Mom Show«, bevor sie mit dem Schreiben begann. Heute lebt Laurie mit ihrem Ehemann und zwei Töchtern im Teenageralter in New York. Gelman bloggt für babycenter.com und tritt nach wie vor im Fernsehen auf. Nach eigenen Angaben ihr bislang schwierigster Job: Sie war fünf Jahre lang Elternsprecherin.

Laurie Gelman

Die Elternsprecherin
Roman

Aus dem Amerikanischen von
Maike Müller

MIRA® TASCHENBUCH
Band 26154

1. Auflage: August 2018
Copyright © 2018 by MIRA Taschenbuch
in der HarperCollins Germany GmbH
Deutsche Erstveröffentlichung

Copyright © by Laurie Gelman
Translated from the English language:
CLASS MOM
First published by: Henry Holt and Company,
a division of Macmillan Publishing Group, LLC.

Umschlaggestaltung: bürosüd, München
Umschlagabbildung: www.buerosued.de
Lektorat: Stefanie Höfling
Satz: GGP Media GmbH, Pößneck
Printed in Germany
Dieses Buch wurde auf FSC®-zertifiziertem Papier gedruckt.
ISBN 978-3-95649-832-9

www.mira-taschenbuch.de

Werden Sie Fan von MIRA Taschenbuch auf Facebook!

*Ich widme dieses Buch meinem Ehemann Michael und
unseren Töchtern Jamie und Misha.
Ohne euch drei wäre ich nie Elternsprecherin geworden.*

An: Eltern
Von: JDixon
Datum: 04. September
Betreff: Mich kennenlernen – Ihre neue Elternsprecherin

Hallo, Eltern der Vorschulgruppe von Miss Ward,

mein Name ist Jennifer Dixon, und ich habe mich »freiwillig« als Elternsprecherin für das bevorstehende Vorschuljahr gemeldet. Da dies ein undankbarer Job ist, erwarten Sie keine Kuschel-E-Mails von mir, wie man sie vermutlich im Kindergarten bekommt. Aufwachen! Wir sind hier in der Vorschule, im rauen Milieu der William-H.-Taft-Grundschule, und es ist Zeit, einigen Tatsachen ins Auge zu blicken. Allen voran: Ich trage die Verantwortung und habe ein paar wichtige Vorschläge, dieses Jahr für uns alle möglichst einfach zu gestalten – besonders für mich.
Erstens: Lesen Sie die wöchentliche @#$%&-E-Mail der Schule! Es mag Ihnen langweilig erscheinen, aber dort stehen viele nützliche Informationen drin, und mir ersparen Sie damit, Fragen wie »Wann ist der erste Elternabend?« zu beantworten. (Eine Antwort auf diese Frage finden Sie übrigens unten.)
Zweitens: Wenn ich Unterstützung brauche, melden Sie sich freiwillig! Wenn ich sage, dass wir Donuts brauchen, fragen Sie: »Wie viele?«, und nicht: »Kann ich auch Pappbecher mitbringen?« Ich will niemandem eine Aufgabe zuweisen, also seien Sie bitte unter den Ersten, die mir zurückmailen. Ich werde Sie schon sehr bald testen, weil der Elternabend ... (siehe unten).
Drittens und letztens: Wenn eine Veranstaltung stattfindet ... kommen Sie! Es mag Ihnen uninteressant und lästig erscheinen, aber wir dürfen nicht vergessen, dass wir hier sind, um eine Gemeinschaft aufzubauen. Wenn immer nur die gleichen fünf Leute auftauchen, werden sie einander schnell auf die Nerven gehen.

Wichtige Termine zum Abspeichern
Mein Geburtstag: 18. April. Ich erwarte keine Geschenke, aber ich gehe gern zu Starbucks.

Elternabend: Dienstag, 27. September von 18:30–20:30 Uhr.

Das wird Ihre erste Gelegenheit sein, die Auswirkungen von Alkohol auf die anderen Eltern zu beobachten. Im Laufe der nächsten Woche werde ich nach Beiträgen zum Getränkebuffet fragen.

Elterndialogcafé: 07. Oktober; Ort: das Foyer – keine Ahnung, worin der »Dialog« besteht, aber seien Sie nicht überrascht, wenn es um Kaffee geht.

Elterntreff, 6. Jahrgang: 18. Januar, 18–20 Uhr; Ort: Cafeteria. Meiner Erfahrung nach sind diese Treffen etwas merkwürdig – ungefähr wie ein Tanzabend in der 7. Klasse. Gehen Sie auf eigenes Risiko hin.

Miss Ward hat außerdem darum gebeten, dass jeder vor dem ersten Schultag ein Foto seines Kindes vorbeibringt. Ich wiederhole: vor dem ersten Schultag. Ich bin mir zwar nicht sicher, aber ich denke, sie hat vor, die Fotos für irgendein Wicca-Zauberritual zu benutzen, mit dem sie den Klassenraum »reinigt«.

Das ist für den Moment alles.
Irgendwelche Fragen?

Jennifer

PS: Falls sich irgendjemand für »handwerklich begabt« hält, lassen Sie es mich wissen. In diesem Jahr müssen sämtliche Geschenke für die Lehrer selbst gemacht sein. In diesem – und nur in diesem! – Fall bin ich also offen für Vorschläge.

---

1. Kapitel

Ich klicke auf meinem Laptop auf Senden, lehne mich in meinem Stuhl zurück und grinse.

»Das sollte als Gedankenanstoß reichen«, sage ich so vor mich hin.

Während ich mir die müden Augen reibe, frage ich mich zum fünfzigsten Mal an diesem Tag, warum um alles in der Welt ich zugesagt habe, noch mal Elternsprecherin zu spielen.

Meine instinktive Reaktion war richtig gewesen.

»Aufüberhauptgarkeinen Fall!«, hatte ich zu Nina Grandish gesagt, als sie mich gefragt hatte. Nina ist die amtierende Hohepriesterin des Elternvereins der Schule. Trotzdem ist sie meine beste Freundin. »Das ist der schlimmste Job, den ich je hatte – nach der Kundenbetreuung bei Allstate.«

»Bitte!«, bettelte sie. »Ich brauche dich wirklich.«

»Nein. Ich habe keine Zeit.«

»Doch, hast du. Vivs und Laura sind schon auf dem College.«

»Ich habe mit meinem Training für den Schlammlauf angefangen.«

»Unwahrscheinlich«, spöttelte Nina.

»Ich denke darüber nach, Max einen Hund zu kaufen, und das wird mich sehr einspannen.«

»Das stimmt doch gar nicht. Du hasst Hunde. Komm schon! Denk an die ganze *Erfahrung*, die du für den Job mitbringst.«

»Oh, wow«, sagte ich. »Danke, dass du mich daran erinnerst, wie viel älter ich im Vergleich zu den anderen Eltern bin.«

»Nicht älter«, säuselte Nina, »*weiser.*«

Und das bin ich – fünfzehn Jahre weiser. Die Neunziger waren für mich irgendwie ein verlorenes Jahrzehnt. Nachdem ich vier Jahre an der Universität von Kansas herumgelungert hatte (Ich sage nur Jayhawks!, und für diejenigen, die keine Ahnung haben: eine alternative Countryband), stand ich mit einem supernützlichen Abschluss in Kunstgeschichte und ohne jede Chance da, damit eine Stelle zu finden. Deshalb beschloss ich, mir die Welt anzusehen. Einige Leute fahren nach Paris, um sich großartige Kunst anzuschauen; andere gehen nach Rom, um tolle Architektur zu bestaunen. Und ich? Ich ging nach Amsterdam, um mir eine fantastische Band anzusehen. INXS fingen gerade an, dank ihres Albums *X* international so richtig erfolgreich zu werden. Mein Glück war es, dass sie noch nicht *so* erfolgreich waren, dass sie sich nur mit Supermodels einließen. Teilweise hatte ich es wohl meiner damaligen »Ohne BH«-Phase zu verdanken, dass ich aus dem Publikum geholt und – wer hätte das gedacht? – ein Groupie wurde.

Kennen Sie den Cameron-Crowe-Film *Almost Famous – Fast berühmt*, in dem drei Mädchen, die »Band Aids« genannt werden, mit der Band herumreisen und die, ähm, *Moral* der Musiker hochhalten? So ähnlich war das auch bei mir, nur nicht annähernd so glamourös. Ich habe INXS etwas länger als ein Jahr begleitet und bin dann weiter zu einem Folksänger namens Greg Brown gezogen. Ja, ich hatte vorher auch noch nie von ihm gehört, aber er wirkte definitiv anziehend auf viele Menschen – besonders auf die ungewaschenen. In den drei Jahren, in denen ich unterwegs war, bekam ich irgendwie zwei Kinder, von denen eins möglicherweise von Michael Hutchence ist. Dank seines vorzeitigen Todes 1997 wird die arme Vivs es nie erfahren. Und Lauras Samenspender war sehr wahrscheinlich Greg Browns Banjospieler. Da bin ich mir zu fünfundsechzig Prozent sicher.

Um den Sänger von Journey, Steve Perry, zu zitieren: »Es heißt, die Straße sei nicht der richtige Ort, um eine Familie zu gründen.« Also nahm ich meine beiden Kinder von zwei verschiedenen Vätern und machte mich auf den Heimweg nach Kansas City, kurz KC genannt.

Zu jenem Zeitpunkt hatten sich meine Eltern einen Lebenstraum erfüllt und waren nach Overland Park gezogen, einem schicken Vorort von KC. Ich war traurig, dass ich keine Gelegenheit gehabt hatte, mich von unserem alten Haus zu verabschieden, aber begeistert, weil ich Vivs und Laura an so einen schönen Ort bringen konnte.

Sagen wir mal so: Ich musste Kay und Ray Howard, meinen extrem katholischen Eltern, eine Menge erklären, als ich mit Laura und Vivs, die beide noch Windelpopos hatten, auf ihrer mondänen neuen Türschwelle landete. Der Gesichtsausdruck meiner Mutter veränderte sich so schnell von irritiert in entsetzt und weiter in erfreut, dass ich dachte, sie hätte einen Schlaganfall.

Glücklicherweise gehören sie eher zu den religiösen Menschen, die anderen vergeben, und weniger zu jenen, die andere verdammen. Und nach ein paar Dutzend Ave-Marias und einem quälenden Nachmittag in der katholischen Schule Our Lady of Unity, an dem ich den Stationen des Kreuzwegs gefolgt bin, zog ich bei ihnen ein und begann damit, was ich heute als »die normalen Jahre« bezeichne. Mit ihrer Hilfe zog ich die Mädchen groß, arbeitete eine Weile beim Versicherungsunternehmen Allstate und, ja, war sieben endlose Jahre in Folge Elternsprecherin. Ein Rekord, der, soviel ich weiß, an der William-H.-Taft-Grundschule bislang ungebrochen ist. Zwar hoffe ich nicht, dass dies in meinem Nachruf irgendwann mal als meine bemerkenswerteste Leistung hervorgehoben wird, aber man kann nie wissen.

Während meiner Zeit bei Allstate habe ich den Mann kennengelernt, der Baby-Daddy Nummer drei und Ehemann Nummer eins wurde: Ron Dixon. Nur mal nebenbei: Ich habe bis heute nur einen Ehemann. Ich finde es einfach nur lustig, ihn so zu nennen. Ron rief an, um sich über die Leute zu beschweren, bei denen er sich bisher in guten Händen *geglaubt* hatte. Wie es meinem Job entsprach, nahm ich den Anruf entgegen und versuchte, ihm auszureden, seine Versicherung zu kündigen. Ron hat eine fantastische Stimme. Sogar wenn er sich beschwert, klingt er, als hätte er gerade flüssigen Samt geschluckt. Ich hätte ihm den ganzen Tag zuhören können. Ungefähr zu dem Zeitpunkt, als er mich ein seelenloses Miststück nannte, beschloss ich, mich mit ihm zu treffen. Er denkt bis heute, ich wäre mit all meinen aufgebrachten Anrufern mittagessen gegangen.

Was soll ich sagen? Ich stand von der ersten Sekunde an auf ihn. Ich bin nicht unattraktiv, in Anbetracht meines Alters und der Laufleistung meines Körpers, und Ron war zufälligerweise Single und hatte gerade eine seelenzehrende Scheidung hinter sich. Als er die Versicherungsgesellschaft anrief, behauptete er, sein Schadensfall – ein umgestürzter Baum – wäre eine Folge von höherer Gewalt, obwohl er ganz eindeutig von einem Auto umgefahren worden war. Später erfuhr ich, dass der Baum das Opfer häuslicher Gewalt war und seine Ex ihn umgepflügt hatte.

Als Mitglied der Schwesternschaft sind mir Männer, die Frauen andauernd als verrückt bezeichnen, ein Graus, aber in diesem Fall ist es eindeutig, dass Rons Exfrau Cindy irre ist. Aber nicht renn-um-dein-Leben-irre, sondern nur durchschnittlich irre. Das größte Problem ist, dass man nie weiß, in welcher Form der Irrwitz seine hässliche Fratze zeigt. Wie einmal, als, wenige Monate nachdem Ron und ich zusammengezogen waren, plötzlich sechs Vorratspackungen Windeln vor unserer Tür standen. Die beiliegende Karte war von Cindy: »Botschaft angekommen?« Ich dachte, dass sie uns entweder für Babys hielt oder vorschlug, wir sollten ein Baby bekommen. Ron erklärte mir, was sie uns sagen wollte: dass wir bis oben hin voll Scheiße sind.

Ron passt gut zu mir. Er ist das, was mein Vater einen soliden Kerl nennen würde, sowohl körperlich als auch emotional. Er ist ungefähr eins achtzig groß (obwohl er anderen gegenüber aus mir unerfindlichen Gründen immer behauptet, er wäre eins zweiundachtzig) und durchtrainiert, ohne dabei aufgepumpt auszusehen. Und er hat kurzes, dunkles Haar, das an den Schläfen langsam dünner wird. Er ist nicht unbedingt der Typ Mann, den ich in der Vergangenheit attraktiv fand – er ist nicht mal tätowiert –, aber er ist wahnsinnig charismatisch und hat das freundlichste Gesicht auf dem Planeten. Das alles kombiniert mit seiner samtenen Stimme: In dem Moment, als ich ihn gesehen habe, war es um mich geschehen. Unsere Balz war kurz und süß, denn wenn es passt, dann passt es. Warum lange um eine Beziehung schleichen wie die Katze um den heißen Brei? Und dank Cindys spleeniger Angst davor, sich zu übergeben, hatten die zwei keine Kinder in die Welt gesetzt. Als er an unserem ersten Jahrestag also die B-Bombe platzen ließ, hätte ich eigentlich nicht überrascht sein dürfen.

Wir aßen am Abend zusammen bei Garozzo's, und bei einer köstlichen Penne Victoria erwähnte er beiläufig, dass er gern ein Baby hätte. Ich unterdrückte meinen ersten abwehrenden Gedanken *(Tja, viel Spaß mit den Wehen!)* und erwiderte, dass wir es natürlich versuchen würden. Insgeheim zählte ich darauf, dass mein in die Jahre gekommener Bauch verhindern würde, dass es klappte, aber was soll ich sagen? Ein gutes Ei war noch übrig. Und dafür danke ich Gott, denn Max ist die Krönung meines Mutterdaseins.

Und so habe ich nun, im reifen Alter von sechsundvierzig Jahren, zwei Mädchen im College und einen Jungen in der Vorschule. Ich bin die älteste Mutter in seiner Jahrgangsstufe. Ach nein, Moment, die *weiseste*.

»Max! Komm runter. Dein Toast wird kalt.«

Ich sitze unten in meinem Küchentresen-Büro und haue eine E-Mail an die Eltern meiner Klasse raus, die alle hoffentlich noch lesen, bevor sie ihre Kinder an diesem Morgen zur Schule bringen.

An: Elternabend
Von: JDixon
Datum: 06. September
Betreff: beantwortete Fragen

Liebe Eltern,

als ich am Ende meiner letzten E-Mail schrieb: »Irgendwelche Fragen?«, war das eigentlich eine rhetorische Frage. Also eine, auf die man nicht zu antworten braucht. Nun ja. Erlauben Sie mir, sie in der Reihenfolge des Eingangs zu beantworten.

1) *Nein, ich mache keine Witze.*
2) *Ja, das ist mein Ernst.*
3) *Nein, Bierbrauen ist kein Handwerk.*
4) *Das Datum, an dem der Elternabend stattfindet, steht in der ersten E-Mail. Einfach lesen.*
5) *Nein, man kann nicht von einem Job gefeuert werden, für den man sich freiwillig gemeldet hat.*

Vielen Dank für das Feedback.

Jennifer

Max kommt um die Ecke in die Küche. Er trägt ein Outfit, das keine Ähnlichkeit mit dem aufweist, das ich für ihn rausgesucht habe.

»Wow. Die rote Hose ist super. Gehört die nicht zu einem Kostüm?«

»Jep. Pac-Man.«

»Und das lilafarbene Oberteil?«

»Das hat Nana mir gegeben, erinnerst du dich?«

»Ja. Bist du sicher, dass du das an deinem ersten Schultag zusammen anziehen willst?«

»Ja. Ich will auffallen.«

»Tja, das hast du geschafft.« In einem stillen Gebet danke ich dem Himmel, dass er nicht noch den passenden Pac-Man-Hut trägt.

Max lächelt und beißt von seinem Toast ab. Seit er alt genug ist, sich seine Anziehsachen alleine auszusuchen, hat er einen, sagen wir mal: *einzigartigen* Modegeschmack bewiesen. Man weiß nie, mit welchem Ensemble er als Nächstes aufwartet. Manchmal denke ich, er stellt seine Outfits mit Augenbinde und Dartpfeil zusammen. Ich hatte ihm eine Kakihose und ein weißes Poloshirt aufs Bett gelegt und gehofft, er würde seine neue Schuluniform lieben. Aber das ist wohl nicht der Fall.

Ron kommt verschwitzt von seinem Morgenlauf zurück. Ich liebe es, wenn er so aussieht.

»Hey!« Ich fasse ihm an den Hintern. »Du musst in zehn Minuten fertig sein, wenn du dir den Spaß des ersten Schultags nicht entgehen lassen willst.«

»Ich bin schon fertig.« Er grinst und rennt die Treppe hoch.

»Mom, wie heißt meine Lehrerin noch mal?«

»Miss Ward.«

»Ist sie nett?«

»Ich habe sie noch nicht kennengelernt, aber ihre E-Mail war nett.«

»Hoffentlich mag sie Lila.«

»Wer mag Lila nicht?« Ich lächle. »Aber du weißt, dass du ab morgen die Uniform tragen musst, oder?«

Er nickt mit vollem Mund.

»Ich hole dich heute Mittag ab, und wir gehen irgendwo zusammen essen.«

»Kommt Dad auch mit?«

»Wahrscheinlich nicht. Er muss im Fitting Room sein.« Ich spreche von dem Geschäft für Sportbedarf, das Ron gehört.

Noch bevor ich rufen kann: »Warum zum Teufel brauchst du so lange?«, ist mein Ehemann geduscht und abfahrbereit. Es muss wirklich schön sein, ein Mann zu sein. Ich bin nun wirklich kein Stundenlang-Schmink-Typ, aber ich brauche trotzdem mehr als sechs Minuten, um zu duschen und vorzeigbar auszusehen.

»Wer ist bereit für die Vorsch...«

Ron verstummt mitten im Wort, als er sieht, was Max anhat.

»Willst du das anziehen, Max?«, fragt er.

Ich werfe ihm einen Blick über den Küchentisch zu, der sagt: Jetzt mach deswegen kein Theater.

»Ja. Ich will auffallen.«

»Ich dachte, ihr müsst Schuluniformen tragen.« Ron sieht zu mir.

»Nicht am ersten Tag.« Ich feuere einen weiteren warnenden Blick auf ihn ab. Normalerweise wirkt das. Aber heute treffe ich offenbar daneben. »Und heute ist sogar nur ein halber Tag, also lasst uns los!«

2. Kapitel

DER ERSTE SCHULTAG. Jep, in Großbuchstaben, fett und kursiv. Genauso episch ist er in meinem Kopf gespeichert. Alle sind so adrett und aufgeregt! Neue Schulranzen, quietschende Sneakers, gespitzte Bleistifte. Würde man Mitte November noch mal eine Momentaufnahme machen, sähe die Sache schon ganz anders aus.

Wir gehen die ausgetretenen Flure von Vivs' und Lauras altem Tummelplatz entlang – der William-H.-Taft-Grundschule. Als wir bei Raum 147 ankommen, steht dort die hübscheste und adretteste Person, die ich je gesehen habe, an der Tür des Klassenzimmers und begrüßt die ankommenden Eltern und Kinder. Sie hat langes blondes Haar, das von einem pinkfarbenen Haarband zurückgehalten wird. Sie trägt eine hellrosa karierte Hose und eine weiße Bluse mit Rüschen. Ich hoffe, sie besitzt einen Kittel.

Als wir näher kommen, schenkt sie uns ein umwerfendes Lächeln und streckt uns die Hände entgegen.

»Ist das Max? Mein Gott, Max, ich habe mich ja so darauf gefreut, dich kennenzulernen! Ist das Shirt neu? Lila ist meine Lieblingsfarbe!«

Tja, ich bin schwer beeindruckt. Miss Ward ist ein echter Charmebolzen. Offensichtlich hat sie sich die Fotos, die wir ihr geschickt haben, gründlich angesehen. Max sagt keinen Ton, aber auf seinen Lippen liegt das Lächeln eines verliebten Mannes. Genauso wie bei Ron, wie ich feststelle.

»Hallo, Miss Ward. Ich freue mich, Sie kennenzulernen. Ich bin …«

»Nein, nein«, unterbricht mich Miss Ward. »Hier geht es nicht um Max' Eltern. Heute geht es allein um Max. Komm rein und such deinen Namen und deinen Tisch.« Sie schiebt Max in den Raum, was er zufrieden geschehen lässt, ohne sich umzusehen.

Ron und ich sehen einander an. Ich zucke die Schultern.

»Es geht allein um Max«, wiederhole ich.

Als wir die Schule verlassen, fragt mich Ron, was ich vorhabe.

»Ich treffe mich mit meinem neuen Trainer.«

Er sieht mich skeptisch an.

»Ich weiß, was du jetzt denkst, aber nach dem Debakel in deinem Laden habe ich das Gefühl, ich brauche mehr Workouts.«

»Oder einfach, na ja, damit anfangen.« Er lächelt und drückt meine Schulter.

Die Sache ist die: Rons Sportartikelgeschäft gehört zu den größten in KC. Vor ein paar Monaten haben sie einen kleinen Schlammlauf veranstaltet, um für die »Werde fit«-Initiative unseres Gouverneurs zu werben. Als er erwähnte, dass er noch Teilnehmer bräuchte, meldete ich mich freiwillig. Das war mein erster Fehler. Ich dachte, dass ich dank des Fitnessstudios mit dem vielversprechenden Namen »Curves« gut in Form sei, das in unserer Wohngegend liegt und dem ich seit der Geburt von Max zweimal die Woche einen Besuch abstatte. Als ich also in Rons Laden kam und den Parcours sah, dachte ich noch: Null problemo. Das war mein zweiter Fehler.

Ich will es mal so formulieren: Die Kraft im Oberkörper, die man bekommt, wenn man ein paar Jahre lang ein Kleinkind durch die Gegend schleppt, bereitet einen nicht unbedingt darauf vor, ein Seil raufzuklettern, sich an horizontalen Stangen entlangzuhangeln oder sich auf den Bauch zu werfen und durch Matsch zu kriechen, auch wenn das noch der einfachste Teil war.

Es hat Wochen gebraucht, bis ich mich wieder in diesem Laden zeigen konnte. Es ist einfach nicht so toll, wenn die Frau des Eigentümers weinend zusammenbricht, weil sie nicht über eine Mauer kommt. Außerdem hatte ich tagelang Muskelkater an Stellen, von deren Existenz ich bis dahin nicht mal was geahnt hatte.

»Wen hast du als Trainer engagiert?«, erkundigt sich Ron, als ich nicht auf seine Spitze eingehe. Ich weiß genau, dass er verstimmt ist, weil ich ihn nicht in die Entscheidung miteinbezogen habe.

»Jemanden, den mir meine Mutter empfohlen hat. Er macht Hausbesuche. Und ich dachte mir, es ist an der Zeit, endlich Rons Gym & Tan zu benutzen.« So nenne ich den Sport- und Solariumbereich, den Ron in unserem Keller errichtet hat.

Ron keucht gekünstelt. »Willst du damit sagen, dass du nicht mehr zu Curves gehst?« Er war noch nie ein Fan davon. Ron ist gewissermaßen ein Fitnessstudio-Snob.

»Bis später!« Ich werfe ihm ein durchtriebenes Lächeln zu und gehe zu meinem Minivan. »Mein heißer neuer Trainer wartet.«

Ron runzelt die Stirn. »Heiß? Du hast nicht gesagt, dass er heiß ist.«

Lachend öffne ich die Autotür. In Wahrheit habe ich keine Ahnung, wie er aussieht. Aber der Name Garth macht mir große Hoffnungen.

Meine Mom hat mir sehr wenig von Garth erzählt. Nur dass er früher als Trainer im örtlichen Lucille-Roberts-Fitnessstudio gearbeitet hat. Er musste für eine Weile aussteigen und fängt nun wieder an. Für einen Personal Trainer mit Hausbesuchsoption ist er ziemlich günstig – dreißig Dollar die Stunde. Ich hoffe nur, es wird kein Fall von »Du bekommst so viel, wie du bezahlst«.

Als ich zu unserem Haus abbiege, sehe ich einen weißen Toyota Prius in der Auffahrt stehen. Mein neuer Trainer ist zehn Minuten zu früh. Das fängt ja gut an. Wir steigen gleichzeitig aus unseren Autos aus, und ich erhasche einen ersten Blick auf den Mann, mit dem ich von nun an jede Woche zwei Stunden verbringen werde.

Ich wünschte, ich könnte sagen, dass plötzlich alles wie in Zeitlupe ablief und in meinem Kopf die Töne von »Dream Weaver« erklangen, während er sich die langen Haare in den Nacken warf und mir ein umwerfendes Lächeln schenkte, doch das wäre gelogen.

Garth ist knapp eins siebzig groß und hat fast eine Glatze. Und er sieht aus, als wäre er Mitte fünfzig. Er erinnert mich ein bisschen an den Schauspieler Michael Chiklis aus der Krimiserie *The Shield – Gesetz der Gewalt*.

Während ich noch meine Erwartungen an die Wirklichkeit anpasse, kommt er zu mir rüber und ... was soll ich sagen? Er *hat* ein umwerfendes Lächeln! Ich mag ihn augenblicklich.

»Hallo Jennifer. Ich bin Garth.« Er schüttelt mir die Hand und zerquetscht sie fast dabei.

»Au. Hallo Garth. Sie haben einen ziemlich festen Händedruck.«

»Ach herrje, tut mir leid«, erwidert er und lockert seinen Klemmzangengriff sofort. »Ich vergesse immer, bei den Mädels einen Gang zurückzuschalten.«

»Kein Problem. Ich muss ganz offensichtlich etwas stärker werden.«

»Genau deshalb bin ich ja hier.« Er lächelt und folgt mir zur Haustür.

»Kann ich Ihnen was zu trinken anbieten?«, frage ich und werfe meine Handtasche auf das Tischchen im Flur.

»Nein, danke. Ich bringe mir immer selbst was mit.« Er hält stolz eine derbe 400-ml-Wasser-Trinkflasche hoch. Garth ist augenscheinlich von der alten Schule und steht nicht auf schicke Wasserflaschen.

»Wie wär's, wenn ich Ihnen unseren Trainingsbereich zeige und dann schnell nach oben laufe und mich umziehe?«

»Klingt gut.« Wieder lächelt Garth. »Nach Ihnen, meine Liebe.«

Als ich ihn in den Keller führe, frage ich mich, wie *old school* er wohl ist. Denn ich bin seit fünf Jahren bei Curves. Dort geht es ziemlich fortschrittlich zu.

Rons Gym & Tan befindet sich in einer Ecke unseres Kellers, gleich neben dem Waschkeller. Es besteht aus einem Laufband, einer Hantelbank, losen Gewichten, einer Matte und so einem großen Gymnastikball.

»Das ist großartig!«, verkündet Garth, und mir wird schnell klar, dass er keinen Witz macht.

»Wirklich?«, sage ich. »Brauchen wir noch mehr Equipment?«

»Nein. Das ist perfekt. Ziehen Sie sich ruhig schon mal um. Ich erstelle in der Zeit einen Trainingsplan.« Er klingt tatsächlich begeistert.

»Okay. Ich bin gleich zurück.«

Als ich die Treppe zu meinem Schlafzimmer hochrenne, frage ich mich, was ich mir da eingebrockt habe.

Ich gebe zu, dass ich ein recht herbes Auftreten habe, aber ich hatte keine Ahnung, wie viele Eltern ich mit nur einer einzigen E-Mail pikieren konnte. Im Grunde waren es gar nicht so viele, aber es braucht ja auch nur einen, um das Feuer anzufachen.

Nina ruft mich an, als ich nach meinem Training gerade aus der Dusche komme.

»Mein Gott, was hast du bloß in deiner E-Mail an die Eltern geschrieben?«, schreit sie.

»Nur das Übliche. Warum?« Ich werfe mein feuchtes Handtuch in den Wäschekorb und gehe zum Kleiderschrank.

»Ich habe gerade mit Asami Chang telefoniert. Sie ist to-tal angepisst!«

»Weswegen?«, frage ich, während ich meine T-Shirts durchsehe.

»Sie sagt, du hättest die Vorschuleltern auf unangemessene Weise angesprochen.«

»Ach ja?«

»Also, stimmt es?«

»Wahrscheinlich. Aber ich kann nicht glauben, dass jemand das persönlich genommen hat.«

Nina seufzt. »Das habe ich mir schon gedacht. Aber dein, ähm ... Humor kommt bei den Leuten manchmal nicht richtig an. Asami will, dass du dein Amt als Elternsprecherin an sie abtrittst.«

»Ich glaube, sie hat absolut recht. Ich bin nicht gut darin, mit anderen Eltern zusammenzuarbeiten.« Ich nehme mir vor, Asami einen Obstkorb zu schicken.

»Nicht so schnell, du Witzbold. Du hast mir versprochen, das zu machen.«

»Ja, aber das Volk hat gesprochen. Ich bin auf der Reise nicht erwünscht.«

»*Ich* will dich sehr wohl auf der Reise dabeihaben. Ich denke, es wird dir guttun, ein paar Leute kennenzulernen. Und ich weiß, dass Max es toll findet.«

»Auweia. Ein kluger Schachzug, Max ins Spiel zu bringen. Und was ist mit Wie-heißt-sie-noch-gleich?«

»Asami Chang. Mit der setze ich mich auseinander. Dann ist also alles gut?«

»Definiere ›gut‹.«

»Und du schreibst freundlichere Mails?«

»Vergiss es.«

Nina lacht. »Ein Glück, du bist noch die Alte. Wie war dein neuer Trainer?«

»Interessant«, sage ich. »Anders als die Leute bei Curves, so viel steht fest.«

»Positiv interessant oder negativ interessant?«

»Na ja, auf jeden Fall habe ich seit Ewigkeiten keinen Burpee mehr gemacht.«

Nina bricht in Gelächter aus. »Ein Burpee? Was ist das denn?«

»Das zeige ich dir mal bei Gelegenheit. Eins ist sicher: Morgen werde ich Hammermuskelkater im Hintern haben.«

»Das ist doch super. Okay, ich muss Schluss machen. Denk dran, nett zu den Eltern zu sein!«

Ich lege auf und schlüpfe in meine Jeans. Ich bewundere Nina dafür, dass sie erfolgreich auf beiden Seiten des Zauns entlangnavigiert. Sie ist wirklich die absolute Idealbesetzung für den Posten der Elternvereinsvorsitzenden, aber genauso gut kann sie ordentlich auf die Kacke hauen. Sie ist so der Typ niedliches, eins fünfzig großes Energiebündel mit cappuccinofarbener Haut und einem raspelkurzen Afro, den sie stur als »angeboren« ausgibt. Sie ist wie das Häschen, dessen Batterien niemals der Saft ausgeht. Ich habe keine Ahnung, woher sie ihre Energie nimmt. Vorsitzende des Elternvereins ist kein Job für Weicheier. Es ist ein undankbarer Vollzeitscheißdreck, den sich nur sehr wenige Leute freiwillig ans Bein binden. Aber Jahr für Jahr schafft Nina es, diese Aufgabe in den – soweit ich weiß – randvollen Zeitplan zu quetschen, den die Leitung ihres Grafikdesign-Büros mit sich bringt.

Sie und ich haben uns vor zehn Jahren in einem Fahrradgeschäft kennengelernt. Eine Zufallsbekanntschaft. Ich war auf der Suche nach Fahrradhandschuhen, und sie kaufte gerade eine neue Radfelge. Ein Mann kam in den Laden und verkündete, dass bei ihm eine Schraube locker sei. Ich schwöre bei Gott, dass wir im selben Moment sagten: »Dann sollten Sie lieber mal zum Arzt gehen.« Und das war's: Seelenverwandte fürs Leben.

Nina ist alleinerziehend, und das würde man niemals vermuten. Sie hat alles so dermaßen unter Kontrolle und beschwert sich nie übers Alleinsein – auch wenn ich genau weiß, dass sie noch immer nach Sid schmachtet, dem Vater ihrer Tochter Chyna. Er verließ sie zwei Wochen vor Chynas Geburt und wurde gewissermaßen vom Erdboden verschluckt, aber sie hofft immer noch, dass er zurückkommt. Ich bin mir nicht sicher, ob ich den Grund dafür verstehe, weil es ganz danach klingt, als sei er ein Totalversager. Aber das Herz will nun mal, was es will, und deshalb flackert ihre Liebe seit nunmehr zwölf Jahren. Ich habe versucht, sie mit ein paar Typen zu verkuppeln – hauptsächlich mit Kunden aus dem Sportladen meines Liebsten –, doch nicht einer von ihnen konnte ihr Herz erobern. Es scheint schwer zu sein, sich mit dem brillanten Exemplar namens Sid zu messen.

Chyna ist genau wie ihre Mom – zierlich, dynamisch und nur Flausen im Kopf. Ich kann es kaum erwarten, bis sie alt genug ist, dass ich sie als Babysitter einspannen kann.

Wir waren damals beide Single-Moms, doch auch nachdem ich mit Ron zusammengekommen bin, sind wir uns nah geblieben. Vivs und Laura waren sogar im Zweierteam Babysitter für Chyna.

An: Eltern
Von: JDixon
Datum: 10. September
Betreff: Elternabend-Party

Hallo Eltern-Kollegen,

da der ungeschickte Putschversuch der letzten Woche nun hinter uns liegt und ich immer noch Elternsprecherin bin (ich bin nicht nachtragend, Asami; ich verstehe das Machtbedürfnis von Ihnen und Ihren Leuten), möchte ich mich gerne mit wichtigen Dingen befassen – zum Beispiel damit, wer den Wein mitbringt.

Der 27. September (aka Elternabend) naht in großen Schritten. Das ist mein Lieblingsabend im gesamten Schuljahr, weil er Fragen beantwortet wie: »Wer hat den heißesten Ehemann?« und »Wer hat diesen Sommer ein bisschen zu viel Geld am Eiswagen ausgegeben?«. Außerdem möchte ich, dass alle denken, die Klasse von Miss Ward sei der beste Ort auf der ganzen Welt, um zu FEI-ERN! Um das zu erreichen, müssen wir gewisse Vorkehrungen treffen:

2 Bierfässer (ich bringe den Trichter mit)
Jelly Shots (bitte Limette und Kirsche!)
Spezial-Brownies – Familie Wolffe, hierbei zähle ich auf Sie.

Für alle, die immer noch lesen und noch nicht Direktorin Jakowski angerufen haben, kommen hier noch ein paar Dinge, die wir brauchen KÖNNTEN:

Mini-Quiches (für die Mikrowelle)
Kleine Käseplatte
Kleine Gemüseplatte
Leckere Cookies oder Brownies
Pappbecher und -teller, Servietten
Wasser mit und ohne Kohlensäure
Rot- und Weißwein

*Die Leitungen sind geöffnet, also rennen Sie zum Computer –
bloß nicht gehen – und melden Sie sich freiwillig, um etwas
beizusteuern. Nicht schüchtern sein!*
*Vielen Dank im Voraus. Ich bin mir sicher, dass die Beteiligung
überwältigend sein wird. Reaktionszeiten werden notiert.*

Jennifer

Als ich gerade meinen Laptop zuklappe, kommen meine zwei Lieblingsmänner zur Hintertür herein.

»Mom! Das Zelt steht!«, schreit Max, obwohl ich direkt vor ihm sitze.

»Schon? Super. Seid ihr sicher, dass ihr das machen wollt?« Meine Frage richtet sich eigentlich an Ron – er ist derjenige mit der fünfzig Jahre alten Wirbelsäule.

»Campen ist bei den Dixon-Männern eine seit langer Zeit gepflegte Tradition«, sagt mein Ehemann.

Max nickt feierlich. Ich weiß, dass er ganz wild auf dieses Campingabenteuer ist, aber es ist schwer, ihn ernst zu nehmen, wenn er Sombrero und Poncho trägt.

»Und außerdem«, fügt Ron hinzu, »steht da draußen ein Kodiak Canvas Flex-Bow Deluxe. Mit diesem Baby könnten wir ein Basislager errichten, stimmt's, Kumpel?«

Ich verdrehe die Augen. Ich weiß, dass er damit unseren Lebensunterhalt verdient, aber ich kann noch immer nicht glauben, wie sehr sich Ron für jede Art von Sportausrüstung begeistert. Max hingegen setzt sein Pokerface auf. Er ist nicht so wirklich ein Draußensport-Kind, aber seinem Dad zuliebe versucht er, eins zu sein. Manchmal macht mir das Sorgen. Die zwei haben vor, diesen Freitag im Garten zu zelten.

Ich zucke mit den Schultern. »Wenn ihr meint. Wundert

euch nur nicht, wenn es da draußen ein bisschen kühl wird. Ihr hättet die Aktion im August starten sollen.«

»August, Schmaugust«, spöttelt Ron. »Wir sind Dixon-Männer. Außerdem schlafen wir im Nemo Nocturne 15.« Er sieht mich erwartungsvoll an, aber ich zeige keine Reaktion.

»Ich lasse zumindest die Hintertür auf, für alle Fälle.« Ich zwinkere meinem Sohn zu. Ich bin mir zwar nicht ganz sicher, aber ich meine, er sieht erleichtert aus.

An: JDixon
Von: SCobb
Datum: 19. September
Betreff: Elternabend-Party

Liebe Jennifer,

Sie haben gar nichts zum Thema »Nahrungsmittelallergien« geschrieben. Mein Sohn Graydon Cobb reagiert HOCHGRADIG allergisch auf Erdnüsse, Milchprodukte, Weizen, Gräser, Weizengras, Schokolade und Staub in der Luft. Bitte sorgen Sie dafür, dass keins dieser Dinge im Klassenraum auftaucht.

Shirleen Cobb

An: SCobb
Von: JDixon
Datum: 19. September
Betreff: Elternabend

Liebe Shirleen,

da der Elternabend nur für die Eltern ist, habe ich mir über Nahrungsmittelallergien keine Gedanken gemacht. Aber aus Ihrer Nachricht geht hervor, dass es sehr schlecht um Graydon bestellt ist und er jeden Augenblick umfallen könnte. Wie groß ist eigentlich die Seifenblase, in der er zur Schule kommt?

Jennifer

Warum nur ist immer die Mutter mit dem allergischsten aller Kinder selbst eine taube Nuss? Ja, ja, mir ist schon klar, dass Allergien eine ernsthafte Angelegenheit sind. Sogar lebensbedrohlich sein können. Darüber macht man keine Witze. Aber wann ist das alles passiert? Wann wurde Erdnussbutter in der Grundschule zum Äquivalent für Milzbrand? Als ich in der zweiten Klasse war, saß ich neben einem Kind namens Alan Ervine, der die ganze Zeit nach Erdnussbutter roch. Ich bin überzeugt davon, dass er sie sich wie Parfum hinter die Ohren tupfte. Niemand in unserem Klassenzimmer hatte damit ein Problem. Aber für uns ist die Verbannung der Erdnussbutter ein Problem, weil Max nichts anderes essen wird als Jennifers Erdnussbuttersandwiches. Im Namen der Erdnussbutter: Irgendjemand muss sich dieser Sache annehmen. Ich würde es gerne selbst machen, aber Sie wissen ja, wie schwer beschäftigt ich als Elternsprecherin bin.

3. Kapitel

An: Eltern
Von: JDixon
Datum: 21. September
Betreff: Hallo? Hat irgendwer meine letzte E-Mail gelesen?

Liebe Klasse von Miss Ward,

schockiert? Entsetzt? Nein, »enttäuscht« beschreibt am besten, wie ich mich nach der weniger als angemessenen Reaktion auf meinen Aufruf zur Beteiligung fühle. Nur zwei Personen haben sich zurückgemeldet. Sasha Lewicki war mit einer automatischen Antwort und einer beeindruckenden Reaktionszeit von 11 Sekunden die Erste. Und Jackie Westman hielt mich auf dem Parkplatz an, um mir zu sagen, dass sie Pappbecher mitbringt. Hört zu, Leute, wir werden ZWEI STUNDEN lang in diesem Klassenraum sein. Meinen Sie nicht, dass wir zumindest Wasser brauchen, ganz zu schweigen von Alkohol? Also ran an den Computer und freiwillig melden. Und zwar pronto!

Meine Güte!
Jennifer

PS: Reaktionszeiten werden notiert.

Ich klicke auf Senden. Das ist der Teil des Elternsprecheramtes, den ich am meisten hasse: die Leute anbetteln, etwas mitzubringen. Alle denken immer, dass sich schon jemand freiwillig melden wird, und am Ende bleibt alles an der Elternsprecherin hängen.

»Tja, falscher Zeitpunkt, meine kleinen Vorschulelterchen«, sage ich zu meinem Spiegelbild im Computerbildschirm. »In diesem Jahr werde ich euch so sehr beschämen, dass ihr euch alle beteiligt. Haha!«

»Führst du wieder Selbstgespräche?«

Der unerwartete Klang der Stimme meines Mannes lässt mich zusammenfahren. »Was machst du hier? Ich dachte, die Dixon-Männer harren heute Nacht im Garten aus.«

»Wir haben auch ausgeharrt – bis ein Eichhörnchen aufs Zelt gesprungen ist. Max ist ausgeflippt, also habe ich ihn reingebracht.«

Ich kann Ron die Enttäuschung ansehen. »Er liegt in seinem Bett?«

»Und schläft tief und fest. Und sieh uns mal an: Zehn Uhr abends, und wir haben nichts zu tun.« Er schlendert zum Bett herüber, wo ich mit dem Computer sitze.

»Wer sagt, dass ich nichts zu tun habe?«

»Ich«, erwidert er und beugt sich zu mir, um mich zu küssen. »Ich will sehen, was ich von den dreißig Dollar habe, die Garth pro Stunde bekommt.«

»Bislang nicht mehr als ordentlich Muskelkater.« Ich weiche seinem Kuss aus und rolle mich auf die andere Seite vom Bett. Ron folgt mir.

»Was machst du denn?«, frage ich.

»Wonach sieht es denn aus?« Er beobachtet mich genau.

»Es sieht so aus, als hättest du den Wink nicht verstanden«, feuere ich zurück.

Er sieht verletzt und neugierig aus, als er sich aufsetzt. »Was ist los?«

Das ist in der Tat eine gute Frage. Mein attraktiver Ehemann will Sex mit mir, und ich reagiere total zickig. Aber es ist nun mal so: Ich habe mich wirklich auf diesen Abend gefreut. Ich liebe Ron abgöttisch, aber manchmal ist es auch schön, etwas Zeit für sich zu haben. Ich habe es mir so schön ausgemalt, alleine in unserem Kingsizebett zu liegen – ohne jemanden neben mir, der schnarcht oder mir die Decke klaut. Und jetzt kommt es nicht dazu, und ich bin genervt. Nein, ich bin enttäuscht, aber verhaltenstechnisch kommt es aufs selbe raus.

»Ich habe einfach nicht mit dir gerechnet, das ist alles.« Ich weiß, dass meine Erklärung schwach klingt.

»Du hast nicht mit mir *gerechnet*?« Er steht hastig vom Bett auf. »Wäre es dir lieber, ich würde wieder ins Zelt gehen?«

Also, eigentlich schon, denke ich, aber ich sage es nicht laut. Stattdessen stehe ich auf und gehe zur Tür. »Ich sehe mal nach Max.«

Als ich gehe, frage ich mich selbst, woher zum Teufel das jetzt kam.

An: Eltern
Von: JDixon
Datum: 23. September
Betreff: Gut gemacht

Liebe Klasse von Miss Ward,

vielen Dank, dass Sie endlich auf meinen Ruf nach Unterstützung reagiert haben. Wer hätte gedacht, dass so viele von Ihnen Rezepte für Spezial-Brownies haben?

Die Verteilung sieht wie folgt aus:

Mini-Quiches – Dixons, Elders
Käseplatte – Changs (bitte inklusive Crackern)
Gemüseplatte – Wolffes
Wein – Batons (... die Franzosen sind; wir erwarten also guten Stoff)

Cookies – Kaplans
Wasser mit und ohne Kohlensäure – Zalis
Brownies – Fancys
Pappteller/Servietten – Aikenses
Pappbecher – Westmans

Der Rest von Ihnen ist bei dieser Party noch mal ohne Engagement davongekommen, aber denken Sie bloß nicht, dass eine langsame Reaktionszeit Sie davor bewahrt, irgendwann auch mal was beizusteuern.

Bitte bringen Sie am Elternabend alles VOR 18:30 Uhr in die Klasse. Miss Ward möchte, dass alles fertig ist, bevor sie mit ihrer Präsentation beginnt.

Okay. Das ist alles. Bis dann.

PS: Die Reaktionszeiten sind schwach, Leute, SCHWACH!
Ich werde Sie nicht bloßstellen, indem ich die Zeiten veröffentliche, zumindest nicht DIESES MAL. Aber Sie sollen wissen, dass ich eine Liste führe. Eine Liste, auf der ganz bestimmt keiner von Ihnen stehen möchte.

Ich sehe auf meine Uhr und stelle fest, dass mir noch genau vier Minuten bleiben, bis Garth zehn Minuten zu früh zu unserem Work-out eintreffen wird. Ich weiß, wie zuverlässig er ist. Während ich meine Trainingssachen anziehe, werde ich daran erinnert, wie hart er mich bei unserer letzten Einheit rangenommen hat. Alles schmerzt leicht. Nicht so sehr, dass ich entkräftet bin, aber genug, dass mir bewusst ist, was mein Körper geleistet hat. Es ist, als wäre ich niemals bei Curves gewesen! Ich nehme mir vor, denen ein paar deutliche Worte zu ihren falschen Versprechungen zu schicken.

Ich bin etwas angespannt, weil heute Abend der Elternabend in der Schule ist. Zum ersten Mal muss ich mich den anderen Eltern persönlich als Elternsprecherin präsentieren, und ich bin nervös. Obwohl ich das früher häufig gemacht habe – diesmal ist es etwas anderes. Diesmal interessiert mich tatsächlich, was die anderen Eltern von mir halten. Fragen Sie mich nicht, warum, aber es ist so. Wie gerne wäre ich noch mal sechsundzwanzig und so überzeugt davon, was richtig ist, dass ich dem Establishment im Geiste den Stinkefinger zeige.

Die Türklingel unterbricht mein Grübeln, und ich laufe nach unten, um Garth hereinzulassen.

»Was ist denn heute mit dir los?«, schwärmt Garth, als ich noch ein Set Liegestützstreckspünge mit dem lustigen Namen Burpees mache. Das Gesieze haben wir noch während der ersten Trainingseinheit abgelegt.

Ich zucke die Schultern. »Nervöse Energie, nehme ich an.« Ich bin wirklich wie in Trance.

»Und warum bist du nervös?«

»Heute ist Elternabend in der Schule meines Sohnes.«

»Und?«, erwidert Garth. Er war eindeutig noch nie bei so etwas dabei.

»Na ja ...«, fange ich an.

»Erzähl es mir, während du Crunches machst«, schlägt Garth vor.

Ich lege mich mit dem Rücken auf die Matte. Garth sitzt auf dem großen Gymnastikball. Ich fange mit den Bauchübungen an.

»Ich habe zu Beginn des Schuljahres eine E-Mail verschickt, die eigentlich lustig sein sollte, aber irgendwie habe ich damit ein paar Leute verärgert und angegriffen. Früher waren mir solche Dinge egal, aber heute ist das anders.« Meine Erklärung kommt in einer Art Grunzen heraus, während ich meine Mitte trainiere.

»Achtzehn, neunzehn, zwanzig. Gut, Pause. Warum ist dir das nicht mehr egal?«, fragt Garth jetzt vom Ball aus.

Ich liege da und denke nach. »Na ja, ich ...«

»Erzähl es mir beim nächsten Satz Crunches«, unterbricht er mich.

»Mein Gott, okay!«, bringe ich stöhnend hervor. »Ich glaube, jetzt ist es mir wegen Ron nicht mehr egal. Als Vivs und Laura klein waren, war ich alleinerziehend. Ich glaube, damals hatte ich das Gefühl, etwas beweisen zu müssen. Außerdem war ich jung und dumm.« Ich lasse mich auf den Rücken fallen.

»Noch ein Satz, aber mit dreißig«, sagt Garth.

Ich rolle mich auf die Seite und sehe ihn an. »Heute ist mir bewusst, dass alles, was ich tue, sage und *schreibe*, sich auch direkt auf Ron und Max auswirkt. Als ich früher Krieg gegen die gesamte Welt geführt habe, habe ich nicht richtig an Vivs und Laura gedacht. Aber allmählich wird mir klar, warum sie immer wütend auf mich gewesen sind.«

»Hört sich so an, als würdest du erwachsen werden«, erwidert Garth mit mehr als wenig Weisheit in der Stimme.

»Wird ja auch Zeit.« Ich lächle und mache mit den Crunches weiter.

4. Kapitel

Als ich gerade die Klassenliste fertig ausgedruckt habe, die ich beim Elternabend verteilen will, klingelt das Telefon.

»Mrs. Dixon?«

»Hallo Ashley. Bist du schon auf dem Weg?«

»Ich kann heute Abend nicht babysitten. Meine Mom sagt, ich muss mich auf die Schule konzentrieren und Sie müssten das einfach akzeptieren.«

Ich verdrehe die Augen. Man muss Ashley einfach lieben. Sie ist die ungeeignetste Babysitterin aller Zeiten. Erinnert mich an mich. »Hm, da lässt du mich heute Abend ja schon ein bisschen hängen. Wir haben einen Termin in Max' Schule.«

»Ja, ich weiß, aber meine Mom meinte, ich soll Ihnen sagen, dass ich krank bin. Äh ... wahrscheinlich sollte ich das als Erstes sagen.«

»In Ordnung, alles klar. Sag deiner Mom ›Danke‹ von mir.«

»Okay, ciao.«

Verdammt. Ashley kommt so gut mit Max klar. Zu schade, dass ich ihren siebzehnjährigen Hintern feuern muss.

»*Ron!*«

»Meine Güte, was ist? Ich bin doch direkt hier.«

Seit dem Campingabend ist die Stimmung bei uns etwas angespannt. Ich weiß, dass er noch immer auf irgendeine Erklärung wartet. Und ich warte immer noch darauf, dass mir eine einfällt.

»Ashley hat gerade abgesagt. Einer von uns muss also zu Hause bleiben. Ich stimme für mich.«

»Und ich stimme für mich«, kontert Ron. »Ich weiß, dass wir irgendwo in unserem Ehevertrag geregelt haben, dass ich bei so was den Vortritt habe.«

Ich will widersprechen, aber ich weiß, dass er recht hat. Als Elternsprecherin muss ich anwesend sein, um Hände zu schütteln, Babys zu küssen und über den Weltfrieden zu sprechen. Ach nein, Moment, das ist der Job des Präsidenten. Ich muss einfach nur da sein.

»Max!«

»Mommy, ich bin hier. Warum schreist du so?« Er steht mit einer Federboa um den Hals und einem Piratenhut auf dem Kopf hinter mir.

»Entschuldige, ist eine Angewohnheit von mir. Ashley ist krank oder muss Hausaufgaben machen oder so was. Deshalb bleibt Dad mit dir zu Hause, während ich deine Lehrerin treffe.«

»Okay. Kann ich fernsehen?«

»Ich würde sagen, deine Chancen stehen ziemlich gut.«

»Ja! Grüß Miss Ward von mir. Ich liebe sie.«

»Ach ja?«

»Jep.«

»Na gut.«

Ich gebe Max fünf Küsschen, schnappe mir die zwei Platten voll Miniquiches, die ich versprochen habe mitzubringen, und gehe zur Tür hinaus.

Man muss den Klassenraum von Miss Ward sehen, um es zu glauben. Stellen Sie sich die TV-Kinderserie *Pee-wee's Playhouse* vor und speien Sie dann allen möglichen Disney-Mist darüber. Es gibt keinen Zentimeter, der nicht von buntem, ähm, Kram bedeckt ist.

Beinahe hätte ich Miss Ward gar nicht gesehen, die an ihrem

Tisch sitzt und gerade Lippenstift auflegt. Sie trägt einen violetten Mini-Lederrock und einen knallengen pinkfarbenen Pulli mit tiefem V-Ausschnitt. Ihre blonden Haare hat sie in einem unordentlichen Pferdeschwanz zurückgebunden. Der beste Teil ihres Aufzugs sind die schwarzen Overknee-Stiefel. Es sind zwar keine Stilettos, aber sie lassen sie trotzdem wie eine lebensgroße Bratz-Puppe aussehen.

Als ich auf sie zugehe, frage ich mich, was mit Schwester Mary Perfect passiert ist.

»Hallo Miss Ward.«

Sie springt auf und umarmt mich. »Jenny! Ich freue mich ja so, dass Sie da sind! Sind das die Miniquiches? Lecker. Wann kommen denn alle? Ich bin schon seit einer Stunde fertig.«

»Sie müssten jede Minute hier sein.« Ich stelle meine Tabletts neben eine beeindruckende Platte mit Sushi auf den Tisch. »Super, haben Sie das mitgebracht?«, frage ich etwas zu laut.

»Nein. Das hat Nadine Lewickis Mutter geschickt. War das nicht süß von ihr?«

»Sehr.« Ich bin wirklich beeindruckt. Nach all den automatisierten Antworten aus dem Büro hätte ich nicht gedacht, dass Sasha meine E-Mails gelesen hat. Nicht, dass ich um Sushi gebeten hätte, aber trotzdem.

»Max sagt, dass Nadine noch gar nicht im Unterricht gewesen ist. Ist alles in Ordnung mit ihr?«

Miss Ward scheint von der Frage überrascht zu sein. »Na ja, darüber darf ich eigentlich nicht sprechen. Aber ihre Mutter und ich stehen in engem Kontakt.«

»Anscheinend arbeitet ihre Mutter ziemlich viel. Ach, ich soll Sie übrigens von Max grüßen. Er sagt, er liebt ...«

»Ähm ... Jenny?« Auf einmal hat Miss Ward diesen »Ich bin eine Lehrerin, also nehmen Sie mich ernst«-Ausdruck auf dem Gesicht. »Könnten Sie einfach respektieren, dass hier heute

Abend eine Kennenlernparty stattfindet und es nicht der richtige Zeitpunkt ist, um über persönliche Themen und Ihr Kind zu sprechen?«

Ich öffne den Mund und schließe ihn wieder. Ich bin sprachlos – und glauben Sie mir, wenn ich Ihnen sage, dass das nicht oft vorkommt. Aber erst in diesem Moment bemerke ich den verrückten Blick. Miss Ward hat einen verrückten Blick. Den kenne ich von Rons Exfrau Cindy. Es macht keinen schlechten Menschen aus ihr, aber es ist definitiv erwähnenswert.

»Tut mir leid. Sie haben recht. Ich hebe mir meine Gedanken für den Elternsprechtag auf.«

An dieser Stelle trudeln allmählich die anderen Eltern ein, und ich bin damit beschäftigt, die Gastgeberin zu spielen.

»Sind Sie die Elternsprecherin?«, höre ich eine atemlose Stimme hinter mir.

Ich drehe mich um. Da steht eine große Frau mit kurzen roten Haaren, die keucht und röchelt, als ob sie gerade vom Parkplatz hergerannt wäre. Sie trägt einen orangefarbenen gerippten Pullover und einen braunen Rock. An ihrem Pulli prangt ein großer Button mit dem Aufdruck »Kein Witz.« Aus der Kampagne gegen Mobbing wegen Lebensmittelallergien.

»Ja, guten Abend, ich bin Jennifer Dixon. Und Sie müssen Shirleen Cobb sein.«

Sie sieht erschrocken aus. »Woher wissen Sie das?«

»Der Anstecker. Allergien. ›Kein Witz‹«, sage ich ernst.

»Tja, genau. Genau darüber möchte ich mit Ihnen sprechen. Ich denke, Sie müssen ...«

Zum Glück bewahrt mich eine andere Mutter davor, herauszufinden, was ich tun »muss«, indem sie mich fragt, wo sie die Brownies hinstellen soll. Ich entschuldige mich bei Shirleen und zeige einer dünnen, komplett in Schwarz gekleideten Blondine, wo sie ihre Mitbringsel abstellen kann.

Und so beginnt er – mein erster Abend mit den anderen Vorschuleltern. Ich bin eindeutig diejenige in der Gruppe, die, sagen wir mal, am meisten gereift ist. Die meisten Pärchen sehen aus wie Anfang dreißig.

Als ich mich im Raum umblicke, fällt mir drüben beim Geburtstagskalender ein extrem großes Paar auf. Ich finde es schön, wenn große Menschen zueinanderfinden. Kleine Menschen natürlich auch, obwohl mir ihre Kinder leidtun, weil sie, seien wir doch ehrlich, keine Chance haben. Die blonde Frau mit den Brownies tuschelt mit einer anderen Frau, die ebenfalls ganz in Schwarz gekleidet ist. Sie stecken die Köpfe zusammen, während sie Miss Wards Outfit studieren. Die zwei Männer neben ihnen müssen ihre Ehemänner sein. Einer von ihnen sieht sehr gut aus. Hmm ... Und er mustert Miss Ward ebenfalls. Der andere Ehemann scheint sich Wachs aus dem Ohr zu pulen.

Auf der anderen Seite des Raums sieht sich ein Paar das Schildkrötenterrarium an. Sie stehen mit dem Rücken zu mir, und mir entgeht nicht, dass der Typ einen ziemlichen Knackarsch hat. Und während ich noch seinen Hintern bewundere, dreht er sich um, und ich sehe sein Gesicht. *Heilige Scheiße!* Ich bekomme am ganzen Körper eine Gänsehaut, als ich ihn erkenne. Don Burgess. *Er ist so ein Hottie.* Die Worte kommen mir in den Sinn, bevor ich sie daran hindern kann, weil man damals in der Highschool nie das eine ohne das andere hörte. »Don Burgess – so ein Hottie.« Es war wie sein vollständiger Name. Heute würde man das mit Hashtag schreiben: #donburgesssoeinhottie.

An jeder Highschool gibt es einen Don Burgess – den einen Typen, mit dem jedes Mädchen zusammen sein will und der von jedem Jungen beneidet wird. Aber Dons Coolness war unerreichbar und zugleich mühelos. Seine Jeans sahen nie neu aus, aber auch nie alt. Er fuhr einen limettengrünen Dodge Charger und kämmte sich die Haare mit den Fingern. Aber das Beste war, dass er soooo rock'n'rollmäßig war. Nicht auf ungepflegte Art, sondern einfach nur supercool. Sein Gesichtsausdruck verriet einem, dass er irgendeinen kosmischen Witz im Sinn hatte, den man nie verstehen würde, weil man dafür niemals toll genug wäre. Wenn er einen auf dem Flur anlächelte, war es, als wären für diesen kurzen Moment die Engel auf die Erde herniedergekommen und hätten einen mit Licht erhellt. Wenn er mit einem *sprach*, vergiss es. Ich erlebte das zum ersten Mal in meinem ersten Jahr an der Highschool, als er mich in der Cafeteria versehentlich anrempelte und sagte: »Uuups! Sorry, Jen.« Ich hatte das Gefühl, von einem Truck überrollt zu werden. *Er wusste, wie ich hieß!* Ich reagierte, als hätte er mich gefragt, ob ich mit ihm auf den Abschlussball gehen wollte. Eine Woche lang schwebte ich wie auf Wolken.

»Kennen wir uns nicht?«

Ich blicke hoch, und er steht direkt vor mir – aschblonde Haare, grüne Augen und genau das richtige Maß Bartstoppeln. Heilige Scheiße. Warum steht einigen Männern das Älterwerden nur so verdammt gut?

Ich kichere nervös und vollkommen unbeholfen.

»Hallo Don. Ich bin's: Jen Burgess. Äh. Ich meine, Jen Howard.« Ich will gar nicht wissen, wie rot ich gerade bin.

»Jen! Das gibt's ja nicht!«

Ich kichere wieder und versuche, meinen Puls unter Kontrolle zu bringen.

»Wow. Du siehst umwerfend aus!«, sagt er.

Er beugt sich nach vorn, um mich zu umarmen, und eine Brise Polo von Ralph Lauren katapultiert mich ohne Umwege zurück in die Flure der East High. Das war sein Duft, und er hing immer gute dreißig Sekunden in der Luft, wenn er an einem vorbeigegangen war. Jetzt hatte ich ihn auf meiner Kleidung. Mein normales Ich würde denken, wie seltsam und erbärmlich es war, dass er noch immer sein Highschool-Parfum benutzt, aber ganz offenbar ist mein normales Ich nirgendwo in Sicht. Ich weiche zurück und versuche, mich cool zu verhalten.

»Hast du ein Kind hier in der Klasse?« Ich finde, es ist immer gut, nach dem Offensichtlichen zu fragen.

»Jep. Lulu. Und du?«

»Max.« Ich sehe mich um, um herauszufinden, ob irgendjemand mitbekommt, dass ich mich mit Don Burgess *(er ist so ein Hottie)* unterhalte. Als ob es irgendwen interessieren würde.

»Dann bist du verheiratet?«

»Ja. Mein Mann ist zu Hause mit Max. Unsere Babysitterin hat abgesagt. Deshalb musste ich alleine kommen. Ansonsten hätte er mich natürlich begleitet.« Sei still, schändliches Plappermaul, sage ich zu mir selbst.

»Cool. Ali – das da drüben ist Ali.« Er zeigt auf die Frau, die immer noch die Schildkröten betrachtet. Sie winkt.

»Wir sind nicht verheiratet, aber wir ziehen Lulu gemeinsam groß. Ich glaube, das klappt.« Er zuckt mit den Schultern und schenkt mir sein typisches Don-Burgess-»*er ist so ein Hottie*«-Lächeln.

Mir ist schwindelig. Als wäre ich zu lange in der Sonne gewesen. Mir wird klar, dass ich mich besser vom Acker machen sollte, wenn ich mich nicht zum Vollidioten machen will.

»Ich muss mich ein wenig unter die Leute mischen …«, sage ich und mache die ersten Schritte von ihm weg.

»Erinnerst du dich noch an den Wäscheraum in der Turnhalle?«

Natürlich erinnere ich mich an den Wäscheraum in der Turnhalle, hätte ich am liebsten geschrien, doch stattdessen antworte ich mit diesem geistreichen Kichern, das ich mir neuerdings angewöhne, und zeige ihm ... *den Daumen*. Hätte ich noch bescheuerter reagieren können?

Ich konzentriere mich wieder auf meine Aufgabe und lasse meinen Highschool-Schwarm stehen, um jemand anderen zu bezaubern. Ich sehe mich um. Drüben, in der Bücherecke, steht eine ziemlich kleine Frau mit aschbraunen Haaren und einem Typen, der ein echter Leckerbissen ist. Die zwei können unmöglich zusammen sein. Ich will wirklich nicht verallgemeinern, aber seien wir doch mal ehrlich: Heiß und heiß gesellt sich gern, genau wie durchschnittlich und durchschnittlich und immer so weiter. Zumindest solange kein großes Vermögen im Spiel ist. Aber das würde bedeuten, dass *sie* die Kohle hat. Ich frage mich, ob das der Grund dafür ist, dass Miss Ward sich heute Abend so aufgebrezelt hat. Zwischen Don Burgess und diesem Typen hätte ich gut daran getan, etwas Lippenstift aufzulegen.

Nachdem Miss Ward über all die »superlustigen« Dinge berichtet hat, die die Kinder in diesem Jahr lernen werden, ist es Zeit für meine lange Rede. Um die maximale Aufmerksamkeit zu bekommen, stehe ich von meinem Stuhl auf.

»Hallo zusammen. Ich bin Jennifer Dixon, Ihre Elternsprecherin. Vielleicht haben Sie ja schon meine E-Mails gelesen?« Ich werfe dem Leckerbissen ein Lächeln zu, bemerke jedoch, dass er mit seiner Frau Händchen hält. Die muss echt schwerreich sein. Don steht hinter ihm und zeigt *mir* den Daumen.

Während ich fortfahre, ernte ich hier und da ein Lächeln, vor allem aber ausdruckslose Mienen sowie einen vernichtenden Blick von Asami Chang. Zähes Publikum. Zum Glück hatte ich ohnehin vor, mich kurz zu halten. Wenn ich schreibe, bin ich viel mutiger als im persönlichen Kontakt.

»Ich habe für alle Kopien der Adressliste mitgebracht. Und

ich habe sie auch an alle als PDF verschickt. Falls Sie Fragen haben, können Sie mich immer anrufen oder mir eine E-Mail schreiben. Meine Kontaktdaten stehen unten auf der Liste.«

An dieser Stelle sehe ich hoch und sehe Nina hereinkommen. Sie hat ein strahlendes Lächeln im Gesicht und trägt eine umwerfende aquamarinfarbene Bluse, die ihre blauen Augen unterstreicht. Ich verspüre den Drang, meine Ansprache mit einem Knall zu beenden, um die Frau zu beeindrucken, die mich in diese Machtposition gedrängt hat, und füge hinzu: »Auf ein großartiges Jahr!«

Als sich alle dem Tisch mit den Getränken zuwenden, kommt Nina zu mir.

»Auch eine Art, sie in Rage zu bringen.«

»Ja, ähm, ich bin besser im Schreiben.«

»Hast du schon Freunde gefunden?«

»Ich habe mich kurz mit Shirleen Cobb unterhalten.«

»Ach, mit der Allergie-Mom.«

»Und, o Gott!« Ich senke die Stimme zu einem Flüstern. »Der heißeste Typ von meiner Highschool hat ein Kind in dieser Klasse! Ich habe mich vorhin total zur Idiotin gemacht, als ich mit ihm geredet habe.«

»Welcher ist es?« Sie blickt sich um. »Der da?« Sie macht eine Kopfbewegung in Richtung des Mannes mit der reichen Frau.

»Nein. Er steht da drüben beim Buffet. Straßenköterblonde Haare und Jeans.«

Nina sieht ihn und zieht anerkennend die Augenbrauen hoch. »Nicht mein Geschmack, aber schon ziemlich süß.«

»Willst du mich auf den Arm nehmen? Der ist total heiß.«

Sie zuckt mit den Schultern. »Ich kann mir zumindest vorstellen, dass er damals in der Highschool gut ankam.«

Aus irgendeinem Grund macht mich das aggressiv. »Solltest

du dich nicht um deine eigene Klasse kümmern, anstatt dich in meiner umzugucken?«

Nina lacht. »Nö. Es gehört zu meinen Aufgaben als Vorsitzende des Elternvereins, allen einen Besuch abzustatten. Oooooh! Ist das Sushi? Nicht schlecht.« Sie geht schnurstracks auf die California Rolls zu.

Als sie wieder geht, kommen die zwei Frauen in Schwarz auf mich zu – ohne ihre Ehemänner. Sie haben beide lange, glatte Haare und tragen Rollkragenpullover, schwarze Jeans und Overknee-Stiefel. Beide sind so knochig, wie man als Frau nur sein kann, wenn man trotzdem noch als weiblich durchgehen möchte. Sie unterscheiden sich nur dadurch, dass die eine ungefähr fünfzehn Zentimeter größer ist als die andere und dass die eine blond ist und die andere brünett. In meinem Kopf taufe ich sie augenblicklich Dr. Evil und Mini-Me. Evil spricht zuerst.

»Hi, ich bin Kim Fancy, die Mutter von Nancy.«

Im Ernst: Ihre Tochter heißt Nancy Fancy. Wer macht denn so was?

»Hallo Kim. Ich glaube, Nancy und Max sitzen am gleichen Tisch.«

»Ach ja? Davon hat Nancy gar nichts erzählt.«

»Max auch nicht. Aber ihre Namen stehen auf den Stühlen.« Ich wende mich Mini-Me zu.

»Ich bin Jen.«

»Ich bin die Mutter von Kit, JJ Aikens.«

»O-KK«, witzle ich. Nichts. Mini-Me starrt mich nur an.

»Für wann planen Sie den Cocktail-Elternabend?«, fragt sie.

»Entschuldigung? Den was?«

Dr. Evil guckt mich an, als hätte ich zwei Köpfe. »Die Elternsprecherin organisiert jedes Jahr eine Cocktailparty, damit sich die Eltern kennenlernen können.«

»Wirklich? Ist das neu?«

»Äh, nein«, erwidert Mini-Me herablassend. »Damit haben wir im Kindergarten angefangen.«

»Aha. Ich werde darüber nachdenken.« In Gedanken male ich mir aus, wie genau ich mich an Nina rächen könnte. Mini-Me unterbricht meine Überlegungen.

»Wir haben beide einen ziemlich vollen Terminkalender. Je früher Sie also ein Datum festlegen, desto besser.«

»Alles klar. Gut zu wissen.«

»Freut mich!«, sagt Dr. Evil. Dann lächeln beide und verschwinden. Ich nehme mir fest vor, Recherche über die beiden anzustellen.

Ich drehe mich um, um Nina den Marsch zu blasen, und renne direkt in das sehr große Pärchen.

»Hallo Jen? Ich bin Peetsa, und das ist mein Mann Buddy.«

»Pizza?«

»Jep. Wie das Essen. Wir sind die Eltern von Zach T.ucci.«

»Oh, schön. Max redet die ganze Zeit von Zach T.«

»Ist bei uns genauso«, erwidert Buddy. Dann wird er rot. »Ich meine, Zach spricht von Max.«

Ich glaube, ich mag die beiden, trotz ihrer einschüchternden Größe. Buddy hat rabenschwarze Haare, die er zurückgekämmt trägt, dunkle Augen und eine Nase, die für sein Gesicht vielleicht einen Tacken zu klein ist. Peetsa ist eine klassische italienische Schönheit, man kann es nicht anders beschreiben. Stellen Sie sich Sophia Loren vor, nur mit kleineren Brüsten und Lippen.

»Wir sollten ein Spieldate arrangieren«, schlage ich vor.

»Bei Ihnen oder bei mir?«, sagt Buddy und errötet sofort wieder. O Mann, diesen Kerl kann man bestimmt prima aufziehen.

Peetsa verdreht die Augen. »Er meint, dass Max gerne zu

uns kommen kann. Wir finden Ihre E-Mails übrigens super. Zum allerersten Mal kann ich laut lachen, wenn ich einen Text von einer Elternsprecherin lese.«

»Danke. Ich versuche, mir daraus einen Spaß zu machen. Ich mache das Spieldate auch gern bei uns. Max hat einen neuen ferngesteuerten Hubschrauber und kann es kaum erwarten, ihn jemandem zu zeigen.«

»Ist Max Ihr einziges Kind?«, fragt Peetsa.

»Nein, ich habe noch zwei ältere Töchter.«

»Gehen die auch auf diese Schule?«

»Inzwischen nicht mehr. Haben Sie auch noch mehr Kinder?«

»Unsere Tochter Stephanie geht in die sechste Klasse. Schon verrückt, wie lange wir zwischen den Kindern gewartet haben, was?«

Ich beschließe, ihr nicht zu sagen, wie wenig verrückt sich ein Altersunterschied von sechs Jahren für mich anhört.

»Ich rufe morgen an, damit wir einen Termin für die Verabredung ausmachen können. Übrigens«, sie beugt sich zu mir rüber, »liegt es an mir, oder sieht unsere Lehrerin irgendwie nuttig aus?«

Es ist offiziell: Ich liebe diese Frau. »Vielleicht hat sie hiernach noch einen Auftritt?«, schlage ich vor.

»Buddy kann sich gar nicht von ihrem Pulli losreißen.«

»Was?« Buddy wird rot. »Ist halt 'ne schöne Farbe.«

Peetsa lacht und zieht ihn mit sich.

Ich drehe mich um, um mir etwas zu essen zu nehmen, und laufe fast in zwei Frauen. Die eine ist groß und hat kurze blonde Haare, und die andere ist noch größer und hat richtig kurze braune Haare. Beide machen sich gerade über die Brownies her. Von meiner letzten Elternbegegnung ermutigt, setze ich ein freundliches Gesicht auf und sage Hallo.

»Hallo. Ich bin Jen.«

Sie lächeln beide.

»Hallo, ich bin Carol, die Mutter von Hunter«, sagt die Blondine.

»Und ich bin Kim, die andere Mutter von Hunter«, sagt die Kurzbraunhaarige.

Ich weiß nicht, warum, aber diese Doppel-Mama-Sache erwischt mich total kalt. Und wenn das passiert, reagiere ich meist nicht unbedingt brillant. Ich fange an zu plappern.

»Oh, wow! Wie toll. Toll für Sie beide! Wir sollten mal ein Spieldate ausmachen. Mag Hunter Hubschrauber? Oder versuchen Sie, ihn von geschlechtsspezifischem Spielzeug fernzuhalten?«

HALT DIE KLAPPE! HALT DIE KLAPPE! HALT DIE KLAPPE, schreit es in meinem Kopf. Junge, Junge, dieser Abend wird auf jeden Fall ein Rekord.

Sie wechseln einen Blick und fangen an zu lachen.

»Durchatmen, Jen«, sagt Kim ... oder Carol. Ich habe schon wieder vergessen, wer wer ist. »Wir wissen, dass Sie eigentlich viel cooler sind. Außer jemand anderes schreibt Ihre E-Mails.«

»Tut mir leid.« Ich werde rot. »Ich bin tatsächlich viel cooler.«

»Wollen Sie uns vielleicht noch erzählen, dass einer Ihrer engsten Freunde homosexuell ist?«, fragt Kim oder Carol mit einem Lächeln. Ich fange an zu lachen.

»Ja, danke. Das stand als Nächstes auf meiner Liste der dämlichen Dinge, die man sagen kann.«

»Kein Problem. Wir haben schon Schlimmeres gehört. Aber das mit dem Spieldate klingt gut. Sollen wir eine Mail schicken?«

»Das wäre toll. Wir sehen uns noch. Und noch mal: Entschuldigung.«

Als sie weggehen, sagt die Blondine laut: »Was sagen Sie da,

Jen? Sie hatten im College eine lesbische Erfahrung? Das ist ja fantastisch!«

Nina schleicht sich an mich heran. Ich habe angefangen zu schwitzen.

»Sieht so aus, als würdest du Freunde finden«, säuselt sie, wie nur Nina es kann.

»O Gott. Warum bist du nicht schon vor zwei Minuten hergekommen?«

»Damit ich mir entgehen lasse, wie du bei deiner Begegnung mit Hunters Müttern ins Schlingern kommst? Vergiss es.«

Ich schüttle den Kopf, um die ganze Sache zu vergessen.

»Was weißt du über die Rollkragenzwillinge da drüben?«, frage ich Nina dann. Mit einem Kopfnicken zeige ich in die Bücherecke, wo Dr. Evil und Mini-Me so tun, als würden sie sich *Wild About Books* ansehen, während sie offensichtlich die anderen anwesenden Eltern taxieren – so wie ich es auch mache.

Nina verdreht die Augen und pult sich ein Sesamkorn aus den Zähnen. »Na ja, die Größere von beiden, Kim, ist vor zwei Jahren aus New York hergezogen – oder aus *Manhattan*, wie sie immer sagt, nur für den Fall, dass wir denken könnten, sie käme aus einem anderen New Yorker Bezirk.«

»Ihr sollte mal jemand sagen, dass es in Kansas auch ein Manhattan gibt. Dann ist sie sicher still.«

Nina lacht. »Die Kleinere ist JJ Aikens – die kenne ich schon seit Jahren. Sie war immer seminormal, aber seit Kim aufgetaucht ist, will sie nur noch ein zweites Exemplar von Kim sein. Ich glaube, sie hat sich sogar eingeredet, dass sie auch aus New York kommt.«

»Du meinst, aus *Manhattan*«, korrigiere ich sie.

»Natürlich.«

»Na gut, das erklärt so einiges. Kims Ehemann hat Miss Ward ausgiebig gemustert.«

»Mensch, Jen, wer hat das nicht? Ich hatte schon so lange keinen Sex mehr, dass selbst *ich* finde, Miss Ward sieht gut aus.«

»Kennst du dieses große Pärchen?«, frage ich sie.

»Peetsa und Buddy? Klar. Ihre Tochter und Chyna waren jahrelang in der gleichen Klasse und immer mal wieder befreundet.«

Ich will gerade noch etwas sagen, als Miss Ward mir mit einem leeren Müllbeutel winkt, was wohl ihre Art ist, mir mitzuteilen, dass es an der Zeit ist aufzuräumen.

Nina seufzt. »Ich schaue dann mal in Mr. Greelys Klasse vorbei. Da gibt es garantiert kein Sushi.«

Während ich Becher und Teller einsammle, ertappe ich mich dabei, wie ich den Raum nach Don Burgess absuche. Unsere Blicke treffen sich über der großen Recyclingtonne.

»Hey, versuchst du gerade, mir den Job wegzunehmen?« Da ist wieder dieses Lächeln.

»Bitte?« Diesmal gelingt es mir, das Kichern zu unterdrücken.

»Abfallbeseitigung. Das ist mein Beruf.« Er reicht mir ein paar gebrauchte Servietten für den Müllbeutel.

»Wirklich? Das ist …« Ich unterbreche mich, weil ich nicht weiß, was ich sagen soll. *Das ist interessant? Das ist cool? Das ist enttäuschend?* Wer hätte gedacht, dass Soeinhottie als Müllmann enden würde?

»Ich weiß.« Er lacht, als er meinen Gesichtsausdruck sieht. »Das hättest du nicht unbedingt von mir gedacht. Aber mit Müll lässt sich viel Geld verdienen.«

»Ja, also, das ist toll. Schön für dich. Du hilfst dabei, Kansas City sauber zu halten.«

»Ich tue, was ich kann«, erwidert er. Im Weggehen dreht er sich noch mal um und sagt etwas, was ich nie von Don Burgess erwartet hätte: »Vergiss nicht, diese Becher zu recyceln!«

Als ich an diesem Abend nach Hause komme, liegen Max und Ron tief und fest schlafend in unserem Bett. Natürlich trägt Max sein Spider-Man-Kostüm als Schlafanzug. Ich nehme ihn auf den Arm und stelle fest, dass er fast schon zu groß ist, um getragen zu werden, und mein Herz schmerzt ein bisschen. Ich muss daran denken, wie es war, als die Mädchen zu schwer für mich wurden. Es ist einer dieser vielen Schritte, den sie von einem wegmachen, ohne es auch nur zu ahnen. Als ich ihn in sein Rennautobett lege, vergrabe ich die Nase in seinen Haaren und atme tief ein. Wenn er wach ist, darf ich das nie.

Ich setze mich aufs Bett und sehe mich in Max' Zimmer um. Ein Fremder würde meinen, dass sich zwei grundverschiedene Kinder diesen Raum teilen. Eins ist ein beinharter Sportfan, der die Wände mit Postern von den Kansas City Chiefs und Royals tapeziert. Das andere ist ein Technik-/Zaubererfan mit einem Gespür für Mode, was sich in all dem Schnickschnack und den Zeichnungen zeigt, die überall herumfliegen.

Als ich ins Schlafzimmer zurückkomme, sitzt Ron im Bett und daddelt auf seinem iPad rum.

»Wie war's?«, fragt er.

»Es war der totale Knaller. Du hättest es toll gefunden.«

»Wirklich?«

»Nein.« Ich strecke mich auf dem Bett aus. »Was habt ihr zwei gemacht?«

»Wir haben im Bett Hotdogs gegessen und Hockey auf ESPN Classics geguckt. Der perfekte Männerabend.«

»Für unseren perfekt unmännlichen kleinen Jungen«, füge ich hinzu.

»Er fand es super.«

»Ron, hör bitte auf, ihn zum Sportfan machen zu wollen. Wenn er sich für Sport interessiert, dann ist das so. Und wenn nicht, ist das auch nicht das Ende der Welt.«

»Ich versuche nur, ihm alle Möglichkeiten zu zeigen. Bei American Football und Fußball habe ich ja schon aufgegeben. Aber was Hockey angeht, habe ich große Hoffnungen.«

Ich schüttle den Kopf.

»Kennst du Zach T., den Jungen, von dem er andauernd spricht?«

Ron zuckt die Achseln. »Ist das der, mit dem er neulich mittags zusammen gegessen hat?«

»Nein, das ist Zach B.«

»Dann der, der immer in der Nase bohrt?«

»Nein, das ist Zach E. Zach T. ist der Junge, der total auf Technik steht. Ich habe heute Abend seine Eltern kennengelernt. Sie scheinen sehr nett zu sein.«

Ron schnappt nach Luft. »Sag nicht, du hast tatsächlich jemanden getroffen, den du magst!«

»Ha, ha. Sie heißen Peetsa und Buddy.«

»Pizza?«

»Wie das Essen.«

»O Gott, kannst du dir vorstellen, wie es mit so einem Namen in der Highschool ist? ›Hey Pizza! Kann ich ein Stück haben?‹ Ich hätte das arme Mädchen erbarmungslos gequält.«

»Ich bin mir sicher, dass sie sämtliche Sprüche kennt.«

Ich will ihm gerade von Don Burgess *So ein Hottie* erzählen, als das Telefon klingelt. Ich drehe mich auf die Seite und nehme ab.

»Hallo?«

»Hi Mom.« Es ist meine älteste Tochter.

»Hey Vivs. Wie geht's, Süße?«

»Ganz gut.«

»Wie läuft die Schule?«

»Gut so weit.«

Vivs ist mein Showpony. Sie kam aus meinem Bauch und wusste von Anfang an, was sie sagen und tun musste, was an ein Wunder grenzt, wenn man bedenkt, dass Michael Hutchence und ich zum Zeitpunkt ihrer Empfängnis alles andere als stabile Persönlichkeiten waren. Während der Pubertät gab es einige finstere Jahre, in denen Vivs sich für Marilyn Manson hielt und – da werde ich nicht lügen – ich Angst vor ihr hatte. Aber wir haben es überstanden. Im Augenblick studiert sie im dritten Jahr an der KU, der Universität von Kansas, mit Humanökologie im Hauptfach – was auch immer das sein mag.

»Was gibt's?«
»Nichts.«
»Meine Güte, Vivs, ist das dein Ernst? Muss ich es dir wirklich aus der Nase ziehen? Was ist los? Brauchst du Geld?«
»Mom! Nein. Ich habe nur angerufen, um Hi zu sagen. Mann. Warum bist du so zickig?«
»Entschuldige. Ich komme gerade vom Elternabend an Max' Schule wieder.«

Vivs lacht. Sie weiß, wie sehr ich Schulveranstaltungen hasse.
»Wie geht es ihm?«
»Gut. Aber ich glaube, Ron hat ihn heute Abend nachhaltig traumatisiert, weil er sich mit ihm ein Hockeyspiel angesehen hat.«
»Er fand es super!«, ruft Ron.
»Noch immer auf dem Sporttrip, was?«
»Ja.« Ich seufze. »Wie geht es Raj?«
»Ganz gut.«

Raj ist einer von Vivs' On-off-Freunden. Ich begreife nicht ganz, was ihr Problem miteinander ist, aber irgendwie trennen und versöhnen sie sich andauernd. Ron und ich mögen ihn. Er studiert ebenfalls an der KU, und zwar Ingenieurswesen im Hauptfach. Und das bedeutet, dass er die Uni mit einem nützlichen Abschluss verlassen wird, was ich von meinen beiden Töchtern nicht gerade sagen kann.

»Hast du was von Laura gehört?«, fragt sie.

»Zuletzt vor ein paar Tagen. Und du?«

»Ja, ich war heute Mittag mit ihr essen. Sie dreht total durch, weil man sie erwischt hat, wie sie am gleichen Abend mit zwei verschiedenen Typen rumgeknutscht hat. Irgendwer hat die Fotos auf Instagram gepostet, und jetzt kommt sie wie die neue Campusschlampe rüber. Sie hat dich nicht angerufen?«

»O Gott. Nein, hat sie nicht.«

Ron sieht mich mit hochgezogener Augenbraue an.

»Sag ihr nicht, dass ich es dir erzählt habe.«

»Keine Sorge. Danke für die Vorwarnung.«

»Klar. Hab dich lieb.«

»Ich hab dich auch lieb, Süße.« Ich lege auf.

»O mein Gott!«

»Was ist passiert?«, fragt Ron.

»Laura tritt in die Fußstapfen ihrer alten Mutter.« Ich kann mir ein Lächeln nicht verkneifen.

»Wieso, ist sie schwanger?«

»Neeeein, das kommt erst *nach* dem College. Hast du denn nicht aufgepasst?«

»Offenbar nicht.«

Ich drehe mich auf die andere Seite, um ihn anzusehen.

»Anscheinend hat sie auf einer Party mit zwei verschiedenen Typen geknutscht, und irgendjemand hat Fotos gemacht und sie auf Instagram gepostet.«

»Unsere Laura? Sie-hatte-ihr-erstes-Date-erst-mit-siebzehn-Laura?«

»Genau die. Armes Baby. Vivs sagt, sie dreht völlig durch. Ich rufe sie morgen mal an.«

5. Kapitel

An: Eltern
Von: JDixon
Datum: 25. Oktober
Betreff: Eltern-/Lehrersprechtage

Hallo Mit-Eltern!

Haben Sie sich schon mal gefragt, was Miss Ward wirklich über Ihr Kind denkt? Ja, ich weiß, am Elternabend wurde nur gelächelt, und es gab viele nette Worte, aber bereiten Sie sich auf brutale Ehrlichkeit vor, denn wir brechen in die Eltern-/Lehrersprechtag-Saison auf.

Und das Beste ist: ICH BIN FÜR DEN ZEITPLAN VERANTWORTLICH! Die Macht, die ich jetzt besitze, macht mich ganz betrunken! Wer will den begehrten Termin am Donnerstag um 12:30 Uhr, nach dem man sich ein langes Wochenende gönnen kann? Bei Macys ist gerade ein supersüßer Mantel im Schaufenster, den ich unbedingt haben muss. Der Erste, der ihn mir kauft, gewinnt freie Terminwahl.

ODER wir machen es auf die altmodische Art, und Sie schicken mir zwei Zeiten von der Liste, die Ihnen passen würden, und ich werde »mein Bestes geben« (*zwinker), darauf Rücksicht zu nehmen.

Donnerstag, 17. Nov.
12:30, 13:00, 13:30, 14:00, 14:30, 15:00, 15:30
Freitag, 18. Nov.
08:00, 08:30, 09:00, 09:30, 10:30, 11:00, 11:30, 13:00, 13:30

Geben Sie mir so bald wie möglich Bescheid, damit ich mit meinem normalen Leben weitermachen kann. Der frühe Vogel wird mit den besten Terminen belohnt.

Dixon Ende!

An: JDixon
Von: Sasha Lewicki
Datum: 25. Oktober
Betreff: Eltern-/Lehrersprechtage

Ich bin bis zum 27. Oktober nicht im Büro.

Vielen Dank,
Sasha

An: JDixon
Von: CAlexander
Datum: 25. Oktober
Betreff: Eltern-/Lehrersprechtag

Hallo Jen,

am Donnerstag passt uns jede Uhrzeit. Kim und ich müssen am Freitag auf eine große Lesbenkonferenz. Wollen Sie uns begleiten? Das diesjährige Thema ist: »Lesben oder Motorräder: Wen würden Sie lieber reiten?«

Ist natürlich nur ein Spaß. Außer dem Teil, wo es um den Donnerstag geht.

Gruß,
Carol

An: JDixon
Von: JKaplan
Datum 25. Oktober
Betreff: Eltern-/Lehrersprechtage

Hallo Jen,

ich bin die Mutter von Rachel Kaplan. Es tut mir so leid, dass ich mich beim Elternabend nicht vorgestellt habe, aber mir war einfach nicht nach Small Talk. Mein Arsch von einem Ehemann wollte nicht mitkommen, und ich war zu wütend, als dass ich zu irgendwem hätte freundlich sein können.

Wie dem auch sei, ich nehme irgendeinen Termin am Freitagmorgen. Steve ist das sowieso egal. Er denkt, es ist Sache der Frauen, sich mit dem Lehrer zu treffen. Sie fragen sich jetzt vielleicht, warum wir überhaupt ein Kind zusammen haben, wenn er sich an nichts beteiligt. Das frage ich mich auch schon die ganze Zeit.

Wir könnten doch mal einen Kaffee trinken gehen!
Jill

An: JDixon
Von: AGordon
Datum: 25. Oktober
Betreff: Eltern-/Lehrersprechtage

Liebe Jen,

leider habe ich es versäumt, auf dem Elternabend mit Ihnen zu sprechen, aber Don erwähnte, dass er sich mit Ihnen unterhalten hat. Kennen Sie sich wirklich von der Highschool? Wie klein die Welt doch ist. Ich bin mir nicht sicher, ob er schon auf diese Mail geantwortet hat, aber dafür bin ich mir ziemlich sicher, dass uns jeder Termin am Freitag ab 12:30 Uhr passt. Da findet normalerweise die Übergabe statt.

Gruß,
Ali Gordon

Hm. Anscheinend leben Don und die Mutter seines Kindes nicht zusammen. Er sagte, sie würden Lulu gemeinsam großziehen. Ich vermute, sie sind geschieden.

**An: JDixon
Von: JJAikens
Datum 25. Oktober
Betreff: Eltern-/Lehrersprechtage**

Hi,

für uns gibt es nur eine Möglichkeit, und zwar um 12:30 Uhr am 18. Tut mir leid. Wir sind überhaupt nicht flexibel.

*Gruß,
JJ*

**An: JDixon
Von: KFancy (Nancys Mutter)
Datum: 25. Oktober
Betreff: Eltern-/Lehrersprechtage**

Hallo Jen,

wir haben einen Ausflug nach Manhattan geplant und müssten deshalb den <u>ersten</u> Termin am Donnerstag haben. Wir müssen auf jeden Fall unseren Flug bekommen, damit wir Donnerstagabend pünktlich beim Ballett im Lincoln Center sind.

*Gruß,
Kim*

**An: JDixon
Von: AChang
Datum: 25. Oktober
Betreff: Eltern-/Lehrersprechtage**

Jennifer,

wir nehmen den ersten Termin am Donnerstag – 12:30 Uhr. Und ich werde Ihnen dafür keinen Mantel kaufen, das versichere ich Ihnen. Ich habe die Vorsitzende des Elternvereins darüber in Kenntnis gesetzt, dass Sie mit Bestechung arbeiten.

Asami

**An: JDixon
Von: Peetsa Tucci
Datum: 25. Oktober
Betreff: Eltern-/Lehrersprechtage**

Hallo Jen,

vielen Dank noch mal für das Spieldate. Zach hat es total gut gefallen. Ich glaube, auf seinem Weihnachtswunschzettel steht jetzt definitiv ein ferngesteuerter Hubschrauber!

Was den Elternsprechtag angeht: Wir sind hier, also planen Sie uns einfach irgendwo ein.

Wir sehen uns an Halloween.

Kuss und Umarmung
Peetsa

Durch Peetsas E-Mail wird mir bewusst, dass ich von Miss Ward gar nichts bezüglich einer Halloweenparty in der Klasse gehört habe. Max ist ganz wild darauf, sich zu verkleiden, und plant schon seit Wochen, an dem Tag sein Kostüm in der Schule zu tragen.

An: PWard
Von: JDixon
Datum: 25. Oktober
Betreff: Halloweenparty???

Hallo Miss Ward,

ich weiß, dass Sie viel zu tun haben, aber ich habe von Ihnen noch gar nicht gehört, wie es mit einer Halloweenparty für die Kinder aussieht. Soll ich da irgendwas organisieren?

Gruß,
Jennifer

Zu meiner großen Überraschung kommt ihre Antwort fast augenblicklich.

An: JDixon
Von: PWard
Datum: 25. Oktober
Betreff: Halloweenparty???

Hi Jenny,

ich habe gar keine Anfrage von Ihnen gesehen, aber nur damit Sie Bescheid wissen: Ich mache nur Partys, wenn ich der Meinung bin, die Kinder haben es verdient, und nicht, weil Hallmark mir sagt, dass es ein Feiertag ist.

Wann sind Sie denn eigentlich mit dem Plan für den Sprechtag fertig?

Machen Sie weiter so!

Peggy

Tja, wer hätte das gedacht? Miss Ward kommt doch tatsächlich mit der einzigen Antwort um die Ecke, mit der ich niemals gerechnet hätte.

Ich fange fast augenblicklich an, den Plan für den Sprechtag zu erstellen. Ich wusste, dass der erste Termin am Donnerstag beliebt sein würde, weil am nächsten Tag keine Schule ist. Das ist eine großartige Gelegenheit, irgendwo ein langes Wochenende zu verbringen. Es gibt drei Personen, die behaupten, es sei zwingend erforderlich, dass sie ihn bekommen, weshalb ihn natürlich keine von den dreien kriegen wird. Ich weiß, dass ich gemein bin. Wenn auch nur eine von ihnen um den Termin gebeten hätte, statt ihn zu fordern, hätte er ihr gehört. Wie sagte meine Mutter immer so schön: Bitte mich um einen Gefallen. Und sag mir nicht, dass ich etwas machen soll. Während ich tippe, zähle ich die Anzahl der Feinde, die ich mir gerade mache. Ach ja, wer die Wahl hat, hat die Qual.

An: JDixon
Von: NGrandish
Datum: 27. Oktober
Betreff: Drohungen und Bestechungen

Jen,

man munkelt, dass du einen Mantel verlangst, um im Gegenzug einen begehrten Termin am Elternsprechtag zu vergeben.
Bitte mach das nicht. Such dir etwas Kleineres aus, ein Schmuckstück zum Beispiel oder vielleicht eine Uhr. So was lässt sich viel leichter verstecken.

Kuss,
Nina

An: Eltern
Von: JDixon
Datum: 30. Oktober
Betreff: Zeitplan Eltern-/Lehrersprechtag

Hallo Leute,

falls Sie jemals »Die Tribute von Panem – The Hunger Game« gesehen haben sollten, haben Sie eine Vorstellung davon, was ich in meinem Bemühen, mit dem Zeitplan alle glücklich zu machen, durchgemacht habe.

Hier ist das Ergebnis. Falls Ihnen der zugewiesene Termin nicht passt: viel Glück bei der Suche nach jemandem, den das interessiert.

Und denken Sie daran: Am Donnerstag, den 17., ist ein halber Tag Schule, und am Freitag, den 18., ist schulfrei. Bitte, bitte schicken Sie Ihre Kinder am Freitag nicht zur Schule, es sei denn, Sie möchten, dass sie für die Gebäudereinigung eingespannt werden.

Ende und over.

Jen

Zeitplan Elternsprechtag:
Donnerstag, 17. Nov.
12:30 Lewicki
13:00 Fancy
13:30 Aikens
14:00 Chang
14:30 Alexander
15:00 Brown
15:30 Kaplan

Freitag, 18. Nov.
08:00 Cobb
08:30 Dixon
09:00 Westman
09:30 Baton
10:30 Tucci
11:00 Elder
11:30 Wolffe
13:00 Gordon/Burgess
13:30 Zalis

Ich klicke auf Senden, wohl wissend, was für einen Shitstorm ich damit losgetreten habe, und warte auf die Folgen. Natürlich kommt Sasha Lewickis automatische Abwesenheitsbenachrichtigung als Erstes an, dicht gefolgt von E-Mails von Dr. Evil und Mini-Me.

An: JDixon
Von: KFancy
Datum: 30. Oktober
Betreff: Zeitplan Eltern-/Lehrersprechtag

Hallo Jen,

tut mir leid, wenn ich mich in meiner letzten E-Mail nicht klar ausgedrückt habe. Ich muss einfach den ersten Termin haben, weil wir nach Manhattan fliegen! Bitte tauschen Sie meinen Termin mit dem von Sasha Lewicki.

Kim

An: JDixon
Von: JJAikens
Datum: 30. Oktober
Betreff: Zeitplan Eltern-/Lehrersprechtag

Jen,

ich bin total schockiert darüber, dass Sie all unsere Bitten ignoriert haben, vor allem nachdem Sie uns gebeten haben, Ihnen unsere Wunschtermine mitzuteilen. Kim und ich hatten beide um den ersten Termin gebeten, in der Annahme, Sie würden ihn zumindest einer von uns geben. Kim hat einen Flug nach Manhattan. Sie hat Karten für das Lincoln Center. Sie sehen doch, wie wichtig es ist, dass sie den ersten Termin bekommt. Ich bin mir sicher, dass es den Lewickis nichts ausmachen würde, zu tauschen, wenn Sie sie fragen.

Vielen Dank,
JJ

An: KFancy, JJAikens
Von: JDixon
Datum: 30. Oktober
Betreff: Zeitplan Eltern-/Lehrersprechtag

Hi Kim und JJ,

der Zeitplan ist fix. Falls Sie die Lewickis selbst kontaktieren möchten, fühlen Sie sich frei. Sie haben als Erste geantwortet, und ich habe sehr klargemacht, was ich von umgehenden Rückmeldungen halte.

Meines Wissens nach gibt es übrigens keinen Flughafen in Manhattan. Ich hoffe, Ihnen hat niemand ein falsches Flugticket verkauft!

Jennifer

*An: **Sasha Lewicki**
Von: **JJAikens**
Datum: **30. Oktober**
Re: **Zeitplan Eltern-/Lehrersprechtag***

Hallo Sasha,

wie geht es Ihnen? Mein Name ist JJ Aikens, und meine Tochter Kit geht in diesem Jahr mit Ihrer Tochter Nadine in eine Klasse. Schade, dass wir am Elternabend keine Gelegenheit hatten, uns zu unterhalten, aber ich würde mich freuen, wenn unsere Mädchen sich mal verabreden würden. Normalerweise spielt Kit immer mit Nancy Fancy, aber vielleicht könnten wir was für den 20. November ausmachen? Apropos: Könnten wir eventuell unsere Termine für den Elternsprechtag am 18. tauschen? Ich brauche wirklich dringend den ersten Termin. Na ja, eigentlich nicht ich, sondern Kim. (Sie kennen doch Kim Fancy, oder? Sie ist vor zwei Jahren aus Manhattan hergezogen.) Sie muss ein Flugzeug in die Stadt erwischen. Wir haben das auch der Elternsprecherin mitgeteilt, aber sie scheint die Dinge so zu regeln, wie es ihr passt. Ich denke nicht, dass sie bereits ein Datum für die Cocktailparty angesetzt hat, ganz zu schweigen davon, dass sie es nicht für nötig hält, eine Halloweenparty zu organisieren!

Wie dem auch sei, geben Sie mir so schnell wie möglich Bescheid. Und lassen Sie uns bald auf einen Kaffee treffen.

JJ

An: JJAikens
Von: Sascha Lewicki
Datum: 30. Oktober
Betreff: Zeitplan Eltern-/Lehrersprechtag

Ich bin bis zum 3. November nicht im Büro.

Gruß,
Sasha

6. Kapitel

Ich bin mir nicht sicher, warum ich Halloween so verabscheue, aber es ist nun mal so. Vielleicht hat es was mit der mangelnden Begeisterung meiner Eltern für »diesen heidnischen Feiertag« zu tun. Wer kann das schon so genau wissen? Kinder zu haben bedeutet, dass man auf den fahrenden Zug aufspringen und vorgeben muss, dass es voll okay ist, sich in lächerliche Kostüme zu hüllen, von Tür zu Tür zu gehen und Fremde um Süßigkeiten zu bitten.

Ich war heilfroh, als Vivs und Laura der Süßes-oder-Saures-Phase entwachsen waren und ich fröhlich in dem Bewusstsein leben konnte, das nie wieder machen zu müssen. Ja. Das kommt davon, wenn ich Pläne schmiede. Zum Glück lebe ich mit dem einzigen Menschen auf der Welt zusammen, der Halloween noch mehr liebt als ein fünfjähriger Junge. In den vergangenen Jahren bin ich zusammen mit Ron und Max losgezogen, aber heute Abend sind sie alleine unterwegs. Meine Aufgabe ist es, den Kindern das Leben schwer zu machen, wenn sie zu unserem Haus kommen.

Während ich die Süßigkeitenschüssel fülle (wenn man reingreift, um sich Süßes rauszunehmen, schnellt eine grüne Skeletthand vor, ha-ha-ha!), klingelt es an der Tür.

»Süßes oder Saures, Mrs. Dixon!«

Es sind Zach T. und Peetsa. Zach T. ist als Postbote verkleidet. Peetsa trägt einen Hexenhut auf dem Kopf und eine Flasche Wein in der Hand.

»Hallo ihr zwei! Du siehst toll aus, Zach. Zeig mir mal, was du kannst.«

Er sieht mich an und runzelt die Stirn. Peetsa fängt an zu lachen.

»Du kannst mir doch irgendwas vormachen, oder? Ich muss erst was sehen, bevor ich dir eine Süßigkeit geben kann«, sage ich und zwinkere ihr zu.

Zach denkt eine Weile nach. »Na ja, ich kann das Alphabet rülpsen. Zählt das?«

»Ja, definitiv! Lass mal hören.«

Während Zach vor sich hin rülpst, umarme ich Peetsa und nehme die Weinflasche, die sie mir entgegenstreckt.

»Sie können Gedanken lesen«, flüstere ich.

»T rülps U rülps V rülps W rülps X rülps Y rülps Z.«

»Gut gemacht.« Ich halte ihm die Süßigkeitenschüssel hin. »Könntest du mal raufgehen und nachsehen, warum Max so lange braucht?«

»Klar!« Er rennt die Treppe hinauf.

»O Gott, muss bei Ihnen jedes Kind was vorführen?«, fragt Peetsa.

»Allerdings. Nichts ist umsonst. Das sollten sie schon früh im Leben lernen.«

Ich bin so froh, dass Peetsa sich bereit erklärt hat, mir heute Abend beim Verteilen der Süßigkeiten zu helfen. Buddy erledigt irgendwelche Hausarbeiten, und Ron zieht mit den Jungs los. Ein perfekter Mädelsabend also. Ich gehe in die Küche und hole zwei Weingläser aus dem Schrank. Als ich die Flasche öffnen will, merke ich, dass sie einen Schraubverschluss hat. Ich pfeife.

»Puh! Ich hoffe, du musstest dafür keine Bank ausrauben. Bist du damit einverstanden, wenn wir Du sagen?«

»Ja, bin ich. Aber was den Wein angeht: Der ist wirklich gut.«

Ich zeige mit dem Schraubverschluss in ihre Richtung.

»Viele Winzer verwenden für einige Weine keine Korken

mehr. Das, meine Liebe, ist ein feiner Australischer Shiraz, den ich aus Buddys Weinschrank gemopst habe.«

»Ich finde es toll, dass du dich so gut mit Wein auskennst«, sage ich.

Peetsa nimmt mir eins der Gläser ab.

»Na ja, eigentlich ist Buddy der Weinkenner von uns beiden. Ich sahne nur die Vorteile ab. Zum Wohl.«

In dem Augenblick höre ich ein Geräusch von der Treppe, das sich wie ein Donner anhört, und vor meinen Augen erscheinen ein Postbote, ein Ninja und ein Footballspieler.

»Wow! Ihr seht toll aus, Jungs! Peetsa, das ist mein erster Ehemann Ron.«

Ron verdreht die Augen. »Sie ist der Meinung, der Gag wird nie alt.« Er schüttelt meiner neuen Freundin die Hand.

Peetsa lacht. »Na ja, wenn man ihn zum ersten Mal hört, ist er auch lustig.«

Max macht eine Pose.

»Ninja!«, ruft er.

»Zeig Mrs. Tucci dein Kunststück, Max.«

»Mom, es fragt sowieso nie jemand danach«, jammert Max.

»Man kann nie wissen«, erwidere ich. »Komm schon, zeig's ihr.«

Max verzieht zwar das Gesicht, aber er gehorcht mir. Er hält das Schwert seitlich in beiden Händen, führt es auf Kniehöhe und springt mit einer seltsamen Bewegung darüber und zwischen seine Arme. Peetsa und Ron applaudieren. Zach johlt begeistert.

»Super!«, ruft Peetsa. »Du wirst viel mehr Süßigkeiten bekommen, wenn du diese Nummer vor jeder Haustür aufführst.«

»Und zwar, während Zach das Alphabet rülpst!«, stimme ich ein.

»Welches Kunststück soll ich denn zeigen?«, murmelt mein Ehemann, während er mich auf die Wange küsst. Er hat sich in ein Trikot der Kansas City Chiefs geworfen.

»Vielleicht könntest du später den Quarterback aufmischen.« Ich klopfe ihm kräftig auf den Hintern.

»Abgemacht.« Er lächelt. »Okay, Jungs, schnappt euch eure Taschen und dann los. Viel Spaß euch, Mädels.«

»Ninja!«, ruft Max, als sie zur Tür hinausgehen.

Als Peetsa und ich es uns auf den beiden Stühlen bequem machen, die ich in die Nähe der Haustür gerückt habe, nehme ich den ersten Schluck vom Wein.

»Oh, wow. Der ist wirklich gut.«

»Mm-hmm.« Peetsa schluckt gerade ein Stück Pizza herunter.

In genau diesem Moment klingelt es.

»O Gott, es geht los.« Ich öffne die Tür, und vor mir stehen drei kleine Prinzessinnen, die kaum älter sind als Max.

»Ja?«, frage ich. »Kann ich euch helfen?«

Schweigen.

»Süßes oder Saures!«, sagt die Mutter, die hinter ihnen steht. Sie trägt eine Krone.

»Was könnt ihr denn für ein Kunststück, Prinzessinnen?«, frage ich mit einem breiten Lächeln.

Nichts.

»Sie sind schüchtern«, sagt die Mutter, bemüht, ihr Schweigen zu erklären.

»Hmmm. Ich muss wirklich zuerst ein Kunststück sehen, bevor ich euch was Süßes geben kann.«

Jetzt starren sie mich alle an. Die Mutter wirft mir einen Blick zu, der sagt: »Ist das dein Ernst?« Ich bleibe standhaft. Dann piepst eins der kleinen Mädchen. »Ich kann ein Rad schlagen.«

»Das ist ein tolles Kunststück!«, ermutige ich sie. »Das will ich sehen.«

Sie legt ihre kronenförmige Süßigkeitentasche ab, geht die Stufen hinunter auf unseren Rasen, rafft ihr Kleid hoch und macht einen perfekten Radschlag. Ich klatsche und juble und halte allen drei Mädchen die Süßigkeitenschüssel hin.

»Tschüs, Mädels. Habt viel Spaß heute Abend.« Als ich die Tür schließe, sehe ich, wie die Mutter mir den Stinkefinger zeigt.

Peetsa krümmt sich vor Lachen.

»O Gott! Du bist ja *schrecklich*. Du solltest ein Warnschild an eure Tür hängen.«

In der nächsten Stunde wird unsere Unterhaltung etwa dreißigmal von der Klingel unterbrochen. Nach dem ungefähr sechzehnten Klingeln verliere ich die Lust am Kinderquälen und gebe einfach nur Süßigkeiten raus. Außer als eine Gruppe Teenager vor mir steht, die mir einfach nur stumm ihre Beutel hinhalten. Keine Kostüme, kein Süßes-oder-Saures. Das kann ich nicht ausstehen. Tut mir leid, aber von Tür zu Tür gehen und Süßigkeiten sammeln ist was für Kinder und nichts für Halbwüchsige auf der Jagd nach Zucker.

»Was gibt's?«, frage ich.

»Äh, Süßes oder Saures?«, versucht es einer von ihnen.

»Toll! Wie sieht dein Kunststück aus?«

»Mein was?«

»Dein Kunststück. Das, was du vorführst, um etwas Süßes zu kriegen.«

»Ähm, wir wollten einfach nur Süßigkeiten. Haben Sie welche?«

»Nicht für Leute, die kein Kunststück zeigen.« Ich lächle.

»Meinen Sie zaubern oder so was?«

»Zum Beispiel. Kennst du irgendwelche Zaubertricks?«

»Äh ...«

»Lass uns gehen, Alter«, sagt einer der anderen Teenies. »Sie ist 'ne blöde Kuh.«

Ich sehe den Jungen an, der das gesagt hat. Das ist doch ...

»Robbie Pritchard? Bist du das?«

»Ach du Scheiße«, sagen alle im Chor.

Die Pritchards wohnten jahrelang neben meinen Eltern.

»Hast du mich gerade eine blöde Kuh genannt?«, frage ich ruhig.

In dem Moment drehen sich alle um und rennen wie verängstigte Hunde von der Veranda.

»Ich werde später deine Mutter anrufen«, schreie ich hinter ihnen her.

Peetsa schüttelt nur den Kopf. »Ich sehe, du legst bei allem, was du tust, den gleichen Enthusiasmus an den Tag wie für dein Amt als Elternsprecherin.«

»Ich weiß. Ich bin wirklich schlimm.«

»Du bist nicht schlimm! Ich liebe deine E-Mails. Ich konnte es kaum erwarten, dich kennenzulernen. Aber es überrascht mich auch nicht, dass du einige Leute verärgerst.«

»Ich wollte diesen Job eigentlich gar nicht machen, aber Nina wusste, dass es der einzige Weg wäre, damit ich ... Moment, wer ist verärgert?«

Peetsa schaut in ihr Weinglas, als läge die Antwort darin.

»Ähm ... ich weiß nicht, ich habe nur ein paar Leute reden gehört.«

Ich springe auf.

»Wen? Was haben sie gesagt? Du *musst* es mir sagen. Ich lebe für diesen Kram.«

Peetsa lacht. »Du bist echt verrückt.«

»Bin ich nicht! Ich habe das alles nur schon mal durchgemacht, und ich bin entschlossen, die Eltern lockerer zu machen.«

»Jeder, der auch nur ansatzweise cool ist, versteht deinen Humor. Du weißt genau, wer die Armleuchter sind – Asami, JJ, Kim Fancy, Ravital Brown ...«

»Die Mutter von Zach B.?«, frage ich ein wenig verletzt.

Peetsa nickt. »Aber ich glaube, sie versteht deinen Sarkasmus einfach nicht. Sie hat mir erzählt, dass ihr Mann ihr deine E-Mails alle erklären muss.«

»Hm. Vielleicht kann ich sie noch für mich gewinnen. Wer noch?«

»Von mehr weiß ich nicht. Es ist eine kleine, aber lautstarke Gruppe.«

»Noch Wein?«, frage ich. Ich gehe in die Küche und frage mich, wie ich einer Nicht-Muttersprachlerin begreiflich machen kann, was *scharfzüngig* bedeutet.

»Gerne, danke. Wie geht's eigentlich deiner Tochter?«

»Welcher?«

»Der nuttigen.«

»Peetsa!«, schreie ich erschrocken auf. »Bitte! Wir bevorzugen die Begriffe ›liederlich‹ oder ›billig‹.«

Wir brechen beide in Gelächter aus.

»Es geht ihr gut. Das Schöne an ihrer Generation ist, dass sie ziemlich schnell weitermachen. Zwei Tage nach ihrem Drama wurde irgendein armes Mädchen dabei fotografiert, wie sie zwei Hotdogs auf einmal gegessen hat. Seitdem haben sie Laura nicht mehr im Visier.«

»Ich kann immer noch nicht glauben, dass du schon zwei Kinder hast, die aufs College gehen. Max muss doch der Schock deines Lebens gewesen sein!«

Ich schenke uns beiden noch etwas Wein nach, und wir gehen zu den Stühlen an der Tür zurück.

»Eigentlich nicht. Ron wollte ein Kind haben.«

»Hat er nicht schon zwei?«, fragt sie irritiert.

Ich krümme mich innerlich. Das ist der Teil, den ich den Leuten so gar nicht gerne erkläre.

Es klingelt, als wir uns gerade gesetzt haben. Mannomann, manchmal kann einen die Türklingel wirklich retten.

Peetsa springt auf.

»Ich mache das.«

Sie öffnet die Tür, und ich höre zwei dünne Stimmen singen: »Süßes oder Saures.«

»Könnt ihr mir ein Kunststück zeigen?«, fragt Peetsa sie. Ich habe sie gut angelernt.

Dann sagt eine bekannte Stimme: »Hey, gehen wir nicht zur gleichen Schule?«

Um ein Haar hätte ich meinen Wein ausgespuckt. Soeinhottie steht vor meiner Haustür! Ich springe von meinem Stuhl auf und mache einen Satz neben Peetsa.

»Hey Leute!«, sage ich etwas zu laut. Lulu ist als Zombiebraut verkleidet, das andere Mädchen als Krankenschwester, und Don trägt einen Cowboyhut. Er sieht perfekt aus, natürlich. Die Schmetterlinge in meinem Bauch vollführen einen Freudentanz.

»Jen! Das gibt's ja nicht. Wohnt ihr zwei hier?«

»Ich schon.« Verdammt, das Kichern ist zurück. »Peetsa hilft mir heute Abend ein bisschen. Kennt ihr euch schon?«

»Ich habe dich auf jeden Fall beim Elternabend gesehen«, sagt Peetsa zu Don. Sie lächelt albern. »Ich bin Peetsa, die Mutter von Zach T.«

»Peetsa?«, fragt Don, und einmal mehr bekomme ich einen kleinen Einblick in die Hölle, die ihre Welt dank ihres einzigartigen Namens sein muss.

»Wie das Essen«, sage ich schnell. »Peetsa, das ist Don Burgess. Wir sind zusammen zur Highschool gegangen. Ist das nicht verrückt?« Ich kichere.

»Total«, bestätigt Peetsa.

Ich wende mich an ihn. »Lebt ihr hier in der Gegend?«

»Nein, wir leben westlich von hier, aber Lulu wollte heute Abend unbedingt mit Rachel losziehen. Das ist schon irre. Erst sehe ich dich ungefähr dreißig Jahre überhaupt nicht, und jetzt begegne ich dir andauernd.«

»Ja, nicht wahr?« Ich kichere und halte den kleinen Mädchen die Schüssel mit den Süßigkeiten hin.

»Warte!«, sagt Peetsa. »Was ist mit dem Kunststück?« Sie sieht Don an. »Sie müssen ein Kunststück zeigen, damit sie sich was Süßes nehmen dürfen.«

»Wirklich?« Sein Blick sagt, dass das die dämlichste Idee aller Zeiten ist.

»Ach, Peetsa!« *Kichern.* »Mach dich mit dem Kunststück doch mal ein bisschen locker.« Ich lächle Don zu und schüttle den Kopf, als hätte ich keine Ahnung, warum sie bei dieser Sache so verspannt ist. »Greift zu, Mädels.«

Ich meide Peetsas wütenden Blick, als Lulu und Rachel in der Schüssel wühlen. Sie kreischen, als die Skeletthand vorschnellt, um sie zu packen, und nachdem sich beide eine Handvoll Süßes genommen haben, gehen sie unsere Stufen hinunter und weiter zum Gehweg. Ich sehe Don an und frage mich für einen klitzekleinen Moment, wie es wohl wäre, ihn zu küssen. Der Gedanke ist genauso schnell wieder verschwunden, wie er gekommen ist, aber ich fühle mich trotzdem etwas unwohl. Peetsa unterbricht meine eigensinnigen Gedanken.

»Ihr zwei wart auf der Highschool also befreundet.«

»Na ja, wir kannten uns, aber wir haben nicht zusammen rumgehangen«, erwidere ich schnell.

»Aber es gab einen sehr bezeichnenden Moment im Wäscheraum der Turnhalle.« Er lächelt mich schief an.

»Ach ja?« Sie wendet sich mir zu und zieht eine Augenbraue hoch. »Erzähl mir alles.«

Don lacht laut. »Und das ist der Moment, in dem ich mich verabschiede!« Er geht die Stufen hinunter in die Richtung, wo die Mädchen auf ihn warten. »Wir sehen uns.«

Ich sehe ihm nach und bin mir ziemlich sicher, dass ein idiotisches Grinsen auf meinem Gesicht liegt. Als ich mich umdrehe, um wieder reinzugehen, starrt Peetsa mich an.

»Was?« Ich stelle mich dumm.

»Das wollte ich dich gerade fragen. Was zum Teufel war das gerade?«

»Sein Kind geht mit Max in eine Klasse.« Ich zucke mit den Schultern.

»Ja, genau wie das Kind von Buddy, aber in seiner Gegenwart benimmst du dich trotzdem nicht so. Was war das für ein Kichern?«

Ich bugsiere sie zurück ins Haus, während ich zu einer Erklärung ansetze.

»In der Highschool war ich ziemlich verknallt in ihn.«

»Und offenbar bist du das immer noch.« Sie äfft mein nervtötendes Kichern nach.

»Peetsa! Sei nett. Er ist immer noch so süß.«

»Er muss in der Highschool ja wirklich toll gewesen sein.«

»Er war so ein Hottie.«

Peetsa bricht in Gelächter aus.

»Mein Gott, das habe ich seit Jahren über niemanden mehr gesagt.« Wir setzen uns wieder auf unsere Stühle. »Und – was ist im Wäscheraum passiert?«

Wieder klingelt es. Ich springe auf, um zu öffnen, und bin froh, dass ich Peetsas Frage ausweichen kann. *Vielleicht hat Soeinhottie was vergessen!*

Ich bin nur ein kleines bisschen enttäuscht, als nicht Don vor mir steht, sondern unsere Söhne.

»Hallo! Wie war's?«, frage ich, als sie mit zwei Beuteln voller Süßigkeiten hereinkommen.

»Super! Die Gibsons haben ganze Schokoladentafeln rausgegeben, und wir waren zwei Mal dort. Sie haben es nicht mal gemerkt.« Sie fangen an, ihre Taschen auf dem Wohnzimmerboden auszuleeren.

Ron kommt herein. Er trägt den Helm in der Hand und sieht fertig aus.

»Sie sind die ganze Zeit gerannt. Sie durften nicht eine Süßigkeit essen.«

»Komm und trink einen Wein mit uns, Schatz.«

»Nein, danke. Ich muss duschen.«

Er geht nach oben, und Peetsa kündigt Zach an, dass sie in zehn Minuten nach Hause gehen.

»In zehn Minuten geht's los, Großer. Wickelt eure Tauschgeschäfte ab und dann pack dein Zeug wieder ein.«

»Okay!«, schreit Zach aus zwei Metern Entfernung.

Peetsa sieht mich an und zieht die Stirn kraus.

»Wo waren wir stehen geblieben?«

Ich packe die Gelegenheit beim Schopf und wechsle das Thema.

»Was hältst du eigentlich von Miss Ward?«

»Nein, warte! Der Wäscheraum ...«

Ich zucke zusammen. »Ein andermal, in Ordnung?«

Sie sieht überrascht aus. »Oh! Na klar.«

»Also, Miss Ward. Was hältst du von ihr?«

Sie zuckt mit den Schultern. »Ich weiß nicht. Zach liebt sie, so viel steht fest.«

»Max auch! Aber ich habe bei ihr ein ganz eigenartiges Gefühl.«

»Na ja, du musst es am besten wissen. Du hast den meisten Kontakt zu ihr.«

»Das ist es ja gerade. Genau das sollte man meinen, wegen dieser Position als Elternsprecherin. Aber ehrlich gesagt: Ich treffe mich nie mit ihr, und sie hat mir zu Beginn des Jahres gesagt, ich solle sie nicht mit«, ich zeichne Anführungszeichen in die Luft, »schulbezogenem Kram nerven.«

Peetsa macht große Augen.

»Hat sie das wirklich gesagt?«

»Noch besser: Sie hat es in einer E-Mail geschrieben. Das ist der einzige Weg, auf dem sie mit mir kommuniziert – und normalerweise auch nur, um mir zu sagen, dass ich irgendwas machen soll, wie zum Beispiel den Elternsprechtag organisieren.«

»Ist das denn normal? Ich war noch nie Elternsprecherin.«

»Es gibt eigentlich kein ›normal‹. Jeder Lehrer ist da anders. In den unteren Stufen wollen sie eher, dass man ihnen möglichst viel bei klasseninternen Dingen hilft. Aber Miss Ward hat mich noch nicht ein Mal darum gebeten.«

»Na ja, das Jahr läuft ja auch erst seit zwei Monaten. Aber es war schon irgendwie komisch, dass die Kinder keine Halloweenparty hatten. Hat sie dir dazu irgendwas gesagt?«

Ich sehe sie über den Rand meines Weinglases an.

»Sie sagte, sie feiere keine *Hallmark*-Feiertage.«

Peetsa verschluckt sich fast an ihrem Wein.

»Ah ja, sehr sinnvoll«, sagt sie und wischt sich Wein vom Kinn. »Wer möchte schon diesen großen *Hallmark*-Feiertag Halloween feiern?«

»Ich frage mich nur, wann sie *dann* eine Party machen will?«

»Am Tag des Baumes?«, schlägt Peetsa kichernd vor.

»Am Murmeltiertag!«, stimme ich ein.

Während wir noch lachen, steht Peetsa auf.

»Zach, lass uns aufbrechen«, ruft sie ihren Sohn. »Vielen Dank für den Abend. Es war lustig.«

»Das beste Halloween, das ich je hatte«, sage ich. Und ich meine es genau so.

Als ich mich im Badezimmer bettfertig mache, grüble ich über meinen nachklingenden Gedanken, Don zu küssen. So einen Moment hatte ich bislang noch nie, und das bereitet mir auf mehreren Ebenen Unbehagen. Es kam so total unvorbereitet. Ich verehre meinen Ehemann nämlich, und wir haben selbst nach zehn Jahren immer noch ein ziemlich tolles Sexleben. Seit dem Tag, an dem wir uns trafen, habe ich nicht ein Mal auch nur daran gedacht, mit einem anderen Mann zusammen zu sein ... sofern man meine Bruce-Springsteen-Fantasien nicht mitzählt. Während ich mir die Zähne putze, schließe ich die Augen und versuche, die Gedanken wegzuschieben. Eins ist sicher: Ron Dixon ist heute Abend fällig.

7. Kapitel

An: Eltern
Von: JDixon
Datum: 18. November
Betreff: Partytime!

Hallo Leute,

lange nichts geschwafelt!

Es gibt Riesenneuigkeiten! Unsere Kinder werden eine Komplimente-Party feiern (»Du bist süß«, »Nein, du bist wirklich süß!«). Offenbar sollen sie füreinander Komplimente aufschreiben und in eine Dose stecken. Und wenn die Dose voll ist, gibt es – voilà! – eine Komplimente-Party.

Miss Ward hat sich dafür entschieden, sie am Mittwoch vor Thanksgiving (23. November) Eisbecher machen zu lassen, damit sie sie übers lange Wochenende mit einem Zuckerschock nach Hause schicken kann. Ich werde das Eis mitbringen, aber wir benötigen noch das Folgende an Toppings und Zubehör:

Schokoladensoße
Karamellsoße
Streusel
Gummibärchen
M&M's ohne Nüsse
Schlagsahne
Marshmallow-Topping
Löffel, Schälchen, Servietten
und natürlich werden die Batons Wein mitbringen

Bitte bedenken Sie: KEINE NÜSSE!!! (Sehen Sie, Shirleen? Ich hab's nicht vergessen!)

Das ist eine wunderbare Gelegenheit für Sie alle, sich mit mir gut zu stellen, indem Sie sich frühzeitig und oft freiwillig melden und etwas beisteuern. Wie immer werden die Reaktionszeiten notiert.

Nein, nein. Danken Sie mir nicht. Das ist meine Gegenleistung dafür, dass ich Elternsprecherin sein darf.

Jen

Als ich auf Senden klicke, sehe ich auf meine Uhr und stelle fest, dass ich besser in die Hufe kommen sollte, wenn ich noch rechtzeitig zu meinem Elternsprechtagtermin mit Miss Ward kommen will. Und den würde ich mir für nichts in der Welt entgehen lassen. Schon zwei Mal wurde ich von ihr abgewürgt, als ich versucht habe, ein wenig mit ihr zu plaudern. Ich kann mir also nicht vorstellen, wie es sein wird, ein echtes Gespräch über Max mit ihr zu führen.

Ich laufe nach oben ins Schlafzimmer und merke, wie sehr ich außer Atem bin. Wann wird sich mein Krafttraining wohl endlich auszahlen? Es sind nur noch fünf Monate bis zum Schlammrennen, und versagen ist keine Option. Ich sollte wohl mal mit Garth darüber sprechen, dass er meine Ausdauer verbessert.

Ich reiße die Tür von meinem Kleiderschrank auf und tue so, als würde ich mir tatsächlich mal etwas anderes raussuchen als meine offizielle, aus einer Levi's-Jeans, einem weißen T-Shirt und einem grauen (oder schwarzen) Sweatshirt bestehende Mom-Uniform. Ich habe zwanzig verschiedene Kombinationen des im Grunde gleichen Outfits, und das wird sich auch nicht so bald ändern. Meine einzige Schwäche ist ein Paar schwarzer, niedriger Pradastiefel. Die besitze ich seit nunmehr neun Jahren, und sie bekommen manchmal mehr Zuwendung als meine Kinder. Ich ziehe nur was anderes an, wenn ich unbedingt muss oder wenn Ron einen Kommentar abgibt wie: »Hattest du das nicht gestern schon an ... und vorgestern?« Er ist übrigens derjenige, der den Begriff »Mom-Uniform« erfunden hat. Er dachte, er würde mir damit eine subtile Botschaft schicken, aber ich habe es als Kompliment aufgefasst. Ich habe auch eine Abend-Mom-Uniform für besondere Abende außer Haus. Die besteht aus einer figurbetonten schwarzen Hose oder einem Bleistiftrock und einem schwarzen Shirt mit Knopfleiste. Ich wurde schon häufiger für eine Kellnerin gehalten. Einmal waren wir bei einer Benefizveranstaltung im Rathaus, und Don Cheadle aus *Ocean's Eleven* hat mich gebeten, sein Glas neu aufzufüllen.

Gelegentlich tausche ich den Jeans-und-Sweatshirt-Look, aber nicht heute. Heute brauche ich so viel Behaglichkeit wie möglich. Ich weiß nie, welche Miss Ward auftauchen wird, und deshalb muss ich so entspannt und vorurteilsfrei wie möglich sein.

Ron und ich treffen uns an der Schule. Ich schnappe mir meine Tasche und den Autoschlüssel und gehe zur Tür raus.

Habe ich erwähnt, dass ich mein Auto liebe? Es handelt sich um einen total aufgemotzten Honda Odyssey Minivan, und ich kann Ihnen sagen: Ich fühle mich da drin wie die Königin der Straßen. Ron hielt mich für verrückt, weil ich dieses Loser-Auto wollte, wie er es nennt, aber da er vorher noch nie Kinder hatte, war ihm auch nicht klar, wie lebenswichtig automatische Schiebetüren für uns sein würden. Ferner war ihm nicht klar, dass ich für Max und seine Freunde in absehbarer Zukunft Mom's Taxiservice spielen würde. Jetzt hat er begriffen, und sogar er fährt den Minivan ... manchmal ... wenn er meint, dass niemand ihn sehen wird.

Das ist sogar schon mein dritter Minivan und bei Weitem mein liebster. Ich habe ihn erst seit zwei Monaten, weshalb Max und seine Freunde ihn noch nicht zumüllen konnten. Ich werde versuchen, die »Essen verboten«-Regel so lange wie möglich aufrechtzuhalten, aber ich weiß schon jetzt, dass ich ihm irgendwann erlauben werde, während der Fahrt einen Snack zu essen, und dann ist es vorbei. Wir gaben den letzten Minivan in Zahlung, ohne zu wissen, wonach zur Hölle es da drin roch – obwohl ich den Verdacht habe, dass es sich um eine Kombination aus Joghurt, Urin und den Überresten meiner ersten Flasche Kombucha handelte.

Als ich auf den Schulparkplatz einbiege, sehe ich Ron vor dem Eingang auf mich warten. Ich schließe den Van ab und renne zu ihm. Wir sind gerade noch pünktlich.

Als wir den Flur zu Raum 147 entlanggehen, versuche ich, mich daran zu erinnern, wer vor uns den Termin bei Miss Ward hat. Ich weiß noch, dass ich darüber nachgedacht habe, Gordon/Burgess entweder vor oder nach uns einzutragen, damit ich einen Blick auf Soeinhottie erhaschen kann, aber leider hat es nicht geklappt.

Als wir ankommen, kommen Shirleen Cobb und ihr Ehemann lachend aus dem Klassenraum, dicht gefolgt von Miss Ward. Aber als sie uns sehen, hören sie auf zu lachen. Kein gutes Zeichen für uns.

Shirleen kommt direkt zu mir rüber, als befänden wir uns mitten in einer Unterhaltung.

»Graydon kann kein Eis essen. Er bekommt davon schreckliche Blähungen, obwohl er Eis liebt, das arme Kerlchen. Sie müssen sich eine andere Leckerei für die Party überlegen.«

Ich werfe Ron einen Seitenblick zu und lächle. *Willkommen in meiner Welt!*

»Shirleen, die Eisparty war nicht meine Idee. Ich befolge

nur Anweisungen. Aber Sie sollen wissen, dass ich an Graydon gedacht habe und plane, extra für ihn Sojaeis mitzubringen.«

Shirleen taxiert mich und nickt. »Gut.«

Und dann stolziert sie davon, ihren Ehemann im Schlepptau.

»Immer gerne«, murmle ich.

Ron beugt sich zu mir rüber. »Du hast mich gar nicht vorgestellt.«

»Gern geschehen.«

Miss Ward bittet uns ins Klassenzimmer. Sie trägt ihre Haare zu einem festen Knoten zurückgebunden, und ihr marineblauer Hosenanzug ist etwas weiter geschnitten, ohne unangemessen zu wirken. Heute ist sie durch und durch seriös.

»Hi Jenny. Und Sie müssen Ron sein. Kommen Sie rein und nehmen Sie Platz.«

Sie deutet auf zwei Kinderstühle. Warum machen Lehrer das? Wir sind Erwachsene mit Erwachsenenknien und Erwachsenenhintern. Wäre es denn so schwer, am Elternsprechtag zwei Stühle in Erwachsenengröße in den Raum zu stellen?

Während wir uns auf die Stühle niederlassen – und uns dabei gegenseitig festhalten, um das Ganze heil zu überstehen –, schaut Miss Ward angestrengt in einen Ordner, auf dem in violetter Schrift »Dixon, Max« steht. Als sie aufblickt, lächelt sie.

»Tja, was soll ich sagen? Max ist ein wunderbarer Junge. Er ist nett und höflich und bei allen in der Klasse sehr beliebt.«

Ron und ich lächeln einander an. Er nimmt meine Hand und drückt sie. Meine Augen werden etwas feucht.

»Wie dem auch sei«, Miss Ward guckt wieder in ihre Aufzeichnungen, »Max ist das einzige Kind in der Klasse, der offenbar keinen Sport mag, obwohl er die Pause toll findet. Haben Sie eine Ahnung, warum?«

Ich werfe Ron einen vielsagenden Blick zu. Er zuckt nur mit den Schultern.

»Keine Ahnung«, sagt er.

»Nun ja, es ist nichts, worüber Sie sich Sorgen machen müssen. Es ist mir nur aufgefallen.« Sie lächelt. »Er ist sehr gut in Mathe. Hier ein Einblick in seine letzten Arbeiten.« Sie schiebt uns ein paar Zettel über den Minitisch und erklärt, was die Klasse durchgenommen hat. Oben auf den Blättern sind violette Smileys zu sehen. Ich nehme an, dass ist ihr Äquivalent für eine Note. Ich bin versucht, zu fragen, was bei den Kindern, die keine so guten Leistungen erbringen, oben auf der Seite zu finden ist, doch ich entscheide mich dafür, es lieber nicht zu erfahren.

»Hier ist das Buch, das wir zurzeit laut vorlesen.« Sie reicht uns ein Buch, das ich schon gelesen habe, als ich in der ersten Klasse war: *The Dragons of Blueland* von Ruth Stiles Gannett.

»Hey, das Buch kenne ich«, sage ich zu niemand Bestimmtem.

»Max ist toll darin, zuzuhören. Aber wenn wir über das Buch sprechen, meldet er sich nie. Haben Sie eine Ahnung, warum?«

Ron blickt überrascht auf.

»Aha. Nein. Ich lese ihm abends vor, aber ...«

»Vielleicht machen Sie nach jeder Seite eine Pause und stellen ihm ein paar Fragen oder erkundigen sich nach seiner Meinung zu dem, was Sie vorgelesen haben.«

Ich denke über das Buch nach, das wir Max zurzeit vorlesen. Was für Fragen genau kann man einem Kind stellen, nachdem man die einfachen Sprechübungen aus *Hop on Pop* vorgelesen hat? Ron nickt nur zustimmend – oder geschlagen.

»Ich denke, Max braucht nur etwas mehr Selbstvertrauen.«

Selbstvertrauen? Er trägt rote Hosen, Mann! Wie viel mehr Selbstvertrauen kann er denn noch haben?

»Das ist alles, was ich zu sagen habe.« Miss Ward steht auf. »Haben Sie noch Fragen?«

Und jetzt raus hier. Warum so eilig? denke ich, doch ich sage es nicht. Ron und ich erheben uns mit Mühe von den Ministühlen.

»Ähm, bestimmt, aber im Moment fällt mir keine ein«, sagt Ron. Er tut mir leid. Er ist Miss Wards verrückt schroffe Art nicht gewohnt.

»Ist irgendwas für die Klasse geplant, das ich wissen sollte?«, frage ich.

»Jenny, *ja*! Danke, dass Sie mich daran erinnern. Wir machen in zwei Wochen einen Ausflug zur Müllkippe, und ich brauche drei Eltern als Begleitpersonen.«

»Zur *Müllkippe*?« Ich kann meine Fassungslosigkeit nicht verbergen.

»Na ja, eigentlich zum Kansas City Recycling-Center, aber glauben Sie mir: Die Kinder finden es viel spannender, wenn ich von der Müllkippe spreche.«

Gegen ihre Logik komme ich nicht an. Ich weiß, dass Max total darauf steht, auf die Müllkippe zu gehen, aber auf die echte. Sie wird eine Meuterei im Schulbus erleben, wenn sie zum Recycling-Center abbiegen.

»Okay. Ich werde eine E-Mail schreiben und um Freiwillige bitten.«

»Ich muss keine Details wissen, Jenny.« Miss Ward bugsiert uns zur Tür. Als wir rausgehen, bricht sie unerklärlicherweise in helles Gelächter aus. Wir zucken beide zusammen, weil es absolut aus dem Nichts kommt. Draußen im Flur sehen uns die Westmans überrascht an.

»Klingt so, als hätten Sie Spaß gehabt«, sagt Jackie zu mir.

Und in dem Moment fällt mir ein, wie die Cobbs vor unserem Termin aus dem Klassenraum kamen und lachten. Hmm ... ein kleiner Einschüchterungsversuch. Gerissen wie ein Fuchs, unsere Miss Ward.

An: Eltern
Von: JDixon
Datum: 15. November
Betreff: Partytime und Müll reden

Ist heute etwa mein Geburtstag???

Leute, Ihr seid echt super! Ich habe alle Freiwilligen zusammen, die ich brauchte, ohne eine Bettel-Mail hinterherzuschicken. Die Eltern meiner Klasse werden ja so schnell groß!

Ein dickes Lob an Sasha Lewickis automatische Antwort, die wieder mal am schnellsten kam, nämlich nach nur 22 Sekunden. Aber Jill Kaplan war ihr mit 1:47 dicht auf den Fersen. Der Rest von Ihnen hat ein bisschen getrödelt, aber hey – am Ende haben Sie sich ja gemeldet. Hier die Aufstellung:

Schokoladensoße – Kaplans
Karamellsoße – Zalises
Streusel (Schoko UND bunt!) – Elders
Gummibärchen – Gordon/Burgess
M&M's ohne Nüsse – Alexanders
Schlagsahne – Browns (soeben haben wir ein bisschen mehr über die Browns erfahren, was?)
Marshmallow-Topping – Fancys
Löffel, Schälchen und Servietten – Aikenses
Pappbecher – Eastmans
Und die Batons bringen Wein mit.

Rechnen Sie mit voll unter Zucker stehenden Kindern, wenn Sie sie am Mittwoch abholen.

Noch eine andere Sache: Miss Ward hat vor, am Dienstag, den 22. November, einen Klassenausflug zum Kansas City Recycling-Center zu machen (z. K.: Sie erzählt den Kindern, sie fahren zur Müllkippe). Wir brauchen drei Eltern als Begleitpersonen. Wenn Sie darüber nachgedacht haben, zögern Sie nicht! Tippen Sie drauflos und melden Sie sich freiwillig.

RAN AN DIE TASTEN!

Jennifer

An: JDixon
Von: Sasha Lewicki
Datum: 15. November
Betreff: Partytime und Müll reden

Ich bin bis zum 30. November nicht im Büro.

Gruß,
Sasha

An: JDixon
Von: Peetsa Tucci
Datum: 15. November
Betreff: Partytime und Müll reden

Ich bin dabei, wenn du es bist.

Kuss und Umarmung
P.

Ich stöhne, obwohl Peetsa das Einzige wäre, was einen Klassenausflug zum Recycling-Center erträglich machen würde.

An: JDixon
Von: RBrown
Datum: 15. November
Betreff: Partytime und Müll reden

Das ist kein Witz, oder? Ich bin mir da nie sicher. Falls es kein Witz ist, fahre ich mit. Ich mag zwar keinen Müll, aber ich denke, Zach würde es gefallen, wenn ich mitfahre.

Vielen Dank,
Ravital

An: JDixon
Von: DBurgess
Datum: 15. November
Betreff: Partytime und Müll reden

Hallo Jen,

ich bin mir nicht sicher, ob ich es dir erzählt habe, aber ich bin der Manager im Recycling-Center. Ich kann also gern als Begleitperson mitkommen. Du und Peetsa solltet auch mitkommen. Unsere Anlage ist ziemlich beeindruckend.

Bis dann!
Don

Als Don sagte, die Abfallbeseitigung sei sein Beruf, habe ich keine Sekunde an das Recycling-Center gedacht. Tja, damit wäre die Sache geritzt. Ich schicke Peetsa eine Mail, um ihr zu sagen, dass sie die glückliche Gewinnerin eines Tages voller Müll ist. Und während ich das schreibe, versichere ich mir, dass ich auf jeden Fall mitgefahren wäre – auch ohne die E-Mail von Soeinhottie.

8. Kapitel

»Wir sind zu Hause!«, rufen Vivs und Laura im Chor.

»Was?«, schreie ich. Ich lasse den Truthahn, den ich gerade abwasche, in die Spüle fallen und flitze los, um meine Mädchen zu umarmen.

»Ich habe erst heute Abend mit euch gerechnet.« Ich nehme sie in den Arm und drücke sie, so fest ich kann. Ich kann nicht glauben, dass sie beide größer als ich sind.

»Tja, Vivs hat beschlossen, ihre letzten beiden Kurse sausen zu lassen, und deshalb sind wir schon so um zehn losgefahren.« Laura klingt wie eine kleine Petze.

»Ich habe gar nichts sausen lassen.« Vivs blickt mürrisch drein. »Ich wäre die Einzige gewesen. Die Lehrer werden mir wahrscheinlich dankbar sein.«

Ich will gerade einen fiesen Witz über unser hart verdientes Geld machen, als mir etwas auffällt. »Wo ist Raj?«

»Er kommt nicht.«

»Was? Warum nicht?«

»Weil er ein Arschloch ist, Mom«, erwidert Vivs schnippisch und geht nach oben, wobei ihre langen braunen Haare hinter ihr herschwingen.

»O Gott, was ist denn jetzt?«, frage ich Laura.

Sie zuckt mit den Schultern. »Keine Ahnung. Sie wollte im Auto nicht darüber reden. Und sie ist wie eine Wahnsinnige gefahren, Mommy! Wir haben nur eine Stunde gebraucht.«

Ich nehme sie in den Arm. »Wie geht es *dir* denn, meine Süße?«

»Mir geht's gut!« Sie strahlt. »Ich finde es immer noch toll in dem Wohnheim. Meine Mitbewohnerinnen sind so lustig.«

»Und deine Kurse? Hast du überhaupt mal die Chance, irgendwohin zu gehen?«

»Ab und zu.« Sie grinst mich an.

Laura ist eine solche Schönheit geworden. Mit ihren großen Augen und den vollen Lippen erinnerte sie als Kind leicht an einen Käfer, aber inzwischen ist sie in ihr Gesicht hineingewachsen und hat zudem herausgefunden, wie sie ihre blonden Locken zähmen kann. Sie sieht mir oder ihrer Schwester kein bisschen ähnlich.

»Wo ist Maximilian Swell?«, fragt sie.

Bei dem Spitznamen muss ich lächeln, »swell« für klasse oder wunderschön. Er ist viel besser als »Maxipad« – der erste Spitzname, dem sie ihrem Bruder gegeben hat.

»Er und Ron besorgen ein paar Cranberrys. Kannst du dir eine Schürze nehmen und schon mal Brot für die Füllung zerteilen?«

»Klar. Ich gehe vorher nur kurz ins Bad.« Laura läuft nach oben zu dem Zimmer, das sie sich mit Vivs teilt, wenn sie zu Hause sind. Zwei Minuten später kommen beide Mädchen nach unten und binden sich Schürzen um. Ich finde es großartig, dass sie das machen, ohne dass ich lange herumnörgeln muss. Die Früchte meiner strengen Erziehung. Sie hatten jeden Tag bestimmte Aufgaben zu erledigen und durften sich nicht hinsetzen, wenn ich noch gearbeitet habe. Bei Max bin ich extrem nachlässig geworden. Das wirft Vivs mir andauernd vor.

Während die beiden zwei Laibe Weißbrot zerrupfen, widme ich mich wieder dem Truthahn, den ich so salopp in die Spüle geworfen habe. Vivs lässt ihre schlechte Laune an dem Brot aus und zerteilt es genussvoll.

»Willst du darüber reden?«, frage ich.

»Worüber?« Sie blickt verärgert auf.

»Über deine schlechte Laune.«

»Ich habe keine schlechte Laune, Mom. Ich bin nur in Gedanken.«

Leider beschließt Laura, sich einzumischen.

»Und ich kann froh sein, dass ich noch am Leben bin, weil du beim Autofahren«, sie zeichnet Anführungszeichen in die Luft, »›in Gedanken warst‹.«

»O Gott, du bist echt so ein Baby.« Vivs haut mit den Händen auf die Arbeitsplatte.

»Mädchen! Was soll das? Wollen wir wirklich so in unser Thanksgiving-Wochenende starten? Laura, lass gut sein mit dem Fahren. Ihr seid ja heile angekommen. Und du.« Ich gucke Vivs direkt in die Augen. »Entweder du erzählst uns, was los ist, oder du reißt dich zusammen.«

Vivs senkt den Blick.

»Tut mir leid. Es ist nur ... Raj hat so was Dämliches gemacht, und ich bin echt stinksauer auf ihn.«

Sie macht eine Pause, als würde sie versuchen, irgendwas zu entscheiden.

»Er hat mir einen Heiratsantrag gemacht.«

»*Was?*«, schreit Laura. »Willst du mich verarschen? *Deswegen* bist du so wütend? Weil ein heißer Typ dich heiraten will?«

»Halt die Klappe. Du hast doch keine Ahnung, wovon du redest«, feuert Vivs zurück.

Laura wirft die Hände in die Luft.

»Könnte mir bitte irgendjemand so ein Problem geben?«, fragt sie die Luft um sich herum.

»Mom!«, jammert Vivs.

»Okay, Schluss jetzt. Meine Güte, ihr zwei. Ihr seid gerade mal seit einer halben Stunde zu Hause.«

Ich nehme mir ein Handtuch, um mir die Hände abzutrocknen, und wünsche mir nichts sehnlicher, als dass es schon spät genug für ein Glas Wein wäre. Es ist ungefähr drei Uhr, oder?

»Er hat dir also einen Antrag gemacht, und du hast ...«

»Nein«, unterbricht Vivs mich schnell. »Ich habe Nein gesagt. Natürlich habe ich Nein gesagt.«

»Warum hast du Nein gesagt?«, fragt Laura arglos.

»Äh, weil ich nicht zur weißen Unterschicht aus der hintersten Provinz von Kentucky gehöre«, sagt Vivs.

Ich gucke zu Laura, die immer noch irritiert ist. Ich lege den Arm um sie.

»Findest du nicht, dass einundzwanzig ein bisschen zu jung ist, um zu heiraten?«, frage ich sie.

Sie sieht mich nachdenklich an.

»Nicht, wenn man den anderen liebt. Ich würde es tun.«

Wir warten beide ab, ob sie einen Witz macht. Macht sie nicht. Das ist definitiv ein Thema, auf das ich später noch mal zurückkommen muss.

Ich wende mich an Vivs. »Ist dein Alter der einzige Grund dafür, dass du Nein gesagt hast? Du liebst ihn doch, oder?«

Vivs setzt sich an den Küchentisch und holt tief Luft.

»Ja. Ich meine, ich glaube schon. Woher weiß man das?«

»O Gott.« Ich schnaube. »Frag mich nicht. Ich habe Jahre gebraucht, um es herauszufinden.«

»Super, Mom. Danke. Ein gutes Gespräch, echt.« Vivs' Stimme trieft vor Sarkasmus.

Ich verdrehe die Augen. Das sind genau die Muttermomente, die ich liebe und gleichzeitig fürchte. Ich will das Richtige sagen und ihr den richtigen Rat geben, aber ich bin mir nicht hundertprozentig sicher, was der richtige Rat ist.

»Na ja, ich denke, du musst hinter die Verliebtheit blicken, die du zurzeit fühlst, und darüber nachdenken, mit wem du die besten und die schlechtesten Zeiten deines Lebens verbringen möchtest. Die Leidenschaft wird verblassen – das muss sie auch, sonst bekäme man ja gar nichts mehr geregelt.« An dieser Stelle lächelt Vivs. »Aber wenn am Ende dein bester Freund bleibt, hast du die richtige Entscheidung getroffen.«

Vivs zieht die Augenbrauen hoch. »Dann ist Ron dein bester Freund?«

»Also, eigentlich ist das Nina, aber Ron kommt ohne Frage direkt danach, oder fast direkt. Der Punkt ist, dass es jemand sein sollte, mit dem man es von jetzt an für die nächsten vierzig Jahre aushalten kann.«

»Aber woher weiß ich das?«, ruft Vivs entnervt.

»Du weißt es, wenn du dich selbst besser kennenlernst!« Ich hebe frustriert die Stimme.

In diesem Feiertagsglücksmoment, der einem Gemälde von Norman Rockwell entsprungen sein könnte, kommen Ron und Max durch die Hintertür in die Küche.

»Oh, hi?«, sagt Ron mehr als nur ein wenig beunruhigt.

»Sissy!« Max springt sofort auf Vivs' Schoß und nimmt sie fest in den Arm.

»Buddy!« Vivs drückt ihn ebenfalls.

»Hey, und was ist mit mir, Maxilla?« Laura geht zu den beiden rüber und nimmt ihren kleinen Bruder auf den Arm.

»Ich habe einen Hubschrauber bekommen und bin Halloween als Ninja gegangen«, zwitschert Max.

»Erzähl mir was, das ich noch nicht weiß, Bruder!« Laura nimmt ihn in den Gamstragegriff und trägt ihn ins Wohnzimmer.

»Hi Ron«, ruft sie über die Schulter.

»Hey Laurs«, erwidert Ron, der immer noch in der Tür steht und eine Einkaufstasche in der Hand hält. Er schließt die Tür und geht vorsichtig zum Arbeitstresen, so als würde er ein Minenfeld überqueren. Er gibt mir einen Kuss auf den Kopf und beugt sich runter, um Vivs zu umarmen. »Irgendwas, wovon ich wissen sollte?«

»Nur ein Frauengespräch.« Ich schenke ihm ein liebliches Lächeln.

»Ron, woher wusstest du, dass Mom die Richtige ist?«, platzt es aus Vivs heraus.

Na gut, ein Frauen- *und* Männergespräch.

Ron sieht sie misstrauisch an, ist aber so klug, nur auf ihre Frage zu antworten.

»Woher ich das wusste? Ähm ... Also, zuerst wusste ich es gar nicht.«

Ich blicke überrascht auf.

»Das ist nicht böse gemeint, Schatz, aber du hast mich schon ziemlich herausgefordert. Kein normaler Mann will mit einer Frau zusammenleben, die ihn andauernd zusammenscheißt.«

Zusammenscheißt? denke ich. Er hat keine Ahnung, was zusammenscheißen heißt. Ich werde ihn ...

Ron fährt fort: »Aber nach einer Weile wurde mir klar, dass ich viel glücklicher bin, wenn ich von euch dreien zusammengeschissen werde, als ich es je zuvor mit einer anderen Frau war. Da wusste ich es.«

»Aber er war damals dreiundvierzig«, erinnere ich überflüssigerweise alle Anwesenden. »*Und* er hatte bereits ein Leben mit der verrückten Cindy hinter sich.«

Vivs ignoriert mein Geplapper und blickt unverwandt zu Ron.

»Was, wenn du Mom mit einundzwanzig begegnet wärst?«

Da ich weiß, dass Ron an dieser Stelle etwas mehr Kontext braucht, mische ich mich ein.

»Raj hat Vivs einen Heiratsantrag gemacht. Sie hat Nein gesagt, und jetzt kommt er nicht zu Thanksgiving. So. Jetzt bist du auf dem neuesten Stand.«

»Also fragst du mich gerade, ob ich deine Mutter geheiratet hätte, wenn ich sie vor dreißig Jahren kennengelernt hätte?«

»Ja«, erwidert Vivs.

»Wahrscheinlich nicht. Aber ich habe das Gefühl, dass es ein großer Fehler gewesen wäre. Ich kann mir mein Leben mit niemand anderem vorstellen. Kannst du dir dein Leben mit jemand anderem vorstellen?«

»Ehrlich gesagt: Ja, das kann ich«, antwortet Vivs ein bisschen zu schnell.

»Tja, dann«, sagt Ron und fängt an, die Einkaufstasche auszuräumen, »hast du die Antwort doch.«

Vivs macht sich wieder daran, das Brot zu zerbröckeln, und ich danke Gott zum millionsten Mal dafür, dass ich den richtigen Mann geheiratet habe.

»Um wie viel Uhr kommen Nana und Grandpa?«, fragt Laura beim Frühstück am Morgen von Thanksgiving. Ron hat wieder mal ein köstliches Rührei mit Schinken gemacht. Eigentlich kann er überhaupt nicht kochen, aber dieses eine Gericht gelingt ihm ohne allzu viel Chaos.

»Sie gehen heute Morgen in die Kirche und kommen dann rüber«, sage ich, während ich meinen Toast kaue.

»Sie gehen oft zur Kirche«, stellt Max fest.

»Okay, wo wir gerade alle zusammen sind, erläutere ich euch mal den Tagesablauf.« Ich schalte in den Ausbildungsunteroffiziersmodus. »Vivs, du sorgst dafür, dass der Truthahn bis heute Mittag gefüllt und im Ofen ist.«

»Geht klar.« Vivs salutiert.

»Ron, die Kartoffeln und Rüben sind schon vorbereitet. Du brauchst sie nur noch in die Mikrowelle zu schieben, wenn ich es dir sage. Ich wiederhole: *wenn ich es dir sage.*«

»Meine Güte, da wärmt man einmal was zu spät auf, und schon ist man für sein Leben gebrandmarkt«, mault Ron.

Ich ignoriere ihn und spreche weiter. »Laura, du hast Bratensoße-und-Spezialerbsen-Dienst. Du kennst den Ablauf.«

»Jawohl«, sagt Laura. »Soße machen, Soße vor Nana verstecken, Nana die Soße machen lassen, dann Nanas Soße gegen meine austauschen. Kinderleicht.«

»Das sagst du jetzt, aber ich glaube, Nana ist uns auf der Schliche. Behalte sie gut im Auge.«

»Was stimmt denn nicht mit Nanas Soße?«, fragt Max. »Ich finde sie lecker.«

»Du hast sie noch nie gegessen«, versichert Laura ihm. »Du hast immer nur meine Soße gegessen.«

»Zum Glück«, meint Ron und nickt ihm zu.

Lassen Sie mich dazu sagen, dass meine Mutter ein gutes Herz und keine Geschmacksknospen hat. Alles, was sie macht, ist total überwürzt. Und das Ganze wird mit zunehmendem Alter immer schlimmer. Mein Vater tut mir so leid. Gott sei Dank hat er schreckliche Probleme mit den Nasennebenhöhlen. Deshalb bekommt er wahrscheinlich nicht allzu viel davon mit.

»Und vergiss nicht, die Soßenschale aus der Hölle auszugraben«, erinnere ich Laura. »Sie steht im Wäscheschrank hinter den alten Handtüchern.«

»O Mann, warum musst du sie immer noch so nennen?« Ron klingt angegriffen.

»Wie soll ich sie denn sonst nennen?«, frage ich ihn. Es war ein Hochzeitsgeschenk von Rons Ex. Sie schickte uns eine Sauciere in Form eines Truthahns. Der Hals ist der Griff, und die Soße kommt aus dem Hintern. Ich bestehe darauf, sie mindestens zweimal pro Jahr zu benutzen.

Er schüttelt den Kopf. »Ich dachte, einfach nur ›Soßenschale‹. Aber egal.«

»Max«, fahre ich fort, »du bist dafür verantwortlich, Blätter für den Tisch zu sammeln. Ich will viele verschiedene Farben sehen, einverstanden?«

»Okay!«, sagt er und fühlt sich offenbar sehr wichtig.

»Okay«, wiederhole ich. »Ich werde den Tisch decken und dafür sorgen, dass die Pies in den Ofen kommen, sobald der Truthahn draußen ist. Noch Fragen?«

Ich ernte viele leere Blicke.

»Also gut. Dann mal los. Kein Fernsehen, bis du deine Arbeiten erledigt hast.«

»Ich will überhaupt nicht fernsehen«, sagt Max.

»Ich habe mit Daddy gesprochen.«

Als sich alle an ihre Aufgaben machen, räume ich das Frühstückschaos weg und setze mich, um meine E-Mails zu checken. Zwischen den üblichen Nachrichten von Pottery Barn, Shopbop und Amazon befindet sich eine Mail von niemand anderem als Miss Ward.

An: JDixon
Von: PWard
Datum: 25. November
Betreff: Ich bin dankbar!

Liebe Jenny,

während ich an diesem schönen Thanksgiving mit einer Flasche Wein und allen vier Twilight-Filmen in meiner Wohnung sitze, möchte ich Ihnen einfach für Ihre harte Arbeit und Freundschaft im bisherigen Schuljahr danken. Ich finde, wir geben wirklich ein gutes Team ab! Und nachdem ich das losgeworden bin, muss ich Sie bitten, bei den Ausflügen mehr auf Zack zu sein. So was wie im Recycling-Center darf sich auf keinen Fall wiederholen. Einverstanden? Super.

Ich wünsche Ihnen ein schönes Abendessen!
Peggy

Autsch. Ich kann nicht glauben, dass sie das wirklich geschrieben hat.

Peetsa und ich haben am Dienstag den Ausflug begleitet, und – wie *ich* es vorhergesagt habe – die Kinder waren fix und fertig, als sie begriffen haben, dass wir nicht zu einer »richtigen Müllkippe« fahren.

Gott sei Dank war Soeinhottie da! Er hat vor dem Haupteingang der Anlage auf uns gewartet, und als er das Schluchzen aus dem Bus hörte, stieg er ein und übernahm das Kommando. Innerhalb von fünf Minuten gelang es ihm, die Kinder davon zu überzeugen, was für ein Glück sie hatten, hier zu sein und nicht auf der richtigen Müllkippe. Er brauchte nur von dem üblen Gestank und den riesigen Ratten zu erzählen. Glücklicherweise schluckten die Kinder den Köder – vor allem, als er sagte, dass er ihnen zeigen würde, wie man aus einer Plastikwasserflasche eine Jeans macht. Plötzlich konnten sie es kaum erwarten, mit dem Rundgang anzufangen. Lulu sah so stolz aus.

»Wäscheraum der Turnhalle«, murmelte Peetsa mir zu, als wir übers Betriebsgelände gingen. Ich musste laut lachen. Miss Ward warf uns einen strengen Blick zu.

Am Ende der Führung hielt Don Wort. Wir setzten die Kinder in eine Art Cafeteria und zeigten ihnen einen Film über eine Plastikflasche, aus der Stoff hergestellt wurde. Peetsa saß neben ihrem Sohn, und ich bemerkte, wie sich Miss Ward unmittelbar nach dem Filmstart mit ihrem Handy nach draußen schlich. Ich setzte mich in den hinteren Teil des Raums und lehnte mich auf meinem Stuhl zurück. Und da geschah es.

Don kam und setzte sich neben mich.

»Erinnerst du dich noch, wie glücklich wir immer waren, wenn wir in der Schule einen Film angesehen haben?«, flüsterte er.

Beruhig dich, Jen.

»Ja«, erwiderte ich.

Er legte die Arme auf seine Knie und beugte sich so dicht zu mir herüber, dass ich die hellen Härchen an seinen Ohren sehen konnte.

»Und ... ?« Er lächelte.

»Und ... ?« Ich lächelte zurück und versuchte, mich an das letzte Mal zu erinnern, als ich so nah neben einem Mann saß, der nicht mein Ehemann war.

»Was glaubst du, wie es läuft?«, flüsterte er.

»Ich glaube, es läuft großartig.« Ich fragte mich, ob wir von derselben Sache sprachen. Immerhin saß ich nur wenige Zentimeter von meinem Highschool-Schwarm entfernt. Wie viel besser konnte es werden?

»Glaubst du, den Kindern hat die Anlage gefallen? Lulu war ziemlich nervös vor lauter Sorge, es könnte sich jemand langweilen.«

»Nein, sie fanden es toll. Ehrlich.« Ich hoffte, mein Lächeln würde ihn beruhigen.

»Mom!« Max stand vor mir.

»Was?« Ich zog mich ruckartig von Don zurück. Der Film lief noch, und die Kinder sahen ruhig zu. Ich konzentrierte mich auf meinen Sohn. »Was ist los?«

»Graydon ist nicht hier.«

Don und ich tauschten einen Blick und sprangen auf. Was folgte, waren dreißig Minuten voller Panik, in denen wir nach Graydon fahndeten, der sich kurz nach dem Filmstart auf eigene Faust auf die Suche nach einer Toilette gemacht hatte. Er hatte das Recycling-Center verlassen und war ins Hauptgebäude gegangen, wo sich die Büros befanden und wo es seiner Meinung nach die »sicherste Toilettenoption« gab. Zum Glück war er auf seiner Reise nicht mit Erdnussbutterstaub oder Staub in der Luft in Kontakt geraten, sonst hätte Shirleen mich ordentlich verprügelt. Allerdings glaube ich, dass er von der Seife einen Hautausschlag bekommen hat.

Ich bat Miss Ward vielmals um Entschuldigung und besaß sogar so viel Klasse, sie nicht mit der Nase darauf zu stoßen, dass *sie* es war, die in den ersten zwanzig Minuten von Graydons Verschwinden nicht aufzufinden war.

Und jetzt schiebt sie das alles mir in die Schuhe, ausgerechnet an Thanksgiving? Ich denke darüber nach, eine Vergeltungsmail zu verfassen – irgendwas Bissiges über Weintrinken um zehn Uhr morgens und die Tatsache, dass sie ein eingefleischter *Twilight*-Fan ist. Doch weil heute ein Feiertag ist, entscheide ich mich dafür, den rechten Weg zu beschreiten. Also schicke ich Don ein kurzes *Happy Thanksgiving* und bedanke mich nochmals bei ihm für seine Unterstützung bei dem Ausflug. Und ich bin nur ein kleines bisschen begeistert, als er mir sofort antwortet: *Jederzeit!*

»Ach, das war ein feines Mahl, Mutter.« Ron schiebt seinen Stuhl von der Thanksgivingtafel zurück und streichelt seinen nicht vorhandenen Bauch. Manchmal tut er gerne so, als wären wir ein altes Ehepaar aus den Fünfzigern. Es ist eins dieser Dinge, die die ersten fünf-, sechsmal niedlich waren, aber inzwischen ihren Charme verloren haben. Ich bringe es nicht übers Herz, ihm zu sagen, dass er sich dringend was Neues überlegen muss.

Ich muss sagen, das Essen war wirklich köstlich. An Thanksgiving zu kochen ist im Grunde idiotensicher. Man muss nur dafür sorgen, dass man den Vogel nicht zu lange im Ofen lässt, und hat damit schon die halbe Miete.

»Du hast dich wirklich selbst übertroffen, Freundin«, ruft Nina von der anderen Seite des Tisches. »Diese Erbsen waren unglaublich.«

Nina und Chyna essen an den Feiertagen abends immer mit uns, weil wir für sie in KC ein Familienersatz sind. Ninas Eltern starben beide im Urlaub auf den Bahamas bei einem furchtbaren Bootsunglück. Nina war erst acht Jahre alt und sah das Ganze vom Strand aus mit an. Danach lebte sie bei ihrer Großmutter in Topeka. Sie spricht nicht viel darüber, aber sie erzählte mir, dass ihr ein Anwalt nach dem Tod ihrer Großmutter einen Scheck über 326.342 Dollar überreichte – eine Art Entschädigung des Mega-Resorts, in dem ihre Eltern ums Leben kamen. Offenbar hatte ihre Großmutter das Geld zurückgehalten, damit Nina es nicht für »Klamotten oder Drogen ausgeben« konnte. Das war der perfekte Moment für den schneidigen Sid, ihr Herz – und ihr Geld – im Sturm zu erobern.

»Das Geheimnis ist Muskatnuss«, verrate ich ihr.

»Und ungefähr ein Pfund Butter«, fügt meine Mutter hinzu. »Ich schwöre dir, Süße, du machst jedes Jahr mehr rein. Deine Großmutter wäre entsetzt.«

»Aber nicht wegen des Geschmacks«, kontere ich. »Granny wäre schockiert, weil Butter so teuer ist.«

»Da hast du recht«, stimmt meine Mutter mir zu. »Meine Güte, diese Frau war wirklich geizig. Sie hat meinen Vater dazu gebracht, zwanzig Meilen zu einem Laden zu fahren, weil die Papiertücher dort zehn Cents billiger waren.«

Nina lächelt. Ich bin mir sicher, dass sie die familiären Neckereien genießt, weil sie es selbst nie erlebt hat.

»Wie geht es deinem Trainer Garth?«, fragt meine Mutter, während sie anfängt, alle Teller, an die sie ohne aufzustehen drankommt, übereinanderzustapeln. Ron und mein Vater sind zum Fernseher zurückgegangen, und die Mädchen und Max spielen unten im Keller mit der Xbox, einer Spielkonsole.

»Gut. Ich mag ihn. Er ist wirklich ein netter Kerl.«

»Was macht er denn heute?«

Ich schweige einen Moment. »Hat er nicht gesagt.«

»Du hättest ihn zum Essen einladen sollen«, tadelt mich meine Mutter.

»Mom, ich kenne ihn doch kaum! Und er kennt *mich* kaum. Es wäre seltsam gewesen, ihn ganz beiläufig zu Thanksgiving einzuladen.«

Meine Mutter schüttelt den Kopf. »Ich dachte, ich hätte dich besser erzogen, Jennifer Rose.«

»Du hast mir nie beigebracht, Fremde zum Essen einzuladen.«

»Er ist kein Fremder, und er hat keine Verwandten in der Stadt.«

»Woher weißt du das?«

»Weil er es mir erzählt hat. Wie viel weißt du über ihn?«

»Nicht viel.« Ich zucke mit den Schultern. »Wir unterhalten uns eigentlich nicht.«

»Tja, vielleicht solltet ihr das mal tun.« Meine Mutter schiebt ihren Stuhl zurück und ruft überraschend laut: »Okay! Alle beim Aufräumen helfen, außer Jen und Nina.« Aus dem Wohnzimmer und dem Keller ist Gestöhne zu vernehmen.

»Kommt schon. Wenn alle mit anpacken, geht es schneller.«

Alle schleppen sich ins Esszimmer.

»Tut, was Nana sagt, oder ihr müsst später einen Rosenkranz beten«, warne ich alle. Plötzlich steigert sich das Tempo merklich.

»Oh, den Rosenkranz werden wir so oder so beten«, versichert meine Mutter mir, was für noch mehr Gestöhne sorgt.

Nina und ich greifen uns den restlichen Wein und unsere Gläser und gehen ins Wohnzimmer.

»Deine Mama hat dir ja gerade kräftig den Hintern versohlt, meine Liebe.« Nina grinst.

»Ja, nicht wahr? Was hat sie nur immer mit Garth?«

Nina zuckt mit den Schultern. »Wie geht es meiner Elternsprecherin?«

»Ach, du weißt ja: Dieser Job ist mein absoluter Traum.« Ich fange an, ihr von dem Drama um den Zeitplan für den Elternsprechtag zu erzählen.

»Ich weiß nicht, ob Kim Fancy diesen dämlichen Termin am Ende noch bekommen hat oder nicht. Ich hoffe, Sasha Lewicki hat ihn nicht hergegeben.«

»Wer?«, fragt Nina hinter ihrem Weinglas.

»Sasha Lewicki. Ihre Tochter heißt Nadine.«

»Nie von ihr gehört.«

»O Gott. Bedeutet das tatsächlich, dass ich jemanden kenne, den du nicht kennst?« Das soll eigentlich ein Witz sein, ist es aber nicht so ganz. Nina bemüht sich sehr darum, alle zu kennen, weil man, wie sie sagt, »nie weiß, wo man einen guten Tipp bekommt.« Als freiberufliche Grafikdesignerin ist sie immer auf der Suche nach neuen Kunden. Wie sie das macht, ohne die Leute zu verärgern, ist mir ein Rätsel.

»Die müssen neu sein.« Sie senkt die Stimme. »Noch immer in deine alte Flamme verknallt?«

»Ich versuche, es nicht zu sein. Aber es macht irgendwie Spaß, verstehst du?«

»Ja, Ma'am. Ich verstehe sehr gut.« Sie lacht.

»Wirklich?«

Sie nickt. »In Chynas Klasse ist ein Vater, der schockiert wäre, wenn er wüsste, was ich über ihn denke.«

»Hör auf!« Das hätte ich nie gedacht.

Sie nickt. »Aber er interessiert sich nicht die Bohne für mich. Du hingegen musst aufpassen. Alte Flammen entzünden sich gerne neu.«

»Er ist keine alte Flamme. *Ich* war in *ihn* verliebt. Das beruhte nicht auf Gegenseitigkeit.«

»M-hm.« Sie guckt auf ihren Bauch und stöhnt. »Warum überfresse ich mich eigentlich immer, wenn ich herkomme? Sieh dir diesen Mist nur an!« Sie zeigt mir eine Handvoll Bauch.

»Willst du Garth mal ausprobieren? Er macht Hausbesuche.«

»Vielleicht im neuen Jahr. Zuerst muss ich noch einen Monat Fresserei hinter mich bringen.«

9. Kapitel

An: Eltern
Von: JDixon
Datum: 05. Dezember
Betreff: Miss Wards Klasse macht eine Feier!

Zur Melodie von »Santa Claus is coming to Town« singen:

Passt alle gut auf. Und bloß nicht weinen.
Zieht keine Schnuten, ich erklär, was ich meine.
Miss Wards Klasse macht eine Feier!
Ich mache eine Liste der Dinge, die wir essen.
Um halb elf am Morgen wollen wir uns treffen.
Miss Wards Klasse macht eine Feier!
Wir brauchen Bagels und Frischkäse,
etwas Obst und Donuts dazu.
Wasser, Saft, Tee und Kaffee
und ein paar Flaschen Ju-chuu!
Meldet euch schnell, das wär' klasse!
Sonst mach ich 'ne Liste von allen, die ich hasse.
Miss Wards Klasse macht eine Feier!

Am 22. Dezember, Leute. Findet direkt nach dem Konzert im Klassenraum statt.

Die Leitungen sind ab sofort geöffnet, also gehen Sie nicht zum nächsten Computer, sondern rennen Sie! Und melden Sie sich freiwillig, um was beizusteuern.

In diesem Sinne!

Jen

An: **JDixon**
Von: **Sasha Lewicki**
Datum: 05. Dezember
Betreff: Miss Wards Klasse macht eine Feier!

Hi,

ich bin bis zum 8. Dezember nicht im Büro.

Gruß,
Sasha

An: **JDixon**
Von: **Peetsa Tucci**
Datum: 05. Dezember
Betreff: Miss Wards Klasse macht eine Feier!

Liebe Jen,

wir bringen Bagels mit.

Ich bin überrascht, dass Miss Ward dich eine Weihnachtsfeier veranstalten lässt. Ich dachte, die feiert keine Hallmark-Feiertage?!

Kuss und Umarmung
P.

An: **JDixon**
Von: **SCobb**
Datum: 05. Dezember
Betreff: Miss Wards Klasse macht eine Feier!

Jen,

auch wenn Sie nicht darum gebeten haben, aber wir bringen Sojabutter für Graydons glutenfreien Bagel mit.

Shirleen

An: JDixon
Von: DBurgess
Datum: 05. Dezember
Betreff: Miss Wards Klasse macht eine Feier!

Hallo Jen,

ich kümmere mich um die Donuts.

Bis dann,
Don

An: JDixon
Von: JWestman
Datum: 05.12
Betreff: Miss Wards Klasse macht eine Feier!

Ich bringe Pappbecher mit.

Grüße,
Jackie

**An: JDixon
Von: KFancy
Datum: 05. Dezember
Betreff: Miss Wards Klasse macht eine Feier!**

Hallo Jen,

wie dumm von mir – ich dachte, in dieser E-Mail ginge es um die Cocktailparty für die Eltern!

Wir bringen gerne Kaffee zur Party mit. Sahne und Zucker auch, nehme ich an?

Wo ich Ihnen gerade schreibe, werfen wir doch mal einen Blick auf den 17. Dezember. Der würde sich gut für eine Erwachsenenparty eignen. Ich weiß, es ist nur noch zwölf Tage hin, aber ich biete mich auch gern als Gastgeberin an. Sie müssten nur die Einladung für mich verschicken.

Auf die Art könnten wir doch alle großartig in die Weihnachtszeit starten, finden Sie nicht auch?

Kim

»Verflixt noch mal, diese Frau ist echt beharrlich!«

»Wer?«, fragt Ron. Wir liegen im Bett und machen, was jedes richtige amerikanische Paar abends macht – fernsehen und unsere E-Mails checken.

»Kim Fancy. Sie nervt mich seit dem Elternabend damit, eine Cocktailparty für die Eltern unserer Klasse zu organisieren.«

Ron zuckt mit den Schultern. »Und?«

»Wie ›und‹? Was meinst du mit ›und‹?«

»Und was ist so schlimm daran? Es könnte doch nett werden, ein paar Stunden mit anderen Eltern zu verbringen.«

»Das machen wir doch schon. Wir verbringen Zeit mit Peetsa und Nina.«

»Nein, *du* verbringst Zeit mit ihnen.« Ron schaltet den Fernseher auf stumm. »Ist es zu viel Arbeit für dich?«

»Nein. Sie wird die Gastgeberin sein. Aber sie will, dass ich eine E-Mail verschicke und alle einlade.«

»Und das ist ein Problem, weil ...?«

Ich hasse es, wenn Ron so wird. Er soll doch auf meiner Seite sein, bis dass der Tod uns scheidet. Aber stattdessen fängt er manchmal einfach mit diesem logischen Benehmen an.

»Weil ... ich es nicht will! Es ist *ihre* Party. Ich finde, wenn es ein Klassenevent sein soll, darf es erst stattfinden, wenn ich bereit dafür bin. Und nicht, weil sie es will.« Während ich das sage, bin ich mir bewusst, wie lächerlich es klingt.

Ron wirft mir nur einen vielsagenden Blick zu und stellt den Ton wieder an.

Während ich *Law & Order: Special Victims Unit* gucke und grüble, brummt mein Handy. Zu meiner Freude/Überraschung ist es eine Nachricht von Don.

Hey! Ich bringe Donuts mit zur Weihnachtsfeier. Ist es okay, wenn da Streusel drauf sind? Ich kenne mich nicht besonders gut mit Nahrungsmittelallergien aus, und Graydons Mutter kommt mir da ziemlich streng vor.

Ich lache.

»Was?«, fragt Ron.

»Nur einer meiner Eltern mit einer Frage.«

Er wendet sich wieder dem Fernseher zu, und ich antworte Soeinhottie.

Ich auch nicht, aber ich bin mir relativ sicher, dass Zucker okay ist.

Ich drücke auf Senden und fange eine neue Nachricht an.

Hey, falls es vor Weihnachten noch eine Cocktailparty für uns Eltern gibt, würdet ihr, also du und Ali, hingehen?

Er antwortet fast augenblicklich.
Ich kann nicht für Ali sprechen, aber ich wäre dabei.
»Ha.«
»Was?«, fragt Ron wieder.
»Nichts«, murmle ich und fange entschlossen an zu tippen.

**An: Eltern
Von: JDixon
Datum: 05. Dezember
Betreff: Und eine für die Großen**

Hallo noch mal,

warum sollten nur die Kinder Spaß haben? Kim und David Fancy möchten gern die Eltern von Miss Wards Klasse zu einer Cocktailparty zu sich nach Hause einladen. Am 17. Dezember von 19 bis 22 Uhr. Sie brauchen nur gute Laune mitzubringen!

Adresse: 9314 West 146th Place in Overland Park. Bitte schicken Sie Ihre Antwort asap direkt an die Fancys.

Ich hoffe, Sie können es alle einrichten!

Jen

**An: JDixon
Von: Sasha Lewicki
Datum: 05. Dezember
Betreff: Und eine für die Großen**

Hi,

ich bin bis zum 8. Dezember nicht im Büro.

*Gruß,
Sasha*

Ich war noch nie ein großer Fan von organisierten »Mädchenabenden«. Jahrelang war jeder Abend mit Vivs und Laura ein Mädchenabend. Ich war so beschäftigt mit der Arbeit und mit meinen Töchtern, dass ich keine Zeit für Freunde hatte. Dann trat Nina in mein Leben, und plötzlich hatte ich richtig Lust darauf, hin und wieder auszugehen und mich mit ihr zu betrinken. Also haben wir daraus so was wie eine Tradition gemacht. Ungefähr einmal im Monat gehen wir ins Luna Azteca und trinken dort Margaritas. Normalerweise gehen wir zwei alleine, aber heute habe ich Peetsa eingeladen, Nina und mich zu begleiten. Es schien mir eine unkritische Konstellation zu sein, da sie sich ja bereits kennen.

In Rons altem blauem Toyota Camry halte ich vor Peetsas Haus. Den Minivan habe ich ihm dagelassen, damit er Max und seine Freunde von den Pfadfindern abholen kann.

Ich brauche nicht mal zu hupen. Kaum dass ich in der Auffahrt stehe, kommt sie auch schon aus der Tür geschossen und rennt auf mein Auto zu. Sie reißt fast die Tür ab und steigt ein. Wahrscheinlich versucht sie, der bitterkalten Abendluft zu entkommen.

»Fahr, fahr, fahr!«, keucht sie.

Ich knalle den Rückwärtsgang rein und lege meinen besten Mario Andretti hin.

»Was ist denn los?«, frage ich.

»Zach war im Badezimmer. Ich musste raus, bevor er mitbekommt, dass ich weggehe.«

»Wird er nicht total ausflippen, wenn er gleich sieht, dass du weg bist?«

»Nein. Der Akt des Weggehens macht ihn kirre. Wenn ich erst mal weg bin, ist es kein Problem mehr.«

»Laura ist auch immer durchgedreht, wenn ich wegwollte. Im Kindergarten war es am schlimmsten.«

»Max macht kein Theater?«, fragt sie, und ich kann den Neid in ihrer Stimme hören.

Ich schüttle den Kopf.

»Solange er fernsehen kann, ist es ihm egal, wer auf ihn aufpasst.«

»Ganz ehrlich: Ich habe keine Ahnung, was die Leute vor der Erfindung des Fernsehers gemacht haben. Und ich kann diese fernsehfeindlichen Eltern absolut nicht verstehen. Es ist ja schön, wenn man gleichzeitig seine Kinder unterhalten *und* Abendessen machen *und* die Wäsche falten kann. Aber ich will mir das Leben nicht unnötig schwer machen, verstehst du, was ich meine?«

Ich lache ihr zu. Ich habe noch nie erlebt, dass Peetsa sich so sehr für etwas ereifert.

»Was?«, fragt sie.

»Ich habe nur noch nie darüber nachgedacht.« Ich zucke mit den Schultern. »Wer ist denn so fernsehfeindlich?«

»Oh! Habe ich dir das nicht erzählt? Miss Ward. Sie hat mir neulich in einer E-Mail mitgeteilt, dass sie der Meinung ist, Zach würde zu viel fernsehen.«

»Woher zum Teufel will sie das denn wissen?« Die Ampel vor uns schaltet auf Rot, und ich muss etwas zu stark bremsen. Wir werden beide erst nach vorne und dann zurückgeworfen.

»Anscheinend fragt sie die Kinder jeden Morgen im Stuhlkreis, was sie am Vorabend gemacht haben. Ich nehme an, Zach sagt immer, dass er ferngesehen hat. Wer guckt denn heute nicht fern? Was ist mit Max?«

Ich weiß nicht, was ich sagen soll. Ich bin definitiv nicht fernsehfeindlich, aber wir begrenzen den Konsum auf dreißig Minuten pro Abend – vor allem, weil Ron Zeit mit Max verbringen will, wenn er vom Laden nach Hause kommt. Deshalb ist es so etwas Besonderes für ihn, wenn er mal länger als eine halbe Stunde gucken darf. Aber davon sage ich nichts. Stattdessen antworte ich: »Natürlich! Er liebt es, fernzusehen.« Was immerhin nicht gelogen ist.

Wir halten vor dem Luna Azteca. Da es draußen eiskalt ist, gehen wir schnell ins Restaurant.

Mr. Barrera, der Eigentümer, hat sich bei seiner diesjährigen Weihnachtsdekoration für ein tropisches Thema entschieden. Nichts ist stimmungsvoller als ein Weihnachtsmann, der in roten Blümchenshorts bäuchlings auf einem beleuchteten Surfbrett liegt.

Nina sitzt bereits an einem Tisch und winkt uns zu sich rüber.

»Da ist sie«, sage ich zu Peetsa, und wir gehen hinüber.

»Hallo!« Ich nehme Nina in den Arm.

»Ihr kennt euch, oder?«

»Jep.« Nina nickt. »Ist schon lange her.«

Und auf einmal fühle ich mich unwohl. Gott, bin ich wirklich so eifersüchtig, dass ich es nicht ertragen kann, wenn zwei Menschen, die ich beide unheimlich gerne mag, eine gemeinsame Geschichte ohne mich haben? Was bin ich – eine Siebtklässlerin? Während ich daran herumkaue, sagt Nina: »Ich habe schon mal ohne euch angefangen«, und zeigt auf das leere Margaritaglas vor ihr.

»Na, dann sollten wir mal aufholen.« Peetsa zwinkert mir zu.

In diesem Moment erscheint der Kellner mit einem weiteren Drink für Nina.

»Noch zwei für meine Freundinnen, Jonathan«, sagt sie zum Kellner und lallt dabei leicht. »Und immer schön nachbringen.«

Hmm. Nina betrunken ... Nicht, dass ich das noch nie erlebt hätte, aber normalerweise nicht vor zwanzig Uhr.

»Hey, mach mal langsam«, sage ich halb im Scherz, halb verlegen. Peetsa soll nicht denken, meine beste Freundin sei eine Säuferin.

»Und bringen Sie uns bitte auch etwas Guacamole«, rufe ich dem Kellner hinterher.

Nina muss definitiv was essen.

»Und, Mädels, was gibt's Neues?«, fragt Nina, während sie auf ihrem Eis herumkaut.

»Also, Max kam heute aus der Schule und erzählte mir, dass Miss Ward tolle Beine hat. Ich versuche noch herauszufinden, welche ...«

»Ich habe Sid gefunden«, platzt es aus Nina heraus.

»Was?«, sage ich etwas zu laut.

»Wer ist Sid?«, fragt Peetsa.

»Ich wusste gar nicht, dass du immer noch nach ihm suchst. Was soll das denn, Neens?«

Nina meidet meinen wütenden Blick. »Ich habe gar nicht so richtig nach ihm gesucht, aber ich habe bei Google eine Suchanfrage nach seinem Namen gespeichert, und heute Morgen bekam ich einen Alert per E-Mail.«

»Wer ist Sid?«, fragt Peetsa noch mal.

»Das kann man machen?«, frage ich beeindruckt.

»Ja.« Nina klingt verärgert. »Jeder kann das machen. Er hat ein Bild bei Facebook gepostet, und das ist in der Suchanfrage aufgetaucht.« Das Eiskauen wird intensiver.

Peetsa klatscht mit beiden Händen auf den Tisch.

»Wer ist Sid?«, fragt sie zum dritten und – wie es sich anhört – letzten Mal.

»Entschuldige, Peetsa. Sid ist Chynas Vater.«

Peetsa sieht Nina an. »Dein Ex?«

»Wir waren nie verheiratet, aber ja, mein Ex. Er ist kurz vor Chynas Geburt abgehauen.« Nina stürzt die restliche Margarita mit einem Schluck hinunter.

In diesem magischen Moment kommt Jonathan zurück.

»Hier sind Ihre Drinks, Ladies!«, singt er förmlich. »Guacamole ist auf dem Weg. Wollen Sie hören, welche Specials es gibt?« Sein Lächeln erstirbt, als er die Stimmung am Tisch wahrnimmt, und er ist so weise, sich zurückzuziehen. »Rufen Sie mich einfach, wenn Sie bestellen wollen.«

»Er ist verheiratet, verdammt.« Nina spuckt die Worte geradezu aus. »Verheiratet. Mit Kindern.« Sie legt die Hände übers Gesicht.

»O mein Gott. Wo lebt er denn?« Ich habe so viele Fragen, aber das ist die erste, die mir in den Sinn kommt.

»San Jose.«

»Kalifornien?«

»Nein, Pennsylvania.«

Peetsa mischt sich ein, bevor ich eine schnippische Erwiderung machen kann.

»Warte mal. Wie lange suchst du schon nach ihm? Zwölf Jahre?«

Nina und ich nicken beide.

»Und warum ist seine Facebook-Seite dann bislang noch nicht aufgetaucht?«

»Weil er keine hatte«, antwortet Nina zwischen Eisknirschen.

Jonathan schwebt herbei und stellt die Guacamole zusammen mit einem Korb Tortillachips auf den Tisch. Er sieht mich mit hochgezogenen Augenbrauen an, als wolle er sagen: »Jetzt bestellen?« Ich wimmle ihn ab.

»Er hat jetzt erst eine Facebook-Seite erstellt? Ist aber spät dran, der Gute, oder?« Peetsa guckt uns ungläubig an.

»Er war nie die hellste Kerze am Baum.« Ich schaufle Guacamole auf einen Tortillachip und stecke mir beides in den Mund.

Nina wirft mir einen traurigen Blick zu. »Das war er wirklich nicht«, stimmt sie mir zu. Ihre Augen werden feucht, aber dann fängt sie an zu lachen. »Aber, o Gott, er war so heiß!« Sie wischt sich über die Wange.

»Na ja, das hoffe ich aber auch«, sagt Peetsa. »Ich könnte den Gedanken nicht ertragen, dass du dich in einen Kerl verliebst, der dumm *und* hässlich ist.«

Das bringt uns alle zum Lachen.

»Was ist denn auf seiner Seite?«, frage ich, nachdem wir uns wieder beruhigt haben.

»Bislang nur ein Bild von einem Dreijährigen neben einem Neugeborenen und eine Menge Nachrichten wie ›Willkommen bei Facebook‹.«

»Woher weißt du, dass er verheiratet ist?«

»Das steht in seinem Status. Da steht außerdem, dass er für irgendein Technikunternehmen arbeitet.« Sie sieht mich ungläubig an. »Er hat einen Job! In der Hightechbranche!« Ihre Augen füllen sich aufs Neue mit Tränen.

»Was ist er da – der Pförtner?«, murmle ich. Nina fängt an zu weinen.

Ich weiß nicht genau, wie lange ich Mitleid heucheln kann. Sid ist so ein Riesenarsch, und mit anzusehen, dass so eine dynamische Frau wie Nina seinetwegen zerbricht, macht mich wahnsinnig.

»Lasst uns Jonathan rufen«, schlage ich vor. »Wenn wir unsere Sorgen in Alkohol ertränken wollen, brauche ich vorher was zu essen.«

Ich winke Jonathan, und Nina putzt sich die Nase mit ihrer Serviette.

Am Ende des Abends sind Peetsa und Nina sternhagelvoll. Ich habe mich zur Fahrerin erklärt und den ganzen Abend an einer einzigen Margarita genuckelt.

Nachdem wir Jonathan ein großzügiges Trinkgeld gegeben haben (ich bin da immer recht spendabel, weil ich zu Collegezeiten selbst gekellnert habe und weiß, dass es ein ätzender Job ist), gehen wir zum Auto. Die eiskalte Luft trifft uns wie ein Schlag ins Gesicht, und ich glaube, das macht die Mädels ein bisschen nüchterner. Ich setze zuerst Nina ab und beobachte vom Auto aus, wie sie zur Haustür wankt und umständlich ihren Schlüssel benutzt.

»Auweia«, sagt Peetsa, als Nina ins Haus stolpert. »Meinst du, sie kommt klar?«

»Ich hoffe es. Ich beneide sie nicht um den Kater, den sie morgen haben wird, aber vielleicht ist sie dann weniger emotional, was die Sache mit Sid angeht.«

»Diese Seite kenne ich gar nicht von ihr.« Peetsa schüttelt den Kopf.

»Jeder hat seine Schwachstelle.« Ich zucke mit den Schultern. »Und Ninas heißt Sid.«

Ich setze rückwärts aus der Einfahrt zurück und fahre zu Peetsas Haus.

»Und deine?«, fragt sie mich.

»Meine Schwachstelle? Rockstars.«

Sie lacht. »Das hätte ich nicht von dir gedacht.«

»Tja, meine liebe Freundin, dann lass mich dir eine kleine Geschichte über Vivs' Vater erzählen.«

10. Kapitel

Garth lässt mich unten in Rons Gym & Tan Hampelmänner machen.

Mir ist aufgefallen, dass ich sie seit der Geburt von Max nicht mehr mit derselben Hingabe mache wir früher. Da unten sitzt halt alles nicht mehr so fest, wenn Sie verstehen, was ich meine.

Als ich ihn bat, mein Ausdauertraining anzukurbeln, dachte ich an Joggen auf dem Laufband. Aber das hier funktioniert wahrscheinlich auch. Zumindest keuche ich nicht mehr, wenn ich die Stufen hochrenne.

»... achtundneunzig, neunundneunzig, hundert. Gut gemacht, Jen! Super. Trink was.«

»Ich kann heute nicht so lange«, sage ich ihm zwischen Keuchen und Schlucken. »Wir sind heute Abend auf eine Party eingeladen, und ich gehe vorher noch zur Maniküre.«

»Oh, wie schön! Ich liebe Weihnachtsfeiern.«

Ich lächle Garth an. Er ist immer so enthusiastisch. Wenn ich ihm sage, dass ich mein Auto waschen muss, wird er erwidern: »Ein sauberes Auto ist doch einfach was Schönes.« Ich wünschte, ich könnte ein bisschen von seiner positiven Energie stibitzen und es Nina geben. Sie ist seit unserem Abend neulich gar nicht gut drauf. Wenn ich sie mal am Telefon erwische, stöhnt sie nur. Gestern bin ich zu ihr nach Hause gefahren, um ihr was von der Fast-Food-Kette Chick-fil-A vorbeizubringen (die sind auf Hühnchen spezialisiert, das liebt sie!), und sie sah grässlich aus. Sie hat mich sogar gefragt, ob Chyna übers

Wochenende bei uns bleiben kann. Ich habe mich natürlich darauf eingelassen und so getan, als bräuchte ich für Freitag- und Samstagabend einen Babysitter. Das stimmt auch zur Hälfte: Ich werde Max bei Chyna lassen, wenn wir heute Abend zu der ausgelassenen Party bei den Fancys gehen. Gestern Abend hätte ich sie nicht unbedingt gebraucht, aber Ron und ich haben die Gelegenheit genutzt und sind in die Abendvorstellung ins Kino gegangen. Ein Film mit echten Menschen, Sex und viel Gefluche. Ich hatte ganz vergessen, dass solche Filme existieren.

Ich werde aus meinen Gedanken gerissen, als Garth mit den Fingern vor meinem Gesicht schnippt.

»Hallo? Wo bist du? Ich sagte, du sollst was trinken und nicht einschlafen!«

»Entschuldige. Ich habe nur an heute Abend gedacht.«

»Mach zwanzig Liegestützen und erzähl mir davon.«

Ich knie mich auf die Matte und gehe in Position.

»Ach, ich glaube, wir können die Mädchen-Liegestützen überspringen«, sagt Garth.

Ich sehe ihn entsetzt an.

»Komm schon. Lass uns mal richtige Liegestütze versuchen. Mach so viele, wie du kannst.«

Ich mache mich steif wie ein Brett und fange an.

»Eins, zwei ...«

»Ich zähle. Du arbeitest. Also: Wo ist die Party?«

»Zu Hause bei den Eltern eines Mitschülers von Max.«

Garth nickt. »Es sind also keine Freunde.«

»Warum sagst du das?«

»Na ja, wenn es Freunde wären, würdest du sagen, die Party ist bei Freunden zu Hause.«

Ich weiß nicht, warum ich das so lustig finde, aber ich kann mir das Lachen nicht verkneifen. Ganz offensichtlich machen mich die Endorphine high.

»Ich hoffe, du trägst was Ärmelloses, mein Mädchen. Deine Arme sehen toll aus.«

»Weißt du was? Ich denke, genau das werde ich tun. Was ist mit dir? Hast du heute Abend ein heißes Date?«

Garth lächelt. »Schön wär's! Ich glaube, meine Dating-Tage sind vorbei.«

Ich denke an den Rüffel, den meine Mutter mir Thanksgiving verpasst hat.

»Also, falls du für Weihnachten noch keine Pläne hast, kannst du gern zum Essen zu uns kommen. Meine Eltern werden auch da sein.«

»Oh, das ist wirklich total lieb von dir. Ich sage dir Bescheid, ja?«

»Natürlich.« Ich bin etwas überrascht, dass er sofort Ja sagt, aber was soll's.

Garth streckt mir seine Hände entgegen. »Okay, das war's für heute. Viel Spaß heute Abend, heiße Mama.«

»Und das aus deinem Mund«, murmle ich.

»Wie heißen die zwei noch mal?«, fragt Ron, als wir zum Wohnviertel der Fancys fahren.

»Kim und David. Die Tochter heißt Nancy.«

»Und was sind sie von Beruf?«

»Keine Ahnung«, antworte ich. »Sie sind aus New York, also vielleicht irgendwas in der Finanzbranche? Wow. Ist das ihr Haus?« Ich zeige auf einen Kasten am Ende der Straße. Es passt tatsächlich zu der Adresse, die ich auf ein Stück Papier geschrieben habe.

»Wahrscheinlich die Finanzbranche«, sagt Ron.

Das Haus der Fancys ist beeindruckend. Es nimmt eine Fläche von der Größe zweier Standardparkplätze ein und hat zwei Auffahrten. Das ist selbst für Overland Park ziemlich viel.

Ich blicke an mir hinunter und checke mein Outfit. Für den heutigen Abend habe ich meine Mom-Uniform ausgezogen und mich für ein schwarzes, ärmelloses Seidentop, einen schwarzen Rock und lächerliche schwarze High Heels entschieden, zu deren Kauf Laura mich beim Black-Friday-Shopping überredet hat. Ich dachte, wenn ich ganz in Schwarz gehe, könnte ich mich problemlos in die Masse einfügen, aber jetzt frage ich mich, ob ich mein Hochzeitskleid hätte anziehen sollen. Es ist das extravaganteste Kleidungsstück, das ich besitze.

»Ich wollte immer schon mal einen Blick in dieses Haus werfen«, sinniert Ron, als wir auf der Straße parken.

»Du hast es schon mal gesehen?« Ich bin überrascht.

»Cindys Eltern leben einen Block weiter. Ich habe damals viele Spaziergänge in die Nachbarschaft gemacht, um dem Wahnsinn zu entfliehen. Ich erinnere mich noch daran, wie dieses Haus gebaut wurde.«

»Wem gehörte es damals?«, frage ich.

»Irgendeinem hohen Tier von AT&T.« Ron zuckt mit den Schultern.

»O Gott«, seufze ich. »Wir hätten eine teurere Flasche Wein mitbringen sollen.«

Als wir an der Tür ankommen, begegnen wir zwei weiteren Paaren. Kim und Carol Alexander und dem gut aussehenden Vater mit seiner schwerreichen Frau vom Elternabend, Jean-Luc und Mary Jo Baton. Ich habe noch keinen Beweis dafür, dass er sie geheiratet hat, um seine Green Card zu bekommen, aber ich hoffe, dass sich das bis zum Ende des Abends ändert.

Wir begrüßen einander mit Nicken und Lächeln; Kim drückt auf die Klingel, woraufhin »Wir sind drei Könige aus dem Morgenland« ertönt.

Ein Mann in den Zwanzigern öffnet die Tür. Er trägt ein blütenweißes Hemd, eine schwarze Fliege und eine schwarze Hose.

»Frohe Weihnachten. Willkommen. Darf ich Ihnen die Mäntel abnehmen?«, fragt er ohne den Hauch eines Lächelns.

Wir gehen in ein Foyer, das fast so groß ist wie mein Wohnzimmer. Die Decken sind bestimmt fünf Meter hoch. Die Flure werden von geschmackvoller Weihnachtsdekoration geschmückt. Man kennt das ja: weiße Lichter und Zweige. Kein aufgeblasener Weihnachtsmann für die Fancys. Ich fühle mich, als würde ich das Set eines klassischen Weihnachtsfilms betreten. Oder eines Fotoshootings für die Möbelhauskette Pottery Barn.

Wir übergeben unsere Jacken dem nicht lächelnden Portier, und ich sehe mich nach einem Platz um, wo ich die Weinflasche lassen kann, die wir mitgebracht haben. Ich entdecke einen mit bunt eingewickelten Weinflaschen beladenen Tisch und stelle unsere Flasche mit einem Seufzen dazu.

Als wir vom Foyer ins Wohnzimmer gehen, bietet uns ein anderer Mann mit Fliege Champagner an und sagt: »Besuchen Sie unbedingt die Bibliothek, um sich den Schmuck anzusehen.«

Ron nimmt zwei Gläser und reicht mir eins davon.

»Was für Schmuck?«, fragt er mich.

»Keine Ahnung«, erwidere ich und leere mein Glas mit einem Zug.

»Langsam, du Schluckspecht. Es ist noch ein langer Abend«, warnt Ron mich mit einem Lächeln.

»Champagner zeigt bei mir keinerlei Wirkung«, versichere ich ihm. »Ich könnte zwanzig Gläser trinken.«

»Zufällig weiß ich sehr genau, dass das nicht stimmt.« Ron gibt mir sein Champagnerglas. »Aber ich werde es dir dieses eine Mal ermöglichen, weil ich weiß, dass du eigentlich gar nicht hier sein willst.«

Wir gehen in ein traumhaftes weitläufiges Wohnzimmer, in dem auf einer Seite ein gemütliches Kaminfeuer knistert und viele bequeme Sitzmöglichkeiten stehen. In der Mitte des Raums befindet sich ein großer Holztisch, auf dem sich Käse, Brote, Oliven und anderes Gemüse türmen. Alles ist rings um einen wunderschönen Adventskranz angerichtet. Wieder wie im Katalog.

Im Wohnzimmer halten sich viele Leute auf, die ich kenne, und ein paar, die ich nicht kenne. Alle streifen umher und nehmen die Atmosphäre dieser prachtvollen Umgebung in sich auf. Eine dritte Fliege kommt mit einer Platte voller Garnelen auf uns zu.

»Garnelen? Haben Sie sich schon den Schmuck in der Bibliothek angesehen?« Er lächelt und geht davon.

»Da muss es irgendeine Schmucksammlung geben«, bemerkt Ron. »Ich wette, sie haben auch Wachleute engagiert. Wollen wir es uns mal ansehen?«

Ich nicke, während ich immer noch auf der Garnele herumkaue.

Als wir auf einen Raum zugehen, bei dem es sich möglicherweise um die Bibliothek handelt, scanne ich den Raum nach Peetsa und Buddy ab. Plötzlich trifft mein Blick auf den von Dr. Evil. Sie sieht in ihrem hochgeschlossenen schwarzen Kleid mit den langen Ärmeln unfassbar dünn aus. An ihren Ohrläppchen baumeln hübsche Tropfenohrringe aus schwarzen Perlen und Diamanten. Sie kommt zu uns herüber, zusammen mit ihrem Mann, dem schnittigen David, der mit seiner burgunderroten Samtjacke und der schwarzen Hose keinen Zweifel daran lässt, dass es sich bei ihm um den Hausherrn handelt.

»Jen. Wie schön, dass Sie gekommen sind. Vielen Dank, dass Sie diese Party organisiert haben.«

Nimmt sie mich auf den Arm?

»Kim, das ist mein Mann, Ron. Ron, Kim und David sind unsere Gastgeber.«

Die Männer schütteln einander die Hände, und dann beugt David sich zu mir hinüber, um mich auf die Wange zu küssen. Da ich damit nicht rechne, wird daraus am Ende ein peinlicher Kuss auf den Mund.

»Oh, hi, ähm ... Wir haben gerade Ihr wunderschönes Zuhause bewundert.«

»Fantastisch, was man hier in der Pampa für eine Million Dollar bekommt, nicht wahr?« Sie verzieht den Mund zu einem Lächeln, doch es erreicht ihre Augen nicht.

David sieht genauso aus wie Max, wenn man ihn nötigt, sich zu bedanken. »Haben Sie sich schon den Schmuck angesehen?«

»Nein. Wir hören schon die ganze Zeit davon, aber wir sind noch nicht bis zur Bibliothek vorgedrungen.« David nickt und entfernt sich galant. Seine Aufmerksamkeit wurde von etwas angezogen, das sich hinter mir befindet. Genau wie Dr. Evils ...

Ich drehe mich um, um zu erfahren, was so interessant ist, und kann gerade noch einen Blick auf Miss Ward erhaschen, die ihre Kurven in einem aufreizenden roten Kleid zur Schau stellt.

Wow. Das ist bei Weitem das heißeste Outfit, das ich je an ihr gesehen habe. Das Kleid ist knielang und eng, mit dreieckigen Ausschnitten rings um die Taille und einem V, das tief am Rücken herunterreicht. So was hätte Cindy Crawford selbst zu ihren Hochzeiten nicht tragen können. Die blonden Haare hängen offen und locker um ihre Schultern.

»Jen, haben Sie Peggy eingeladen?«, fragt Dr. Evil mich.

»Nein. Ich habe die E-Mail nur an die Eltern geschickt. Vielleicht hat eine der anderen Mütter ihr was von der Feier erzählt.«

»Oder einer der Väter.« Ron blickt mit einem breiten Grinsen in Miss Wards Richtung.

Dr. Evil feuert einen höflichen Todesblick auf ihn ab.

»Waren *Sie* das, Ron?«

Ron sieht mich an, und ich spüre genau, dass er ein bisschen Angst hat. Seine Lippen sagen Nein, doch es kommt nur ein seltsames Quieken heraus. Er tut mir leid, aber insgeheim freue ich mich auch, dass er die volle Ladung Fancy abkriegt. Ich weiß nämlich, dass er denkt, ich würde die Hälfte der Zeit übertreiben, und das tue ich natürlich auch, aber das bedeutet nicht, dass nicht auch ein Körnchen Wahrheit in allem steckt. Nur weil einen alle für verrückt halten, heißt das nicht, dass man irre ist. *Das* soll mal auf meinem Grabstein stehen.

Ich packe Rons Hand und führe ihn weg von unserer Gastgeberin.

»Was kümmert es sie, ob Miss Ward hier ist?«, flüstert Ron.

»Keine Ahnung.« Ich leere ein weiteres Glas Champagner und halte nach der Nachfüll-Fliege Ausschau.

Die nächste Stunde streifen wir durchs Wohnzimmer und unterhalten uns mit verschiedenen Eltern. Asami Chang lächelt zur Abwechslung ununterbrochen. Vielleicht trinkt sie auch gerne Champagner. Ravital Brown kommt mit ihrem Ehemann im Schlepptau auf mich zugerannt.

»Jen, ich möchte Ihnen meinen Mann vorstellen. Rob, das ist die Frau, die diese verrückten E-Mails schreibt.«

Rob schüttelt mir die Hand.

»Alle Achtung, Sie haben meine Frau am ersten Tag ganz schön durcheinandergebracht. Ich musste ihr erst mal ausreden, die Schulleitung anzurufen.« Er lächelt.

»Aber jetzt verstehe ich es!«, sagt Ravital triumphierend. »Ich weiß, dass alles nur ein Witz ist.«

»Na ja, ich hoffe, nicht alles!« Ich stimme in ihr Lachen ein.

Ich stelle ihnen Ron vor, und sie beginnen sogleich eine Unterhaltung über ihre jeweiligen Berufe. Ich ziehe mich aus dem Gespräch und sehe mich um.

Die Teilnehmerzahl ist beeindruckend. Die Westmans sind hier, und ich frage mich unwillkürlich, ob Jackie Pappbecher mitgebracht hat. Ich sehe die Elders, die Wolffes und die Kaplans. Ich bin neugierig, ob Sasha Lewicki hier ist, aber andererseits wüsste ich es selbst dann nicht, wenn sie direkt vor mir stünde, da ich sie ja noch nie gesehen habe.

Alle haben sich wirklich hübsch zurechtgemacht, vor allem Soeinhottie, den ich quer durch den Raum erspähe. Er hat seine Jeans gegen einen schwarzen Anzug und Fliege eingetauscht. Überrascht stelle ich fest, dass er zu mir herüberkommt und mich kurz von oben bis unten mustert. Ich spüre, wie ich von Kopf bis Fuß rot werde.

»Du siehst so hübsch aus«, sagt er und gibt mir einen Kuss auf die Wange. Sofort fühle ich mich, als würde ich Ron betrügen. Ich will nicht, dass er denkt, hier läuft irgendwas. Aber warum sollte er? David Fancy hat mich auf den Mund geküsst, und mein Mann hat nicht mal mit der Wimper gezuckt. Meine alberne Schwärmerei macht mir ein schlechtes Gewissen.

»Wo ist Ali?«, frage ich, als wäre sie es, die ich eigentlich sehen will.

Er zuckt mit den Schultern. »Vielleicht ist sie nicht gekommen.«

Ich nehme mir mein sechstes Glas Champagner von einer vorbeiziehenden Fliege und stelle Don endlich die Frage, die mich seit dem Elternabend nicht mehr loslässt.

»Seid ihr zwei ein Paar?«

»Da bist du ja!« Ron stellt sich neben mich, und ich muss sagen: Das ist das schlechteste Timing aller Zeiten.

»Hallo. Ich bin Ron Dixon.« Er streckt die Hand aus, um Don zu begrüßen.

»Don Burgess. Schön, Sie kennenzulernen.« Killerlächeln.

»Ah, der Highschool-Schwarm!«, sagt Ron, und ich gehe in Gedanken sämtliche Möglichkeiten durch, wie ich ihn später umbringen kann. Wie kann er es wagen, das laut auszusprechen?

»Wirklich?« Don sieht mich an und zieht eine Augenbraue hoch. »Ich hatte ja keine Ahnung.«

»Einer von vielen«, versichere ich ihm. Wahrscheinlich bin ich jetzt genauso rot wie Miss Wards Kleid.

»Hast du ihm vom Wäscheraum der Turnhalle erzählt?«, witzelt Don.

»Was denkst du denn?«, frage ich zurück. Dann brechen wir beide in Gelächter aus. Nicht, dass da drin irgendwas Urkomisches passiert wäre, aber der Champagner zeigt allmählich seine Wirkung.

»Was ist denn in dem Wäscheraum passiert?« Ron lacht nicht.

»Lange Geschichte, Schatz. Erzähle ich dir später.«

»Ist Ihre Frau auch hier?«, fragt Ron.

»Wir sind nicht verheiratet. Aber nein, Lulus Mutter ist nicht hier.«

Ron nickt. »Das habe ich auch hinter mir. Eine Scheidung ist ätzend.«

»Wir waren nie verheiratet«, sagt Don.

»Ach, tut mir leid. Ich hätte nicht einfach davon ausgehen sollen.«

»Kein Problem. Alles gut.«

Wunderbar. Dank meines Ehemannes weiß ich mehr, als ich mich alleine je getraut hätte herauszufinden. Ron macht sich wirklich gut als Vorhut.

Während wir plaudern, laufen plötzlich immer mehr Leute mit kleinen goldenen Einkaufstaschen herum. Ooh! Ich will auch ein Mitgebseltäschchen. Ich bin mir ziemlich sicher: Was auch immer da drin ist, ist wesentlich teurer als der Wein, den wir mitgebracht haben. Ich sehe Peetsa mit einem Täschchen.

»Was hast du bekommen?«, frage ich mit einem dezenten Lallen.

»Eine Kette.« Sie seufzt. »Ich glaube, ich schenke sie meiner Mutter. Hast du auch was gekauft?«

»Was *gekauft*?«, frage ich.

»Von dem Schmuck. Sie verkaufen ihn in der Bibliothek.«

»Wer ist ›sie‹?«, frage ich und marschiere schnurstracks in den nächsten Raum. Peetsa und Ron folgen mir.

Als ich in die Bibliothek komme, traue ich meinen Augen nicht. Dort stehen zwei große Tische mit Schmuck – Ohrringe, Ketten, Armbänder und Ringe, alles hübsch arrangiert. JJ Aikens sitzt mit einer anderen Frau, die ich nicht kenne, hinter den Tischen, und beide arbeiten emsig, um den Verkauf am Laufen zu halten.

Ich versuche, die Puzzleteile in meinem berauschten Hirn zusammenzusetzen. Kim Fancy drängt mich, eine Cocktailparty für die Eltern zu organisieren. Sie will unbedingt Gastgeberin spielen, aber nicht die Einladungen verschicken. Ich verschicke die Einladungen, wodurch es so aussieht, als ob ich sie gebeten hätte, die Party bei sich zu veranstalten. Wir kommen alle her, und sie verkauft *Schmuck*? Das habe ich nicht kommen sehen.

Ich trete an die Tische heran und stelle mich neben Shirleen Cobb, die gerade Ohrringe anprobiert.

»Die sehen hübsch aus«, versuche ich es.

»Tja, das sollten sie auch, bei dem Preis. Mannomann.« Sie nimmt sie raus und mustert mich von oben bis unten. »Ich dachte, das sei eine Weihnachtsfeier und keine Verkaufsaktion.«

Als sie davonstapft, sehe ich JJ aus dem Augenwinkel.

»Hey JJ. Wo kommt denn das ganze Zeug her?«

»Oh, hi Jen. Ich habe nicht damit gerechnet, dass Sie kommen. Dieses *Zeug* ist Schmuck, den Kims Freundin Delia aus Manhattan designt hat.«

Irgendjemand reicht mir noch ein Glas Champagner. Es ist Ron.

»Sag was Nettes«, flüstert er mir ins Ohr. Ich ignoriere ihn.

»Wie viel kosten diese Ohrringe?« Ich halte das Paar hoch, von dem Shirleen so angewidert war. Es sind Ohrclips in Form von goldenen Scheiben.

»Die kosten zweihundertfünfundsiebzig Dollar.«

»Ist das echtes Gold?«

»Vergoldet.« Sie lächelt. »Sind die nicht bezaubernd? Die würden Ihnen großartig stehen.« Sie sieht Ron an. »Sind Sie Jens Ehemann? Sie sollten ihr diese Ohrclips unbedingt zu Weihnachten schenken.«

»Ähmm« ist alles, was Ron dazu einfällt.

»Wirklich. Das sollten Sie. Und Sie können sogar behaupten, sie in Manhattan gekauft zu haben, denn theoretisch kommen sie genau dorther.« JJ gibt sich große Mühe. Ich bin mir sicher, dass sie am Umsatz beteiligt wird.

Dann aber hören wir ein lautes Krachen aus dem Nebenzimmer. Ich reiche JJ die Ohrringe und laufe zusammen mit Ron in die Richtung, aus der das Geräusch kam. Wir werden von dem Anblick von Nancy Fancy begrüßt, die in ihrem Schlafanzug auf dem Boden sitzt. Um sie herum liegen das Mittelstück des Adventskranzes, ein paar Käsestückchen und einige Brotscheiben. Kim Fancy schwebt von der anderen Seite des Zimmers zu ihr herüber.

»Was ist passiert?«

»Tut mir leid, Mommy. Ich wollte nur ein Stück Käse.«

Kim sieht ihre Gäste mit einem verlegenen Lächeln an.

»Bitte entschuldigen Sie. Anscheinend muss Nancy noch lernen, wie man um einen Snack *bittet*.«

Man hört hier und da ein Lachen, und plötzlich sprintet Miss Ward wie ein roter Blitz durch den Raum.

»O mein Gott, Süße, ist alles okay?« Sie kniet sich neben das verlegene kleine Mädchen.

»Alles okay«, sagt Nancy leise.

»Ich will dich lieber mal durchchecken.« Miss Ward fängt an, Nancy zu kitzeln, und die fängt an zu kichern.

»Danke, Miss Ward«, sagt sie und nimmt sie in den Arm.

»Ooooooh«, singt der griechische Chor der herumstehenden Eltern.

Kim greift ein, wirft Miss Ward ein angestrengtes Lächeln zu und hilft Nancy beim Aufstehen. Sie flüstert dem kleinen Mädchen irgendwas ins Ohr, woraufhin Nancy nickt und blitzschnell aus dem Zimmer rennt.

»Und das war unsere Vorstellung für heute Abend«, sagt Kim mit einem Lächeln, das wieder nicht ihre Augen erreicht.

Ich drehe mich zu Ron um, der Miss Ward stirnrunzelnd anstarrt.

»Was?«

»Ich mag verrückt sein, aber war das V bei ihrem Kleid nicht *hinten*?«

Ich betrachte Miss Ward, die sich ebenfalls vom Boden erhebt und ein beeindruckendes Dekolleté präsentiert.

»Ich glaube, Sie haben recht, Mr. Aufmerksam.«

Peetsa und Buddy gesellen sich zu uns, während die anderen ihre Gespräche wiederaufnehmen.

»War das V bei ihrem Kleid vorhin nicht hinten?«, fragt Buddy Ron.

»Ich habe genau dasselbe gesagt.« Ron lacht, und die Männer klatschen sich ab.

»Im Ernst, Jungs?« Ich verdrehe die Augen. »Buddy, mach die Augen zu. Welche Farbe hat meine Hose?«

»Äh, schwarz?« Er wird rot.

»Ich trage einen Rock.«

»Du musst zugeben, dass das irgendwie seltsam ist«, meint Peetsa. »Warum sollte sie ihr Kleid andersrum anziehen?«

»Warum macht sie überhaupt irgendwas?« Ich bin frustriert, und der Champagner bringt mich leicht aus dem Gleichgewicht.

»Vielleicht hat das jemand anderes für sie erledigt«, murmelt Buddy Ron zu, und die beiden schlagen noch mal ein. Ich nehme das als Zeichen dafür, dass es Zeit ist, nach Hause zu fahren. Ich will endlich meine Feinstrumpfhose ausziehen.

»Ich gehe jetzt aufs Klo, und dann sollten wir uns auf den Heimweg machen, bevor ich noch etwas sage, das ich später bereue.«

Es sind nicht gerade die sichersten Beine, auf denen ich durchs Foyer in Richtung Gäste-WC gehe, das ich beim Reinkommen bemerkt habe. Ich öffne die Tür und erblicke Don Burgess, der gerade den Reißverschluss seiner Hose zumacht.

»Hoppla, 'tschuldigung.« Als ich mich umdrehe, um rauszugehen, stolpere ich über meine Absätze und falle seitlich zu Don. Er packt mich mit beiden Armen.

»Wow, du bist mir ja echt verfallen«, witzelt er.

Er stellt mich wieder aufrecht hin, jedoch ohne mich loszulassen. Entweder ist er der Meinung, dass ich nicht alleine stehen kann, oder er genießt diese Mini-Umarmung genauso sehr wie ich. Einen Moment lang stehen wir dicht voreinander, und dieser Drang, ihn zu küssen, steckt wieder seinen hässlichen Kopf hervor. Aber diesmal spüre ich das Verlangen auch von seiner Seite. Die Energie zwischen uns ist berauschend – oder vielleicht ist es sein Parfüm. Polo ... O Gott, wird das wirklich passieren?

»Alles in Ordnung?« Ron steht hinter uns und wird Zeuge einer in meiner Vorstellung äußerst kompromittierenden Situation.

»Und wie«, erwidert Don schnell. »Jen ist gestolpert, und ich habe ihr nur geholfen, das Gleichgewicht wiederzufinden.«

Er drückt kurz meine Arme und lässt mich dann los. Ron stellt sich direkt zwischen uns und fasst mich am Arm.

»Danke dir. Ich habe sie.«

Don zeigt uns den Daumen und geht zurück ins Foyer.

»Bist du okay?« Rons hochgezogene Augenbraue verrät mir, dass er nicht erfreut ist.

»Ich muss immer noch pinkeln«, gestehe ich. Gleichzeitig ziehe ich meine Pumps aus und reiche sie ihm.

»Hier. Halte die mal, damit ich nicht wieder hinfalle.«

Er nimmt die Schuhe, schiebt mich in das kleine Bad und schließt die Tür. Ich raffe meinen Rock hoch, setze mich und pinkle, was das Zeug hält.

»Verdammter Mist. Verdammter Mist. Verdammter Mist«, flüstere ich mir selbst zu. *Ist das gerade wirklich passiert?* Ich fange an zu kichern. Plötzlich bin ich wieder siebzehn und total aufgeregt, weil Soeinhottie mit mir gesprochen hat. Das ist zu viel für mein betrunkenes Hirn. Ich spüle, drehe mich zum Waschbecken und spritze mir kaltes Wasser ins Gesicht. Ein Blick in den Spiegel verrät mir, dass meine wasserfeste Mascara nicht wasserfest ist. Zwei hübsche schwarze Tränen laufen an meinen Wangen hinunter.

»Mist.« Ich nehme mir eins von den schicken Handtüchern und tue mein Bestes, um mein Gesicht zu reinigen. Ich muss wirklich nach Hause.

Als ich das Foyer betrete, sehe ich Ron, Peetsa, Buddy und Don in ihren Mänteln miteinander reden. Ron trägt meinen Mantel plus meine Schuhe.

»Fühlst du dich besser?«, fragt er, als er mir in den Mantel hilft.

Ich sage nichts, sondern lächle nur und hake mich bei ihm unter. Wir sagen den anderen Gute Nacht, und ich schaffe es, zu gehen, ohne Don noch mal in die Augen zu sehen.

Ich versuche, die passenden Worte zu finden, um zu beschreiben, wie ich mich fühle. Es ist, als hätte mir jemand eine Wollsocke in den Mund gestopft und einen Gummihandschuh über meinen Kopf gezogen. Bäh. Champagner-Kater sind die *schlimmsten*. Warum vergesse ich das nur immer?

Während ich versuche, mich tapfer aus dem Bett zu rollen, um meine Blase zu erleichtern, fliegt die Tür auf, und Ron und Max kommen reingestürmt.

»Guten Nachmittag, Mommy«, singt Ron aus vollem Halse.

Max springt aufs Bett, um mich fest zu drücken.

»Mom, du hast so lange geschlafen! Es ist schon Mittag.«

Bei dem Gedanken an Essen dreht sich mir der Magen um. Ron reicht mir eine riesige Tasse Kaffee.

»Ich habe extra ein Katerbier reingekippt.« Er lächelt und setzt sich aufs Bett.

Die Vorstellung, meinem Körper noch mehr Alkohol zuzuführen, löst in mir das Bedürfnis aus, mich zu übergeben, aber ich schenke ihm ein dankbares Lächeln.

»Du hast was von einem Kater in Moms Kaffee getan? Woher hast du das? *Moment, bekommen wir einen Kater?*« Den letzten Teil schreit Max so laut, dass mir fast der Schädel platzt. O mein Gott, das wird ein langer Tag werden.

»Kein Kater, tut mir leid, Großer. Komm, wir lassen Mom

Zeit, sich anzuziehen, und dann holen wir was zum Mittagessen, okay?« Ron fängt an, ihn vom Bett zu ziehen.

»Dad sagt, du willst bei Burger King mittagessen, aber ich meinte, das kann nicht sein, weil du immer sagst, dass wir keinen Müll essen.«

»Na ja, heute sieht es so aus, als würden wir es doch tun.« Ich werfe Max das enthusiastischste Lächeln zu, das ich zustande bringe.

Wenn man einen Kater hat, ist nichts so gut wie ein fettiger Burger. Das ist so ziemlich alles, was ich von meinen vier Jahren an der Universität von Kansas mitgenommen habe.

Erst als ich auf der Toilette sitze, kommen mir die Ereignisse des letzten Abends wieder in den Sinn. Ich halte den Kopf zwischen den Händen und spiele die Szene vor der Gästetoilette noch mal ab. Mann, ich bin nicht mehr das Mädchen, das ich mal war. Die alte Jen hätte sich diesen Mann gepackt und ihn schwindelig geknutscht. Aber das Mädchen, das quer durch Europa gereist ist, war nicht verheiratet, dafür aber ziemlich abenteuerlustig. Und ich liebe meinen Ehemann wirklich. Ich *will* mich nicht zu jemand anderem hingezogen fühlen. Und trotzdem ist es so.

Ich gehe zurück ins Bett und rufe Nina an. Niemand geht dran, wie immer. Sie ist immer noch an diesem dunklen Ort. Ich halte einen Moment inne und wähle Peetsas Nummer, lege aber auf, bevor sie abhebt. Ich muss mit jemandem über diese Sache reden, aber ich bin mir nicht sicher, wie Peetsa reagieren wird. Verdammt, Nina! Warum kannst du deine Sachen nicht endlich geregelt kriegen, damit ich durchdrehen kann?

Als wir in der Küche sitzen und Burger und Pommes essen, fühle ich mich etwas besser. Max kann sein Glück nicht fassen. Er darf tatsächlich Fast Food essen, und das nicht auf irgendeiner Geburtstagsfeier.

»Können wir das jeden Sonntag machen?«, fragt er hoffnungsvoll.

»Vergiss es«, sagt Ron, obwohl ich sicher bin, dass er einverstanden wäre, wenn ich nicht Nein sagen würde.

Ich schiele zum Arbeitstresen hinüber und spiele mit der Idee, meine Mails zu checken. Ich frage mich, wie viel Ärger ich wohl bekomme, nachdem sich die Party vom Vorabend als Episode von Home Shopping Network entpuppt hat. Vielleicht gar keinen. Schließlich ist es ja nicht so, dass ich sie alle eingeladen hätte ... Oh, Moment. Während ich überlege, wer mich als »Trottel« bezeichnet hat, fahre ich meinen iMac 27 Zoll hoch (ganz oder gar nicht, Baby!) und checke meine Mails.

Heiliger Shitstorm.

An: JDixon
Von: AChang
Datum: 13. Dezember
Betreff: Klassen-lose Party

Jen,

ich kann nicht sagen, dass es mich überrascht, dass Sie eine schöne Feier unter Eltern in einen Schmuckverkauf verwandelt haben. Es ist ziemlich genau das, was wir mittlerweile alle von Ihnen als Elternsprecherin erwarten. Ich weiß, dass einigen Leuten Ihre exzentrischen E-Mails und Ihre grundsätzlich laxe Haltung diesem Amt gegenüber gefällt, aber der vergangene Abend war der Tropfen, der das Fass zum Überlaufen gebracht hat. Ist Ihnen überhaupt bewusst, dass sich die Leute genötigt gefühlt haben, diesen überteuerten Müll zu kaufen? Ich hoffe nur, dass das Geld für einen wohltätigen Zweck verwendet wird. Aber ich muss sagen, dass es für Sie keine Gnade mehr geben wird. Ich habe vor, mit dieser Angelegenheit gleich morgen früh zu Schulleiter Jakowski zu gehen.

Asami

Tja, damit war zu rechnen. Ich wette, diesen Text hat sie sich zusammengereimt, als sie mir über den Rand ihres Champagnerglases hinweg zugelächelt hat.

An: JDixon
Von: SCobb
Datum: 13. Dezember
Betreff: Klassenfest

Jennifer,

Sie überraschen mich. Wie sind Sie bloß auf die Idee gekommen, die Leute wollen auf eine Party gehen, um dort Geld auszugeben? Das ist wirklich geschmacklos.

Shirleen

Es überrascht mich, dass sie nichts davon schreibt, dass es keine glutenfreien Horsd'œuvres gab.

An: JDixon
Von: CAlexander
Datum: 13. Dezember
Betreff: Wegen gestern Abend ...

Jen,

ich bin froh, dass Sie die Party gestern Abend organisiert haben, aber war es wirklich notwendig, dort Schmuck zu verkaufen? Gebeten zu werden, Geld für wirklich schäbiges Zeug auszugeben, hat dem ganzen Abend einen gehörigen Dämpfer verpasst.

Die Lesben sind enttäuscht.

Carol (und Kim)

Autsch. Das tat weh. Jetzt denken die coolen Mütter, dass ich ein Trottel bin. Ich scrolle durch die restlichen Mails – insgesamt zehn – und lese aus allen im Grunde dieselbe Botschaft raus. Dann komme ich zu der Mail von Kim Fancy, die an die gesamte Klasse adressiert ist.

An: Eltern
Von: KFancy
Datum: 13. Dezember
Betreff: Was für ein toller Abend!

Hallo Freunde,

ich hoffe, Sie hatten gestern Abend viel Spaß. Es war uns ein großes Vergnügen, Sie alle in unserem Zuhause begrüßen zu dürfen.

Ich möchte mich besonders bei unserer Elternsprecherin Jen Dixon für die Organisation dieser einzigartigen und lustigen Zusammenkunft bedanken. Gut gemacht, Jen!

Wir sehen uns beim Weihnachtskonzert!

Alles Liebe,
Kim

Ich überlege gerade, wie ich der Klasse antworten soll, als mir eine letzte Mail ins Auge sticht und der Whopper, den ich vorhin heruntergeschlungen habe, in meinem Magen einen Salto macht.

An: JDixon
Von: DBurgess
Datum: 13. Dezember
Betreff: Gestern Abend

Jen,

nettes Ineinanderlaufen auf dem Gäste-WC! Lass uns mal einen Kaffee trinken.

Don

Aus mir unerklärlichen Gründen greife ich sofort zu meinem Handy und schreibe Don eine Nachricht, anstatt via E-Mail zu antworten.

Danke fürs Auffangen! Meinst du eigentlich Kaffee oder, du weißt schon, KAFFEE?

Nur wenige Sekunden später kommt seine Antwort.

Mit welcher Antwort bekomme ich Kaffee?

Ich kichere. Und da ich nicht weiß, wie ich darauf antworten soll, lasse ich es bleiben.

11. Kapitel

An: Eltern
Von: AChang
Datum: 05. Januar
Betreff: Ich bin Ihre neue Elternsprecherin

Frohes neues Jahr!

Die meisten von Ihnen kennen mich, und für alle anderen: Ich bin Asami Chang und werde von Jennifer Dixon das Amt der Elternsprecherin übernehmen.

Es wird mir eine Freude sein, unsere Klasse nach einem holprigen Sturz wieder in die Spur zu bringen.

Zuerst möchte ich erwähnen, dass bei diesen E-Mails der Inhalt im Vordergrund steht und dies kein Forum für mich ist, um Witze zu erzählen und Sie zu bestechen. Außerdem freue ich mich über Kommentare und Input. Ich mag die Verantwortung tragen, aber Sie haben definitiv das Sagen.

Nun folgen wichtige schulische Informationen:

Am 18. Januar kommt der Fotograf. *Sorgen Sie dafür, dass die Schuluniformen Ihrer Kinder sauber und gebügelt sind. Ich bin ganz betroffen darüber, wie wenig Wert die meisten von Ihnen auf Reinlichkeit legen. Bitte achten Sie darauf. Ich finde, ein tägliches Bad ist da sehr hilfreich. Ferner sind mir viele ungekämmte Haare aufgefallen. Ich behalte mir vor, mit einer Bürste neben dem Fotografen zu stehen und sie auch einzusetzen. Für die Mädchen mit langen Haaren schlage ich einen Pferdeschwanz oder einen* *geflochtenen Zopf vor. Ich bin auch gerne bereit, an jenem Tag Haare zu flechten. Wenn Sie Ihre Tochter an dem Tag mit offenen Haaren zur Schule schicken, gehe ich davon aus, dass ich ihr einen Zopf flechten soll.*

Am 12. Januar organisiere ich direkt nach Unterrichtsbeginn ein gemeinsames Kaffeetrinken. Wir treffen uns um 08:30 Uhr in Homer's Coffee House. Seien Sie bitte pünktlich.

Miss Ward hat mich darüber informiert, dass unsere Kinder am 28. Februar einen Ausflug zum Quindaro Underground Railroad Museum machen. Ich brauche eine Mutter, die mich als Begleitperson unterstützt. Bitte melden Sie sich nicht, wenn Sie bereits am Ausflug zum Recycling-Center teilgenommen haben. Und bereiten Sie sich darauf vor, gut auf die Kinder aufzupassen und keine Kontakte zu knüpfen.

Und jetzt noch ein paar Nachrichten von der Schulverwaltung …

Ich muss aufhören zu lesen. Mein Blut kocht. Ich dachte, ich wäre nicht mehr wütend, aber als ich meine Backenzähne voneinander löse, spüre ich mehr als deutlich, dass das nicht der Fall ist.

Wie kann Asami Chang nur Waschinstruktionen geben und den Kindern mit geflochtenen Zöpfen drohen? Mein Anliegen war es immer nur, die Leute lockerer zu machen.

Direktor Jakowskis Worte sind immer noch in mein Hirn eingebrannt. Er hat mich unmittelbar vor dem Weihnachtssingen der Kinder vor die Turnhalle zitiert und im Grunde als Elternsprecherin gefeuert.

»Tut mir leid, Jen, aber einige der Eltern haben den Eindruck, Sie würden die Position zu Ihrem eigenen Vorteil ausnutzen.«

»Welcher eigene Vorteil? Ich weiß nicht, wovon Sie reden.«

»Stimmt es, dass Sie Gegenleistungen für die Vergabe begehrter Termine an Elternsprechtagen gefordert haben?«

»Das war ein Witz! Denken Sie wirklich, ich würde mir von irgendwem einen Mantel kaufen lassen?«

»Was ist mit den Gutscheinen von Starbucks?«, fragte er.

»O Gott, daran erinnere ich mich nicht mal mehr, aber ich habe es ganz sicher nicht so gemeint.«

»Und dann ist da natürlich noch die Sache mit dem Schmuckverkauf auf der Cocktailparty.«

»Warum denken eigentlich alle, dass das meine Idee war?«

»Mrs. Fancy sagte, Sie hätten sie gebeten, als Gastgeberin zu fungieren. Und immerhin haben Sie ja auch die Einladungen verschickt.«

»*Sie* wollte die Party unbedingt geben«, erklärte ich. »Ich habe nur Befehle ausgeführt.«

»Tja, ihr zufolge haben Sie sie um die Feier an diesem expliziten Datum gebeten, an dem ihre Schmuck-Freundin bereits für einen Besuch eingeplant war. Mrs. Fancy hatte deshalb das Gefühl, sie müsse ihre Freundin den Schmuck zeigen lassen – gewissermaßen als Entschädigung dafür, dass die Party während ihres Besuchs stattfand.«

Dieser Mann glaubt ganz offensichtlich alles.

»Ich habe immer noch Probleme, nachzuvollziehen, warum das meine Schuld ist.«

»Ja, na ja, einige der Eltern haben sich auch beschwert, dass Sie in Ihren Mails rassistische Bemerkungen machen.«

»*Was?*«, schrie ich. Ich konnte nicht fassen, was ich da hörte. »Das ist nicht wahr!«

Direktor Jakowski zog ein Stück Papier aus der Tasche und reichte es mir. Es war eine meiner ersten E-Mails an die Klasse, in der ich den ersten Elternabend organisiert hatte. Freundlicherweise hatte er den kränkenden Satz farblich markiert.

Ich bin nicht nachtragend, Asami; ich verstehe das Machtbedürfnis von Ihnen und Ihren Leuten.

Ich lachte, bevor ich es mir verkneifen konnte, und hielt mir schnell den Mund zu.

»Okay, da konnte ein falscher Eindruck entstehen, aber ich habe nur versucht, die Situation aufzulockern. Stellen Sie sich nur mal vor, die Frau wollte mir nach nur einer Woche meinen Job wegnehmen! Nina Grandish und ich haben bereits darüber gesprochen.«

Natürlich, Nina! Sie würde diesen Kerl wieder zur Vernunft bringen. Ich schlug dem Schulleiter vor, die Vorsitzende des Elternvereins anzurufen.

»Das habe ich schon längst. Ich musste sie dreimal anrufen und ihr zweimal schreiben, bevor sie mich zurückgerufen hat. Sie schien kein bisschen daran interessiert, sich mit der Angelegenheit zu befassen. Sie hat mich sogar gebeten, dass ich das Ganze regle. Offenbar war sie etwas angeschlagen. Wie dem auch sei – jetzt bin ich gezwungen, einzugreifen, und ich möchte, dass Sie wissen, dass wir Rassismus an unserer Schule sehr ernst nehmen.«

In genau diesem Moment wurde mir bewusst, dass ich um einen Job kämpfte, den ich anfangs überhaupt nicht machen wollte. Direktor Jakowski reichte mir eine »Du kommst aus dem Gefängnis frei«-Karte, und ich versuchte, wieder reinzukommen. War ich bescheuert?

»Sie wollen, dass ich zurücktrete? Na schön. Frohe Weihnachten.« Ich stapfte zurück in die Turnhalle, als die erste Gruppe Kinder gerade mit ihrer Vorführung begann.

Als die Sechstklässler »Holly Jolly Christmas« sangen (mein Gott, der Text wiederholt sich ja andauernd!), kochte ich innerlich. Sie wollen mich nicht? *Schön*. Nina ist damit einverstanden? *Schön*. Der werde ich's zeigen. Ich werde es denen allen zeigen. Bilder von der Abschlussballszene aus dem Film *Carrie* tanzten vor meinem inneren Auge, während die Schulklassen nacheinander Weihnachtslieder sangen.

Ich wünschte wirklich, Ron hätte zu dem Konzert mitkommen können. Er hätte mich beruhigen können. Aber er war schwer mit dem Geldregen beschäftigt, den der Weihnachtsrabatt in seinen Laden brachte. Ich hatte ihm versprochen, die Vorführung mit meinem Smartphone aufzuzeichnen.

Als also Miss Ward die Bühne betrat, um die Vorschulkinder vorzustellen, richtete ich meine Aufmerksamkeit wieder auf die Turnhalle. Max hatte ein großes Geheimnis darum gemacht, was seine Klasse zeigen wollte, also drückte ich natürlich auf Aufnahme und machte mich bereit. Gott segne diese Miss Ward. Sie enttäuscht einen nie.

Die Kinder kamen in Kostümen auf die Bühne, die sich am besten als geschmacklose Touristenverkleidungen beschreiben lassen. Max trug ein Hawaiihemd, eine Baseballkappe, Cargoshorts und Sandalen mit braunen Socken. Ein paar der Kinder hatten sich Kameras um den Hals gehängt und Zinkoxid auf die Nase geschmiert. Natürlich sahen sie allesamt hinreißend aus, aber ich hatte keine Ahnung, was Miss Ward für uns in petto hatte. Sie erklärte, dass sie alle daran erinnern wollte, dass die Menschen auf der ganzen Welt Weihnachten feiern – und nicht nur an Orten, an denen Schnee liegt (weil die Menschen, die daran *nicht* denken, zu den größeren Problemen gehören, die es auf der Welt gibt?). Und dann sangen sie ... halten Sie sich fest ... »Kokomo« von den Beach Boys! Obwohl ich mir etwas anderes für meinen fünfjährigen Sohn als erstes Weihnachtssingen vorgestellt hatte, musste ich herzlich lachen, weil es einfach so süß war. Also legte ich mein Massenmordkomplott beiseite, zumindest für eine Weile.

Bei der anschließenden Klassenfeier war ich glücklicherweise die ganze Zeit von Kindern und Eltern umgeben. Das hielt mich davon ab, mich tiefer in die Spirale der Schande hineinfallen zu lassen und am Ende noch in Tränen auszubrechen. *Gefeuert!* Als Elternsprecherin! Wie sollte ich das nur Max erklären?

Aus dem Augenwinkel sah ich Don Burgess mit Ali und Lulu, die sich die von den Kindern selbst gemachten Schneekugeln ansahen. Ein Teil von mir wollte zu ihm rennen, damit ich mir mein gebrochenes Herz aus der Brust schluchzen konnte. Auch wenn Ron mein Fels in der Brandung war – irgendwann würde er mir mit der Weisheit kommen, dass jeder selbst für sein Unglück verantwortlich ist. Irgendwie wusste ich, dass Soeinhottie das nicht machen würde. Er würde mich in seine starken Arme schließen und mir sagen, dass die Leute, die mich gefeuert hatten, allesamt Arschlöcher waren. Oder nicht? Ich werde es nie erfahren, weil ich dem Impuls Gott sei Dank nicht nachgab. Aber am nächsten Tag bekam ich eine Nachricht von ihm.

Gut gemacht auf der Weihnachtsfeier. Tut mir leid, dass ich keine Gelegenheit hatte, mich mit dir zu unterhalten. Du hast niedergeschlagen gewirkt. Ist alles o. k.?

Ich hätte nicht gedacht, dass man mir meine Wut/Erniedrigung so sehr angesehen hat. Ich muss an meinem Pokerface arbeiten.

Ja, wahrscheinlich nur der übliche Weihnachtsblues. Danke fürs Nachfragen.

Und keine zehn Sekunden später …

Also, falls du reden willst: Ich bin da.

Hmm … vielleicht meinte er *das* mit Kaffee. Ich dankte ihm und wünschte ihm Frohe Weihnachten. Ich war zu geknickt, um auch nur ansatzweise zum Flirten aufgelegt zu sein.

Ich versuchte, das zu tun, was Taylor Swift in ihrem Hit – *Shake It Off* – empfiehlt, nämlich einfach alles abzuschütteln, aber die Elternsprechergeschichte und meine unberechenbaren Gedanken über Don warfen einen Schatten über meine gesamte Weihnachtszeit. Der erste Weihnachtstag war ein totales Desaster. Natürlich kamen Nina und Chyna, meine Eltern, die Mädchen, Raj (vorerst wieder angesagt) und, zur allgemeinen Überraschung, Garth. Ich hatte völlig vergessen, dass ich ihn eingeladen hatte, bis er mir Heiligabend seine Zusage schickte.

Nina war noch immer nicht besonders gut drauf, und ich war nicht in der richtigen Stimmung, um sie aufzuheitern. Immerhin hatte sie mich praktisch vor den fahrenden Bus geworfen. Ich fand es mutig von ihr, überhaupt aufzutauchen, bis mir aufging, dass sie es wahrscheinlich für Chyna tat. Sie verbrachte viel Zeit am Weihnachtsbaum und trank Wein. Die einzige Person, mit der sie etwas länger sprach, war Garth, obwohl ich mir nicht vorstellen konnte, worüber die zwei sich unterhielten.

Es war schön, dass Raj dabei war. Kein Ring an Vivs' Finger, aber auch keine feindselige Stimmung zwischen den beiden. Offenbar befanden sie sich in einer Sackgasse.

Und genau da stehe ich wahrscheinlich auch. Ich logge mich aus meinem E-Mail-Account aus und seufze. Asami hat gewonnen. Das Einzige, was mir noch zu tun bleibt, ist, Max für den Fototermin fertig zu machen.

O ja, und ich weiß auch schon, wie.

Während ich mir in Gedanken ausmale, wie meine Rache bei dem Fototermin aussehen wird, renne ich nach oben, um mich für mein erstes Work-out im neuen Jahr umzuziehen. Nicht mal mehr vier Monate bis zum Schlammlauf. Garth wird einen Gang hochschalten.

Mein Smartphone vibriert, als ich mir gerade das T-Shirt anziehe. Ich nehme an, dass es Peetsa ist, aber es ist Don, der mir ein Foto von einem allerliebsten Baby schickt. Was zum … ? Ich schreibe zurück.

Was ist mit dem Baby?

Das bin ich. War ich nicht niedlich?

Ja, allerdings. Was ist denn bloß passiert? Warum bist du jetzt so hässlich?

Ha-ha. Die Pubertät ist passiert. Wir können nicht alle solche Naturschönheiten sein wie du.

Als ich das lese, kriege ich am ganzen Körper eine Gänsehaut. Ich und eine Naturschönheit?

Tja, diese Schönheit ist einfach ein Fluch. Ich bin den ganzen Tag damit beschäftigt, Annäherungsversuche fremder Männer abzuwehren.

Hey, ich bin gar nicht so fremd.

Ich lache laut auf, als ich das Telefon ablege, um mir den Schuh zuzubinden. Es brummt sofort noch mal.

Was hast du so vor? Zeit für einen Kaffee?

Schon wieder dieses Kaffeeangebot.

Tut mir leid, ich kann nicht. Ich mache gleich mein Workout.

Ich könnte dir dabei helfen.

Darauf wette ich, denke ich, bevor ich zurück in die Realität komme. Warum befeuere ich das überhaupt? Kokette Nachrichten schreiben ist nur ein Tor zum Ehebruch. Ich weiß, dass Nina mir genau das sagen würde. Aber es ist auch harmlos und macht irgendwie Spaß.

Da bin ich mir sicher, aber im Keller wartet schon ein heißer Trainer auf mich. Ich muss los!

Ich drücke auf Senden und schalte mein Telefon aus, damit ich mich nicht zu noch einer Sparringrunde verlocken lasse.

Als ich runter in Rons Gym & Tan gehe, sehe ich, dass Garth endlich meinen Vorschlag angenommen und sich selbst reingelassen hat. Er ist damit beschäftigt, eine Art Hindernisparcours für mich aufzubauen.

»Hallo Garth, frohes neues Jahr.« Ich gehe zu ihm hinüber und umarme ihn kurz.

»Für dich auch! Was habt ihr Silvester gemacht?«

»Das Einzige, das man machen kann, wenn man Kinder hat.« Ich zucke mit den Schultern. »Man tut um neun Uhr abends so, als wäre es schon Mitternacht, und geht anschließend in den Club der Weißen Laken.«

»Wo ist der Club der Weißen Laken? Ist das ein neuer Laden auf der Grand Street drüben?«

Ich fange an zu lachen. »Es ist das Bett, Garth. Der Club der Weißen Laken ist das Bett.«

Einen Moment lang sieht er verwirrt aus, dann lacht er laut los. Sein Lachen lässt mich noch mehr lachen, und kurze Zeit später kugeln wir uns über den Fußboden.

Garth hat sich als Erster wieder unter Kontrolle.

»Okay. Das reicht. Wenn du eh schon auf dem Boden liegst, lass uns doch mit zwanzig Liegestützen und fünfzig Sit-ups anfangen. Zum Aufwärmen.«

»Spielverderber.« Ich werfe ihm einen finsteren Blick zu, drehe mich aber auf den Bauch und mache perfekte Männerliegestützen. Ich überrasche uns beide damit.

»Super, Jen. Wow! Neues Jahr, neue Jen.«

»Ich kann nicht glauben, dass ich das gerade gemacht habe«, keuche ich.

Ich drehe mich um und mache mich mit neu gewonnenem Selbstvertrauen an die Sit-ups. Bei vierzig tut es höllisch weh, aber ich schaffe die fünfzig, ehe ich keuchend liegen bleibe.

»So viel zur neuen Jen«, sage ich.

»Sei nicht albern. Du hast schon viel erreicht, Baby! Ich bin stolz auf dich. Jetzt hoch mit dir und weiter.«

Garth schafft es, dass ich nach einer Stunde schwitze wie ein Schwein. Als ich ihn zur Tür bringe, fragt er beiläufig nach Nina.

»Was ist mit ihr?«, frage ich etwas zu forsch.

»Na jaaaa«, beginnt Garth gedehnt. Eventuell könnte ich ihn ein kleines bisschen verschreckt haben. »Ich habe mich wirklich gut mit ihr unterhalten, und ich frage mich, ob sie mal von mir gesprochen hat.«

»Mensch, Garth, keine Ahnung. Ich werde ihr im Chemieunterricht einen Zettel rüberschieben.«

Kaum dass ich das gesagt habe, fühle ich mich schlecht. Ich kann die Verletzung in seinen Augen sehen.

»Tut mir leid. Das war nicht so gemeint. Ich habe nur einfach seit Weihnachten noch nicht wieder mit Nina gesprochen. Sie macht gerade eine schwere Zeit durch wegen ihres Exfreundes und ist nicht ans Telefon gegangen.«

Garth wischt meine Bemerkung mit einer Handbewegung weg.

»Kein Problem. Ich habe mich nur gefragt, wie es ihr geht. Wir haben darüber gesprochen, dass sie vielleicht eine Website für mich entwerfen könnte.«

»Also, das kann sie richtig gut, so viel steht fest. Wenn sie mit dir darüber gesprochen hat, hat sie bestimmt schon ein paar Ideen. Aber trotzdem könnte es noch ein bisschen dauern, bis sie wieder aus ihrem Loch herausfindet und sich an die Arbeit macht.«

»Verstanden«, sagt er. Aber ich bezweifle es.

Nachdem Garth weg ist, checke ich mein Smartphone und stelle fest, dass mein Postfach dank Asamis E-Mail innerhalb der letzten Stunde explodiert ist. Alle wollen mehr Informationen über meine Amtsniederlegung. Peetsa, Ravi und Kim Alexander drücken ihre Anteilnahme mit einem »WTF« (für Unkundige: What the fuck) aus, und Shirleen Cobb ist nicht gerade begeistert davon, die neue Elternsprecherin über Graydons zahlreiche Bedürfnisse in Kenntnis zu setzen. Nur Soeinhottie ist ein Silberstreif am Horizont.

Vielleicht hast du jetzt Zeit für einen Kaffee mit mir. ☺

Ich muss unbedingt sichergehen, dass wir von der gleichen Art Kaffee sprechen. Aber vorher sollte ich lieber herausfinden, was für Kaffee ich will.

Am nächsten Tag spaziere ich gemütlich zur Schule, um dort vor dem Gebäude auf Max zu warten, und sehe, was ich befürchtet habe: Alle Mütter aus meiner Klasse stehen in kleinen Grüppchen herum, plaudern und trinken Starbucks. Normalerweise würde ich mich mit einem großen fettarmen Chai Latte zu ihnen gesellen, doch wegen meiner Elternsprecherschande habe ich diese Situation seit Beginn des neuen Jahres gemieden. An den vergangenen Tagen habe ich Ron genötigt, kurz den Laden zu verlassen, um Max abzuholen, aber heute beschließe ich, dass ich mich endlich stellen muss.

Als ich auf das Schulgebäude zugehe, habe ich unwillkürlich das Gefühl, dass alle über mich reden. Ich weiß, dass ich nur paranoid bin. Ich gehe zu Peetsa und Ravital Brown.

»O Gott, Jen, wir haben gerade über dich gesprochen. Wo warst du denn bloß?«

»Hast du diese E-Mail in Asamis Namen geschrieben, als Witz?«, fragt Ravi. »Das war so lustig. Der beste bis jetzt.«

Ich umarme sie beide. Ich habe sie vermisst.

»Nein, leider ... bin ich diesmal selbst der Witz.«

»Dann stimmt es?« Peetsa schnappt nach Luft. »Eine von Hunters Moms hat versucht, es mir zu sagen, aber ich habe ihr nicht geglaubt.«

»Tja, glaub's ruhig.«

»Meine Güte. Geht es dir gut?«, fragt sie. »Ich kann nicht fassen, dass du es mir nicht gesagt hast.«

»Du warst weg, und ich wollte dich über die Feiertage nicht runterziehen.«

Ich erzähle ihnen von meinem Gespräch mit Direktor Jakowski, und sie reagieren genau so, wie ich es von meinen engsten Freundinnen erwarten würde. Außer sich! Wütend! Rachsüchtig! *Bis* ich die Anschuldigung erwähne, rassistisch gewesen zu sein.

»Na, kommt schon, das war ein Witz!«, sage ich entnervt.

Sie sehen erst mich an, tauschen anschließend einen Blick und gucken dann auf den Boden.

»Was habe ich verpasst?«, frage ich.

Ravi traut sich zuerst.

»Also, ich muss zugeben, als Asami mich gefragt hat, was ich von dem Ausdruck ›das Machtbedürfnis von Menschen Ihrer Herkunft‹ halte, sagte ich, dass ich es ein bisschen daneben finde. Allerdings jetzt, wo ich dich besser kenne, weiß ich, dass du lustig sein wolltest, aber zum damaligen Zeitpunkt wusste ich nicht, was ich davon halten soll.« Sie betrachtet ihre Schuhspitzen.

»Wir alle lieben deine Mails«, fügt Peetsa hinzu, »aber wenn es um Rassismus geht, sind die Leute extrem sensibel. Ich weiß, dass es als Witz gemeint war, aber vielleicht ist der E-Mail-Verteiler unserer Klasse nicht der beste Ort dafür.«

Ich sehe die beiden an und will gerade etwas erwidern, als ein Schwarm Kinder aus dem Haupteingang strömt. In dem

Meer aus Winterjacken ist Max in seinem Mantel mit Leopardenprint leicht zu entdecken. Er trägt Zach B. auf dem Rücken.

»Hey Mom. Zach B. reitet auf mir wie auf einem Pferd.«

»Na ja, du siehst in dem Mantel auch wirklich wie ein Tier aus.« Ich lächle.

Ich sehe zu Peetsa und Ravi, die beide ihre Jungs umarmen.

»Ravi, es tut mir leid, wenn ich dich verletzt haben sollte. Ehrlich. So was zu schreiben war wirklich gedankenlos.«

Ravital schüttelt den Kopf.

»Glaub mir, *so* verletzt war ich gar nicht.«

»O Gott, ich werde deine Mails echt vermissen«, stöhnt Peetsa.

»Wieso? Magst du denn keine Tipps zur Körperhygiene in den Mails an den Klassenverteiler?«, frage ich. »Ich fand das sehr hilfreich. Ein Bad! Wer hätte daran schon gedacht?«

Als wir zu unseren Autos gehen, fragt mich Peetsa nach Nina.

»Ich habe seit Weihnachten nicht mit ihr gesprochen. Sie und Chyna kamen zum Abendessen rüber, aber sie war noch immer nicht sie selbst.«

»Wenn sie sich ins dunkle Tal zurückzieht, dann stellt sie dort wohl ein Zelt auf.« Peetsa schüttelt den Kopf. »Was hat sie zu der Elternsprechersache gesagt?«

»Ich habe nicht mit ihr darüber gesprochen.« Ich zucke mit den Schultern. »Jakowski hat ihr gesagt, was er vorhatte, und sie sagte, sie wolle nichts damit zu tun haben.«

»Das ist kalt.«

»Ja, oder?« Plötzlich fühle ich mich bestätigt. »Ich finde wirklich, sie hätte der ganzen Sache einen Riegel vorschieben können, wenn sie nur für fünf Minuten den Kopf aus ihrem Arsch gezogen hätte.«

Peetsa schüttelt den Kopf und lacht.

»Zu harsch?«, frage ich.

Sie hebt die Hand und zeigt mit Daumen und Zeigefinger einen Abstand von zwei Zentimetern.

Ich schnalle Max auf seinem Kindersitz an, und als ich in den Minivan einsteige, checke ich mein Handy. Ich werde mit einer Nachricht von Don belohnt.

Du siehst gut aus heute. Sehr fit.

Sofort blicke ich hoch, um zu sehen, ob er mich beobachtet.

Woher zum Teufel weißt du das?

Ich habe dich kurz gesehen, als ich anhielt, um Lulu abzuholen.

Oh. Tja, danke. Was hast du noch vor?

Lulu zum Tanzen bringen. Und du?

Max hat Pfadfindertreffen.

Also ... immer noch keinen Kaffee?

Heute nicht!

Aber ich kann auf irgendwann hoffen?

Absolut.

Ich stecke das Telefon in meine Handtasche und starte den Minivan. Nachrichten von Don sind irgendwie etwas Regelmäßiges geworden. Ich genieße das Herumschäkern, aber zugleich habe ich das Gefühl, etwas Falsches zu machen, wie in der Öffentlichkeit in der Nase zu bohren. Andererseits macht mich genau *dieses* Gefühl wütend, weil ich nur Spaß habe und es sich gut anfühlt, neben Ron auch von einem anderen Mann Aufmerksamkeit zu bekommen, und das hat ja überhaupt nichts zu bedeuten – und kann ich nicht einfach einen Mann als Freund haben, verdammt noch mal? Willkommen auf der Cocktailparty in meinem Kopf.

Ich fahre vom Schulparkplatz und beschließe, heute nicht mehr darüber nachzudenken.

In den nächsten zwei Wochen verläuft mein Leben wieder in seiner normalen, langweiligen Hausfrauenroutine, obwohl ich feststelle, dass ich ohne den ganzen ärgerlichen Elternsprechermist plötzlich Freizeit habe.

»Müßiggang ist aller Laster Anfang«, kann ich meine Mutter sagen hören. Ich habe nie so ganz verstanden, was das bedeutet, bis ich mich dabei erwische, dass ich einen Großteil meiner freien Zeit damit verbringe, kokette Nachrichten mit Don auszutauschen oder einen Plan auszuhecken, wie ich Asamis Bemühungen rund um den Termin mit dem Schulfotografen sabotieren kann. Meine Gedanken reichen vom Freundlichen (den Kindern sagen, nicht zu lächeln, oder so was) zum Makabren (ein Feuer in der Schule legen, sodass die Sprinkleranlagen anspringen und die Haare nass machen. *Flechte* das, *Asami*), aber da ich nichts tun will, das die Kinder verletzt oder traurig macht, sind meine Möglichkeiten stark eingeschränkt. Ich erwäge, Don zu fragen, ob er mein Komplize sein will, doch dann wird mir bewusst, dass ich – je nachdem, wie es ausgeht – entweder den Ruhm oder die Schande alleine tragen will.

Garth fordert mich mehr denn je, und ich muss sagen, dass ich mit dem Ergebnis zufrieden bin. Die zweieinhalb Kilo, die ich nach den Feiertagen sonst immer mehr draufhabe, zeigen sich nicht, und so sehe ich besser aus als je zuvor – und fühle mich auch so.

»Schon Pläne für das lange Wochenende?«, fragt Garth, als ich meinen letzten Satz Ausfallschritte durch den Keller beende.

»Nicht wirklich. Und du?«

»Na ja, noch nicht, aber ich dachte, falls du Lust hast, könnten wir am Samstag nach Wichita fahren. Die wohltätige Organisation, für die ich arbeite, veranstaltet einen abgespeckten Indoor-Schlammlauf in der Hartman Arena.«

»Einen *Indoor*-Schlammlauf?« Ich nehme einen Schluck Wasser. »So was machen die?«

»Ja, allerdings zum ersten Mal.«

»Klingt nach viel Dreck und Gestank.«

»Ich werde enttäuscht sein, wenn es anders ist«, versichert Garth mir. »Ich finde, du brauchst einen Eindruck davon, was dir bevorsteht. Bisher hast du es nur auf YouTube gesehen. Ich will nur, dass du ein Gespür für die Größenordnung bekommst. Was wir dort zu sehen kriegen, ist zwar kein ausgewachsener Hindernislauf, aber das Beste, was ich im Februar in Kansas finden kann.«

»Keine schlechte Idee. Kann ich Max mitnehmen?«

»Klar!«, sagt Garth und grinst mich breit an. »Sind Ausflüge nicht was Tolles?«

Ich stehe neben Peetsa und Ravi und warte darauf, dass die Kinder aus der Schule kommen. Es ist warm für Januar, weshalb wir ausnahmsweise mal nicht bis über die Haarspitzen eingemummelt sind. Ich sehe Don Burgess bei Kim oder Carol

Alexander stehen und winke ihm zu. Don hält sein Telefon hoch und zuckt mit den Schultern. Er fragt sich, warum ich noch nicht auf seine Nachricht von heute Morgen geantwortet habe. Ich hatte ihm erzählt, dass ich am Wochenende mit meinem Trainer nach Wichita fahre, und er will unbedingt Details wissen.

Wirst du Kaffee mit ihm trinken?

Ich hole mein Handy aus meiner Jackentasche und tippe eine kurze Antwort.

Ich enthülle niemals meine Kaffee-trink-Pläne.

Die Mädels und ich sprechen über unsere Pläne für das Martin-Luther-King-Wochenende. Peetsa erzählt uns, dass sie und Buddy die Kinder einpacken und mit ihnen zu seinen Eltern nach Snow Creek zum Skilaufen fahren. Als ich meinen Ausflug nach Wichita erwähne, um mir den schlammigen Hindernislauf anzusehen, sind sie ziemlich beeindruckt. Ravi sagt, dass sie noch nichts vorhat, und so frage ich sie, ob Zach B. uns vielleicht begleiten möchte. Mein eigennütziges Ich weiß, dass alles einfacher ist, wenn Max einen Kumpel dabeihat.

»Er wäre begeistert«, sagt sie, und dann hellt sich ihr Gesicht auf. »O Gott, heißt das etwa, dass ich einen Samstag ganz für mich alleine habe?«

»Und einen Freitagabend, wenn er bei uns übernachten darf.«

In diesem Moment klingelt die Schulglocke, und die Vorschüler kommen aus der Tür. Normalerweise ist es eine ziemlich wilde Horde, aber heute sehe ich viele gesenkte Köpfe. Ein paar Kinder weinen sogar. Als ich Max' Leopardenmantel erspähe, sehe ich sofort, dass er ziemlich unglücklich ist. Als er mich sieht, verzieht sich sein kleines Gesicht, und er streckt die Arme nach mir aus.

»Was ist los, Baby?« Ich knie mich hin und nehme ihn in den

Arm. Peetsa und Ravi machen dasselbe mit ihren Kindern. Beide werfen mir einen Blick zu, der sagt: »Was ist nur los?«

»Max, mein Süßer, was ist passiert?« Ich nehme seinen Kopf zwischen die Hände und sehe ihm in die Augen.

»Er ist tot. Wir haben ihn gesehen.«

»Wer ist tot?« Ich denke an den Klassenfisch.

»Martin Luther King. Jemand hat ihn mit einem Gewehr erschossen, und dann haben sie ihn in eine Kiste gelegt, so wie Rufus.« Rufus war unser Meerschweinchen. Er ist im letzten Jahr eines natürlichen Todes gestorben, und wir haben ihn in einem Schuhkarton unter dem wilden Rhabarber vergraben, der hinten in unserem Garten wächst.

»Ach, Süßer, das tut mir leid. Wo habt ihr das Bild gesehen?«, frage ich, während ich in Gedanken bereits einen Hassbrief an Miss Ward verfasse.

»Mrs. Chang hat es uns gezeigt.«

»*Was?*«, sagen Peetsa, Ravi und ich wie aus einem Mund.

Die Jungs weinen lauter.

Am liebsten würde ich sofort ins Schulgebäude gehen, um herauszufinden, was zum Teufel vorgefallen ist, aber ich kann Max in diesem Zustand nicht alleine lassen.

»Ist er wirklich gestorben?«, fragt Max zwischen mehreren Schluchzern. »Er war so nett und hilfsbereit.«

Ich weiß genau, dass jetzt wieder Gespräche über den Tod auf dem Plan stehen, und dafür bin ich gerade nicht bereit. Ich werde von Erinnerungen an Max überflutet, wie er versucht, Rufus' Tod zu verarbeiten. Er hat tagelang geweint. Ron war so hilflos, dass er ein Buch mitbrachte, das ihm irgendwer im Laden empfohlen hatte. Es trug den Titel *Irgendwas stimmt nicht mit Grandma*. Es soll Kindern helfen, den Tod zu begreifen und damit umzugehen, aber bei Max hat es nur bewirkt, dass er überzeugt davon war, irgendwas würde nicht mit seiner

Oma stimmen. Es hat Monate gedauert, bis er keine Angst mehr hatte, meine Mutter würde jeden Moment den Löffel abgeben.

»Weißt du, er ist schon vor langer Zeit gestorben, und das war sehr traurig. Aber er hat in seinem Leben ganz viele großartige Dinge getan. Sieh es mal so: Jetzt hat er einen ganzen Tag für sich allein, an dem sich die Menschen daran erinnern, wie gut er war.«

»Wo wurde er begraben?«, fragt Max mich. Ich sehe Ravi und Peetsa verzweifelt an, denn woher zum Teufel soll ich das wissen?

Ravi eilt mir zu Hilfe. »Ich glaube, er wurde in Atlanta beerdigt. Dort, wo er aufgewachsen ist.« Das hört sich richtig an. Ich lächle ihr dankbar zu.

Peetsa sieht die drei Jungs an.

»Hat Mrs. Chang euch ein Bild von seinem Grab gezeigt?«, fragt sie, um eine genauere Vorstellung davon zu bekommen, was sie gesehen haben.

»Nein, es war ein Bild von ihm, wie er mit geschlossenen Augen in einer Kiste lag«, sagt Zach T. Seine Augen füllen sich mit Tränen.

O gütiger Gott. Kein Wunder, dass sie traumatisiert sind. Wie kann man nur fünfjährigen Kindern ein Bild von einem Leichnam in einem Sarg zeigen? Ich wende mich an Max.

»Hey, kannst du dich kurz zu Mrs. Tucci ins Auto setzen? Ich möchte gern mit Miss Ward sprechen.«

»Was haltet ihr drei von einem warmen Kakao bei uns zu Hause?«, schlägt Peetsa vor.

Die Jungs nicken und lächeln. Was wieder mal beweist, dass Schokolade im Leben so gut wie alle Probleme löst.

»Soll ich mitkommen?«, fragt Ravi mich.

»Gerne. Peetsa, wir kommen dann gleich nach.«

»Klingt gut.« Peetsa winkt, als sie die Jungs zu ihrem Auto bugsiert.

Ravi und ich gehen ins Schulgebäude und marschieren schnurstracks zu Raum 147.

»Ich überlasse dir das Reden«, sagt sie, als wir die Tür erreichen.

»Mit dem größten Vergnügen.« Ich zwinkere ihr zu.

Als wir Miss Wards kunterbuntes Klassenzimmer betreten, stelle ich fest, dass wir nicht die ersten Eltern sind. Dr. Evil lehnt über Miss Wards Pult und spricht mit leiser, aber ernster Stimme. Als wir reinkommen, höre ich Kim sagen: »... und ich bin es leid.«

»Hi. Entschuldigen Sie die Störung, aber wir haben gerade ein paar ziemlich traurige Jungs in Empfang genommen.« Ich blicke Kim Fancy direkt an. »War Nancy auch so aufgelöst?«

»Weswegen?« Kims finsterer Blick verrät, dass sie verärgert und irritiert ist.

»Hallo Jen. Geht es um die Martin-Luther-King-Präsentation?«, fragt Miss Ward in einem Ton, als erkundige sie sich nach dem Wetter.

»Äh, ja. Max und seine Freunde kamen merklich verstört aus der Schule, nachdem sie ein Foto von einem Leichnam gesehen haben.«

»Ein was?«, fragen Kim und Miss Ward im Chor.

»Waren Sie bei Asamis Präsentation nicht dabei?«

»Nein.« Miss Ward sieht doch tatsächlich ein bisschen zerknirscht aus. »Ich, ähm, musste noch ein paar Arbeiten benoten, also bin ich währenddessen ins Lehrerzimmer gegangen. Als ich zurückkam, sagte sie mir, sie habe sie schon nach Hause geschickt.«

»Im Ernst? Sie lassen zu, dass ein Elternteil die Kinder nach

Hause schickt?« Ich bin etwas überrascht. Ich frage mich auch, was für Arbeiten eine Vorschullehrerin benoten muss.

»Nun ja, normalerweise nicht, aber sie schien alles unter Kontrolle zu haben. Sie sagen, sie hat ihnen einen Leichnam gezeigt? Von wem denn?«

»Von Martin Luther King«, erwidere ich gereizt. »Er lag in seinem Sarg. Max ist total traumatisiert. Er kam weinend aus der Schule gerannt.«

Miss Ward und Kim tauschen einen Blick. Kim schüttelt den Kopf und verlässt das Klassenzimmer. Was ist hier los?

»Also, ich werde ganz sicher mit Asami darüber sprechen und herausfinden, was vorgefallen ist«, versichert Miss Ward mir. Sie macht eine Pause und lächelt zynisch.

»Jenny, es ist so lustig, dass *Sie* sich über *sie* beschweren. Sie beschwert sich nämlich permanent über *Sie*.«

»Ja, das muss wirklich urkomisch für Sie sein.« Ich drehe mich schnell um und hätte beinahe Ravi umgerannt, als ich rausgehe. Ich habe vollkommen vergessen, dass sie bei mir ist.

Als wir den Flur entlanggehen, scheint Ravi meine Gedanken zu lesen. »Ich kann nicht glauben, dass sie die Kinder mit einem Elternteil allein gelassen hat. Ist das normal?«

»Das hängt davon ab, in welcher Welt man lebt«, erwidere ich und seufze.

12. Kapitel

Am Samstagmorgen um Punkt 7:50 Uhr kommt Garth bei mir zu Hause an – wie üblich zehn Minuten zu früh. Ich räume gerade das Frühstück von Max und Zach B. weg. Nach der Übernachtung haben die beiden noch ganz kleine Augen, und ich sage für die nicht allzu ferne Zukunft ein Nickerchen im Auto voraus.

»Hallo Garth. Willst du einen Kaffee für unterwegs?«

»Nein, danke. Ich hab mir einen mitgebracht.« Er hält einen Starbucksbecher hoch. Sofort denke ich an Don und lache in mich hinein.

»Was ist da drin?«

»Ein großer Triple-shot-Latte mit extra viel Schaum.« Er lächelt und prostet mir zu.

»Na, das sollte dir genügend Energie liefern.« Ich proste ihm meinerseits mit meinem Kaffeebecher zu. »Wir sind in fünf Minuten fertig.«

Ich bin schon auf der halben Treppe, als ich über meine Schulter rufe: »Okay, Jungs, sichern und laden. Die Reifen drehen sich in fünf Minuten. Nehmt zwei Kissen mit. Los geht's, Äffchen!«

Ich höre Zach B. sagen: »Deine Mom redet seltsam.«

Ich checke mein Smartphone und finde eine Nachricht von Don vor.

Viel Spaß in Wichita.

Ich lächle. Das ist die seltsamste Beziehung, die ich je hatte. Wir schreiben uns andauernd und wissen alles vom Leben des anderen, aber wir haben uns noch nie auf den oft erwähnten Kaffee getroffen.

Wir beschließen, meinen rumzickenden Minivan zu nehmen, damit wir Platz haben, um uns auszustrecken, und die Jungs einen Film gucken können. Verurteilen Sie mich nicht. Ich wünschte, ich wäre die Sorte Mutter, die endlose Ideen für Autospiele und überdies auch noch die Energie hat, sie zu spielen. Aber das bin ich nicht. Ich habe stattdessen ein endloses Angebot an DVDs, die ich für jede Autofahrt, die länger als fünfundvierzig Minuten dauert, hervorzaubere, weil das Max' Geduldsgrenze ist.

Die Jungs kuscheln sich auf ihren Autositzen in ihre Kissen, als wir losfahren, und ungefähr nach zehn Minuten *The LEGO Movie* sind beide eingeschlafen.

»Was ist das eigentlich für eine wohltätige Organisation, für die du arbeitest?«, frage ich Garth, während ich den Van auf die I-35 South lenke. Am Wochenende ist morgens nur wenig Verkehr.

»Das ›Projekt Verwundete Krieger‹.«

»Meine Mutter arbeitet ehrenamtlich für sie. Sie veranstaltet jedes Jahr mit ihrer Kirchengruppe ein Event der ›Stolzen Unterstützer‹.«

»Ich weiß. Daher kenne ich sie ja auch.« Garth scheint bei der Erinnerung zu lächeln.

»Hast du beim Pfannkuchenfrühstück geholfen, oder so was?« Ich werfe ihm einen heimlichen Blick zu.

»So ähnlich.«

»Moment, bist du ein Veteran?«

Er nickt. »Ich habe zwei Einsätze in Afghanistan mitgemacht.«

»Wann?«, frage ich ein bisschen zu laut. Mist! Ein Blick in den Rückspiegel sagt mir, dass die Jungs noch schlafen.

»Ach, 2004 bis 2006.«

»Hast du dort gekämpft?«

»Na ja, ich war ja nicht wegen des Wetters dort.«

»Wurdest du verletzt?«

Er zuckt mit den Schultern.

»Ich hatte Granatsplitter in der linken Seite. Im Vergleich zu einigen meiner Freunde bin ich glimpflich davongekommen.«

»Heilige Scheiße! Ich fasse es nicht, dass ich davon nichts wusste. Warum hast du es mir nicht erzählt?«

»Das Thema kam nie auf.«

Wir starren beide durch die Windschutzscheibe und beobachten mehrere Meilen weit, wie der Highway unter uns hindurchrauscht, bevor ich weiterspreche.

»Fällt es dir schwer, darüber zu sprechen?«

Er lacht leise.

»Überhaupt nicht. Was möchtest du wissen?«

Ich denke eine Minute darüber nach und sortiere die unangemessenen Fragen aus, die mir sofort auf der Zunge liegen.

»Ähm, was vermisst ihr Soldaten am meisten, wenn ihr da drüben seid?«

»Das ist bei jedem anders«, sinniert er. »Alle vermissen auf die eine oder andere Art ihr Zuhause. Das kann deine Familie sein, dein Bett, Jeans zu tragen, normales Essen. Bei mir war es Tomatensuppe von Campbell.«

»Was?« Ich fange an zu lachen. »Tomatensuppe?«

Garth nickt. »Frag mich nicht, warum, aber während ich dort war, hatte ich die ganze Zeit Lust auf Tomatensuppe. Als ich zurückkam, konnte ich gar nicht genug davon kriegen.«

Ich schüttle den Kopf. »Lustig. Ich frage mich, was mir fehlen würde.«

»Was auch immer es ist, ich garantiere dir, dass du damit nicht rechnen würdest.«

Als wir Emporia passieren, was ungefähr auf halber Strecke liegt, frage ich Garth, ob er eine Pinkelpause braucht.

»Das wäre toll«, sagt er.

Ich fahre vom Highway runter und steuere die erste Tankstelle an, die ich sehe. Während Garth nach den Toiletten sucht, tanke ich. Natürlich werden die Jungs jetzt, da das Auto steht, wach und müssen ebenfalls aufs Klo. Und wollen einen Snack. Und Wasser. Und den Film weitergucken. Bis ich ebenfalls auf der Toilette war und wir wieder auf dem Highway sind, ist eine halbe Stunde vergangen.

»Um wie viel Uhr fängt der Lauf an?«, frage ich mit einem Blick auf die Uhr am Armaturenbrett.

»Mittags. Wir sind gut in der Zeit.« Garth stellt seine Rückenlehne ein wenig zurück und macht es sich bequem. »Und, hast du mit Nina gesprochen?«, erkundigt er sich so beiläufig wie möglich.

»Nein.«

Unter seinem missbilligenden Blick werde ich fast rot. Ich lasse die Schultern hängen.

»Ich weiß, dass ich es machen muss. Ich finde es selbst schrecklich, nicht mit ihr zu sprechen.«

»Was ist dann das Problem? Nimm dein Telefon in die Hand.«

»Das werde ich ja. Es ist nur schon so viel Zeit vergangen, dass ich gar nicht weiß, was ich ihr sagen soll.«

»Na ja, zu diesem Zeitpunkt ist keine von euch beiden eine besonders gute Freundin gewesen. Vielleicht wäre ›Es tut mir leid‹ ein guter Anfang.«

Ich will ihm widersprechen, habe aber nicht den Mumm. Er hat recht. Nina und ich haben noch nie so lange Zeit nicht miteinander geredet.«

»Ich rufe sie an, wenn ich nachher nach Hause komme.«

»Du wirst dich besser fühlen«, sagt Garth und macht die Augen zu. »Stört es dich, wenn ich ein Nickerchen mache?«

»Mach nur. Ich schlafe wahrscheinlich auf dem Rückweg.«

»Das heißt dann wohl, dass ich zurückfahre.« Garth lächelt in sich hinein.

Kurze Zeit später ist er eingeschlafen.

Als wir auf den Parkplatz der Hartman Arena fahren, kann ich bereits erkennen, dass es ein großes Event ist. Wir parken ziemlich weit vom Eingang entfernt und müssen ein gutes Stück gehen. Die Jungs sind total zappelig. Sie waren noch nie in Wichita.

Drinnen wird Garth begrüßt wie ein alter Bekannter. Alle winken, sagen Hallo oder klopfen ihm auf den Rücken.

»Ich fühle mich, als ob ich mit dem beliebtesten Jungen unserer Schule hier wäre«, sage ich.

Er verdreht die Augen. »Nicht ganz. Aber wenn man oft genug irgendwohin geht, kennen die Leute einen allmählich.«

Wir bleiben an einer Tischgruppe stehen, über der ein großes Verwundete-Krieger-Banner hängt. Ein korrekt gekleideter, gut aussehender älterer Mann wirft uns über die Menge um ihn herum ein breites Lächeln zu.

»Garth, Mann, wie geht's dir?«

»Bestens, Jack. Und dir?«

»Gut.« Er sieht zu mir und den Jungs.

»Ich bin Jack.«

»Hallo, ich bin Jen.« Ich will ihm die Hand schütteln und sehe, dass ihm der rechte Arm fehlt. Er bietet mir die Linke an, und ich bin ein wenig verunsichert. Aber wie es so typisch für mich ist, erhole ich mich schnell mit Anmut und Stil von meiner Verlegenheit.

»Oh, Entschuldigung, äh ... hi.« Ich hebe die Hand und winke ihm. »Das sind mein Sohn Max und sein Freund Zach.«

Die Jungs starren ihn mit weit geöffneten Augen und Mündern an.

»Wo ist Ihr Arm?«, fragt mein Sohn, ganz wie sein Vater.

»Ich habe ihn verloren«, antwortet Jack nur.

»Wo haben Sie ihn verloren?« Max flüstert fast.

Jack stemmt die andere Hand in die Hüfte.

»Na ja, wenn ich das wüsste, denkst du nicht, dass ich ihn dann holen würde?«

Max fängt an zu kichern, und Zach B. stimmt mit ein.

Da ergreift Garth das Wort.

»Tut mir leid, wo sind nur meine Manieren geblieben? Jen, Jack und ich haben zusammen in Afghanistan gedient.«

»Schön, Sie kennenzulernen.« Ich sehe ihn dankbar an.

»Ganz meinerseits. Woher kennen Sie diesen Ledernacken?«

»›Ledernacken‹? Das gefällt mir.«

Garth sieht mich gespielt wütend an.

»Ich trainiere mit Jen für den Kansas City Mud Run im April.«

»Dann sind Sie in guten Händen. Er ist selbst ein tougher Schlammhindernisläufer. Machen Sie heute auch mit?«

»Nein«, erwidere ich. »Wir gucken nur zu und unterstützen das Ganze mit einer Spende.«

»Dann sollten Sie lieber reingehen. Es geht jeden Moment los. Garth, wollt ihr euch nicht zu uns setzen?«, bietet Jack an.

»Gerne, vielen Dank.« Garth dirigiert mich durch die Arena. »Kommt, Leute, wir suchen uns ein paar Plätze.«

Der Indoor-Schlammlauf ist wirklich beeindruckend. Der Parcours nimmt die gesamte Hartman Arena ein, die so groß ist wie ein Profi-Hockeyfeld.

Jeder Quadratzentimeter wurde geschickt genutzt, um verschiedene Hindernisse aufzubauen, und ehrlich gesagt jagt mir der Anblick eine Heidenangst ein.

»Das ist ja so cool!«, schreit Max gegen die laute Musik an, die aus den Lautsprechern der Arena tönt. Er und Zach B. nehmen alle Eindrücke mit einem breiten Lächeln auf. Ich nehme sie an der Hand und führe sie hinauf in die Ränge. Wir setzen uns neben ein paar Leute, die – der Anzahl fehlender Körperteile nach zu urteilen – Veteranen sind, samt ihren Familien. Endlich habe ich eine gute Sicht auf den Parcours. Bevor ich die Chance habe, durchzudrehen, geht Garth alles Schritt für Schritt mit mir durch.

»Los geht's mit einem Lauf bis zum oberen Ende der Arena und wieder runter. Dann klettert man an einem Seil über eine drei Meter hohe Wand, und danach müssen die Teilnehmer durch eine lange Schlammstrecke kriechen, über der Stacheldraht gespannt ist.« Er zeigt auf die andere Seite der Arena.

»Anschließend muss man zusammen mit einer Gruppe von Leuten einen großen Baumstamm vierhundertfünfzig Meter weit tragen und dann dieses Ding hochlaufen, das wie eine Halfpipe aussieht – dafür braucht man eine hohe Geschwindigkeit. Vielleicht will man auf halber Strecke aufgeben, aber mit ausreichend Schwung sollte man es bis nach oben schaffen. Drüberklettern und in eiskaltes Wasser springen.«

Ich zucke zusammen. Ich mag nicht mal lauwarmes Duschen.

»Raus aus dem Wasser und zu der Wand mit den Metallhaken rübergehen. Zwei Ringe schnappen und in die Haken einhängen, um es über den Graben zu schaffen. Das ist wahrscheinlich der schwierigste Teil. Dafür braucht man viel Kraft im Oberkörper. Danach geht es relativ smooth weiter. Normalerweise muss man vor dem Eisbad durch Feuer springen, aber die Feuerwehr hat diesen Teil hier drin nicht genehmigt. Bevor es über die Ziellinie geht, muss man nur noch über ein paar Erdhügel rennen.«

Mein Herz pocht wie das von einem Hasen, mein Mund ist trocken, und ich bin relativ sicher, dass ich mir in die Hose gemacht habe. Ich kann nicht sprechen.

Garth fängt an zu lachen.

»Hey, was ist denn los? Du könntest das schaffen. Absolut.«

»In welchem Universum kann ich denn durch Feuer springen?«

»Na ja, das können wir natürlich nicht üben, aber du wirst sehen, dass dein Adrenalin dich im Eifer des Gefechts alles schaffen lässt.«

Er legt mir den Arm um die Schultern und drückt mich.

»Du wirst es schaffen, das verspreche ich dir.«

Ich sehe zu Max, der den Blick durch die Arena schweifen lässt und einen Hotdog futtert – eine freundliche Spende von Jack, der sich soeben zu uns gesellt hat –, und auf einmal ist es mir glasklar.

Ich werde es schaffen.

Auf dem Heimweg lasse ich Garth ans Steuer und mache ein Schläfchen. Ich habe einen schrecklichen Traum, in dem ich an dem Schlammlauf teilnehme, aber nur einen Arm habe. Ich wache auf, als ich gehörig zusammenzucke, weil ich im Traum den Ring loslasse, an dem ich mich an der gelochten Hartfaserplatte festhalte.

»Heilige Scheiße!«

Garth sieht zu mir rüber. »Hattest du einen Schlamm-Albtraum?«

»Ich glaube, ja.« Ich reibe mir die Augen und sehe nach den Jungs. Sie gucken noch einen Film. Max hat seine Fernsehzeit für den gesamten Monat aufgebraucht, so viel ist klar. »Ist das normal?«

»O ja, vor allem, während man trainiert. Worum ging es?«

»Ich habe an dem Wettkampf teilgenommen, aber ich hatte nur einen Arm. Als ich an der Hartfaserplatte hing, musste ich loslassen, weil ich den Ring nicht zum nächsten Haken bewegen konnte.« Ich schüttle den Kopf. »Das war brutal.«

»Du solltest dir mal die Typen ansehen, die tatsächlich nur noch einen Arm haben und es trotzdem schaffen. Die haben irre viel Kraft im Oberkörper.« In Garths Stimme liegt eine Menge Bewunderung. Ich habe das Gefühl, erst an der Oberfläche des überraschend emotionalen Tiefgangs meines Trainers gekratzt zu haben.

Nachdem wir einen erschöpften Zach B. bei seiner Mutter abgeliefert haben und nach Hause kommen, kümmert sich mein Prinz von einem Ehemann um Max, was mir die Gelegenheit verschafft, den Tag von meinem Körper abzuwaschen. Nach der Dusche wickle ich mir ein Handtuch um den Kopf, nehme meinen Bademantel und lege mich auf meine Seite des Bettes. Jetzt ist es so weit. Ich rufe Nina an und lasse es so lange klingeln, bis sie drangeht.

»Hallo.« Sie flüstert.

»Hallo. Warum flüsterst du?« Ich flüstere auch, völlig grundlos.

»Chyna ist gerade auf dem Sofa eingeschlafen. Sie war heute auf einem Turnturnier und ist total erschlagen.« Ich bin mir sicher, dass Nina gerade in ein anderes Zimmer geht, damit sie reden kann.

»Wie ist es für sie gelaufen?«, frage ich. Das ist so seltsam.

»Dritter Platz in der Gesamtwertung ihrer Altersgruppe. Erster Platz am Balken.«

»Wow, das ist toll. Richte ihr aus, dass sie so weitermachen soll.«

»Das mache ich.«

Und ... Schweigen. Ich hole tief Luft.

»Hör mal, Nina ...«

»Warte. Bevor du irgendwas sagst, möchte ich dir sagen, dass ich es wirklich schlimm finde, wie ich mich verhalte. Es tut mir so leid. Nachdem ich Sid gefunden hatte, bin ich praktisch im Sturzflug in tiefe Depressionen versunken und gerade erst wieder aufgetaucht.«

»Oh, Neens, mir tut es auch so leid. Ich wusste einfach nicht, was ich für dich tun kann. Und als du mir dann bei meinen Schwierigkeiten als Elternsprecherin nicht geholfen hast, war ich total sauer.«

»Deinen was?«

»Ach, nichts. Nur diese Sache mit Asami und Jakowski, du weißt schon ...«

»Wovon redest du? Was ist passiert?«

»Heilige Scheiße, du weißt es wirklich nicht?«

Ich erzähle ihr kurz all die mörderischen Details meines Niedergangs und wie Direktor Jakowski offensichtlich bei ihr angerufen und sie um Unterstützung gebeten, sie ihm aber gesagt hatte, das interessiere sie nicht und er solle die Sache alleine regeln.

Schweigen am anderen Ende der Leitung. Ich denke schon, die Leitung wurde unterbrochen.

»Hallo?«

»Ich bin noch dran«, sagt Nina, doch sie klingt, als wäre sie mit den Gedanken meilenweit entfernt. »Ich erinnere mich nicht mal daran, dass er angerufen hat. Mist, das ist schlimmer als ein Filmriss nach zu vielen Cocktails.«

Ich lache, aber es kommt halb wie ein Schluchzen raus. Fast wie ein Hicksen.

Nina lacht. »Was war das denn?«

»Ich bin nur so froh, dass wir miteinander sprechen.« Ich schniefe.

»Ja. Ich bin endlich unter der Glasglocke hervorgekrochen, also erzähl mir alles.«

Ich gebe ihr eine Zusammenfassung zu meinem Sturz als Elternsprecherin und bringe sie auf den neuesten Stand bezüglich Vivs und Laura. Plötzlich wird mir etwas klar.

»Was auch immer mit Sid passiert ist – du scheinst irgendwie drüber hinweg zu sein.«

»O ja. Ich bin so was von drüber hinweg. Was für eine Arschgeige.«

»Erzähl mir was Neues.«

»Ja, ja, ich weiß. Es hat eine Weile gedauert, aber glaub mir: Ich bin wieder da. Er hat mich doch tatsächlich angegraben.«

»Du hast ihn *gesehen*?«

»Nein, auf Facebook. Warte kurz, ich schick's dir.« Ich höre ein Rascheln und Nina, die aus der Ferne sagt: »Du wirst es nicht glauben, Süße.«

Mein Handy vibriert in dem Moment, als Ninas Stimme wieder deutlicher wird. »Ich habe dir die Nachrichten aus dem Messenger kopiert und geschickt.«

»Warte.« Ich sehe auf mein Smartphone und drücke auf Nachrichten. Ich sehe, was Nina mir geschickt hat.

»Ach du meine Güte, wie lang ist das denn?«

»Lang. Scroll einfach runter. Im ersten Teil bringen wir einander nur auf den aktuellen Stand, und er erklärt, warum er gegangen ist. Wohlgemerkt, er entschuldigt sich nicht dafür, sondern er *erklärt* mir, dass er total ausgeflippt ist und gemerkt hat, dass er noch nicht bereit für ein Kind war. Dass er dachte, es sei besser für mich, wenn er geht, weil er wusste, dass er keine Hilfe für mich wäre.«

»Moment.« Ich scrolle runter und versuche, ihr gleichzeitig zuzuhören. »Er sagt, dass er Chyna nicht kennenlernen will ...«

»Ja, genau. Er will weder ihr Leben durcheinanderbringen noch das seiner neuen Kinder. Dabei sind sie nicht mal seine Kinder! Er hat eine schwangere Witwe geheiratet.«

»Iiiih«, rutscht es mir heraus. Ich frage mich, wie verzweifelt eine Frau wohl sein muss, um Sid in das Leben ihrer Kinder zu lassen.

»Ich weiß. Sogar ich sehe jetzt das Iiiih darin.«

Ich scrolle weiter und versuche, den ganzen Mist über sein neues Leben zu überspringen. Über seine neue Arbeitsstelle in dem Hightechunternehmen, das wohl eher ein *Low*techunternehmen ist, in dem Hydraulikmechanismen für Bürostühle produziert werden – oder »Computer-Stühle«, wie die Firma sie bezeichnet. Das erklärt den Namen des Unternehmens: Compu-lift. Offenbar arbeitet Sid als »Tester«, was bedeutet, dass er den lieben langen Tag auf seinem Hintern sitzt und kontrolliert, ob die Stühle hoch- und runterfahren.

»Ha. Überfordert dieser Job ihn nicht total?«, sage ich ins Telefon.

Nina lacht. »Lies beim guten Teil weiter.«

Ich scrolle weiter runter bis zu der Stelle, an der er darüber spricht, wie anstrengend das Eheleben ist.

»Woher will er das denn wissen, verflucht? Wenn das Baby ein Neugeborenes ist, kann er doch erst seit wenigen Monaten verheiratet sein.«

»Seit sieben.«

»O mein Gott. Wer ist diese arme Frau, die er geheiratet hat?«

»Laut Sid gehört ihrem Vater die Firma, für die er arbeitet. Er meinte, sie bereiten ihn für die Übernahme vor.«

Ich schnaube. »Dann hat er also die Tochter vom Chef geheiratet. Gut zu wissen, dass er sein Hirn für mehr benutzt als nur fürs Stühletesten.«

»Bei welchem Teil bist du gerade?«, fragt Nina.

»Ähm ... du fragst ihn, ob er kommen will, um Chyna kennenzulernen.«

»Gut, lies von da weiter. Da macht er den Sprung vom Mistkerl zum Arschloch.«

Weil ich ihr nicht sagen will, dass er diesen Sprung bereits vor Jahren gemacht hat, lese ich einfach.

Sid: Ich glaube eben, es würde Chynas Leben richtig durcheinanderbringen, wenn ich einfach so aus dem Nichts auftauche.

Nina: Ich bin mir sicher, die Freude, endlich ihren Vater kennenzulernen, würde überwiegen.

Sid: Hat sie nicht schon einen Vater? Einen von den Typen, mit denen du nach mir zusammen warst?

Nina: Ich war nie mit einem anderen zusammen.

Sid: Ja, richtig.

Nina: Ich war eine alleinerziehende Mutter eines Babys und hatte ein gebrochenes Herz. Ich wollte mit niemandem zusammen sein.

Sid: Auch nicht nach all den Jahren?

Nina: Ich war beschäftigt.

Sid: Damit, mich zu vermissen?

Nina: Damit, ein Kind großzuziehen, zu arbeiten und Ehrenämter an der Schule zu besetzen. Ich habe keine Zeit für diesen Scheiß.

Sid: Mit mir hattest du Zeit dafür.

Nina: Oh, bitte.

Sid: Erinnerst du dich an das Wochenende, als wir das Cottage gemietet haben?

Nina: Nein.

Sid: Komm schon. Wir hatten das ganze Wochenende nichts an. Das ist der Scheiß, an den ich mich erinnere. Der Scheiß, der mir fehlt. Ich habe in letzter Zeit viel daran gedacht.

Ich höre auf zu lesen.
»Ekelhaft!«
»Welche Stelle?«, fragt Nina mit tonloser Stimme.
»Er erinnert dich an das Wochenende, als ihr das Cottage gemietet habt.«
»Das hat mich tausend Dollar gekostet. Wie dämlich ist er eigentlich, das anzusprechen?«
»Ich nehme an, das ist eine rhetorische Frage.«
»Har-har. Lies weiter.«
Ich widme mich wieder dem Messenger-Chat.

Nina: Aber nicht genug, um zurückzukommen.

Sid: Möchtest du, dass ich zurückkomme?

Nina: Lange Zeit wollte ich das, ja.

Sid: Was ist mit jetzt?

Nina: Jetzt? Warum solltest du jetzt zurückkommen? Du hast doch eine neue Familie.

Sid: Ich könnte auf einen Besuch vorbeikommen.

Nina: Ich dachte, du willst Chyna nicht kennenlernen.

Sid: Ich könnte dich besuchen.

Nina: Warum solltest du das tun?

Sid: Ich weiß nicht. Um zu sehen, was los ist.

Nina: Was meinst du damit?

Sid: Du wirkst so einsam, Baby. Vielleicht könnte ich dich ein bisschen aufheitern.

»O Gott!«, schreie ich ins Telefon.
»Ist das zu fassen? Ich dachte: Wo kommt das denn jetzt auf einmal her?«
»Ich hoffe, du hast ihn abgewürgt.«
»Nicht gut genug. Ich habe dankend abgelehnt und seitdem auf keine seiner Nachrichten geantwortet.«
»Wann hast du zuletzt von ihm gehört?«
»Heute. Er schickt mir fast täglich Nachrichten.«

»Und was steht drin?«

Nina seufzt. »Eine Menge ›Was habe ich getan, Baby? Bist du wütend auf mich? Ich will dich immer noch besuchen kommen‹ und so ein Mist. Ich sollte ihn einfach blockieren, aber irgendwie genieße ich es auch ein bisschen, ihn zu quälen.«

»Du quälst ihn aber nicht genug!«

»Aber ich will wirklich keinen Kontakt mit ihm. Ich glaube, ihn zu ignorieren, ist gut genug.«

Ich bin zwar nicht überzeugt, aber es ist ja nicht mein Kampf.

»Jetzt bin ich dran«, sagt Nina. »Wie ist der Stand mit dem Mann deiner heimlichen Fantasien? Wie war noch gleich sein Name?«

»Don.« Ich lächle. Endlich kann ich mit jemandem darüber reden.

Ich erzähle ihr, wie lustig es ist, per Kurzmitteilung mit ihm zu flirten, und lese ihr ein paar meiner Lieblingsnachrichten vor.

»Und in der hier fragt er mich ... Nina? Bist du noch dran?«

Ich höre ein Atmen am anderen Ende der Leitung, und dann reißt Nina mir praktisch den Kopf ab.

»Jen, du musst mit diesem Mist sofort aufhören!«

»Was? Ist das dein Ernst?«

»Ja, allerdings.«

»Neens, das hat doch nichts zu bedeuten. Das ist total harmlos.«

»Ach, wirklich? Zeigst du die Nachrichten Ron? Lacht ihr gemeinsam über die Doppeldeutigkeit des Kaffeetrinkens?«

»Nein. Aber ich würde sie ihm zeigen. Sie sind einfach nur lustig.«

»Dann wäre es dir egal, wenn Ron so ein kleines Geplänkel mit einer seiner früheren Freundinnen am Laufen hätte?«

»Meine Güte, er war nie mein Freund«, murmle ich. Aber

ich denke über ihre Frage nach. Würde es mich stören, wenn ich so einen Wortwechsel auf Rons Handy entdecken würde?

»Ich verstehe, was du meinst und wie das alles aussehen muss. Aber ich bin mir meiner Gefühle bewusst und habe nicht die Absicht, Ron zu betrügen.«

Selbst ich kann hören, wie lahm sich das anhört, doch Nina sagt nur: »Ja, dann ... es ist immer so lange lustig, bis jemand einen Ehemann verliert. Sei einfach vorsichtig.«

Da ich mich nicht mit ihr streiten will, verspreche ich es ihr.

Wir verabreden uns für den nächsten Tag zum Mittagessen und legen nach vielen »Ich hab dich lieb« und »Es tut mir leid« auf. Ich fühle mich so gut wie seit Wochen nicht mehr.

13. Kapitel

An: Miss Wards Klasse
Von: AChang
Datum: 17. Januar
Betreff: Fototermin

Hallo Eltern,

ich habe erfahren, dass einige Kinder nicht so gut auf meine PowerPoint-Präsentation über das Leben und den Tod von Martin Luther King reagiert haben. Im Nachhinein betrachtet war es möglicherweise zu viel, ihn tot in einem Sarg liegend zu zeigen.

Nur eine kurze Erinnerung an den Fototermin morgen. Ich weiß, dass man so etwas nach einem langen Wochenende manchmal vergisst. Ich hoffe, Sie haben die Schuluniformen Ihrer Kinder bereits gebügelt. Ich möchte, dass wir die reinlichste Klasse der William H. Taft sind. Ein Bad am heutigen Abend wäre dabei wirklich hilfreich.

Ich werde morgen dort sein, um sicherzugehen, dass die Kinder ordentlich aussehen und lächeln.

Grüße,
Asami

An: PWard
Von: JDixon
Datum: 17. Januar
Betreff: Fototermin

Hallo Miss Ward,

brauchen Sie morgen Hilfe dabei, die Kinder zu betreuen, wenn der Fotograf da ist? Ich unterstütze Sie gern.

Vielen Dank,
Jen

An: JDixon
Von: PWard
Datum: 17. Januar
Betreff: Fototermin

Jen,

tut mir leid, aber das ist eine Frage für die Elternsprecherin. Bitte wenden Sie sich an sie.

Gruß,
Peggy

Verdammt. Ich hatte gehofft, das vermeiden zu können. Bäh. Das wird wehtun.

An: AChang
Von: JDixon
Datum: 17. Januar
Betreff: Fototermin

Hallo Asami,

frohes neues Jahr. Ich hoffe, der neue Job macht Ihnen Spaß. Ihre erste E-Mail war sehr informativ.

Ich habe mich gefragt, ob Sie morgen Hilfe dabei brauchen, die Kinder zu betreuen, wenn sie sich für den Fotografen vorbereiten. Ich werfe gern ein Auge auf sie, während sie im Flur warten, oder bringe einen Snack vorbei.

Geben Sie mir einfach Bescheid.

Jen

An: JDixon
Von: AChang
Datum: 17. Januar
Betreff: Fototermin

Jen,

also, ich habe mit Sicherheit nicht erwartet, von Ihnen zu hören. Ich glaube nicht, dass ich Hilfe brauchen werde, aber wenn Sie Probleme damit haben, sich von Ihrer Machtposition zu lösen, und für eine Weile vorbeikommen möchten, tun Sie das ruhig. Bitte bringen Sie den Kindern einen Snack mit.

Asami

Einen Snack, ja! Ich klappe meinen Laptop zu und drehe meinen Stuhl so, dass ich in die Küche gucken kann. Ich muss unbedingt mal backen.

Sag niemals nie. Das ist mein neues Motto. Ich sagte, ich würde nach Laura nie wieder ein Kind bekommen, und ich habe es doch getan. Ich sagte, ich würde niemals *Fifty Shades of Grey* lesen, aber nachdem ich Ninas Reaktion darauf erlebt habe, tat ich es. Und ich sagte, ich würde nie wieder die Fünf-Servietten-Klebe-Schmier-Brownies meiner Mutter machen, und doch stehe ich hier und schiebe gerade das zweite Blech in den Ofen.

Diese Babys sind echte Killer. Für das Rezept braucht man unter anderem neun Eier, zwei Tassen Zucker, ein Pfund Butter, Karamell, Schokosplitter und Schlagsahne. Absolut ungesund, aber sie schmecken himmlisch, und meine Kinder lieben sie. Der einzige Nachteil ist nur, dass sie ein biiiiiisschen schwierig zu essen sind. Wenn ich ehrlich bin, braucht man mehr als fünf Servietten, um sich nicht völlig einzusauen. Eine Familienpackung Feuchttücher ist da schon realistischer.

Asami hat um einen Snack gebeten, und sie wird einen Snack bekommen. Ja, so ist es. Ich werde einer Horde Fünf- und Sechsjähriger das Äquivalent zu einem Mud Pie, einem besonders üppigen Schokoladenkuchen, zu essen geben, bevor sie fotografiert werden. So klein und schäbig bin ich. Unsere neue Elternsprecherin hätte mich niemals daran erinnern sollen, mein Kind zu baden.

Am Tag des Fototermins breche ich gegen zehn Uhr vormittags zur Schule auf, bewaffnet mit den Fünf-Servietten-Klebe-Schmier-Brownies, einer Rolle Küchenpapier und natürlich einem gluten- und nussfreien Snack für Graydon.

Ich gehe zu Raum 147, wo ich sehe, dass Asami ihr gesamtes Frisierequipment auf einem Tablett aufgebaut hat und einsatzbereit ist.

Die Kinder sitzen an ihren Tischen und lauschen andachtsvoll Miss Ward, die gerade erklärt, wie man am besten für ein Foto lächelt.

»Wenn sie euch bitten zu lächeln, versucht einfach, an einen Witz zu denken. Denn dann lächelt ihr mit eurem ganzen Gesicht und nicht nur mit dem Mund.«

Dann fährt sie damit fort, den Kindern zu zeigen, wie es aussieht, wenn man nur mit dem Mund lächelt. Sie sieht albern aus, aber die Kinder finden es toll. Sie lachen und machen es sich gegenseitig vor.

»Na gut, beruhigt euch. Wer von euch kennt denn einen Witz, damit ich euch zeigen kann, wie es aussieht, wenn das ganze Gesicht lächelt?«

Sechzehn Hände schießen nach oben, auch die von Max, und ich frage mich unwillkürlich, welche Witze er wohl kennt. Es ertönt ein Chor aus »Bitte ich, bitte ich, oh, *bitte ich*!«, während Miss Ward in aller Ruhe entscheidet.

»Zach T. Welchen Witz kennst du?«

Zach T. strahlt vor Aufregung, als er aufsteht.

»Klopf, klopf.«

»Wer ist da?«

»Feuer.«

»Feuer wer?«

»Wo brennt's denn?!«, schreit Zach, und die Klasse explodiert vor Lachen, während Miss Ward das Gesicht zu einem breiten Lächeln verzieht. Sogar Asami lacht.

»Sehr gut, Zach. Wirf eine Murmel ins Komplimenteglas.«

Als Zach stolz vortritt, höre ich, wie jemand meinen Universalnamen ruft.

»Mom!« Max kommt auf mich zugerannt und umarmt mich, als hätte er mich nicht vor anderthalb Stunden noch gesehen. Ich genieße es. Viel zu bald wird es ihm peinlich sein, wenn ich in seine Klasse komme, aber zurzeit ist es noch etwas Besonderes.

»Hallo, mein Großer.« Ich drücke ihn fest. Er riecht immer noch nach dem Bad vom vergangenen Abend, und ich schnuppere noch mal kurz an ihm, ehe ich ihn loslasse.

»Jennifer, ich freue mich, dass Sie endlich hier sind« ist alles, was Asami für mich als Begrüßung übrig hat. »Der Fotograf hat sich zwei Türen weiter eingerichtet. Die Kinder werden zunächst alle einzeln fotografiert, und im Anschluss daranmacht der Fotograf noch ein Gruppenbild. Ich werde beim Fotografen sein und Sie bei den Kindern. Und schicken Sie mir die Kinder bitte einzeln rüber. Verstanden?«

»Ihnen auch einen guten Morgen, Asami!«, erwidere ich.

»Haben Sie den Snack dabei?«

Ich halte meine Einkaufstasche hoch.

»Wofür sind die?«, fragt sie und zeigt auf die Papiertücher.

»Nur für den Fall, dass die Kinder sich bekleckern.« Ich hoffe inständig, dass sie nicht fragt, was ich mitgebracht habe. »Ich habe sogar was Besonderes für Graydon dabei«, füge ich hinzu, um sie abzulenken.

Aber das ist gar nicht nötig. Sie nickt mir einfach nur zu und rafft ihre Haarutensilien zusammen. Als sie durch die Tür geht, ruft sie mir noch eine letzte Anweisung zu.

»Geben Sie ihnen den Snack erst, wenn sie vom Fotografen wiederkommen.«

»Verstanden!«, sage ich etwas zu enthusiastisch.

Miss Ward hat die Szene schweigend beobachtet. Sie sieht mich mit hochgezogenen Augenbrauen an.

»Aha, Dixon schließt Frieden mit China, was?«

Warum darf sie das sagen, aber mein »Leute Ihrer Herkunft«-Kommentar ist nach wie vor beleidigend? Im Ernst, wo ist die Grenze? Wird die permanent verschoben?

»Also, Kinder, Max' Mom sagt euch, wann ihr zum Fotografen rübergeht. Die restliche Zeit üben wir unsere Buchstaben. Ich möchte, dass ihr alle eure Arbeitsbücher rausholt und mit dem großen ›M‹ anfangt.«

Es wird kurz unruhig, als die Kinder die Bücher aus ihren Schultaschen holen. Dann wird es still. Ich muss sagen, ich finde immer noch, dass Miss Ward verrückt ist, aber sie hat ihre Mannschaft im Griff. Sie kommt zu mir rüber und reicht mir ein Blatt Papier.

»Hier ist eine Klassenliste. Vielleicht gehen Sie in alphabetischer Reihenfolge vor.« Sie geht zur Tür.

»Kinder, Max' Mutter hat das Kommando. Hört bitte auf sie.«

»Moment, wo gehen Sie hin?«, frage ich und höre einen Anflug von Panik in meiner Stimme. Ich will nicht mit sechzehn Kindern alleine gelassen werden. Ich komme gerade mal mit meinem eigenen klar.

»Nur zur Toilette. Ich bin gleich wieder da.« Als sie rausgeht, sehe ich, dass sie ihr Handy in der Hand hat. Wen muss sie denn ausgerechnet jetzt anrufen?

Ich gucke auf die Liste und suhle mich in der Ironie, dass es genau die ist, die ich zu Beginn des Schuljahres für sie abgetippt habe. Als ich aufblicke, starren mich sechzehn Augenpaare an und schätzen ab, wie groß mein Engagement für Ordnung ist.

»Okay, Kit, du bist die Erste. Alle anderen machen mit den Buchstaben weiter.«

Kit Aikens springt auf, als hätte sie soeben im Bingo gewonnen, und flitzt zur Tür hinaus. Diese Kinder, deren Nachnamen mit ›A‹ anfangen, sind doch wahre Glückspilze. Immer sind sie bei allem zuerst dran. Ich sehe den Rest der Klasse streng an, um sie wissen zu lassen, dass ich keinen Blödsinn dulde, und sie alle widmen sich wieder ihrer Aufgabe.

Ich nutze die Gelegenheit, um zu dem langen Tisch im hinteren Teil des Klassenraums zu gehen und meine Massenvernichtungswaffe auszupacken – die Fünf-Servietten-Klebe-Schmier-Brownies. Oh, die duften göttlich. Irgendwie habe ich ja schon ein schlechtes Gewissen, als ich all die adretten Kinder vor mir sehe. Aber als Kit Aikens zurück ins Klassenzimmer kommt und Tränen in den Augen hat, weil ihre schönen blonden Locken mit einem geflochtenen Zopf gezähmt wurden, bin ich mir sicher, dass ich auf der richtigen Seite stehe.

»Hey Kit, komm mal zu mir. Du kannst einen Brownie essen, während du deine Aufgabe machst.« Ich schaue auf die Liste. »Hunter, du bist der Nächste.«

Hunter stürzt mit einer Unbekümmertheit aus dem Raum, wie sie nur ein Sechsjähriger an den Tag legen kann. Kit kommt zu mir an den Tisch.

»Magst du Brownies?«, frage ich lächelnd. Ich fühle mich, als würde ich Drogen verticken.

Sie nickt und nimmt sich gierig einen. Ich reiche ihr ein Papiertuch. »Das wirst du vielleicht brauchen.«

Als Hunter mit zurückgekämmten und auf Hochglanz polierten Haaren zurückkommt, schicke ich Nick Baton raus und biete Hunter einen Snack an.

Es läuft alles nach Plan, bis eine streng geflochtene Nancy Fancy mit Miss Ward im Schlepptau von ihrem Fototermin zurückkommt. Zu diesem Zeitpunkt sind acht von sechzehn Kindern mit Schokolade bedeckt. Sie klebt in ihren Gesichtern, in den Haaren, auf ihrer Kleidung. Miss Ward kommt rein und starrt mit offenem Mund in die Menge. Ich beschließe, einfach weiterzumachen.

»Nancy, komm nach hinten und nimm dir einen Snack. Lulu, du bist als Nächste dran.«

Als Lulu rausgeht, steht Miss Ward noch immer in der Tür und ist dabei, mein herrliches Werk zu erfassen. Sie wartet eine gute Minute, bevor sie langsam zu mir nach hinten kommt, sich mit ihren perfekt manikürten Händen einen Brownie nimmt und ihn sich in den Mund schiebt.

»Gute Brownies, Jenny.« Sie geht zurück zu ihrem Pult und leckt sich die Finger.

Ich bin etwas schockiert. Ich hätte nie gedacht, in Miss Ward eine Verbündete zu haben.

Als Isabel Zalis kommt, um sich ihren Brownie zu holen, sieht die Klasse ziemlich komisch aus. Alle Mädchen haben irgendeine Flechtfrisur, und allen Jungs wurden die pomadebeschmierten Haare aus dem Gesicht gekämmt. Sie alle haben mit den Brownies fantastische Arbeit geleistet. Selbst die arme Suni Chang, die ihr Bestes gegeben hat, sich nicht zu bekleckern, hat einen Rest Brownie an der Nase. Es sieht aus, als hätte jemand Gangster im Stil der Dreißigerjahre und Pippi Langstrümpfe zusammen in einen Raum gesteckt und alle mit Schlamm bespritzt. Natürlich gibt es eine Ausnahme: Graydon Cobb, dessen Haare zu kurz zum Zurückkämmen sind und der keinen Brownie hatte. Seltsamerweise sieht es gut aus. Das wird ein richtig niedliches Klassenfoto.

**An: Miss Wards Klasse
Von: AChang
Datum: 19. Januar
Betreff: Klassenfoto**

Liebe Vorschuleltern,

ich übernehme die volle Verantwortung für das gestrige Klassenfotofiasko. Ich versichere Ihnen, dass die Kinder unter meiner Aufsicht blitzblank waren und die Einzelfotos sehr hübsch sein werden. Aber wegen der unglücklichen Snackauswahl einer gewissen Mutter ist das Klassenfoto ein Schlamassel geworden. Der Fotograf hat mir versichert, dass es »ziemlich süß« ist, vor allem, da Miss Ward sich auch mit Schokolade beschmiert hat, um sich optisch in die Klasse einzufügen. Wir werden sehen. Vielleicht können wir alle einen kleinen Obolus spenden und den Fotografen bitten, noch einmal für ein neues Klassenfoto vorbeizukommen.

Vorwärts.

Asami Chang

**An: AChang
Von: Sasha Lewicki
Datum: 19. Januar
Betreff: Klassenfoto**

Hi,

ich bin bis zum 31. Januar nicht im Büro.

Gruß,
Sasha

An: AChang
Von: SCobb
Datum: 19. Januar
Betreff: Klassenfoto

Asami,

was für einen Snack? Hat Graydon Schokolade bekommen? Muss ich Ihnen die Liste mit seinen Allergien noch mal geben?

Shirleen

An: AChang
Von: AGordon
Datum: 19. Januar
Betreff: Klassenfoto

Asami,

ich glaube, ich kann für die meisten Mütter der Mädchen sprechen, wenn ich sage, dass der Snack von den Dingen, die sich gestern ereignet haben, den geringsten Anstoß erregt hat. Als ich Lulu abgeholt habe, war sie sehr traurig, weil Sie ihr die Haare geflochten haben, obwohl wir sie für den Fototermin frisch gewaschen und geföhnt hatten. Sie hat mir erzählt, dass es allen Mädchen so ging. Was haben Sie sich nur dabei gedacht?
Als Sie uns die E-Mails geschickt haben, in denen stand, wir sollten unsere Kinder baden und dass Sie bereitstehen würden, um sie zu frisieren, habe ich das für einen Scherz gehalten. Ich wäre bereit, Geld für einen neuen Fototermin zu geben, aber nur, damit wir ein Foto ohne Zöpfe bekommen.

Ali

14. Kapitel

Ich bin eine gute Tochter. Zumindest sage ich mir das, als ich die Brücke nach Kansas City, Kansas überquere, um für meine Mutter biologisch angebaute Pflaumen zu besorgen. Es gibt nur einen Supermarkt im Umkreis von zwanzig Meilen, der die Sorte ihrer Wahl führt. Anscheinend dienen sie als Abführmittel für meinen Vater, der laut meiner Mutter Probleme hat. Natürlich wäre sie durchaus in der Lage, selbst zu diesem Laden zu fahren, aber um ehrlich zu sein: Ich glaube, sie will sich das Benzingeld sparen. Sie wird jeden Tag ein bisschen mehr wie meine Großmutter.

Es ist ein herrlicher Tag für einen kleinen Ausflug. Mitte Februar – der 13., um genau zu sein. Es ist zwar noch kalt, aber die Straßen sind trocken, und die Sonne scheint.

Gott, ich liebe mein KCK – das steht für Kansas City, Kansas, für alle, die *nicht* aus dem Weizenstaat kommen. Hier bin ich aufgewachsen, und hier kenne ich mich aus. Ich weiß noch, wie mein Vater mit mir und meinen Freunden abends zum Sauer Castle gefahren ist, einem denkmalgeschützten Haus aus dem 19. Jahrhundert, über das jede Menge Schauermärchen kursieren. Er hat uns mit albernen Geschichten, die damals sooooo gruselig für uns waren, eine Heidenangst eingejagt. Er erzählte uns von einem Mann mit einer verrückten Katze, der in der Burg lebte und nicht rausdurfte; dann tat er, als würde er den Mann am Fenster sehen. Wir haben alle gleichzeitig geschrien und gelacht.

Aber jetzt leben wir in Overland Park, Kansas, was eigentlich ein Vorort von Kansas City, *Missouri* ist – kurz KCMO genannt –, was für gewöhnlich als Kansas City bekannt ist. Die zwei KCs liegen nur einen Steinwurf voneinander entfernt, aber manchmal fühle ich mich wie eine Verräterin, wenn ich die Brücke überquere.

Max verbringt den Tag bei Ron im Laden, sodass ich etwas Zeit für mich habe. Außerdem liegt der Laden mit den Zauberpflaumen direkt neben einem ziemlich coolen Coffeeshop namens Grab a Java, den ich liebe, aber aus Mangel an Gelegenheiten fast nie besuche. Es ist die Art von Café, wo bärtige Männer vom Typ urbaner Holzfäller mit ihren weiblichen Pendants herumhängen. Ich fühle mich allein schon hip, wenn ich den Laden betrete. Hier habe ich zum ersten Mal einen Avocadotoast gegessen. Ich erwäge, Don zu schreiben, ob er sich dort mit mir treffen will, auf einen Kaffee halt. Aber seit meinem Gespräch mit Nina versuche ich, nichts mehr anzuregen. Jetzt reagiere ich nur noch.

Ich bin zurzeit sehr zufrieden mit mir. Die Konsequenzen der Browniegate-Affäre waren fast nicht existent. Auch wenn meine Sabotage-Bemühungen nicht vergebens waren, sie waren unnötig. Wegen des Haardebakels bekam Asami fast den gesamten Unmut ab. Und wieder mal kam es, wie von *mir* vorhergesagt, und das schokoverschmierte Klassenfoto war absolut hinreißend.

Körperlich fühle ich mich toll. Für eine Frau meines Alters und mit meiner Trainingsbereitschaft befinde ich mich auf dem Gipfel meiner Leistungsfähigkeit. Zumindest erzählt Garth mir das. Ich habe seit Januar meinen Weinkonsum reduziert und plane, bis nach dem Schlammlauf semitrocken zu bleiben. Nicht, dass ich ein Alkoholproblem hätte. Ich versuche nur, gesund zu essen und zu trinken, um meinen Körper zu einer effizienten Maschine zu machen. Meine einzige Sünde ist eine

Tasse Kaffee am Tag, und deshalb summe ich auch »Roar« von Katy Perry, als ich auf den Parkplatz von Rupert's Fine Foods einbiege. Ich kann den Kaffee von Grab a Java schon riechen.

Nachdem ich einen Arsch voll Trockenpflaumen, etwas Ezekiel-, also Eiweißbrot, Kokoswasser und Kohl gekauft habe, gehe ich voller Vorfreude auf den doppelten Café Breve, den ich mir gleich gönnen werde, nach nebenan. Auf dem Weg zieht ein Rufen ein Stückchen die Straße runter meine Aufmerksamkeit auf sich. Ich gucke in die Richtung, aus der der Lärm kommt, und sehe in ungefähr fünfzig Metern Entfernung zwei Frauen – die eine blond, die andere brünett –, die neben einem schwarzen SUV stehen und einander anschreien. Die Blondine ist von Kopf bis Fuß in Schwarz gekleidet, und die andere scheint eine weiße Jacke zu tragen.

Ich bin eigentlich kein Gaffer, aber aus irgendeinem Grund bin ich neugierig. Die Worte sind nicht deutlich zu verstehen, aber beide Frauen scheinen einander aufs Übelste zu beschimpfen. Dann holt die Brünette zu meiner Überraschung aus und schlägt die Blondine ins Gesicht. Junge, wie laut das klatscht! Was soll ich sagen? Wir erziehen unsere Mädchen hier in KCK halt zu starken Frauen!

Ich gehe zu Grab a Java hinein und auf die Theke zu und frage mich, unter welchen Umständen ich eine andere Frau ohrfeigen würde. Asami kommt mir in den Sinn.

Das Grab a Java ist so toll wie eh und je. Die Barista, die heute hinterm Tresen steht, ist eine nymphenhafte, zierliche Fee mit kurzen, pechschwarzen Haaren und einem Stecker in der Lippe. Die Tafel verrät mir, dass ihr Name Jack ist. Natürlich. Ein Mädchen mit ihrem Aussehen würde niemals Susan heißen.

»Hey.« Ich nicke. Sie nickt zurück. Sehr hip.

»Einen doppelten Breve, bitte.«

Sie nickt wieder. Ich sehe mich in dem winzigen Laden um. Es hat einen rustikalen Charme. Metall- und Holztische sind im ganzen Raum verteilt, genau wie (nicht wirklich) mit Kaffeebohnen gefüllte Fässer. Die Wände sind mit schwarzer Tafelfarbe gestrichen und präsentieren die erhältlichen Getränke und Speisen – begrenzt, aber gut. Habe ich den Avocadotoast erwähnt? Überall sind lustige Sprüche an den Wänden verteilt. Mein Lieblingsspruch ist: »Liebes Karma, ich habe eine Liste von Menschen, die du verpasst hast.« Für einen Samstag ist es überraschend ruhig – nur drei Leute, die sich mit Kopfhörern in den Ohren über ihre Computer beugen, ein Typ, der Noten auf ein Blatt Papier schreibt, und ein älterer Mann, der eine Zeitung liest und zu dessen Füßen ein Hund sitzt.

»Doppelter Breve.« Jack spricht ihre ersten Worte zu mir. »Vier fünfundzwanzig.«

Ich bezahle und werfe das Wechselgeld in ein Glas mit der Aufschrift »Trinkgeld – jedes Mal, wenn Sie was reinwerfen, stirbt ein Justin-Bieber-Fan«. Normalerweise würde ich bleiben und meinen Kaffee hier genießen – es ist wie ein kleiner Urlaub, hier zu sein –, aber meine Mutter wartet vermutlich schon darauf, für meinen Vater die Pflaumen zu kochen, und deshalb steige ich wieder in meinen Odyssey und lenke ihn auf die Straße. Doch zuvor mache ich vor dem Grab a Java noch ein Selfie und schicke es Don. So viel zum Thema »Ich reagiere nur noch«.

Die streitenden Frauen stehen immer noch am Straßenrand. Als ich vorbeifahre, blicke ich in die Augen von Kim Fancy. Sofort gehen mir fünf Dinge durch den Kopf.

1. Hey! Da ist Dr. Evil.
2. Ich frage mich, ob sie Grab a Java kennt.
3. Wer ist das neben ihr?
4. Ha, ich frage mich, worüber die sich streiten.

Und schließlich:

5. Heilige Scheiße! Eine von ihnen hat die andere geohrfeigt.

Als mir der letzte Gedanke in den Sinn kommt, bin ich schon längst an den Frauen vorbei. Ich versuche, mich zu erinnern, wer wen geohrfeigt hat. Sie standen beide auf der Straße, aber ich bin mir ziemlich sicher, dass die in Weiß die Schlägerin ist. Also Dr. Evil. Na ja, das überrascht mich nicht.

Als ich wieder in KCMO einfahre, klingelt mein Handy. Es ist Nina. Ich stelle den Lautsprecher an.

»Du wirst nicht glauben, was ich gerade gesehen habe!«
»Was ist los? Wo bist du? Ich muss mir dir reden.«
»Ich fahre gerade nach Hause. Wollen wir uns treffen?«
»Gerne. Aber ich habe Hunger. Können wir uns in dem Laden mit den Schildern treffen?«
»Ich kann in – sagen wir – zehn Minuten da sein.«
»Mach mal langsam. Denn ich bin frühestens in zwanzig da.«
»Okay. Bis gleich.«

Ich lache und haue aufs Lenkrad. Das Koffein zeigt eindeutig Wirkung.

Der Laden mit den Schildern ist Ninas und mein Lieblings-Diner. Eigentlich heißt es Stu's Diner, aber der Name wird dem kleinen Restaurant nicht gerecht. Nicht nur, dass es dort dick gepolsterte, rote Ledersitzecken und eine altmodische Jukebox gibt, die nichts spielt, was nach 1977 veröffentlicht wurde. Die Wände des Diners sind zudem mit lustigen Schildern bedeckt, die der Eigentümer (der seltsamerweise nicht Stu heißt) im ganzen Land gesammelt hat. Wenn er das Schild nicht stehlen konnte, hat er es fotografiert und es nach seiner Heimkehr nachbauen lassen. Mit den Jahren haben ihm seine Gäste viele Fotos von Schildern geschickt, die er ebenfalls aufhängen sollte. Man kann zwanzigmal im Jahr dorthin gehen und immer was Neues zu lesen finden. Ach so, und zufällig gibt es dort den besten Apple Pie in drei Countys.

Der winzige Laden ist rammelvoll, aber als ich hineingehe, erspähe ich einen freien Tisch in der Ecke unter einem Schild, auf dem steht:

**UNBEAUFSICHTIGTE KINDER BEKOMMEN
ESPRESSO UND EINEN WELPEN GRATIS**

Ich beschlagnahme die Ecke und winke Stephanie, der Kellnerin.

Ich weiß nicht, wie lange sie hier schon arbeitet, aber sie erinnert mich an die Figur Flo aus der alten Sitcom *Alice*. Flo war eine große, schlanke, scharfe Braut, die ihre leuchtend roten Haare dramatisch aufgebauscht trug. Sie hatte einen frechen Südstaatenakzent und sagte ihrem Chef, laut Kaugummi kauend, andauernd »Leck mich anne Füße«. Steph hat keinen Südstaatenakzent, aber der Rest haut ziemlich gut hin.

»Bin gleich bei dir, Süße!«, ruft sie mir quer durchs Diner zu. Nicht einer der Gäste hebt überrascht den Kopf. Alle kennen Steph.

Ich hole mein Smartphone raus und checke meine Nachrichten. Eine Instant Message von Nina, in der sie mitteilt, dass sie »in fünf Minuten da« ist, ein Foto von Ron, auf dem Max zu sehen ist, der im Laden einen Klimmzug macht, und eine Nachricht von Don, der mich fragt, ob er mir Gesellschaft leisten kann. Er denkt, ich wäre immer noch im Grab a Java. Ich schreibe Nina eine Instant Message: *Bin da,* schicke Ron einen

Kuss und eine Umarmung und an Don: *Sorry, nein. Ich wollte dir nur ein Kaffee-Update geben,* woraufhin ich sogleich ein trauriges Gesicht als Antwort bekomme. Als ich meine Mails checke, ist da doch tatsächlich eine von Kim Fancy.

An: JDixon
Von: KFancy
Datum: 09. Februar
Betreff: Waren Sie das?

Hallo Jen,

sind Sie heute Morgen durch KCK gefahren? Sie hätten anhalten sollen. Peggy und ich hatten uns gerade in diesem eigentümlichen kleinen Café neben dem Supermarkt auf einen Kaffee getroffen. Wir haben über den Frühlingsjahrmarkt gesprochen.

Bis bald.

Kim

Ich starre auf mein Telefon. Heilige Scheiße! Ich kann es nicht glauben. Sie hat *Miss Ward* geohrfeigt? Was sollte das?

In exakt diesem Moment kommt Nina herein. Ich winke ihr heftig zu. Ich springe förmlich dabei auf.

»Hey Süße ...«, fängt Nina an.

»Sei still und setz dich! Du wirst nicht glauben, was für einen unglaublichen Tratsch ich für dich habe.«

»Was?« Nina sieht für einen Augenblick irritiert aus.

»Ich war drüben in KCK, um für meine Mutter in dem Bioladen, den sie so liebt, ein paar Sachen zu besorgen.«

»Der neben dem Grab a Java?«, fragt Nina unnötigerweise.

»Ja.«

»Bist du auf einen Breve reingegangen?«

»Neens, hör auf, mich zu unterbrechen.«

»Entschuldige«, grummelt sie. »Ich brauche Kaffee.«

»Also, als ich gerade ins Grab a ...«

»Wie sieht's aus, Mädels?« Stephs Stimme lässt mich zusammenzucken. »Der Apple Pie ist fast weg, falls ihr deswegen gekommen seid.«

»Ich nehme einen Kaffee, Rührei ohne Eigelb und Weizentoast ohne Butter«, bestellt Nina.

Steph nickt und sieht mich an.

»Ich nehme den Pie.«

Sie nickt wieder. Im Weggehen zeigt sie auf die Wand.

»Das Neue schon geseh'n?«

Wir gucken beide in die Richtung, in die sie zeigt. Dort hängt ein großes Stück Sperrholz mit orangefarbenen Buchstaben:

BITTE KEINE ZIGARETTENKIPPEN AUF DEN BODEN WERFEN. DIE KÜCHENSCHABEN BEKOMMEN SONST KREBS.

Nina lacht. »Nicht schlecht, Steph!«

»Ist aus Tucson reingekommen«, ruft sie von ihrem Platz hinter der Theke.

Nina wendet sich wieder mir zu. »Du warst also einkaufen ...«

Ich beuge mich vor.

»Nein. Ich war in dem Bioladen auf der anderen Seite vom Fluss, um für meine Mutter Dörrpflaumen zu kaufen.«

»M-hm. Dörrpflaumen.« Nina wirkt abgelenkt. Ich sehe Steph mit ihrem Kaffee kommen, also lehne ich mich zurück und warte.

»Hier, für dich, Schatzi. Pie und Toast kommen in einer Minute.« Sie sieht mich an. »Eis oder kalte Schlagsahne?«

»Nichts, danke.«

Ich drehe mich wieder zu Nina. Sie genießt den ersten Schluck mit geschlossenen Augen.

»O Gott, das habe ich gebraucht. Du wirst nicht glauben, was ich letzte Nacht gemacht habe. Ich ...«

»He, he, he. Ich zuerst. Ich muss dir erzählen, was ich vorhin gesehen habe.«

»Im Ernst? Ich habe dich angerufen«, erinnert Nina mich.

Ich seufze frustriert.

»In Ordnung, ich sage meins, du sagst deins, und dann entscheiden wir, was besser ist. Ich zuerst. Ich habe gesehen, wie Kim Fancy Miss Ward ins Gesicht geschlagen hat!«

Nina reißt die Augen auf. »O Mann, das ist wirklich gut.«

»Jetzt du«, sage ich und bin ziemlich sicher, dass ich gewonnen habe.

»Ich hatte letzte Nacht Sex mit Garth.«

Ich sehe sie ruhig an. »Du hast eindeutig gewonnen.«

Nina nickt wissend und nimmt einen großen Schluck von ihrem Kaffee.

»Heilige Scheiße! Wie? Wann? Warum?« Ich habe mehr Fragen, als ich händeln kann.

Nina will gerade antworten, als Steph mit Eiern, Toast und Pie an unseren Tisch kommt. Sie legt uns auch die Rechnung hin.

»Noch mehr Kaffee, Schatzi?«, fragt sie.

Nina nickt dankbar.

»Na los. Spuck's aus.«

Sie seufzt. »Es war unser drittes Date.«

»Das *dritte Date*? Er hat nie ein Wort gesagt.« Ich schüttle den Kopf. Es erstaunt mich immer wieder, wie gut Männer ein

Geheimnis für sich behalten können. Man bittet sie, nichts zu sagen, und sie tun es wirklich nicht. Wir Frauen könnten davon noch so einiges lernen.

»Wir wollten dich nicht verrückt machen. Deshalb haben wir's erst mal für uns behalten.«

»Geschenkt. Wie ging es los? Hast du mit seiner Website angefangen?«

Sie guckt mich überrascht an. »Du weißt davon?«

Ich nicke. »Garth hat es erwähnt, aber von dem Rest hat er nichts gesagt.«

»Na ja, den ersten Kontakt haben wir bei deinem Weihnachtsessen geknüpft. Ich war immer noch total fertig wegen Sid, und es war einfach schön, sich mit ihm zu unterhalten. Verstehst du?«

Ich lächle. Ich verstehe es gut.

Steph schenkt den Kaffee nach und ist wieder weg.

»Danach rief er gelegentlich an, um zu hören, wie es mir geht, und wir fingen an, richtig gute Gespräche am Telefon zu führen. Zuerst über seine Website und dann über alles Mögliche. Ich erzählte ihm von Sid, von meinen Eltern, von meiner Großmutter – wie es war, Chyna alleine großzuziehen. Er erzählte mir von seinen Einsätzen in Afghanistan – ich sag dir: Er hat da wirklich schreckliche Sachen gesehen. Er erzählte mir von seinem Zusammenbruch im Fitnessstudio und dass er immer noch wegen einer posttraumatischen Belastungsstörung zum Therapeuten geht.«

Ich traue meinen Ohren nicht. Wie kommt es, dass sie mehr über Garth weiß als ich?

»Das hat er dir alles erzählt?«, frage ich.

»Na ja, ich habe ihn danach gefragt. Wir haben viel geredet.«

»Und seid direkt im Bett gelandet«, sage ich etwas zu frech.

Nina sieht mich an und hebt eine ihrer wohlgeformten Augenbrauen.

»Tut mir leid. Ich kann nur nicht glauben, dass ich nichts von alldem wusste. Moment, hattet ihr *Telefonsex*?«

Nina muss so kräftig schnauben, dass ihr der Kaffee aus der Nase läuft. Dann kichert sie.

»Nein. O Gott, nein. So was kannst auch nur du fragen. Nein, eines Abends haben wir telefoniert und festgestellt, dass wir beide noch nicht zu Abend gegessen hatten. Also haben wir beschlossen, uns im Garozzo's zu treffen. Wir hatten einen schönen Abend. Wusstest du, dass er weder Alkohol trinkt noch Nudeln isst?«

»Nein, aber es überrascht mich nicht. Er ist toll in Form.«

»Habe ich auch schon gehört!«, sagt Nina, und ich glaube, sie wird rot. Ich lehne mich zurück und versuche, die vielen neuen Informationen zu verarbeiten. Die Kontinentalplatten meiner Welt wurden heute Morgen kräftig erschüttert.

»Als wir uns zum zweiten Mal trafen, fühlte es sich schon wie das zwanzigste Mal an«, muss Nina noch hinzufügen.

»M-hm. Versuchst du gerade, deine sexuelle Hemmungslosigkeit vor mir zu rechtfertigen oder vor dir selbst?«

»Vor dir.« Nina zuckt nicht mit der Wimper. »Ich habe kein Problem mit meiner Hemmungslosigkeit.«

»Berechnest du ihm deine, äh, Dienstleistung?«

»Ja!« Sie grinst. »Aber ich mache ihm einen Freundschaftspreis.«

Mein Telefon vibriert, und ich gucke heimlich drauf. Don hat mir ein Emoji von einem Kaffee trinkenden Scheißhaufen geschickt. Ich lege das Handy mit dem Display nach unten auf den Tisch.

Ninas kristallblaue Augen starren mich an. »Was Wichtiges?«

»Nein. War Chyna zu Hause?«, wechsle ich geschickt das Thema.

»Gott sei Dank nicht. Deshalb wollte ich mich mit dir treffen. Wann hast du den Mädchen von Ron erzählt?«

Ich schiebe mir den letzten Bissen von dem fabelhaften Apple Pie in den Mund und schaue düster vor mich hin. Die erste Begegnung zwischen meinen Mädchen und Ron gehört nicht gerade zu meinen liebsten Erinnerungen.

Wir trafen uns bereits einen Monat lang, bevor ich ihm überhaupt erzählte, dass ich Kinder habe. Ich wünschte, ich hätte ein Foto von seinem Gesicht gemacht. Bis zu dem Moment hatte er noch gedacht, er würde mit einer heißen (sein Wort, nicht meins), ungebundenen Frau in den Dreißigern flirten, die noch nie verheiratet und relativ normal war. Nachdem ich ihn eines Abends auf dem Vordersitz seines Autos glücklich gemacht hatte, erwähnte ich beiläufig, dass ich bei mir zu Hause zwei kleine Flüchtlinge verstecke. Er hat es relativ gut aufgenommen. Zumindest ist er nicht schreiend weggelaufen.

Es verstrich noch ein weiterer Monat, bis ich zuließ, dass die drei sich kennenlernten. Heutzutage raten einem die Psychotherapeuten, man soll ein Jahr damit warten, aber diese Weisheit war für mich damals noch nicht zugänglich. Also hörte ich auf mein Bauchgefühl. (Ehrlich gesagt denke ich, dass sie schon irgendwo zugänglich waren, aber ich bin grundsätzlich faul, wenn es um solcherlei Recherche geht.)

Eines Samstags, als meine Eltern bei einem spirituellen Treffen waren – oder wie ich es gern nenne: einem Booty Call oder Beute-Anruf beim Herrn –, lud ich Ron zum Abendessen zu uns ein. Auf keinen Fall wollte ich ihn mit zwei Kindern *und* mit Kay und Ray konfrontieren.

Die Mädchen wussten, dass ich mit jemandem ausging, aber sie dachten auch, ich würde einen Töpferkurs bei Unser-

Name-Ist-Matsch machen. Das war die einzige Möglichkeit, dass ich mehr als zweimal die Woche rauskonnte. Ron und ich standen an dem euphorischen Anfang einer Beziehung, wo man die Finger nicht voneinander lassen kann, und wir hatten *viel* Sex im Auto. Als ich den Mädchen sagte, ich würde ihnen den Mann vorstellen, mit dem ich mich traf, reagierten sie genauso grundverschieden, wie sie waren. Vivs verdrehte die Augen und sagte: »Na ja, ich hoffe, es wird gut.« Woher kommt nur ihr Sarkasmus? Laura fing an, aufgeregt herumzuhüpfen und zu fragen, ob er unser neuer Dad würde. Ich dachte, sie würde einen Witz machen, weshalb ich ihr in meiner unendlichen Weisheit antwortete, dass er das natürlich sei – solange er mich nicht in den Wind schieße. Aber weißt du was? Sie machte gar keinen Witz und dachte auch nicht, dass ich einen mache.

Ron kam um Punkt sechs Uhr mit Geschenktäschchen für die Mädchen, die damals zehn und zwölf Jahre alt waren. Er war ziemlich nervös, und das war nicht nur an den pizzagroßen Schweißflecken unter den Achseln zu erkennen, die man bei seinem grauen Poloshirt bestens sah. Er war unruhig und sah sich die ganze Zeit in der Küche um, als würde ihn jeden Moment jemand angreifen. Ich küsste ihn, reichte ihm ein Bier und sagte ihm, er solle sich entspannen.

»Sie sind nur kleine Mädchen«, versicherte ich ihm mit so viel Überzeugungskraft, wie ich nur aufbringen konnte. Eigentlich war ich mir ganz und gar nicht sicher, wie der Abend ausgehen würde. Zum Glück hatte ich keine hohen Erwartungen, denn alles endete in einem ordentlichen Desaster.

Zuerst erschien Laura. Sie trug ihr schönstes Kleid und hatte versucht, die Haare zu einem Dutt zu frisieren – ohne Erfolg.

»Süße, ich möchte dir meinen Freund Ron vorstellen. Ron, das ist Laura, meine Jüngste.«

»Hallo Laura. Ich freue mich sehr, dich kennenzulernen.« Ron streckte ihr förmlich die Hand entgegen, was Laura jedoch ignorierte. Stattdessen umarmte sie ihn fest.

»Willkommen in unserer Familie«, sagte sie herzlich.

Das hätte ich vorhersehen müssen.

»Danke.« Ron sah etwas irritiert aus, aber er nahm es einfach hin, was sehr für ihn sprach. »Es ist wirklich schön, dich kennenzulernen, Laura. Deine Frisur gefällt mir.«

Laura sah überrascht und glücklich aus. »Wirklich? Habe ich ganz alleine gemacht.«

»Na ja, ich habe geholfen«, verkündete Vivs, um darauf aufmerksam zu machen, dass sie in der Küche angekommen war. Sie hatte sich von Kopf bis Fuß schwarz gekleidet, was zu ihrem finsteren Gesichtsausdruck passte.

»Ron, das ist Vivs. Vivs, das ist mein Freund Ron.«

Diesmal lächelte Ron, doch Vivs streckte ihm förmlich die Hand entgegen. Ron schüttelte sie.

»Mein Opa sagt, der Handdruck eines Mannes verrät viel über ihn«, informierte Vivs ihn. »Deiner ist feucht.« Sie wischte sich die Hand an ihrer schwarzen Hose ab.

»Oh, tut mir leid«, murmelte Ron.

»Vivs!« Laura sah ihre Schwester funkelnd an. »Vielleicht hat er sich gerade die Hände gewaschen.«

»Hat jemand Hunger?«, unterbrach ich die beiden schnell, um Schlimmeres zu vermeiden.

»Ja, ich!«, sagte Ron etwas zu enthusiastisch. »Wie sieht's mit euch aus, Kinder?« Er sah die Mädchen an. Laura nickte wie ein Wackeldackel. Vivs ignorierte ihn und wandte sich an mich.

»Was gibt es?«

»Lasagne.«

Sie zog ein Gesicht, als sei es das Furchtbarste, das ich ihr vorsetzen könnte, obwohl es eins ihrer Leibgerichte war. Ich sah sie eiskalt an.

»Hör auf damit«, sagte ich leise.

Ron holte die Taschen, die er neben der Tür abgestellt hatte. »Ich habe euch übrigens eine Kleinigkeit mitgebracht.«

Er reichte den Mädchen zwei limettengrüne Papiertaschen, die beide mit einem pinkfarbenen Band zugebunden waren.

Laura machte einen Schritt nach vorn und nahm schüchtern eine der Taschen.

»Vielen Dank. Das ist toll.«

»Du hast doch noch gar nicht reingeguckt.« Vivs verdrehte die Augen und streckte die Hand aus, um sich ihre Tasche zu nehmen.

»Danke.«

»Es ist nicht so einfach, was für jemanden zu kaufen, den man noch gar nicht kennt. Wenn es euch nicht gefällt, könnt ihr es umtauschen«, versicherte er ihnen. Ich warf ihm ein Lächeln zu, das sagen sollte: »Du machst das großartig!«

Die Mädchen öffneten gleichzeitig die Tüten und holten pinkfarbene Gap-Sweatshirt und eine farblich passende große Schokopraline in Tropfenform heraus. Das perfekte Geschenk für Laura und das absolut Letzte, worüber sich mein großes Kind, das neuerdings im Gothic Devil Look unterwegs war, freuen würde.

Laura schnappte übertrieben nach Luft. »Oh, Pink ist meine Lieblingsfarbe! Vielen Dank.« Sie zog das Sweatshirt sofort an und umarmte Ron ein zweites Mal. Vivs und ich lieferten uns derweil den Kampf der eisernen Blicke. In ihren großen braunen Augen lag Verachtung, und mein Blick sagte: »Ich warne dich, nichts anderes als Danke zu sagen.«

Wenn ich jetzt daran zurückdenke, muss ich lachen, aber damals war ich fest davon überzeugt, dass ich Ron niemals wiedersehen würde. Doch der tauchte am nächsten Abend wieder auf, mit einem schwarzen Gap-Sweatshirt für Vivs. Damit gewann er sie zwar nicht für sich. Aber es war ein Vorgeschmack auf das Tauwetter, das am Ende ihrer kurzen, vermutlich pubertätsbedingten Eiszeit irgendwann einsetzen würde.

Ich sehe auf und merke, dass Nina auf eine Antwort wartet.

»So ungefähr nach zwei Monaten. Die Mädchen sorgten für einen stürmischen Anfang, erinnerst du dich? Vivs und die Gothic-Phase?«

»O mein Gott, meinst du die, auf die sie sich nicht so ganz festlegen konnte?« Nina und ich lachen uns kaputt, als wir daran denken, wie Vivs sich durch und durch düster und gefährlich benahm, bis ein Song von den Backstreet Boys im Radio kam. Dann vergaß sie sich selbst und fing an, aus voller Kehle mitzusingen. Als sich unser Lachen in Seufzen verwandelt, sehe ich Nina direkt in die Augen.

»Bist du dir sicher?«

»Sicher? Mit Garth?«

»Mit Garth, mit Chyna, mit allem. Ich habe den Eindruck, du bist eben erst aus einem Müllcontainer rausgeklettert. Bist du schon bereit, dich in was Neues zu stürzen? Du kennst ihn schließlich kaum.«

»Willst du mich verarschen? Weißt du, wie lange es her ist, seit ich das letzte Mal Sex hatte? Ich weiß, dass ich von Sid geradezu besessen war, aber ich schwöre dir: Niemand ist mehr bereit als ich.«

»Also, ich freue mich für dich. Ich denke nur, du solltest noch etwas warten, ehe du ihn Chyna vorstellst.«

Nina nickt und isst ihr Rührei auf.

»Und jetzt«, sie leckt sich die Lippen, »erzähl mir endlich mehr von der Ohrfeige.«

Als ich an diesem Abend Max' Lieblingsabendessen mache, Tacos aus der Pfanne, gehe ich in Gedanken noch mal die Ereignisse meines Tages durch. Als wären die kleine Schlägerei, die ich in KCK beobachtet habe, und Ninas Neuigkeiten nicht genug gewesen, hatte ich noch unzählige Kleinigkeiten auf dem Zettel. Ich war mit dem Minivan in der Waschanlage, habe eine Riesenladung Klamotten in die Reinigung gebracht und die Batterie in Rons Lieblingsarmbanduhr ausgewechselt, habe mit den Mitarbeitern der Turnhalle in unserem Ort über Max' Party zu seinem sechsten Geburtstag nächsten Monat gesprochen und eine halbe Stunde am Telefon verbracht, um mit Peetsa die Rangelei zwischen Dr. Evil und Miss Ward zu analysieren. Ihre Theorie? Dass Miss Ward dem schnittigen David Fancy schöne Augen gemacht und Dr. Evil nur ihr Revier verteidigt hat. Ich muss sagen, da ist was dran. Obwohl – wenn Miss Ward mit Ron flirten würde, würde ich sie zwar definitiv mit sorgfältig gewählten Worten einschüchtern, aber körperliche Gewalt? Nicht, bevor sie mit ihm geschlafen hätte. Und selbst in diesem Fall würde ich mir die meiste Wut für Ron aufheben.

Ich seufze, als ich einen Schluck von dem Kochwein nehme, der bei mir so heißt, weil ich ihn beim Kochen trinke. Ich gucke auf die Uhr und stelle fest, dass die Jungs jede Minute nach Hause kommen müssten. Die Tacos sind fertig, und Chyna ist auf dem Weg zu uns. Ich habe sie als Babysitter engagiert, damit Ron und ich zum Valentinstag ausgehen können. Der ist zwar eigentlich erst morgen, aber Ron führt mich gerne am – wie er es nennt – Schurkenabend aus. Offenbar ist das der Abend vor Valentinstag, wenn die Männer mit ihren Geliebten ausgehen. Er findet das sexy, und wieso sollte ich widersprechen? Außerdem ist es wesentlich günstiger, und man ist nicht auf eins dieser dämlichen Menüs festgelegt, die jedes Restaurant meint, am 14. Februar anbieten zu müssen.

Ich nehme mir meinen Wein und setze mich ins Küchentresen-Büro, um meine Mails zu checken. Hmm ... Overstock.com hat Valentinstag-Sale. Es gibt doch keine größere Liebeserklärung als ein reduziertes Möbelstück. Dann eine Nachricht von meiner Mutter, die mir nochmals für die Pflaumen dankt, die meinem Vater offensichtlich geholfen haben. Eine E-Mail von Laura mit dem Reiseplan für unseren Familienskiurlaub in Utah im März, und zu meiner großen Überraschung und meinem riesigen Entsetzen entdecke ich eine Mail von Asami Chang. Ich hole tief Luft und öffne sie mit einem Mausklick.

An: JDixon
Von: AChang
Datum: 13. Februar
Betreff: Eine Frage ...

Hallo Jen,

haben Sie während Ihrer Zeit als Elternsprecherin mal etwas von Sasha Lewicki gehört – außer der automatischen Antwort, meine ich?

Asami

Ich muss lachen. Am liebsten würde ich ihr schreiben, dass Sasha und ich beste Freundinnen sind und uns jedes zweite Wochenende sehen. Aber ich tue es nicht, weil ich versuche, die Vergangenheit hinter mir zu lassen und Asami freundlich zu begegnen. Außerdem bin ich ein bisschen neugierig, warum sie mir diese Frage stellt, und deshalb antworte ich ihr freundlich und offen.

An: AChang
Von: JDixon
Datum: 13. Februar
Betreff: Eine Frage ...

Hallo Asami,

nein, das habe ich nicht. Aber zum ersten Elternabend hat sie Sushi geschickt, also weiß ich, dass sie existiert. LOL!

Jen

Ich weiß, ich weiß: Es ist ein schlapper Witz, wenn man am Ende LOL schreiben muss, aber da es keinen eindeutigen Beweis dafür gibt, dass Asami einen Sinn für Humor hat, hielt ich es für besser, keinerlei Deutungsmöglichkeiten offenzulassen. Ihre Antwort trifft fast augenblicklich ein.

An: JDixon
Von: AChang
Datum: 13. Februar
Betreff: Eine Frage ...

Jen,

ich glaube nicht, dass es sie gibt.

Asami

Ich blinzle dreimal und starre auf den Monitor. Was soll das denn nun heißen? Sasha Lewicki existiert nicht? Ich bin noch dabei, diesen Gedanken zu verarbeiten, als die Dixon-Männer zur Tür hereintrampeln. Sie haben den Vormittag im Laden verbracht und am Nachmittag versucht, in der Eishalle Schlittschuh zu fahren. Ron wollte mit Max zum zugefrorenen Teich fahren, aber ich gab zu bedenken, dass es ihm nicht gefallen würde, wenn es zu kalt wäre, und dass die ganze Sache dann erledigt wäre, ehe sie überhaupt begonnen hätte. Wenn Ron mit ihm hingegen zur Eishalle fahren und ihn mit heißer Schokolade verwöhnen würde, wäre Max definitiv kooperativer.

»Mom!«, ruft Max überflüssigerweise.

»Wie war dein Tag?«, frage ich, während ich ihm die Leopardenprintjacke, die orangefarbene Mütze und die tropfnassen, gestreiften Fausthandschuhe ausziehe. Er hat sich einen schwarzen Schal um die limettengrüne Hose gebunden. Es sieht aus wie ein Rock.

»Es war super! Ich habe eine ganze Runde ganz alleine geschafft.« Max' Wangen sind rosig, und seine Augen glänzen. Mein Herz läuft über vor lauter Liebe zu diesem kleinen Knirps. Ich sehe Ron fragend an, und er nickt bestätigend.

»Nächster Halt: Hockey.« Er grinst.

»Oder könnte ich auch das machen, was der Mann in der Mitte der Eisfläche gemacht hat? Erinnerst du dich daran, Dad?«

Max fängt an, mitten in der Küche herumzuwirbeln.

»Eiskunstlauf.« Ron formt das Wort lautlos mit den Lippen, und ich muss weggucken, um nicht laut loszulachen, als ich die Enttäuschung in seinem Gesicht sehe.

»Sieht cool aus. Jetzt wasch dir die Hände. Das Abendessen ist fertig. Tacos aus der Pfanne, nur für dich.«

»Ninja!«, ruft Max und läuft aus der Küche ins Badezimmer.

»Wie war dein Tag, Babe?« Ron küsst mich kurz auf den Mund und geht zum Kühlschrank rüber.

Auf diese einfache Frage gibt es so viele mögliche Antworten. Ich entscheide mich für die kurze Variante.

»Also, mal überlegen. Meine beste Freundin hat mit meinem Fitnesstrainer geschlafen.«

Ron zeigt nur mäßiges Interesse. Warum reagieren Männer eigentlich nie so, wie man es gerne hätte?

»Wirklich? Ich wusste gar nicht, dass da was läuft.« Da er den Kopf in den Kühlschrank gesteckt hat, kann ich ihn kaum hören.

»Ich habe es selbst heute erst erfahren. Ich bin etwas beunruhigt.«

Ron dreht sich mit einem von Max' Kindersmoothies in der Hand um.

»Warum?«

»Vielleicht ist Garth ein Player.«

»Ein Player?« Ron lacht laut auf. »Das denke ich nicht.« Er leert den Smoothie mit einem Schluck.

»Warum nicht?«

Er lacht weiter.

»Weil man, um ein Player zu sein, ein Spiel braucht. Und dieser Mann spielt nicht. Ich denke, er ist ein netter Kerl. Und ich bin mir sicher, dass er nicht mit Nina spielt.«

»Hoffentlich hast du recht. Ich glaube nicht, dass sie noch mehr Liebeskummer verkraften würde.«

»Wieso Liebeskummer? Sie haben doch nur miteinander geschlafen.«

»Manchmal reicht ein einziges Mal für eine Frau, um sich zu verlieben. Für einen Mann übrigens auch.«

Ron sieht mich skeptisch an. »Hast du dich nach unserem ersten Sex sofort in mich verliebt?«

»Na ja, nein. Aber das waren auch nur drei schwitzige Minuten auf der Rückbank deines Wagens. Da haben wir nur den

Damm der Lust gebrochen, der sich angestaut hatte. Als wir zum ersten Mal in einem Bett miteinander geschlafen haben, hat mich das ziemlich umgehauen.«

»Dann hat der Ort einen Einfluss darauf, ob man sich verliebt.«

»O Gott. Hörst du mir überhaupt zu?«

In genau diesem Moment geht die Hintertür auf, und Chyna kommt herein. Gleichzeitig kommt Max mit sauberen Händen und einem leeren Magen aus dem Bad zurück. Unsere Diskussion ist damit beendet. Ron geht ins Wohnzimmer rüber, und ich bin erleichtert, weil ich mich mit meinen Worten ganz offensichtlich in eine Ecke manövriert habe, aus der ich nicht mehr herausgekommen wäre.

»Chyna! Süße. Wie geht es dir?« Ich nehme sie in den Arm. Sie lächelt und drückt mich ihrerseits ganz fest.

»Gut.«

Sie sieht ihrer Mutter dermaßen ähnlich, dass ich mich oft frage, ob sie auch nur ein winziges Stückchen von Sids DNA hat.

»Und wie geht's deiner Mom?«, frage ich, während ich Max was zu essen auftue und ihm den Teller hinstelle.

»Sehr gut. Sie ist in der letzten Zeit richtig gut drauf.«

»Das ist mir auch schon aufgefallen. Kannst du dich bitte zu Max setzen, während er isst? Ich muss mich fertig machen.«

»Klar. Max, was isst du da?« Sie setzt sich neben ihn.

»Tacos aus der Pfanne«, antwortet Max mit vollem Mund – natürlich. »Willst du?«

»Ja, gerne!« Chyna weiß, dass sie sich bei uns einfach bedienen kann. Bei uns herrscht eine Der-Kühlschrank-steht-allen-offen-Politik.

Während sie essen, flitze ich nach oben und finde Ron unter der Dusche vor. Ich gehe ins Schlafzimmer und checke meine

Nachrichten. Zwei von Don. Eine ist ein Selfie vor dem Starbucks in der Nähe der Schule, und in der anderen steht:

Hast du morgen Zeit für einen Valentinstag-Kaffee?

Ich habe morgen Zeit, aber ich schreibe ihm nicht zurück. Ich bin mir zwar nicht so sicher, wo die Grenze ist, aber ich denke, damit würde ich sie definitiv überqueren.

J. Gilbert's ist das beste Steakhouse in Overland Park. Ihre abgehängten Steaks sind phänomenal, und in dem Restaurant herrscht eine gemütliche, altmodische Atmosphäre, was an den Mahagonimöbeln und den blütenweißen Tischdecken liegen mag. Hier ist nicht ein Kellner unter fünfzig, und alle sind so förmlich, dass es fast schon grob wirkt.

Aber wenn man die Kellner toleriert, wird man vielfach entschädigt, weil man bei J. Gilbert's zufälligerweise die leckersten Zwiebelringe bekommt, die ich je probiert habe. Sie haben eine Brezelpanade und werden mit drei verschiedenen Dips serviert, von denen jede so gut ist, dass ich nie weiß, mit welcher ich anfangen soll. Ron weiß, wie gern ich hierhergehe, und deshalb überrascht er mich gelegentlich damit. Heute Abend ist es eine echte Überraschung, weil wir erst Silvester hier waren.

»Zwei Mal innerhalb von zwei Monaten? Betrügst du mich?« Ich sehe ihn über den Rand der Speisekarte aus zusammengekniffenen Augen an.

»Nachdem der Silvesterabend ja ein wenig misslungen war, falls du dich erinnerst, dachte ich mir, wir sollten das Ganze noch mal in schön wiederholen.« Ron nimmt meine Hand und drückt sie kurz.

Er ist freundlicher, als ich es verdiene. Am Silvesterabend war ich noch so deprimiert wegen meines Ärgers als Elternsprecherin, dass ich fest entschlossen war, mich nicht zu amüsieren.

Was mir übrigens auch gelungen ist. Und nicht nur ich hatte einen miserablen Abend. Es gelang mir, allen am Tisch den Spaß zu rauben, also Rons Lieblingskunden und ihren Ehepartnern. Das ist eine meiner Superkräfte, neben einen Menschen in meinem Bauch austragen und Etiketten von Bierflaschen abknibbeln. Der Abend gehört definitiv nicht zu den Sternstunden meines Daseins als Ehefrau eines erfolgreichen Sportgeschäfteigentümers, aber in dem Moment fühlte es sich absolut richtig an, mein Selbstmitleid allen Anwesenden aufzuzwingen.

Und deshalb freue ich mich darauf, an dem romantischsten aller Feiertage (ähem) einen Abend mit der Liebe meines Lebens und einer ausgezeichneten Flasche 94er Turley Zinfandel zu verbringen (ich lege in Sachen obergesunde Ernährung und Alkoholabstinenz ganz eindeutig eine Pause ein). Wir bestellen das Essen und lehnen uns zurück, um die ersten Schlucke Wein zu genießen. Was für ein perfekter Abend.

Ich fange gerade an, den Alkohol zu spüren, als mein Blick von einem Pärchen angezogen wird, das auf der anderen Seite des Restaurants sitzt. Beide groß und schlank, er mit kurzen, grau melierten Haaren und sie mit langen braunen Haaren, die sich fast über ihren gesamten Rücken ergießen.

Ja, ja, ja, wenn das nicht der schnittige David und Kim Fancy sind, die den Schurkenabend im selben Restaurant verbringen wie wir. In Gedanken gehe ich die Ereignisse des Morgens noch einmal durch – den heftigen Zickenstreit und so weiter – und versuche, eine Erklärung dafür zu finden, dass die zwei sich ein romantisches Dinner gönnen.

»Jen!«
»Was?« Rons Stimme reißt mich aus meinen Gedanken.

»Wohin starrst du da?« Er sieht verärgert aus.

»Tut mir leid, Schatz. Ich habe nur gerade gesehen, dass da drüben die Fancys sitzen, und mich gefragt, was sie hier machen.«

Ron zuckt mit den Schultern.

»Wahrscheinlich dasselbe wie wir.«

Das bezweifle ich zwar, aber ich sage nichts. Stattdessen bitte ich ihn, mir noch mehr von seinen Eiskapaden mit Max zu erzählen.

»Mann, es hat ihm echt Spaß gemacht. War übrigens eine gute Idee mit der Eishalle.« Er hebt das Glas und prostet mir zu.

»Ist er wirklich ganz alleine eine Runde gefahren?«

»Ich bin zwar direkt hinter ihm gefahren, aber: ja.« Ich sehe Ron an, wie stolz er ist. »Es hat nicht lange gedauert, bis er den Bogen raushatte. Wenn ich ihm jetzt noch irgendwie einen Schläger in die Hände drücken könnte ...«

Ich lächle ihm ermutigend zu, während er seinen Langzeitplan darlegt, wie er Max in die National Hockey League bringen will. Als ich einen Schluck von meinem sündhaft köstlichen Wein nehme (es ist mein voller Ernst – wenn es Ihnen gelingt, eine Flasche davon zu ergattern, werden Sie nicht enttäuscht sein), gucke ich wieder zu den Fancys. Sie sitzen einander gegenüber, beugen sich aber nicht vor. Kim scheint viel zu reden, während der schnittige David nur nickt und zuhört. Rügt sie ihn wegen seiner Affäre? Erzählt sie ihm, dass sie seine Geliebte geohrfeigt hat? Dass er es lieber nicht wagen soll, sich ihr noch mal zu nähern, weil er sonst dafür büßen wird? Verdammt, ich wünschte, ich könnte besser von den Lippen lesen. Oder überhaupt. Der Kellner tritt an unseren Tisch – und direkt in mein Sichtfeld.

»Petite Filet für die Dame und Porterhouse-Steak für Sie,

Sir. Lassen Sie es sich munden.« Er macht auf dem Absatz kehrt und geht davon, als auch schon ein zweiter Kellner mit unseren Beilagen kommt – und natürlich mit meinen Zwiebelringen. Wir fangen an.

Das Essen ist so gut, dass ich die Fancys auf der anderen Seite des Raums vollkommen vergesse. Ron verwöhnt mich mit Geschichten von den Schützengräben des Einzelhandels und bringt mich mit der Erzählung eines Zwischenfalls mit einer Frau zum Lachen, die einen Tennisschläger zurückgeben wollte, weil sie fand, er verbessere ihr Spiel nicht.

»Wie lange hatte sie ihn schon benutzt?«

»Ungefähr ein Jahr.« Ron schüttelt den Kopf. »Der Griff war total abgenutzt. Sie hat damit gedroht, sich an eine Verbraucherschutzorganisation zu wenden, wenn ich ihr den Kaufpreis nicht zurückerstatte.«

»Und wie hast du reagiert?«

»Ich habe ihr gesagt, dass wir hier nicht in einer Großhandelskette sind und sie nicht mal belegen kann, dass sie den Schläger wirklich bei uns gekauft hat. Dass ich ihr aber gerne einen neuen mit vierzig Prozent Rabatt verkaufe.«

»Das war großzügig.«

»Was soll ich machen? Selbst ein schlechter Kunde ist ein Kunde.«

Ich leere mein Weinglas und seufze zufrieden.

»Danke, mein Liebster, für dieses Noch-mal-in-schön-Dinner. Ich liebe dich über alles.«

Ron grinst. »Das ist der Alkohol, der aus dir spricht, aber trotzdem: sehr gern geschehen.«

Als wir aufstehen, um zu gehen, blicke ich mich um und stelle fest, dass wir die letzten Gäste sind. Ich liebe es, wenn das passiert. Man begibt sich in den Kokon einer Unterhaltung, und die gesamte Welt um einen herum verschwindet.

Ron geht auf die Toilette, und ich checke meine Nachrichten. Ich habe eine Mitteilung von Don.

???

In meinem Magen schnürt sich etwas zusammen. Wie könnte ich nach so einem zauberhaften Abend mit meinem Ehemann auch nur daran denken, Kaffee mit einem anderen Mann zu trinken? Das hat er nicht verdient. Ich schreibe sofort zurück:

Nein. Sorry. Viel zu tun morgen.

Ich stecke das Handy zurück in meine Handtasche, als Ron zurückkommt.
»Alles okay zu Hause?«, fragt er in der Annahme, ich hätte nach Max gefragt. O Mann, erwischt. Ich muss wirklich aufhören mit dem Mist.
Ich nicke ihm zu und kann nur hoffen, dass ich recht habe.

Ron stützt mich, als wir über den Parkplatz gehen. Eine halbe Flasche Wein ist viel für mich, und ich schwanke etwas. Neben uns hält ein Auto.
»Sie schon wieder«, tönt Kim Fancys Stimme aus einem silberfarbenen Mercedes. »Wir haben Sie im Restaurant gesehen, aber Sie waren so in Ihre Unterhaltung vertieft, dass wir nicht stören wollten.«
»Wir feiern den Schurkenabend«, entgegne ich mit einem dezenten Lallen. »Und Sie?«
Ich höre den schnittigen David schnauben. Er sitzt hinter dem Lenkrad.
»Schön«, sagt er anerkennend zu Ron.
»Ich verstehe es nicht.« Kim klingt verärgert.

Ron entscheidet sich für eine Erklärung.

»Wir feiern den Valentinstag jedes Jahr einen Tag zu früh. Sie auch?«

Kim Fancy stößt ein lautes, sehr un-Fancy-mäßiges Lachen aus.

»Um Himmels willen, nein. Für morgen erwarte ich, an einen wesentlich schöneren Ort als *diesen* hier ausgeführt zu werden.«

Und wieder einmal werde ich daran erinnert, warum ich Kim Fancy nicht mag.

15. Kapitel

An: Miss Wards Klasse
Von: AChang
Datum: 20. Februar
Betreff: Klassenausflug

Hallo Eltern,

bitte entschuldigen Sie die Störung bei der einwöchigen Feier zu Ehren von Mr. Lincolns Geburtstag, aber ich habe noch nichts von Ihnen bezüglich des Klassenausflugs zum Quindaro Underground Railroad Museum am 28. Februar gehört, für den ich nach wie vor eine Begleitperson benötige. Stattdessen haben sich viele von Ihnen zu der nicht stattfindenden klasseninternen Valentinsfeier geäußert. Miss Ward, die den Valentinstag nicht gerne feiert, war gegen eine Feier. Ich bin mir sicher, dass die Eltern darüber mehr enttäuscht waren als die Kinder.

Wie dem auch sei – ich würde gerne wissen, wer sich freiwillig für den Klassenausflug meldet. Auch wenn Sie schon einen der vorherigen Ausflüge begleitet haben, können Sie sich gerne noch einmal melden.

Vielen Dank,
Asami

Ich bin von Asamis Mails an den Klassenverteiler zunehmend fasziniert. Offenbar hat es Beschwerden gehagelt, weil es keine Valentinsparty gab. In Anbetracht von Miss Wards Aversion gegen »Hallmark-Feiertage« war mir klar, dass so was nicht stattfinden würde. Aber zu sehen, wie sie um Freiwillige bettelt (o ja, ich würde sagen, dass sie nun auch Peetsa und mir anbietet, sich zu melden, ist ihre Art zu betteln), ist interessant. Ich denke, Asami lernt gerade auf die harte Tour, dass (dank der großartigen Erma Bombeck) das Gras über der Jauchegrube immer grüner ist. Sie wird von mir keinen mehr auf den Deckel kriegen. Das machen die anderen ganz offensichtlich schon genügend. Sieht so aus, als hätte das Karma am Ende doch noch sein Ziel gefunden.

Ich kann Garth am Montag bei unserem Training kaum ansehen. Ich weiß Bescheid, und er weiß, dass ich Bescheid weiß, und keiner von uns hat darüber ein Wort verloren. Es lenkt mich ziemlich ab, mir einen nackten, verschwitzten Garth auf Nina vorzustellen. Ich werde zum fünfzigsten Mal innerhalb der vergangenen Stunde blass und versuche, mich auf meine Übung zu konzentrieren, die darin besteht, Garth mithilfe meines gesamten Körpergewichts umzuwerfen.

»Komm schon, Jen, *schieben*! Wirf dich gegen mich, als ob du mich hasst!«

Das war's. Ich kringle mich vor Lachen. Ich kann nichts dagegen machen.

»Hast du so auch Nina bezirzt?« Ich keuche und lache gleichzeitig.

Garth sieht mich nachdenklich an. »Äh, ja, genau. Allerdings habe ich es mit einem Knurren gesagt. Es ist ziemlich sexy, wenn ich knurre.«

Ich stehe auf und umarme ihn – zum ersten Mal, glaube ich. »Das ist es wohl.«

Ich nehme ein Handtuch aus dem Schmutzwäschekorb, der ganz in der Nähe steht, und wische mir Gesicht und Arme ab.

»Ich freue mich wirklich für euch beide. Das ist ein großer Schritt für Nina.«

»Für mich auch«, erwidert Garth, und seine Aufrichtigkeit löst in mir das Bedürfnis aus, mehr zu erfahren.

»Wie lange ist deine letzte Beziehung her?«

»Beziehung? Wahrscheinlich zehn Jahre.«

»Das nenne ich mal eine echte Trockenperiode.« Habe ich schon erwähnt, dass ich gerne auf das Offensichtliche hinweise?

Garth lacht. »Das ist noch milde ausgedrückt. Aber so richtig trocken war es nicht. Ich habe mir die Zeit mit ein paar sehr netten Ladies vertrieben.«

Ich nehme an, das ist seine höfliche Art, zu sagen, dass er durch die Betten gesprungen ist, was mir überhaupt nicht passt.

»Ich hoffe, Nina ist mehr für dich.«

Er sieht mich überrascht an.

»Ich weiß noch nicht, was sie ist. Aber ich weiß, dass ich sie sehr mag, und ich bin mir ziemlich sicher, dass sie mich auch mag.«

Ich kaue auf meiner Wange herum und überlege, ob ich mehr sagen oder den Mund halten soll. Leider gewinnt die erste Option.

»Also, du solltest wissen, dass sie sich mit niemandem ›die Zeit vertrieben hat‹«, ich zeichne Gänsefüßchen in die Luft, »seit Sid abgehauen ist. Was auch immer du für Gefühle für sie hast, vergiss das bitte nicht.«

Und dann sehe ich es in seinen Augen. Es ist mir gelungen, den nettesten Kerl der Welt zu verärgern.

Er holt tief Luft.

»Jen, ich weiß, dass Nina deine beste Freundin ist, aber ich finde, du solltest dich da raushalten, zumindest so lange, bis *wir* wissen, was wir wollen.« Er dreht sich um und fängt an, aufzuräumen.

Über die Schulter murmelt er: »Ich denke, wir sind fertig für heute.«

Es gefällt mir so ganz und gar nicht, wie sich die Sache entwickelt.

»Garth, warte.« Ich weiß nicht genau, was ich sagen soll, aber ich möchte nicht, dass er so geht. Ich muss die Stimmung auflockern.

»Ich werde dir kräftig in den Hintern treten, wenn du ihr wehtust.« Ich grinse schief.

Er lächelt und zuckt mit den Schultern. »Und was passiert, wenn sie mir wehtut?«

Da mir diese Möglichkeit noch gar nicht in den Sinn gekommen ist, habe ich keine Antwort auf Lager und spreche den ersten Gedanken aus, der mir einfällt.

»Dann wird sie es sein, die den Arschtritt bekommt.«

Garth und ich gehen nach oben und verabschieden uns. Ich gehe in die Küche, um Wasser zu trinken, und muss zweimal hingucken, als ich Vivs sehe, die am Tisch sitzt und mit Max Karten spielt.

»Solltest du nicht eigentlich in New York sein?« Ich weiß, dass sie und Raj ein paar romantische Tage im Big Apple geplant hatten. Na ja, eigentlich in New Jersey, wo Raj einen Onkel hat, der in Teaneck lebt. Aber sie hatten vor, mit ein paar Freunden im Village abzuhängen.

»Frag nicht«, erwidert Vivs in einem vielsagenden Singsang. Sie knallt eine Karte auf den Tisch und ruft: »Uno!«

Max springt von seinem Stuhl auf. »Nein, Sissy! Das geht nicht.« Und er knallt eine bunte Karte auf den Tisch. »Ich wünsche mir Rot! Nimm das, Arschgeige!«

»He! Entschuldige, was hast du gerade gesagt?« Ich kann nicht glauben, was da gerade aus Max' Mund kam.

»Ich habe gesagt: ›Nimm das, Arschgeige‹«, wiederholt er etwas weniger inbrünstig. »Das sagt Graydon immer.«

»Aber nur weil Graydon es sagt, heißt es nicht, dass du das auch kannst. Es ist nicht gerade nett, das zu jemandem zu sagen.« Ich erwäge, Shirleen anzurufen, um diesen kleinen Leckerbissen über ihren perfekten Sohn mit ihr zu teilen. Vielleicht später. Ich wende mich an Vivs. »Wie bist du hergekommen?«

»Ich bin mit Laura gefahren.«

»Sie ist auch hier?« Ich kann mich nicht erinnern, wann die Mädchen das letzte Mal in der Presidents' Week zu Hause waren.

Vivs legt ihre letzte Karte ab. »Red Maxazillion!«, ruft sie, und dann flüstert sie: »Nimm das, Arschgeige.«

Max kichert und beginnt, die Karten einzusammeln. Ich werfe Vivs einen missbilligenden Blick zu.

»Wo ist Laura denn? Oben?«

»Sie ist in der Stadthalle und hilft diesem Typen beim Aufbau für seinen Auftritt heute Abend.« Vivs wirft mir die Worte hin, als wüsste ich bereits Bescheid. Ich habe darauf keine große Lust.

»Welcher Typ? Was für ein Auftritt? Ihr Mädchen meint immer, ihr würdet mit mir reden, aber das stimmt nicht. Und warum bist du nicht in New York?«

Vivs seufzt und bedenkt mich mit ihrem »Ich kann dich nur schwer ertragen«-Blick.

»Ich bin nicht in New York, weil Raj mir abgesagt hat, um bei der Ausarbeitung der Pläne für den neuen Anbau der Schulbibliothek zu helfen, und Laura geht mit so einem Bassisten, dessen Band heute Abend in der Stadthalle spielt. So, jetzt bist du auf dem Laufenden.« Sie wendet sich wieder Max zu, um noch eine Runde Uno zu spielen.

In dem einen Satz stecken so viele Informationen, dass mein fast fünfzig Jahre altes Gehirn ein paar Sekunden braucht, um alles zu verarbeiten. Ich picke mir das Schockierendste zuerst raus.

»Laura geht mit einem *Musiker*?« O Gott. Was habe ich falsch gemacht?

»Sie trifft ihn erst seit einer Woche. Er ist nett. Auch wenn die Band für'n Arsch ist.«

»Wieso darf sie ›für'n Arsch‹ sagen, aber ich darf nicht ›Arschgeige‹ sagen?«, hakt Max sofort nach.

»Max, kannst du bitte kurz mit deinem Hubschrauber spielen, während ich mit Sissy spreche?« Es ist eher ein Befehl als eine Frage.

»Aber wir haben gerade ein neues Spiel angefangen.«

»Wir können später weiterspielen, Kumpel. Ich bin bis Samstag hier.«

Max scheint mit dem Versprechen zufrieden und läuft nach oben in sein Zimmer.

Nun, da ich mit Vivs alleine bin, nehme ich mir eine Flasche Wasser und einen Joghurt aus dem Kühlschrank und setze mich zu ihr an den Tisch.

»Also«, seufze ich, »von Anfang an, bitte. Was macht Raj?«

Vivs stöhnt und mischt energisch die Karten.

»Man hat ihn gebeten, an den Plänen für die neue Schulbibliothek mitzuarbeiten. Deshalb hat er New York abgeblasen.«

»Ist es nicht eine große Sache für ihn, dass man ihn darum gebeten hat?«

»Ja, aber wir planen diesen Ausflug schon seit Weihnachten. Er hat die Arbeit mir vorgezogen. Das ist kein gutes Zeichen für unsere Zukunft.«

Ich muss mir ein Lachen verkneifen. Für jemanden mit ihrem Intellekt kann Vivs so begriffsstutzig, um nicht zu sagen egozentrisch sein.

»Süße, er hat nicht die Arbeit dir vorgezogen. Er hat eine einmalige Gelegenheit einem Ausflug vorgezogen, den ihr jederzeit nachholen könnt. Ich bin mir ganz sicher, dass du das genau weißt.«

Vivs hört auf, die Karten zu mischen, und legt sie zurück in die Schachtel.

»Ich glaube schon. Ich meine, ja, tue ich. Ich bin nur enttäuscht. Und ich habe ihm ein schlechtes Gewissen gemacht, und jetzt fühle ich mich noch schlechter. Bin ich eigentlich die größte Zicke der Welt?«

Nicht die *größte*, denke ich, spreche es aber nicht aus.

»Du kommst nicht mal nah dran.« Ich stehe auf, gehe um den Tisch herum und nehme sie fest in den Arm.

»Du solltest dich nur bei ihm entschuldigen. Ich finde, es ist schon ganz schön beeindruckend, was er da macht.«

Sie nickt. »Vielleicht backe ich ihm ein paar Cookies. Oder deine Fünf-Servietten-Brownies! Die liebt er.«

Ich entscheide mich für einen Themenwechsel, bevor sie mich noch dazu nötigt, für sie zu backen.

»Erzähl mir von Lauras neuem Freund.«

Sie zuckt mit den Schultern. »Ich weiß gar nicht so viel. Er heißt Travis, hat Kreatives Schreiben im Hauptfach, ist so alt wie ich und spielt in dieser Band, die auf dem Campus ziemlich bekannt ist, auch wenn ich nicht verstehe, warum. Ihre Musik ist nur durchschnittlich. Der Leadsänger ist so ein heißer Asiate. Ich wundere mich, dass sie nicht hinter dem her ist.«

Ich kann mir nicht vorstellen, dass Laura überhaupt hinter irgendwem »her ist«.

»Wie heißt die Band?«

»Sucker Punch.«

»Iiiih.« Ich kann mir die Reaktion nicht verkneifen.

»Ich weiß, dämlicher Name, dämliche Songs. Ich weiß nicht, was die Leute an denen finden. Aber Travis scheint in Ordnung zu sein. Ich habe Laurs versprochen, mir das Konzert heute Abend mit ihr zusammen anzusehen. Mir graut jetzt schon davor.«

»Ganz so schlecht können sie ja nicht sein. Immerhin haben sie einen Gig in der Stadthalle«, versuche ich, sie zu ermutigen.

»Ja. An einem *Montag*.«

Punkt für sie.

»Willst du mit?«

»Im Ernst?« Ich kann nicht glauben, dass meine Tochter mich fragt, sie zu einem Konzert zu begleiten.

»Klar, warum nicht? Du kannst mir bestimmt sagen, ob er gut ist am Bass.«

Bassisten waren nie meine Spezialität, aber die Vorstellung, eine Rockband zu hören, ist durchaus erfreulich. Ich habe mich mit dem Lotterleben meiner Jugend nicht mehr konfrontiert, seit Max geboren wurde. Ich frage mich, ob ich Ron davon überzeugen kann, mitzugehen.

»Vielleicht. Lass mich mit Ron sprechen und sehen, ob ich einen Babysitter kriege.«

Ich gucke auf mein Smartphone und sehe eine Nachricht von Don.

Hey, alles okay? Ich wollte dir keine Angst machen, als ich dich nach einem Kaffee am Valentinstag gefragt habe.

Ich war ja nicht verängstigt, aber es war doch so was wie ein Weckruf für mich. An jenem Abend habe ich mir selbst versprochen, den Flirt runterzudrehen.

Hast du nicht. Ich habe nur superviel zu tun.

Also, mein Angebot für einen Kaffee steht.

Gut!

Wieder im Reaktionsmodus, wo ich hingehöre, fange ich an, Pläne für den heutigen Abend zu schmieden.

Ich engagiere Chyna als Babysitter und höre mich um, ob sonst noch jemand Lust auf Abendessen mit uns und einen »coolen Auftritt« hat. Zumindest verkaufe ich das Ganze so. Die Tuccis sind dabei, und ich muss nur ein wenig betteln, um Nina davon zu überzeugen, dass sie und Garth ihr exzessives Seriengucken auf Netflix drangeben und ausgehen, um sich zu amüsieren. Ich habe das Gefühl, ich muss Garth und Nina zusammen sehen, um ein Gespür dafür zu bekommen, was wirklich zwischen ihnen läuft. Und ich habe den leisen Verdacht, dass ich die Einzige bin, die in ihre Beziehung ein Drama hineininterpretiert.

Als ich das Geschirr vom Mittagessen wegräume, kommt Laura zur Hintertür rein und umarmt mich stürmisch.

»Mom!«

»Hallo, meine Süße. Es ist so eine schöne Überraschung, euch beide hier zu haben.« Ich erwidere die Umarmung.

»Ich weiß! Es war quasi eine Last-Minute-Entscheidung.«

»Hab ich schon gehört.« Ich sehe sie erwartungsvoll an.

»Hat Vivs dir von Travis erzählt?« Sie wird rot.

»Ja. Hört sich so an, als wäre er echt cool. Ich kann's kaum erwarten, ihn spielen zu hören.«

»Moment, du *kommst* heute Abend?« Ich kann nicht sagen, ob sie ungläubig oder entsetzt ist.

»Ja! Vivs hat mich eingeladen, und ich habe Peetsa, Buddy, Nina und Garth gefragt.«

»O Gott, Mom! Machst du Witze?«

»Nein, das wird lustig!«

»Für mich nicht! Ich will nicht, dass Travis euch alle auf einmal kennenlernen muss.« Sie jammert jetzt.

»Sei nicht albern. Er muss ja gar nicht wissen, dass wir da sind.«

»Ach ja, stimmt. Ich werde sie umbringen. *Vivs!*«, schreit sie plötzlich aus Leibeskräften.

»Laura! Hör auf zu schreien. Wir werden kommen und uns Sucker Punch anhören« – versuch mal einer, *das* mit einem ernsten Gesicht zu sagen – »und einfach ein bisschen Spaß haben. Wenn du nicht willst, dass wir Travis kennenlernen, in Ordnung. Dann machen wir das ein andermal. Aber wir kommen. Ich habe seit Jahren keine Live-Band mehr gesehen.«

Laura zieht noch immer eine Schnute, aber sie sagt nur »Na schön« und stampft die Treppe hoch, ohne Zweifel, um Vivs die Hölle heißzumachen. Besser Vivs als mir. Ich muss nämlich noch einen Laden finden, wo wir vor dem Konzert alle zusammen etwas essen.

Nach dem Essen im Bonefish Grill – den ich wegen seiner Nähe zur Stadthalle ausgesucht habe – schlendern wir alle zum Veranstaltungsort rüber. Ich habe Nina und Garth den ganzen Abend beäugt und bin zu dem Schluss gekommen, dass ich durch Beobachten nichts erfahren werde. Sie geben nichts außer dem Anschein preis, dass sie ein glückliches Paar sind.

Wir stellen uns in die Schlange, um Eintrittskarten zu kaufen, und stellen fest, dass – glauben Sie es oder nicht – Sucker Punch *nicht* der Headliner ist. Diese Auszeichnung geht an eine Led-Zeppelin-Cover-Band mit reiner Mädchenbesetzung, die sich Lez Zeppelin nennt. Sucker Punch ist eine von zwei Vorgruppen.

Ron hat seinen Arm um mich gelegt, als wir durch die Tür gehen, dem tätowierten Gentleman vierzig Dollar geben und uns einen Stempel auf die Hände drücken lassen. *Einen Stempel auf unsere Hände!* Es ist schon so viele Jahre her, dass auf meinem Handrücken das verräterische Zeichen einer Partynacht prangte. Ich fühle mich unweigerlich etwas euphorisch.

An der obligatorischen Garderobe bleiben wir stehen und vertrauen unsere Jacken einer angemalten Lady an, auf deren T-Shirt »Call Me Maybe« steht. Sie gibt uns keine Marke, und ich frage mich, ob ich meine schwarze Schaflederjacke jemals wiedersehen werde.

Die Stadthalle ist genau das, wonach es sich anhört – ein Veranstaltungsort, der für alles benutzt wird, von christlichen Erweckungen bis zu Zumbakursen. Es ist ein sehr großer, rechteckiger Raum mit einer Bühne auf der einen Seite und einer Empore, die um die anderen drei Seiten herumläuft. Man fühlt sich wie in einer Schulturnhalle, nur ohne den Geruch von Gummibällen. Hier darf so gut wie jedes Event stattfinden, allerdings herrscht strenges Alkoholverbot. Diese kommunale Vorschrift wurde über die Jahre schon mehrfach infrage gestellt, bisher aber noch nicht geändert.

Der Schuppen ist mit der ungewaschenen Jugend von KC gefüllt. Na ja, wahrscheinlich sind sie nicht ungewaschen, sosehr sie sich auch bemühen, so auszusehen. Ich verstehe nicht ganz, warum dieser Look mit zerschlissenen Jeans, löchrigen T-Shirts und strubbeligen Haaren so beliebt ist, aber andererseits bin ich sicher, dass meine Mutter auch nicht verstanden hat, warum ich als Teenie in einem schlampigen Biker-Chick-Look rumlaufen musste.

Natürlich gibt es keine Stühle, und deshalb stehen wir alle herum und warten darauf, das irgendwas passiert. Nicht lange, und eine Gruppe junger Leute, die fast genauso gekleidet sind wie ihr Publikum, schlendert mit Gitarren auf die Bühne und schließt sie an die Verstärker an. Es ertönen ein paar scheußliche Geräusche, als sie die Instrumente stimmen, und mein Herz rast. Mann, da werden Erinnerungen wach. Ich drehe mich zu Ron um und habe bestimmt das dämlichste Grinsen aller Zeiten auf den Lippen.

Er zieht die Augenbrauen hoch. »Was ist?«

»Nichts. Ich bin nur ... Es ist schön, hier zu sein, das ist alles.«

Er lächelt und nickt, als müsse er einen Geistesgestörten bei Laune halten. Ich sehe mir den Rest unserer Truppe an, aber sie scheinen bei Weitem nicht so aufgeregt zu sein wie ich. Peetsa stopft sich irgendwas in die Ohren, und Buddy schreit Garth etwas ins Ohr. Ich sehe, dass Vivs sich zu uns gesellt hat und mit Nina spricht. Ich gehe zu den beiden rüber.

»Sind das Sucker Punch?«, schreie ich.

»Nein. Die kommen als Nächstes. Die hier heißen Grope. Highschool-Kids.«

Im nächsten Moment tritt der Leadsänger von Grope ans Mikro.

»Guten Abend, Kansas City!«, schreit er und produziert erst mal eine Rückkopplung.

»Wo-how! Tut mir leid. Äh, wir sind Grope und wollen euch jetzt zum Rocken bringen. Eins, zwei, drei, vier ...«

Und es geht los. Grope fängt an, einen krachenden Song den Weg in die Hölle zu spielen. Es ist gar nicht mal so schlecht, wenn man bedenkt, wie jung sie sind. Ich gucke nach rechts und sehe, wie meine Freunde die Köpfe im Takt bewegen. Okay. Kein Desaster. Gropes zweiter Song ist eine Ballade –

ein einfühlsames Lied über eine Schlampe, die ihm unrecht getan hat. Die Melodie ist gut, aber diese Jungs brauchen wirklich Hilfe bei ihren Texten. »I was trashed so I crashed at her hashpad.« *Was?*

Mit ihrem dritten und letzten Song reißen sie die Menge mit. Es ist eine ziemlich anständige Coverversion von »London Calling« von Clash. Spiel am Ende immer was, was das Publikum anfixt, Grope. Gut gemacht.

Nach einem schnellen Umbau betritt Sucker Punch die Bühne. Vier Jungs – alle hinreißend – nehmen ihre Plätze wesentlich stilvoller ein als Grope. Vivs hat recht, der Leadsänger ist ein sehr gut aussehender asiatischer Junge/Mann. Er ist offensichtlich irgendwas mit zwanzig, sieht aber jünger aus. Er erinnert mich an John Cho, den Hauptdarsteller aus dem Film *Harold & Kumar*.

Ich schaue zum Bassisten und sehe einen dünnen blonden Typen mit einem sehr süßen Lächeln und einem tollen Hintern. Ich weiß, das sollte mir beim Freund meiner Tochter nicht unbedingt auffallen, aber ich habe eben immer noch Puls und darf vielleicht sagen, dass seine hautenge Hose ziemlich gut sitzt.

Der Leadsänger stellt die Band vor. Dann sagt er: »Noch einen Applaus für Grope.«

Das Publikum folgt seiner Aufforderung, und dann legt Sucker Punch los und spielt seinen ersten Song, der langsam beginnt und sich zu einem rauschenden Beat steigert. Ich spüre, wie jemand meine Hand drückt, und sehe, dass Laura sich zu uns gesellt hat.

»Wie findest du's?«, schreit sie mir so laut ins Ohr, dass mein Trommelfell vibriert.

»Sie sind großartig!«, schreie ich zurück. Sie sieht erleichtert aus.

Wir hören uns alle drei Songs zusammen an. Laura kennt jedes Wort, und mein Herz schmerzt nur ein bisschen. Ich erinnere mich, wie ich dieses Mädchen war.

Als Sucker Punch sein Set beendet, fordert das Publikum eine Zugabe. Ich bin etwas überrascht. *So* gut waren sie nun auch wieder nicht, und die Fans von Lez Zeppelin haben nun schon geduldig zwei Boygroups abgewartet.

Laura strahlt.

»Travis wird glücklich sein. Sie dürfen keine Zugabe spielen, aber er hat gehofft, dass die Leute eine wollen.«

Peetsa, Buddy und Ron kommen zu Laura und mir herüber und geben ihren Senf dazu.

»Das macht so viel Spaß!«, schwärmt Peetsa. Sie schreit immer noch, obwohl die Musik aufgehört hat.

»Tolle Bands!«, fügt Buddy hinzu. Ich glaube keinem von beiden.

»Wo sind die anderen?« Die Hälfte von uns ist verschollen.

»Sie sind alle auf die Empore hochgegangen«, erklärt Peetsa.

»Mom, willst du mitkommen und die Band kennenlernen?«, fragt Laura. Ich bin baff. Ich dachte, sie wollte nicht mal, dass ich herkomme. Wahrscheinlich habe ich irgendeinen nicht ausgesprochenen Test bestanden.

»Du meinst backstage? Da brauchst du mich nicht zweimal zu fragen.«

Laura verzieht das Gesicht. Aha. Das ist nicht gut angekommen.

»Ich meine, gerne«, versuche ich es noch mal. »Wollt ihr auch mitkommen?«, frage ich die Tuccis.

»Ich glaube, wir bleiben hier und hören uns die Led-Zeppelin-Band an«, sagt Buddy, und Peetsa nickt zustimmend. Ich werfe ihnen ein wissendes Lächeln zu und folge Laura zur Tür neben der Bühne.

Die Stadthalle ist nicht gerade das Wembley-Stadion, aber trotzdem hat der Backstagebereich diesen leicht zwielichtigen, exklusiven Touch. Ich bin in meinem Element. Das Einzige, was hier fehlt, ist fleischiges Sicherheitspersonal, ein Schwarm Groupies und ein Pass um meinen Hals. Und Alkohol. Aber egal, ich bin hier, und es geht mir super.

Laura führt mich durch einen Gemeinschaftsbereich mit Sofas zu einem Flur neben dem Hinterausgang, wo die Bandmitglieder von Sucker Punch gerade ihre Instrumente einpacken. Laura rennt zu Travis und wirft sich in seine Arme. Gütiger Gott! Ich habe ihr wohl nie beigebracht, wie man sich rarmacht. Aber andererseits habe ich diese Kunst auch nie praktiziert.

Als sie die Knutscherei unterbrechen, um Luft zu holen, ist sie hingerissen.

»Du warst toll! Das hat sich so gut angehört.«

Travis scheint sich zu freuen.

»Hast du gesehen, als ich dir unser Zeichen zugeworfen habe?«

Sie strahlt und fängt wieder an, mit ihm rumzuknutschen.

Mir wird bewusst, dass ich aufhören sollte, sie anzustarren. Ich drehe mich um und sehe, wie die restlichen Bandmitglieder ihr Zeug zusammenpacken und miteinander rumblödeln. Der Leadsänger wischt seine Gitarre ab. Aus der Nähe sieht er John Cho gar nicht mehr so ähnlich, aber er erinnert mich an jemanden.

»Ihr wart super, Jungs«, sage ich.

Er sieht mich irritiert an.

»Äh, danke. Gehören Sie zu Lez Zeppelin?«

»Ich? Nein.« Ich fange an, idiotisch zu kichern. »Nein, Laura ist meine Tochter.« Ich zeige auf die Knutschsession.

»Oh, cool. Sie ist cool.«

Ich will gerade so was Blödes sagen wie »genau wie ihre Mutter«, als ich eine Stimme höre, bei deren Klang sich mir die Nackenhaare aufstellen wie Stacheln bei einem Stachelschwein.

»Jeen!«

Wir drehen uns beide um und sehen Asami Chang auf uns zukommen. Sofort poppen drei Gedanken in meinem Kopf auf:

1. Was zum Teufel macht sie hier?
2. Sie sieht gut aus in dieser Lederhose.
3. Warum hat sie mich Jeen genannt?

»Hey Tantchen!« Der Leadsänger läuft um mich herum und umarmt Asami.

Tantchen?

»Ihr wart wunderbar!« Asami schwärmt aufgeregt um den Mann/Jungen herum, der, wie ich jetzt erst begreife, ihr Neffe ist und Jeen heißt. Mir wird klar, dass sie mich noch gar nicht bemerkt hat. Zeit, ihr den Abend zu vermasseln.

»Asami? Hi!«

Sie gucken zu mir herüber.

»Ist das deine Freundin, Tantchen? Ich habe mich gerade mit ihr unterhalten.«

Asami macht ein ziemlich komisches Gesicht, während sie versucht, zu verstehen, was hier los ist.

»Jen. Was machen Sie denn hier?« Ich bin mir nicht sicher, ob sie schockiert oder genervt ist.

»Ich habe mir die Band angesehen, so wie Sie.« Ich gehe zu ihr hinüber.

Und dann passiert etwas vollkommen Unerwartetes und Magisches: Asami lächelt. Es ist ein aufrichtiges »Ich freue mich, dass ich endlich keinen Stock mehr im Arsch habe«-Lächeln. Es verändert ihr Gesicht komplett.

»Waren sie nicht wundervoll? Haben Sie Jeen schon kennengelernt? Jeen, das ist Mrs. Dixon.«

»Einfach nur Jen.« Ich lächle und halte ihm die Hand hin.

»Jeen ist mein Neffe«, erklärt sie unnötigerweise. Sie wendet sich an ihn. »Ich mag deine Band!«

»Danke.« Jeen lächelt. Er freut sich über ihre Anerkennung.

»Ganz anders als das Streichquartett!«

Er lacht. »Ja. Es könnte kaum unterschiedlicher sein.«

In diesem Moment ertönt der dröhnende Beat von »Whole Lotta Love« und signalisiert, dass die Headliner die Bühne betreten haben. Ich kann den Text nicht hören, sondern nur den gedämpften Bass und das Schlagzeug.

Ich habe das Gefühl, eine außerkörperliche Erfahrung zu erleben. Asami hat einen Neffen, der ein Streichquartett verlassen hat, um in einer Rockband namens Sucker Punch zu spielen, *und sie findet es in Ordnung*. Wer ist diese Frau?

»Hat dein Vater dich schon spielen gehört?«

Ich bekomme die Antwort auf diese Frage nicht zu hören, weil Laura plötzlich auftaucht.

»Mom!«

»Was? Entschuldige. Ich habe zufällig eine Bekannte getroffen.«

»Komm, ich will dir Travis vorstellen!«

Mit gewissen Schwierigkeiten löse ich mich von der Asami-Show und begebe mich zu dem Objekt der ungezügelten Begierde meiner Tochter.

Travis steht über seinen Basskoffer gebeugt da. Als wir an ihn herantreten, richtet er sich auf, zieht sich die Hose hoch und fährt sich mit der Hand durch die Haare. Er ist nervös. Gut so.

»Mom, das ist Travis.«

Ich setze mein bestes Mutterlächeln auf und strecke die Hand aus.

»Hallo Travis. Ihr habt es heute Abend echt gerockt.«

»Danke, Mrs. Dixon. Schön, Sie kennenzulernen.«

Sein Händedruck ist warm und fest, und er sieht mir direkt in die Augen. *Nicht schlecht, Travis. Du hast gute Manieren.*

»Wie viele Shows habt ihr schon zusammen gemacht?«, frage ich.

»Das ist unsere dritte, seit Jeen mit an Bord ist. Es klingt manchmal noch etwas holprig.«

»Überhaupt nicht. Ich finde, ihr wart richtig gut.«

Travis lächelt mich nur an. Bestimmt denkt er gerade: Woher zum Teufel wollen Sie das wissen, alte Lady? Woraufhin ich in Gedanken erwidere: Ich sage dir, woher ich das weiß, Jungchen. Schon mal von einer kleinen Band namens INXS gehört?

»Mom, worüber hast du mit Jeen gesprochen?«, unterbricht Laura die Cocktailparty in meinem Kopf.

»Was? Ach, nichts Besonderes. Ich kenne seine Tante.« Ich werfe einen Blick zurück und sehe Asami mit Jeen und dem Drummer sprechen. Mann, wer eine Zwiebel schält, bekommt viele Schichten zu Gesicht.

Zum langsamen Beat von Lez Zeppelin, der, wie ich glaube, zu dem Song »All of My Love« gehört, packen Travis und die Band die letzten Teile von ihrem Equipment zusammen. Ich werde das Gefühl nicht los, die beste Band des Abends zu verpassen. Ich gehe zu Laura rüber.

»Soll ich dich mit nach Hause nehmen, Süße?«

Sie wird rot, was wahrscheinlich entweder Nein oder »Ich weiß noch nicht« heißt. Travis antwortet für sie.

»Ich glaube, wir bleiben noch ein bisschen hier.« Er legt seinen Arm um sie.

Die Dosis an öffentlicher Zurschaustellung von Gefühlen, die ich intus habe, dürfte für eine Weile reichen.

»Na gut. Dann noch viel Spaß, ihr zwei. Travis, es war schön, dich kennenzulernen. Wir sehen uns bestimmt bald wieder.«

»Hoffentlich.« Er schüttelt noch mal meine Hand. Nennen Sie mich ruhig spießig, aber solche Gesten beeindrucken mich zutiefst.

Als ich mich auf die Suche nach dem Rest unserer Truppe mache, schließt Asami zu mir auf.

»Ihr Neffe ist sehr talentiert«, sage ich. »Und er sieht Ihnen total ähnlich!«

»Danke. Er ist ein klassisch ausgebildeter Cellist, aber uns war immer schon klar, dass er nicht dabei bleiben würde. Das hier passt gut zu ihm.«

Ich nicke. Während wir zum vorderen Teil des Hauses gehen, wird die Musik lauter.

»Wollen Sie sich die Band ansehen?«, fragt sie.

»Ich weiß noch nicht. Ich muss erst mal meine Leute finden. Ist Ihr Mann auch hier?«

Sie senkt den Blick. »Nein. Ich bin alleine gekommen, um Jeen zu sehen.«

»Also, ich bin mit den Tuccis und Nina Grandish hier. Sie können uns gern Gesellschaft leisten, wenn Sie wollen.« Ich kann nicht glauben, dass diese Worte aus meinem Mund kommen. Das wird mich schnurstracks in die Hölle führen.

»Das würde mich wirklich freuen, danke.« Ich glaube, wir sind beide überrascht, dass sie mein Angebot angenommen hat.

Ich hole mein Smartphone raus und schreibe Ron eine Nachricht, um herauszufinden, wo er ist.

Er antwortet ziemlich schnell: *Rechts von dir auf der Empore.* Ich gucke nach oben und sehe ihn winken. Nina und Garth sind bei ihm, aber von den Tuccis ist nichts zu sehen.

Ich beuge mich zu Asami rüber und schreie: »Kommen Sie. Die anderen sind oben.«

Als wir uns durch die Menge gekämpft und die wenig vertrauenerweckend wirkende Treppe erklommen haben, sind auch Peetsa und Buddy wieder bei der Gruppe. Ich ernte viele lustige Blicke, als wir uns zu ihnen gesellen.

»Seht mal, wen ich backstage getroffen habe«, schreie ich nur, als die Band die letzten Takte von »The Rain Song« spielt.

Alle nicken und lächeln. Das ist wahrscheinlich einer der seltsamsten Momente in meinem Leben, und das will was heißen.

Eine Weile sehen wir uns alle Lez Zeppelin an. Die Mädchen sind toll. Auch wenn man nicht auf die Musik von Robert Plant und Jimmy Page steht, muss man anerkennen, wie talentiert diese Frauen sind. Die Menge tobt, und sogar meine kleine Nerd-Truppe groovt.

Als die Stimmung mit »Stairway to Heaven« ruhiger wird, beugt sich Asami zu mir rüber und fragt, ob ich bei dem Klassenausflug nächste Woche als Begleitperson mitkommen würde.

»Hat sich niemand freiwillig gemeldet?«

Sie schüttelt den Kopf. »Nicht einer.«

Sie tut mir ehrlich leid.

»Na ja, manchmal ist es nicht einfach. Aber bleiben Sie dran. Ich musste auch viele Klinken putzen.«

»Elternsprecherin zu sein ist viel härter, als ich dachte.«

»Und Miss Ward ist auch keine große Hilfe.«

Asami reißt die Augen auf.

»Stimmt genau! Ich weiß nie, was sie will.«

»Machen Sie sich deshalb keine Vorwürfe. Sie ist nicht einfach.«

Ich habe keine Lust mehr zu schreien, und mein Hals ist total trocken. Ich drehe mich zu meiner Gruppe um und schlage vor, rauszugehen, bevor der Ansturm auf die Tür losgeht. Die anderen sind einverstanden, und so gehen wir die Treppe runter, bei der sich jede Stufe als tödliche Falle entpuppen könnte, bekommen überraschenderweise die richtigen Jacken von Miss Call Me Maybe ausgehändigt und treten hinaus in die kalte, klare Februarnacht. Als Ron losgeht, um unser Auto zu holen, kommt Peetsa zu mir und nimmt mich in den Arm.

»Wir machen uns auf den Heimweg.« Dann fügt sie flüsternd hinzu: »Ich will morgen einen ausführlichen Bericht.« Ich drücke sie.

»Wir sind auch weg«, verkündet Nina aus der behaglichen Umarmung von Garth.

»Danke fürs Mitkommen, meine Lieben. Ich weiß, dass es Laura viel bedeutet hat. Neens, ich rufe dich morgen früh an. Garth, wir sehen uns am Donnerstag.« Ich werfe beiden Handküsse zu.

Als ich bemerke, dass Asami noch da ist, biete ich ihr an, sie nach Hause zu bringen.

»Nein, danke. Ich bin mit dem Auto da. Ich wollte nur kurz mit Ihnen reden.«

»Wegen des Ausflugs? Ich komme gerne mit, wenn Sie wollen.« Ich beginne zu frösteln.

»Danke, das wäre toll.« Sie zieht den Kragen enger um ihren Hals, damit es wärmer ist. »Aber eigentlich wollte ich mich dafür entschuldigen, dass ich Sie aus Ihrem Amt als Elternsprecherin gedrängt habe. Das haben Sie nicht verdient.«

Eine Entschuldigung von Asami. Ich bin baff. Ich sehe Ron vorfahren. Mir bleibt also nicht mehr viel Zeit.

»Na ja, schon irgendwie, nach dem Kommentar über die ›Leute Ihrer Herkunft‹. Ich wollte wirklich nur lustig sein, aber ich weiß, dass es unangemessen war. Und es tut mir leid, wenn ich Ihre Gefühle verletzt habe.«

»Ich nehme Ihre Entschuldigung an.« Sie nickt und wendet sich zum Gehen. »Gute Nacht, Jen.«

»Gute Nacht, Asami.«

Und das, liebe Kinder, ist die Geschichte von zwei Erzfeindinnen, die Frieden miteinander schlossen. Und alles nur wegen einer drittklassigen Boygroup.

16. Kapitel

An: Miss Wards Klasse
Von: JDixon
Datum: 05. März
Betreff: Ich bin zurück, Babys!

Liebe Eltern,

große Neuigkeiten aus Zimmer 147! Asami Chang und ich sind der Meinung, dass das Amt der Elternsprecherin nach zwei Köpfen verlangt. Und deshalb teilen wir die anfallenden Aufgaben ab sofort zwischen uns auf. Asami wird sich um alles kümmern, was Akribie erfordert, denn – seien wir ehrlich – darin bin ich einfach eine Niete. Die Kommunikation mit Ihnen fällt in meinen Aufgabenbereich. Wer also allergisch auf sarkastische Formulierungen reagiert, sollte jetzt lieber aufhören zu lesen.

Zuerst: Schämen Sie sich dafür, dass sich niemand gemeldet hat, um den großartigen Ausflug ins Quindaro Underground Railroad Museum zu begleiten. Asami ist viel zu nett, um irgendwas dazu zu sagen, aber ich habe ein schwarzes Zeichen neben Ihre Namen geschrieben. Als die Kinder erfuhren, dass es keine Zugfahrt geben würde, waren sie zunächst ein bisschen enttäuscht. Aber danach hatten sie wirklich eine Menge Spaß.

Das Schuljahr geht weiter, und für Sie gibt es viele Möglichkeiten, sich mein Wohlwollen zurückzuholen. Als Nächstes steht an: die jährliche Buchmesse an der William H. Taft! Sie findet am 10. März statt. Der Elternverein braucht aus jeder Klasse drei Freiwillige, um zu verhindern, dass sich irgendwer um die letzte Ausgabe von Captain Underpants prügelt.

Und hier kommen noch mehr Eilmeldungen aus Zimmer 147!
Gleich nach den Frühlingsferien werden wir eine Oster-/Pessach-
Party feiern! Laut Miss Ward sind das keine – ich wiederhole:
keine! – Hallmark-Feiertage und deshalb einer Feier würdig.
Wir werden für die Eierdeko sorgen, und Jill Kaplan hat
angeboten, den Kindern zu zeigen, wie man Charoset macht –
eine wirklich leckere Beigabe zum Sedermahl. Um das Thema
abzuschließen, folgt hier eine Liste der Dinge, die wir noch
brauchen. Denken Sie daran: Es ist keine Schande, sich für mehr
als eine Sache einzutragen.

drei Dutzend hart gekochte Eier
Aufkleber
kleine Schokoladeneier
ein lebendiges Kaninchen (natürlich nicht; ich will nur sichergehen,
dass Sie noch aufmerksam sind)
Äpfel
Zimt
Traubensaft
Obst für Graydon
Wasser
Pappbecher (ich habe Sie schon eingetragen, Jackie)
Feuchttücher

Wir werden die Eierfärbemittel beisteuern.
Vielen Dank für Ihre Kooperation. Antwortzeiten werden notiert
und Tadel erteilt.
Danken Sie mir nicht. Ich freue mich einfach, wieder da zu sein.

Jen (und Asami im Geiste)

Ich fühle mich gut, als ich auf Senden klicke. Ich habe meine kleinen Schimpftiraden an die Klasse vermisst. Ich bin mir sicher, dass es viele überraschte Reaktionen auf die Neuigkeit regnen wird, dass Asami und ich das Elternsprecheramt von nun an gemeinsam bekleiden.

Es war übrigens ihre Idee. Ein paar Tage nach dem Konzert in der Stadthalle rief sie mich an und fragte mich, ob ich einen Kaffee mit ihr trinken würde. Ich war etwas unsicher, weil ich finde, es ist eine Sache, mit jemandem Waffenstillstand zu schließen, aber eine völlig andere, plötzlich Freundinnen zu werden.

Aber meine Sorge war unnötig. Als wir uns mit unseren Caffè Latte im Starbucks gleich neben der Schule auf eins der Sofas setzten, kam Asami ohne Umschweife zum Thema. Ganz so, wie man sie kennt.

»Jen, ich erwarte nicht, dass wir jemals Freunde werden, aber ich finde, wir wären ein gutes Team.«

»Ein gutes Team wofür?« Ich war mir wirklich nicht sicher, worauf sie hinauswollte.

»Elternsprecherinnen. Sie haben Ihre Stärken, und ich habe meine. Zusammen könnten wir den Job richtig gut hinkriegen. Was halten Sie davon?«

Ich sah sie skeptisch an. War das Asamis Vorstellung von Humor?

»Meinen Sie *dieses* Jahr? In diesem Jahr zusammen Elternsprecherinnen sein?«

»Ja, genau. Sie können Ihre albernen Mails schreiben und die Leute zu mehr Engagement bewegen, und ich werde dafür sorgen, dass alles andere reibungslos läuft.«

Ich ignorierte die Andeutung, dass unter meinem Regiment nicht alles reibungslos laufe, und dachte ernsthaft über Asamis Vorschlag nach. Ich brauchte nicht lange, bis mir klar wurde, dass es eine richtig gute Idee war, die mich ernsthaft interessiert.

»Klar, warum nicht?«

»Ehrlich gesagt: Ich verstehe Ihre Witze nicht, aber den Leuten scheinen Ihre witzigen Mails ja zu gefallen.«

Ich erwiderte das zweischneidige Kompliment mit einem Lächeln und erhob die Tasse.

»Auf ein kurioses Team.«

»Allerdings.« Asami erhob ihre Tasse ebenfalls.

Da bin ich also wieder – zurück im Sattel mit der Hälfte an Arbeit und der Erlaubnis, alberne E-Mails zu schreiben. Vielleicht sollte ich ein Lotterielos kaufen, um meine Glückssträhne auszukosten. Aber das geht nicht, weil ich noch eine Menge für Max' Geburtstagsfeier an diesem Wochenende erledigen muss. Deshalb nehme ich mir den Autoschlüssel und sprinte zu meinem Minivan, um möglichst wenig von dem eiskalten Regen abzubekommen, mit dem wir gerade belohnt werden.

Wir feiern seine Party im Emerald City Gym. Das ist einer dieser Indoorspielplätze, in denen es die tollsten Spielgeräte für Kinder gibt. Das Personal bereitet alles vor und räumt auch wieder auf. Wir brauchen also nur noch aufzutauchen. Mir kommt unweigerlich der Gedanke, dass es der schlimmste Job aller Zeiten sein muss, Kinder auf so einer Geburtstagsfeier zu betreuen. Ich habe vor, Trinkgeld zu geben.

Max hat alle Jungs aus seiner Klasse eingeladen, weil »Mädchen ekelhaft sind«, wie Graydon Cobb immer sagt. Der Junge scheint zum Orakel von Miss Wards Vorschulklasse geworden zu sein. Welche Perlen auch immer aus seinem Mund sprudeln – sie werden an den Abendbrottischen im Großbezirk von Kansas City wiederholt. So auch bei mir.

»Jingle bells, Batman smells, Robin laid an egg«, sang Max eines Abends fröhlich. »Das hat Graydon sich ausgedacht. Er ist so lustig.«

Ich denke, wir können Graydons Talentliste um Diebstahl geistigen Eigentums erweitern.

Party City ist an diesem Morgen meine erste Station, um

Nippes zu kaufen, mit denen ich die Mitgebseltüten bestücken kann. Wenn ich die Weltherrschaft innehätte, gäbe es so was wie Mitgebseltüten nicht. Dann gäbe es einen unausgesprochenen Vertrag zwischen Einladendem und Eingeladenem: Du bekommst von mir Essen, Trinken und irgendein Programm, und ich bekomme von dir ein Geschenk. Warum muss ich *dir* später auch ein Geschenk geben? Ist mein Geschenk für dich nicht schon die Party?

Als Vivs und Laura noch klein waren, bekam am Ende der Party jedes Kind einfach ein paar Süßigkeiten – meist in einem Klarsichtbeutel ... mit einem Bändchen drum ... vielleicht. Heutzutage befindet sich in der Mitgebseltüte ein richtiges Geschenk, und zwar eines, das zum Thema der Geburtstagsparty passt. Der Druck ist immens, das kann ich Ihnen sagen.

Max' Partymotto ist in diesem Jahr »Ninjakrieger«, und genau das sage ich mir, als ich durch die Gänge des Geschäfts gehe. Ich hatte ja keine Ahnung, dass die Ninjas einen kompletten Gang für sich haben. Banzai! Diese Party wird sich praktisch ganz von alleine planen. Ich packe Ninjamasken, Figürchen und Spielschwerter für die Mitgebseltüten in meinen Korb. Außerdem zwei Piñatas, Pappbecher, eine Tischdecke, Pappteller und Servietten – natürlich alles im Ninja-Thema.

Nachdem ich bezahlt und meine Beute in den Kofferraum meines Minivans gepackt habe, checke ich mein Smartphone auf Mails und Nachrichten und bin überrascht, als ich zehn Antworten auf die Klassenmail sehe, die ich vor einer Stunde rausgeschickt habe. Wie gewöhnlich führt Sasha Lewickis Abwesenheitsbenachrichtigung die Meute an. Ist diese Frau überhaupt jemals im Büro? Ich vermute, dass sie zu Hause ist und sich um ihre kranke Tochter kümmert. Zumindest hoffe ich das. Zum Glück ist jede der anderen Antworten von einem richtigen Menschen.

**An: JDixon
Von: SCobb
Datum: 05. März
Betreff: Ich bin zurück, Babys!**

Jennifer,

ich habe gerade »Charoset« gegoogelt. Da sind ja Nüsse drin! Versuchen Sie, meinen Sohn umzubringen?

Ich werde das Obst für Graydon mitbringen.

Shirleen

**An: SCobb
Von: JDixon
Datum: 05. März
Betreff: Ich bin zurück, Babys!**

Shirleen,

ich bitte Sie, ich bin doch keine Anfängerin. In dem Charoset-Rezept von Jill sind keine Nüsse.

Jen

An: JDixon
Von: CAlexander
Datum: 05. März
Betreff: Ich bin zurück, Babys!

Willkommen zurück, Jen!

Sie können alle Eier in unseren Korb legen (Witz verstanden?).

Außerdem kann Kim bei der Buchmesse helfen. Um wie viel Uhr soll sie da sein?

Grüße,
Carol

An: JDixon
Von: RBrown
Datum: 05. März
Betreff: Ich bin zurück, Babys!

Jen,

ich hoffe, das ist kein Witz und Sie sind wirklich zurück. Ich freue mich ja so!

Wir können für alle Eier mitbringen. Zach freut sich schon riesig auf Max' Geburtstagsparty am Samstag.

Bis dahin!

Ravi

An: JDixon
Von: DBurgess
Datum: 05. März
Betreff: Ich bin zurück, Babys!

Hallo Jen,

du hast dir deinen Job zurückgeholt – gut gemacht! Trag mich einfach für irgendwas ein. Weißt du, man könnte schier verdursten, während man darauf wartet, einen Kaffee mit dir zu trinken. Nur mal so nebenbei …

Lulu wird übrigens Eier für alle mitbringen.

Cheers,
Don

Armer Don – er muss so verwirrt sein. Nachdem wir uns fünf Monate lang kokette Nachrichten hin- und hergeschickt haben, habe ich mich total zurückgezogen. Er schreibt immer noch einmal die Woche und versucht, sich mit mir zu verabreden, aber ich bin entweder pseudobeschäftigt oder wirklich beschäftigt – wenn ich ehrlich bin, eher Letzteres als Ersteres. Vielleicht werde ich niemals erfahren, was er wirklich mit »Kaffee« meint, aber das ist okay für mich.

An: JDixon
Von: JJAikens
Datum: 05. März
Betreff: Ich bin zurück, Babys!

Jen,

das nenne ich mal eine Wendung der Ereignisse. Eigentlich sollte ich sagen »Willkommen zurück!«, aber ich denke, Sie wissen, dass es unaufrichtig wäre. Deshalb sage ich nur, dass wir die Eier zum Bemalen mitbringen.

JJ

Oh, gütige Muttergottes. Wollen die mich auf den Arm nehmen? Ich scrolle durch die anderen Mails und sehe, dass, jawohl, alle Eier mitbringen wollen. Und jetzt? Ich muss definitiv ein besseres System entwickeln. Ich schreibe eine E-Mail auf meinem Smartphone.

An: Miss Wards Klasse
Von: JDixon
Datum: 05. März
Betreff: Die Reaktion war EI-nsame Spitze!

Ich noch mal,

vielen Dank für die großartige und, wenn ich das so sagen darf, zeitnahe Reaktion! Shirleen, Ihre charmante Mail hat mit einer Zeit von achtundfünfzig Sekunden den zweiten Platz belegt – gleich nach Sasha Lewickis automatischer Antwort. Gut gemacht.

Vielleicht überrascht es Sie zu hören, dass ausnahmslos jeder angeboten hat, Eier mitzubringen. Die Eier sind mit mir! – davon gehe ich aus. Da wir aber keine zehn Dutzend Eier brauchen, *habe ich einige von Ihnen für andere Dinge eingeteilt (sehen Sie unten stehende Liste). Nochmals vielen Dank für die schnellen Antworten.*

Eier – Alexanders, Burgess/Gordon (bitte jeweils zwei Dutzend – hart gekocht)
Aufkleber – Familie Aikens
Pappbecher – Westmans
Äpfel – Browns
Traubensaft – Kaplans
Wasser – Changs
Obst – Cobbs
Zimt – Zalises
Feuchttücher – Wolffes
Und die Batons bringen Wein mit.

Bitte bringen Sie alles am 4. April direkt morgens mit, wenn Sie Ihre Kinder zur Schule bringen. Ich weiß, ich weiß, es ist noch einen Monat hin. Ich werde einige Tage vorher noch mal eine Erinnerungsmail schicken.

Was die Buchmesse betrifft: danke an Kim Alexander und Peetsa Tucci für Ihre Hilfsbereitschaft. Gibt es noch jemanden, der drei Stunden lang Bücher verkaufen möchte? Nein? Na gut. Dann muss ich wohl ran.

Jen

Nachdem ich die Partyartikel beim Emerald City Gym abgeliefert habe, mache ich bei der Upper-Crust-Bäckerei halt, um ihnen die frohe Kunde zu übermitteln, dass ich einen Ninjakuchen für zwanzig Kinder brauche. Keine Teenagervariante mit mutierten Ninja Turtles, sondern einen richtigen Ninjakuchen. Ich denke, die Chancen, dass ich den richtigen Kuchen bekomme, stehen fünfzig zu fünfzig.

Als ich zum Minivan laufe, klingelt mein Handy. Es hat aufgehört zu regnen, aber da die Temperaturen jetzt unterhalb des Gefrierpunkts liegen, rutsche ich fast auf dem glatten Asphalt aus, als ich die Autotür aufreiße. Ich setze mich und hole mein Telefon aus der Handtasche.

»Hallo?«, sage ich etwas zu laut.

»Jen, hier ist Asami. Haben Sie Zeit für einen Kaffee?«

»Stimmt was nicht?«

»Nein, ich möchte nur etwas mit Ihnen besprechen.«

»Ist es wegen der E-Mail? Wenn Sie nämlich kein Wasser mitbringen wollen, kann ich das auch machen.«

»Nein, Wasser ist in Ordnung. Haben Sie nun Zeit oder nicht?«

Na, das ist die Asami, die ich kenne und liebe. Ich werfe einen Blick auf die Uhr an meinem Armaturenbrett und rechne, wie viel Zeit mir noch bleibt, bevor ich Max abholen muss.

»Wie wär's mit zwei Uhr im Starbucks an der Schule?« Ich kann mir nicht vorstellen, warum sie mich sehen muss, aber was es auch ist, ich habe nicht mehr als eine halbe Stunde.

»Bis dann.« Sie legt auf, bevor ich noch etwas sagen kann.

Asami wartet bereits, als ich um zwei Uhr den Coffeeshop betrete und mir dabei heimlich selbst auf die Schulter klopfe, weil es mir wieder mal gelungen ist, zehn Pfund Kartoffeln in eine Fünf-Pfund-Tüte zu stopfen.

Ich entscheide mich für einen Chai Latte und mache mich mit dem Glas in der Hand auf den Weg zu Asami, die auf einem Sofa sitzt. Sie hat bei der Wahl der Kopfbedeckung an diesem kalten, nassen Tag ohne Frage Mut bewiesen, denn sie trägt einen grünen Jägerhut, auf dem vorne Augen zu sehen sind und dessen Krempe wie ein Entenschnabel aussieht.

»Also, was gibt's?« Ich nehme einen Schluck und ziehe mir den Mantel aus.

Wie gewöhnlich kommt Asami ohne Umschweife zum Punkt. Sie beugt sich entschlossen zu mir herüber.

»Ich habe Ihnen doch mal gesagt, dass ich vermute, dass es Sasha Lewicki gar nicht gibt. Jetzt bin ich davon überzeugter denn je.«

Ernsthaft? Deshalb musste ich hierherkommen? Ich hätte Asami niemals für den Typ »Verschwörungstheoretiker« gehalten.

»Wie können Sie das nur denken? Ich bin ihr zwar noch nie begegnet, aber ich habe gehört, dass Miss Ward ungefähr dreimal die Woche zu ihr nach Hause geht und Nadine unterrichtet.«

»Sagt wer?« Asami zieht eine makellos geformte Augenbraue hoch.

»Ähm, das weiß ich nicht mehr. Warum?«

»Weil ich zu der Adresse gefahren bin, die in ihrer Schulakte steht, und wissen Sie was? Dort lebt niemand. Es ist eins dieser verwahrlosten Reihenhäuser jenseits der Mission Street, in der Nähe von Walmart.«

Ich weiß wirklich nicht, was ich sagen soll. Möchte ich fragen, wie sie sich überhaupt Zugang zu Lewickis Schulakte verschafft hat?

»Vielleicht sind sie umgezogen. Oder vielleicht ist es ein Druckfehler. Es gibt eine Menge Erklärungen.« Ich kann nicht glauben, dass ich in dieser Unterhaltung die Stimme der Vernunft bin.

»Vielleicht. Aber dann habe ich Sasha Lewicki gegoogelt, und wissen Sie was? Alles, was ich gefunden habe, waren irgendeine Ärztin, die bei Kaiser Permanente in Kalifornien arbeitet, und ein Mädchen im Boston College, die unziemliche

Bilder von sich bei Instagram postet.« Sie macht eine – in meinen Augen – dramatische Pause, bevor sie sagt: »Es gibt keine Sasha Lewicki in Kansas City.«

Am liebsten würde ich »*Na und?*« sagen, aber ich merke, dass Asami wegen der ganzen Sache ziemlich aufgebracht ist. Ich nehme einen großen Schluck von meinem Chai Latte und hoffe, irgendeine Antwort zu finden.

»Worauf wollen Sie hinaus, Asami? Was ist Ihr Ziel?«

»Ich will beweisen, dass diese Leute eine Erfindung sind.«

»Von wem? Und aus welchem Grund?« Ich kann die Verärgerung in meiner Stimme nicht unterdrücken.

»Na ja, genau *das* müssen wir herausfinden.« Zum ersten Mal seit dem Beginn unserer Unterhaltung lehnt sich Asami zurück und verschränkt die Arme.

Ich bin noch immer nicht überzeugt davon, dass es wirklich etwas aufzuklären gibt, aber ich atme ein paarmal tief durch, um die Informationen in ihrer Gänze aufzunehmen. In unserer Klasse ist also ein Kind, das noch niemand gesehen hat; eine Mutter, die auf E-Mails nur mit automatisierten Abwesenheitsbenachrichtigungen antwortet, es aber schafft, Verschiedenes zu Klassenpartys beizusteuern; und in den Schulakten steht eine falsche Adresse. Wenn sie erfunden ist, hat sich irgendwer die Zeit genommen, die Sache bewundernswert zu planen.

»Haben Sie schon mit Miss Ward gesprochen? Ihr Fragen dazu gestellt?«

»Natürlich habe ich das.« Asami wirkt beleidigt. »Sie hat mich mit der Aussage abgebügelt, dass sie keine Auskünfte über andere Schüler erteilen dürfe.«

Ich erinnere mich an eine ähnliche Reaktion von Miss Ward, als ich ihr zu Beginn des Schuljahres beiläufig eine Frage zu Nadine gestellt habe. Damals wollte ich keine Informationen einholen, sondern nur Konversation betreiben. Ich sehe auf meine Uhr. Wir haben noch ungefähr zehn Minuten.

»Na gut, nehmen wir an, Nadine und Sasha sind erfunden. Na und? Die Klassendynamik wird dadurch nicht im Geringsten beeinträchtigt. Warum interessiert Sie das?«

»Es stört mich. Das ist wie ein loses Ende, das einfach so … herumbaumelt.« Asami wedelt mit ihrer Hand vor meinem Gesicht herum. »Außerdem kann ich mich nicht von dem Gefühl frei machen, dass sich irgendjemand auf unsere Kosten kaputtlacht, und ich mag es nicht, ausgelacht zu werden.«

Wenn du es nicht magst, ausgelacht zu werden, solltest du mal schleunigst deine Hutwahl überdenken, schießt es mir durch den Kopf.

»Und was soll *ich* Ihrer Meinung nach tun?«

»Ich möchte, dass Sie mir helfen, der Sache auf den Grund zu gehen. Vielleicht können wir diese Person zwingen, sich zu zeigen.«

»In Ordnung. Und wie soll ich das anstellen?«

»Ich hatte gehofft, Sie hätten eine Idee. Sie sind doch so clever und gerissen.«

Ich kaue auf meiner Unterlippe herum und denke über das zweifelhafte Kompliment nach, das meine Elternsprecher-Kollegin mir soeben gemacht hat. Meine Güte, es ist wirklich schwer, sie mit diesem Hut ernst zu nehmen. Ich fange an, mir den Mantel anzuziehen, und sie tut es mir gleich.

»Lassen Sie mich darüber nachdenken«, sage ich, als wir zur Tür gehen. »Mein cleverer, gerissener Verstand braucht Zeit zum Brüten.«

In einem halbherzigen Versuch, die Wärme von Starbucks festzuhalten, rennen wir zu unseren Autos und fahren die vierhundert Meter zur Schule. Wir parken und steigen aus, und Asami gesellt sich zu mir, während ich zu der Stelle gehe, wo wir immer auf die Kinder warten. Im Näherkommen stelle ich mir vor, wie Peetsa und Ravi mich und meine neue beste Freundin gleich mustern werden, doch zu meiner Überraschung finde ich sie in ein Gespräch vertieft, mit niemand anderem als Shirleen Cobb.

»Hallo Mädels, alles klar?«, sage ich, um mich in die Unterhaltung einzuklinken.

»Jennifer, ich bin froh, dass Sie hier sind. Hat Graydon unangemessene Dinge zu Max gesagt?«, fragt Shirleen.

»Unangemessen?« Auf der Suche nach Hinweisen zum Kern des Ganzen sehe ich zu Ravi und Peetsa.

»Ja, unangemessen. Von allen Menschen, die ich kenne, müssten Sie doch am besten wissen, was das bedeutet«, sagt Shirleen.

Und ich dachte, *ich* wäre sarkastisch.

»Na ja, um ehrlich zu sein: Er hat Max gesagt, er soll zu seinem Geburtstag keine Mädchen einladen, weil sie ekelhaft sind.«

Den ungläubigen Blicken nach zu urteilen, die ich ernte, ist das die falsche Antwort. Wann werde ich nur lernen, dass man zu anderen Eltern immer nur sagt, wie wundervoll ihr Kind ist? Auch wenn Sie einen bitten, die Wahrheit zu sagen – im Grunde wollen sie sie nicht hören.

»Ich kann daran nichts Unangemessenes finden. Im Gegenteil – es ist sogar extrem *angemessen* für sein Alter.«

»Und genau deshalb habe ich die Sache Ihnen gegenüber auch nicht angesprochen.« Ich blicke in die Runde. »Warum reden wir überhaupt darüber?«

Ich habe das Gefühl, dass Peetsa etwas sagen will, aber Shirleen ist schneller.

»Die Sache ich die: Zach hat meinem Sohn erzählt, seine Mutter hätte gesagt, dass Graydon zu viele unangemessene Sachen sagt und er nicht hinhören sollte.«

»Welcher Zach?«, fragen Asami und ich gleichzeitig.

»Das versuche ich ja gerade herauszufinden.« Sie wendet sich an Peetsa und Ravi. »Aber offenbar komme ich hier nicht weiter.«

»Das muss Zach E. gewesen sein, Shirleen«, sagt Peetsa in einem sehr beschwichtigenden Tonfall. Dass sie in der Lage ist, Trudy Elder vor den Bus zu stoßen, ohne mit der Wimper zu zucken, beeindruckt mich. »Mein Zach erzählt mir den lieben langen Tag von Graydon, aber so etwas würde ich nie zu ihm sagen.«

Ravi nickt nur ernst, sagt aber nichts.

»Tja, dann werde ich wohl mal ein ernsthaftes Wörtchen mit Trudy sprechen müssen.« Shirleen wendet sich ab, um unseren merkwürdigen kleinen Freundeskreis zu verlassen, hält dann aber für einen letzten Kommentar inne.

»Ich hoffe inständig, dass Sie immer alle auf mich zukommen, falls es ein Problem mit Graydon geben sollte.«

Mit diesen Worten stakst sie davon.

»Weil du anscheinend total offen für Kritik bist«, erwidere ich, als sie außer Hörweite ist.

Meine Freundinnen lachen. Asami auch.

In diesem Moment klingelt die Schulglocke, und unsere Süßen kommen herausgetrottet. Sie sehen so aus wie die meisten Kinder zu dieser Zeit im Winter – erschöpft und zerzaust. Ich entdecke Max' Leopardenjacke in der Menge und winke ihm zu. Er trägt heute ein Stirnband mit einem braunen Geweih aus Filz. Er geht Arm in Arm mit Zach T., und beide Jungs sehen verärgert aus.

»Hallo, mein Großer.« Ich umarme ihn kurz. »Ist alles in Ordnung?«

»Alles gut.« Seine Stimme sagt etwas ganz anderes.

Ich werfe Peetsa einen Blick zu. Vielleicht hat sie eine Ahnung, weshalb die zwei so mürrisch sind. Sie zuckt mit den Schultern und nimmt Zach die Schultasche ab.

»Bis morgen, ihr beiden«, sagt sie.

»Vergiss nicht, deine Mom zu fragen!«, ruft Zach Max zu, während er an der Hand seiner Mutter weggeht.

»Mich was fragen?« Ich sehe zu ihm hinunter.

»Du weißt ja, dass es noch fünf Tage bis zu meinem Geburtstag sind, oder?«

»Fünf Tage bis zu deiner Geburtstagsparty«, korrigiere ich ihn auf dem Weg zum Auto, »und eine Woche bis zu deinem Geburtstag.«

»Hast du den Kuchen schon gekauft?«, fragt er und reicht mir seinen Rucksack.

»Also, ich habe ihn bestellt. Wir holen ihn erst am Samstag ab.«

Als ich ihn in seinem Kindersitz anschnalle, stößt er einen Seufzer aus, der für so einen kleinen Jungen ziemlich groß ist. Ich schnalle mich selbst an und starte den Motor. Bevor ich losfahre, werfe ich einen Blick auf mein Handy und sehe, dass ich eine Nachricht von Don habe.

Du feierst eine Party ohne mich?

Anscheinend hat sich die Nachricht von Max' Party verbreitet.

Ganz genau. Nur sechsjährige Jungs. Mädchen sind ekelhaft.

Was ist mit achtundvierzigjährigen Jungs?

Die sind auch ekelhaft.

LOL

Ich schüttle den Kopf und stecke mein Handy in die Tasche.

»Wie war es heute in der Schule?«, frage ich über die Schulter.

»Gut.«

»Was habt ihr gemacht?«

»Nichts.«

»Mit wem hast du gespielt?«

»Weiß nicht.« Plötzlich guckt er mich an, als hätte er gerade erst gemerkt, dass ich da bin. »Mom, können wir Jack zu meiner Party einladen?«

»Jack?« Ich ziehe die Augenbrauen hoch. »Wer ist Jack?«

»Du weißt schon, Garths Freund von neulich, als wir nach Wichita gefahren sind.«

»Warum solltest du Jack einladen, Süßer? Wir kennen ihn doch kaum.«

»Mom, kannst du ihn *bitte* fragen? Bitte?«

»Zuerst muss ich wissen, warum.«

Max runzelt die Stirn. »Graydon glaubt mir nicht, dass wir einen Mann mit nur einem Arm kennen. Er hat mich und Zach B. Lügner genannt.«

»Tatsächlich?« Ich beginne, mein Telefonat mit der besorgten Mutter Shirleen Cobb zu planen.

Max nickt. Ich werfe einen Blick in den Rückspiegel und sehe, dass er fest die Augen zusammenkneift. Ich weiß genau, dass er aufgewühlt ist.

»Hat dich das traurig gemacht?«

Er nickt und guckt aus dem Fenster.

»Hast du geweint, Großer?«

Er seufzt lang und dramatisch. »Einen kurzen Moment. Und dann habe ich mich wie ein Mann benommen.«

Ich unterdrücke ein Lächeln. Der letzte Satz kam eins zu eins von seinem Vater.

»Und? Können wir ihn fragen, Mom? Ich will Graydon zeigen, dass ich nicht lüge.«

Das finde ich so schwer am Elternsein. Der engstirnige, kleine, defensive Teil von mir möchte sagen: »Natürlich! Wir werden ihn herholen und Graydon Cobb eine Lektion dafür erteilen, dass er andere Kinder Lügner nennt.« Aber meine rationale, erwachsene Seite weiß, dass mein Sohn lernen muss, über diesem Mist zu stehen. Außerdem klingt es ganz danach, als hätte er ziemlich damit angegeben, einen Mann mit einer Behinderung zu kennen. Das finde ich nicht gerade gut.

Am Donnerstagmorgen erzähle ich Garth von der Sache, während ich Hampelmänner mache.

»Und ich dachte, ich würde dieses Kind kennen«, keuche ich.

Garth lacht in sich hinein. »Jack ist so ein netter Kerl. Ich bin mir sicher, dass er vorbeikäme, wenn ich ihn fragen würde. Um es diesem Graydon zu zeigen.«

Ich höre auf zu hopsen und schnappe nach Luft.

»Bitte tu das nicht. Aber ich würde mich freuen, wenn *du* vorbeikommen würdest.«

»Wirklich?« Er scheint überrascht zu sein.

»Natürlich. Du gehörst jetzt ja praktisch zur Familie. Außerdem will ich unbedingt sehen, wie du ein Stück Kuchen isst.«

Garth lacht.

»Wenn es Schokokuchen ist, stehen die Chancen gut. Da kann ich nicht widerstehen.«

»Ist mir schon aufgefallen.« Ich grinse. »Komm doch zusammen mit Nina. Es wird sicher lustig.«

»Okay, danke für die Einladung. Ich werde mit ihr sprechen. Und jetzt lass uns noch ein bisschen an deinen Beinen arbeiten.«

Wir setzen das Training fort, und schon bald bin ich vollkommen verschwitzt. Garth erzählt mir, dass er unser Workout nach draußen verlagern will, sobald der Schnee geschmolzen ist. Der Gedanke, die Behaglichkeit von Rons Gym & Tan zu verlassen, macht mich etwas nervös, aber vielleicht ist ein kleiner Tapetenwechsel auch ganz nett.

17. Kapitel

Am Samstagmorgen springe ich aus dem Bett wie eine Frau mit einer Mission, was ich ja auch bin – zumindest für den heutigen Tag. Max' Geburtstagsparty beginnt um elf, und ich habe noch einen Haufen Dinge zu erledigen. Ich werfe einen Blick auf die verknüddelte Bettdecke auf der anderen Bettseite und sehe, dass Ron schon aufgestanden und fleißig ist. Ich bin beeindruckt. Ich schnappe mir die To-do-Liste, die ich mitten in der Nacht auf einen Zettel gekritzelt habe, als ich nicht schlafen konnte. Das meiste davon ist unleserlich, aber das Wesentliche verstehe ich:

- *meinen Eltern nochmals sagen, wo die Party stattfindet*
- *Mitgebseltaschen ins Auto laden*
- *Kuchen abholen*
- *Ballons abholen*
- *Partyraum dekorieren*

Normalerweise würde ich einen Teil davon Vivs und Laura aufhalsen, aber die zwei schaffen es gerade mal so, rechtzeitig zur Party hier zu sein. Sie fahren mit Raj und Travis von der Schule her – allerdings nicht vor zehn Uhr, weil Travis anscheinend »seinen Schlaf braucht«. Ja, Travis ist immer noch aktuell. Ich glaube, mein kleines Mädchen liebt ihn wirklich. Auch wenn der große Steve Perry von Journey sagt: »Einen Musiker zu lieben ist nicht immer so, wie es sein soll«, Laura ist bis über beide Ohren verknallt und lässt sich auf Travis ein. Gott, ich beneide sie. Sie hat keine Ahnung, wie es sich anfühlt, wenn einem jemand das Herz bricht.

Ich dusche schnell, springe in die Mom-Uniform und gehe runter in die Küche, um eine dringend benötigte Tasse Kaffee zu trinken. Von Ron keine Spur, aber an unserem Kaffeevollautomaten klebt ein Zettel mit der Info, dass er laufen ist. Ich stecke eine Kapsel in die Maschine und greife nach der Milch. Diese erste Tasse brauche ich, um meine Lebensgeister zu wecken.

Während ich den ersten Schluck des Tages genieße, kommt Max in die Küche und reibt sich die Augen. Er kommt zu mir, um sich eine Umarmung abzuholen.

»Guten Morgen, mein Süßer.« Ich drücke ihn ganz fest. »Alles Gute zum Geburtstagsparty-Tag.«

Er reißt vor Begeisterung die Augen auf. »Ist heute meine Party?« Er beginnt, auf und ab zu hüpfen und seinen Freudentanz aufzuführen, der mich ein bisschen an Martin Short alias Ed Grimley erinnert. »Können wir sofort losfahren?«

Ich kann mir ein Lachen nicht verkneifen, denn es ist ja erst halb neun am Morgen.

»Also, ein paar Sachen müssen wir vorher noch erledigen. Zuerst: frühstücken. Du wirst für den Spielplatz viel Energie brauchen. Wie wär's mit einem Eiertoast?«

»Na gut.« Er klingt ein bisschen enttäuscht. Ich weiß, dass er den Beginn seiner Party kaum erwarten kann. In diesem Moment kommt Ron zur Hintertür herein. Mit der Kapuze und der Sonnenbrille sieht er wie auf dem Phantombild des FBI vom Unabomber aus, einem Attentäter aus dem letzten Jahrhundert.

»Mann, ist das kalt draußen!« Er stampft ein bisschen herum, bevor er sich die Laufjacke abschüttelt.

»Dad, bist du bereit für die Party?«, fragt Max.

»Und wie, Großer. Gibt mir zehn Sekunden.«

»Kaffee?« Ich halte meinen Becher hoch.

»Gerne.« Er küsst mich und trinkt einen großen Schluck aus seiner Wasserflasche.

Ich lade die Kaffeemaschine mit einer weiteren Kapsel und fange an, das Frühstück für Max zu machen.

»Ich muss vor der Party noch ein paar Sachen erledigen. Kannst du Max fertig machen und ihn gegen Viertel vor elf zum Emerald City bringen?«

»Kein Problem. Soll ich irgendwas mitnehmen?«

»Ich glaube, ich habe alles. Sorg du nur dafür, dass der Ehrengast da ist.«

»Wer ist denn der Ehrengast?«, fragt Max. Er hat einen Orangensaftschnurrbart.

»Du, du Quatschkopf.« Ich stelle ihm seinen Eiertoast hin, und er stürzt sich genussvoll darauf.

Da mich das Küchentresen-Büro ruft, setze ich mich und fahre den iMac hoch, um meine E-Mails zu checken und Asami eine Mail zu schicken.

An: JDixon
Von: KHoward
Datum: 10. März
Betreff: Max' Party

Hallo, mein Schatz,

kannst du mir noch mal sagen, wo Max' Party stattfindet? Ich vergesse den Namen andauernd. Schick mir doch bitte auch die Adresse, damit ich sie ins Navi eingeben kann.

Alles Liebe,
deine Mutter

An: JDixon
Von: SCobb
Datum: 10. März
Betreff: Heute

Jennifer,

ich schreibe nur, um mich zu vergewissern, dass diese Party in einer für Graydon sicheren Umgebung stattfindet. Wurde dort durchgewischt, um Nuss- und Staubpartikel zu entfernen? Oder soll ich ihn mit seiner Atemschutzmaske schicken?

Shirleen

Ich verdrehe die Augen. Der Junge täte mir mehr leid, wenn er seiner Mutter nicht so ähnlich wäre. Ich schicke meiner Mutter die Adresse, schreibe Shirleen, dass eine Maske immer eine gute Idee ist (kleine Strafe für Graydon, weil er meinen Sohn einen Lügner genannt hat), und schicke anschließend Asami die Information, auf die sie wartet.

An: AChang
Von: JDixon
Datum: 10. März
Betreff: Operation »Wer ist sie?«

Hallo Asami,

ich glaube, ich habe eine Idee, wie wir Sasha ausspionieren können. Lassen Sie uns am Montag bei Starbucks treffen, bevor wir die Kinder abholen.

Jen

Ich schließe den Laptop und gucke auf meine Uhr. Mist! Schon Viertel nach neun. Ich sollte lieber flott meinen Hintern in Bewegung setzen. Ich laufe die Treppe hoch, wobei ich immer zwei Stufen auf einmal nehme (denn so bin ich seit Neuestem unterwegs), und brülle Ron, der unter der Dusche steht, etwas zu.

»Ich bin weg. Denk daran, dass Max um Viertel vor elf fix und fertig beim Emerald City sein muss.«

»Geht klar!«, ruft er zurück. Ich kann sein Moschusshampoo vom Flur aus riechen.

Ich flitze zurück nach unten und schnappe mir meine Schlüssel vom Haken neben der Küchentür.

»Ich fahre los, Großer. Dad bringt dich später zur Party.«
»Wohin fährst du denn?« Max sieht von Rons iPad auf.
»Ich fahre los, um die großartigste Ninjaparty aller Zeiten vorzubereiten.« Ich gebe ihm einen Kuss auf den Kopf. »Bis später.«

»Ninja!«

Ich muss mir selbst auf die Schulter klopfen. Max' Party ist ein echter Knaller. Sieben Jungs aus seiner Klasse und drei aus seiner Pfadfindergruppe sind in verschiedenen Ninjakostümen gekommen und rennen wie verrückt im Emerald City herum. Ich habe zwar allen gesagt, dass es eine Party ohne Eltern ist, aber es gibt immer Mütter, die bleiben wollen. Heute scheinen alle hier abhängen zu wollen, und so habe ich das Vergnügen mit Peetsa, Ravi, Hunters Müttern, Shirleen, Trudy Elder, Jackie Westman und, sehr zu meiner Freude, Jean-Luc Baton, den ich seit dem ersten Elternabend nicht mehr gesehen habe. Immer noch umwerfend, wie ich mit Begeisterung feststelle. Ich muss sagen: Sosehr ich meinen Ehemann auch liebe, und auch wenn ich finde, dass er der absolute Hit ist – nichts beschwingt eine Frau so sehr wie ein gut aussehender Mann in ihrer Nähe. Jean-Luc ist neben Ron der einzige Vater hier. Die beiden haben sich in eine Ecke verzogen und unterhalten sich bestimmt über die Arbeit. Die Mütter trinken zusammen Kaffee und sehen aus, als wären sie glücklich, für einen Moment mal gar nichts machen zu müssen.

Der Partyraum sieht toll aus – dank meiner Dekorationsartikel und der Hilfe von Brandon und Kayla, meinen Emerald-City-Botschaftern. Sie haben mit meinen Party-City-Einkäufen und den schwarzen, grünen und goldenen Ballons, die ich heute Morgen noch besorgt habe, wahre Wunder vollbracht.

Eine Bewegung an der Tür erregt meine Aufmerksamkeit: Meine Mädchen sind mit ihren Beaus angekommen. Sagt heute eigentlich noch irgendjemand »Beau«? Ich habe es mit zehn Jahren aufgeschnappt, als ich *Anne of Green Gables* las, und seitdem ist es in meinem Wortschatz.

»Mom, tut mir leid, dass wir so spät sind. Die Hauptstraße in die Stadt rein war total verstopft.« Laura nimmt mich kurz in den Arm.

»Schon gut, Baby. Ihr habt nicht viel verpasst.« Ich schaue an ihr vorbei und winke Vivs und Raj zu. »Wo ist Travis?«

»Der parkt das Auto. Wo soll ich die hier hinlegen?« Sie hält zwei in Ninjapapier eingewickelte Geschenke hoch.

»Auf den Tisch drüben in der Ecke. Tu mir einen Gefallen und geh mit deiner Schwester rum. Stellt euch den anderen vor. Ich muss mit dem Betreuer über das Essen sprechen.«

Wie aufs Stichwort kommt Brandon herein.

»Ich denke, die Jungs bekommen langsam Hunger. Soll ich das Essen in ungefähr zehn Minuten bringen?«

»Ja, perfekt. Danke.«

»Noch etwas anderes außer Pizza für die Ladies?« Er nickt zu den Müttern.

Da ich nicht mit acht Müttern gerechnet hatte, habe ich auch nichts für sie vorbereitet.

»Ähm ... wie wär's mit ein paar großen Caesar Salads mit Hühnchen?«

Brandon nickt und verschwindet in der Küche.

Ich gehe zu Vivs und Raj und begrüße beide mit einer Umarmung.

»Danke, dass ihr extra hergekommen seid.«

»Als ob ich mir Max' Geburtstagsparty entgehen lassen würde!«, schnaubt Vivs.

»Dürfen Erwachsene auch auf die Spielfläche?«, fragt Raj.

»Warum? Willst du ein bisschen spielen, Kleiner?«, zieht Vivs ihn auf.

Er wird rot. »Das ist das berühmte Kind im Mann.«

»Ich denke, das geht klar, Raj. Du musst nur die Schuhe ausziehen und Rücksicht auf die kleinen Ratten nehmen.« Ich lächle.

»Ach, Ratten stören mich nicht. Als Kind habe ich jeden Sommer in Indien verbracht.« Er saust los und ruft nach Travis, damit er auch mitmacht.

Vivs und ich wechseln einen Blick und fangen lauthals an zu lachen. Bis wir von Max unterbrochen werden, der in den Partyraum gerannt kommt. Ich sehe, dass Ron ihn überzeugt hat, Jeans und ein T-Shirt anzuziehen. Wahrscheinlich kommt er deshalb mit Wuttränen in den Augen auf mich zugestürmt.

»Ich hasse diese Party!«, schreit er. »Warum mussten wir sie hier feiern?«

»Wovon in aller Welt redest du?« Ich knie mich hin und halte ihn an den Armen fest.

»Ich will eine andere Party irgendwo anders.« Er schluchzt jetzt, und eine Rotzblase kommt aus seiner Nase. Ich blicke auf und sehe mich um. In dem Raum ist es mucksmäuschenstill geworden. Ich stehe total auf Publikum, wenn ich gerade eine schwierige Situation mit meinem Kind bewältigen muss. Ich werfe Peetsa einen flehenden Blick zu, und sie nickt.

»Muss noch jemand zur Toilette?« Sie klingt, als würde sie mit einer Gruppe Kindergartenkinder sprechen. Die meisten Mütter schließen sich ihr an, aber Trudy und Shirleen bleiben im Raum. Ich wende mich wieder Max zu.

»Max, beruhig dich und erzähl mir, was passiert ist«, sage ich in dem ruhigsten Ton, zu dem ich in der Lage bin, wo ich innerlich doch gerade sterbe. Vivs und Laura haben sich hinter Max gestellt, um ihm mehr Privatsphäre zu geben. Ron hat sich neben mich auf den Boden gekniet.

»Wir ... wir ... waren beim kleinen S-S-Seilparcours.« Er bekommt die Worte kaum heraus. »Und G-G-Graydon wollte zum Erwachsenen-S-S-Seilparcours ...« Er holt tief Luft, während ich ihm über die Arme streichle. »Aber die haben Nein gesagt, und Graydon hat gesagt, das wäre die blödeste Party, auf der er jemals war.« Max fängt mit einer neuen Runde Schluchzen an.

»Er hat *was* gesagt?« Sofort kommt Shirleen zu mir und meinem Sohn gestürzt. Max kommt in meine sicheren Arme.

»Schon gut, Shirleen. Ich regle das.« Ich hoffe, dass mein Blick ihr eindeutig klarmacht, wie wenig Wert ich darauf lege, dass sie sich einmischt. Offensichtlich geschieht das aber nicht.

»Wo ist Graydon jetzt, Max?« Er zuckt die Schultern. Sie stampft aus dem Partyraum.

»Bekommt Graydon jetzt Ärger?«, fragt Max und wischt sich mit dem Ärmel die Nase ab.

»Könnte sein, Großer«, sagt Ron.

»Gut«, erwidert Max bestimmt. »Er sagt nämlich gemeine Sachen.«

»Bleib doch einfach kurz hier, Schätzchen. Die Pizza ist bald fertig.«

Ich drücke ihn einmal ganz fest. Als ich mich wieder aufrichte, sehe ich Nina und Garth, die mit Geschenken für Max in der Tür stehen.

»Hallo ihr zwei! Wie schön, dass ihr da seid. Max, sieh mal: Tante Nina und Garth sind hier.« Ich schicke ihn rüber, damit er sie begrüßen kann, und nutze die Gelegenheit, um tief durchzuatmen. Ron legt mir den Arm um die Schulter und drückt mich.

»Beste Mutter der Welt«, flüstert er in mein Ohr.

Wohl kaum, denke ich, aber ich nehme das Kompliment lächelnd an.

Brandon und Kayla bringen genau in dem Moment die Pizza, als die Jungs von der Spielfläche und die Mütter von ihrem ersten Pseudotoilettenbesuch wiederkommen. Shirleen taucht als Letzte auf, gefolgt von Graydon.

»Jennifer, es gab da ein Missverständnis. Graydon hat nicht gesagt, dass es die blödeste Party ist, auf der er je war.«

»Doch, hat er.« Max kommt wieder zu mir gelaufen.

»Er lügt«, behauptet Graydon. »Er lügt viel.«

Holla! Sieh dich vor, du Hosenscheißer. Du bewegst dich auf gefährlichem Terrain. Ich will gerade etwas sagen, doch Max beschließt, sich selbst zu verteidigen.

»Ich lüge nicht«, sagte er. »Fast nie«, fügt er mit Überzeugung hinzu.

»Bei dem einarmigen Mann hast du wohl gelogen«, kontert Graydon.

An diesem Punkt hat sich die gesamte Aufmerksamkeit auf die zwei kleinen Jungs fokussiert. Sogar Shirleen hält sich zurück.

»Ich habe nicht gelogen! Es gibt ihn wirklich. Zach B. hat ihn auch gesehen.«

Zach B. blickt auf und nickt. Er scheint sich darüber zu freuen, Teil des Dramas zu sein.

»Also, ich glaube es dir nicht.« Graydon verschränkt genauso die Arme vor der Brust, wie seine Mutter es immer macht. Ich muss mir ein Lachen verkneifen.

»Moment«, mischt Garth sich ein. Ich will ihn davon abhalten, zügle mich dann aber.

»Meinst du *diesen* einarmigen Mann?« Er greift in die Geschenktasche in seiner Hand, zieht einen Bilderrahmen heraus und hält Graydon das Foto hin. Von dort, wo ich stehe, kann ich Jack auf dem Bild erkennen. Es wurde am Tag des Indoor-Schlammlaufs aufgenommen. Jack hat einen Arm um beide Jungs gelegt, und alle drei lächeln.

»Ja!«, ruft Max, als hätte er im Lotto gewonnen ... oder ein gutes Spiel von Lego Indiana Jones. Er läuft zu Garth, um ihn zu umarmen, und nimmt das Bild. »Siehst du, Graydon? Ich habe dir doch gesagt, dass ich nicht lüge.« Er strahlt.

»*Wir* haben es dir gesagt.« Zach B. legt den Arm um Max.

Graydon geht näher zu den Jungs rüber, damit er das Foto besser sehen kann. Nachdem er es sich ungefähr zehn Sekunden lang genau angesehen hat, gibt er es Max zurück.

»Cool. Mom, was gibt's hier zu essen?«

Falls ich auf eine Entschuldigung gehofft hätte, wäre ich enttäuscht worden. Mehr als »cool« würde von Graydon nicht kommen. Ich sehe zu Garth rüber.

»Du bist mein Held«, sage ich lautlos. Er nickt und zwinkert mir zu. Nina wirft mir eine Kusshand zu.

Die Kinder sind bereits dabei, die Pizza in sich reinzustopfen, als wäre es das erste und zugleich letzte Mal, dass sie welche bekommen. Ich sitze bei den Müttern und lasse mir Caesar Salad mit Hühnchen und eine köstliche Portion Selbstgefälligkeit schmecken. Shirleen setzt sich neben mich.

»Also, ich bin wirklich froh, dass die Jungs das geklärt haben. Ich sage immer: Es ist gut, die Wahrheit zu kennen.«

Es ist offensichtlich, dass sie nicht mal daran denkt, ein gewisses Maß an Demut zu zeigen. Es gibt unzählige Möglichkeiten, wie ich reagieren könnte, aber ich belasse es bei einem Nicken und einem Lächeln.

18. Kapitel

Wie die berühmte, magersüchtige Karen Carpenter vom gleichnamigen Popduo einst in den Siebzigern sang: »Regentage und Montage ziehen mich immer runter.« Menschenskind, wir hatten in den vergangenen Wochen wirklich eine Menge Niederschlag. Entweder Regen oder Graupel oder Schnee oder Hagel. Irgendwie muss ich jeden Tag meinen Minivan freischaufeln. Aber was soll's. Immerhin kommt die Post noch … zumindest munkelt man das.

Am heutigen eiskalten, verregneten Montag treffe ich mich mit Asami *(bitte nicht der Entenhut; bitte nicht der Entenhut)*, um ihr meinen Masterplan zu präsentieren für die Lösung des Sasha-und-Nadine-Lewicki-Rätsels und ihrer Besessenheit davon. Auf dem Weg zu Starbucks klingelt mein Handy. Ich drücke auf den Annahmeknopf am Lenkrad.

»Jens Nagelstudio, was kann ich für Sie tun?«

»Auf einer Skala von eins bis zehn: Wie ist gerade deine Laune?« Es ist Ron.

»Ist zehn das Beste oder das Schlechteste?«, frage ich.

»Was immer dich glücklicher macht.«

»Na gut, dann würde ich sagen, ungefähr fünf. Das Rechnen übernimmst du.«

»Ich habe gerade Freikarten für das Spiel der Roller Warriors heute Abend bekommen.«

»Aha … die Roller was?« Ich kann förmlich hören, wie Ron am anderen Ende der Leitung die Augen verdreht.

»Kansas Citys Roller Derby Team.«

»Du stehst auf Roller Derby?« Ich frage mich, wie er durch meine Sicherheitsüberprüfung kommen konnte, ohne dieses Detail zu verraten.

»Ich versuche gerade, einen Deal abzuschließen, um sie in den nächsten fünf Saisonzeiten mit Skates zu versorgen. Der Manager hat mir Karten angeboten. Also wäre es wohl gut, ich würde hingehen.«

»Warum fragst du mich überhaupt? Natürlich wäre das gut.«

»Ich würde Max gerne mitnehmen.«

»Warum in aller Welt?«

»Weil ich glaube, dass es ihm Spaß machen würde. Es ist lustig, sich das anzusehen.«

Ich fahre auf den Starbucks-Parkplatz und finde eine Parklücke.

»Ich frage dich später noch mal.« Bei der Vorstellung, wie viele Fragen Max stellen wird, grinse ich in mich hinein.

»Wenn du ihn von der Schule abholst – kannst du ihn dann im Laden vorbeibringen? Dann besorge ich ihm was zum Abendessen, und wir fahren direkt von hier los.«

»Klar, Schatz. Wir sehen uns in ungefähr einer Stunde.«

»Perfekt. Danke.«

Ich drücke wieder auf den Knopf am Lenkrad, um das Gespräch zu beenden, und lache laut. Als ob ausgerechnet *das* die Sportart ist, in die Max sich verlieben würde.

Bei Starbucks riecht es nach geröstetem Kaffee und nach noch irgendwas ... gebackenem Croissant? Asami und ihr Hut sitzen bereits auf einem Doppelsitz und warten geduldig auf mich.

Da ich heute schon genügend Koffein hatte, nehme ich einen milden Tee und dazu einen von diesen leckeren Cake-Pops. Ich entscheide mich für einen mit Nüssen, weil ich hoffe, dass er gesünder ist.

Als ich mich Asami gegenübersetze, spüre ich deutlich, wie gespannt sie auf meine Idee ist. Also halte ich mich nicht mit Höflichkeiten auf.

»Erinnern Sie sich noch an die verdeckte FBI-Operation bei der Mafia vor ein paar Jahren?«

»Nein.«

»Damals waren mehrere Mafiosi abgetaucht, und das FBI konnte sie nirgends finden. Deshalb schickten sie Briefe an die Adressen, unter denen die Mafiosi zuletzt gemeldet gewesen waren. In den Briefen stand, sie hätten einen richtig großen Preis gewonnen, müssten sich aber in einem bestimmten Kaufhaus melden, um ihn einzulösen.« Ich bin mir ziemlich sicher, dass ich ein paar Fakten verfälsche.

»Sind sie hingegangen?«

»Ja. Viele sind gegangen und wurden festgenommen. Wenn Sasha denkt, sie hätte Geld gewonnen oder so, kommt sie vielleicht, um es abzuholen.«

Asami sieht irritiert aus.

»Was ist?« Ich beiße in meinen Cake-Pop.

»Na ja, das ist nur so ... einfach. Der Plan ist so offensichtlich. Es ärgert mich, dass ich nicht selbst darauf gekommen bin.«

So offensichtlich ist es nun auch wieder nicht, denke ich. »Und? Wollen Sie es versuchen?«

»Natürlich! Was sollen wir ihr sagen, das sie gewonnen hat?«

»Wie wäre es mit einem Auto? Oder fünfzehn Dollar?«

»Perfekt. Sie sollten den Brief noch heute abschicken«, sagt Asami.

»Ich? Nein, nein. Das ist Ihr Job, Partner.«

»Wollen Sie denn gar nicht sehen, wer da auftaucht?«

»Ich freue mich schon darauf, mir alles von Ihnen erzählen zu lassen«, versichere ich Asami.

Ich lehne mich zurück, und einige Augenblicke lang schlürfen wir schweigend unsere Getränke.

»Geht Ihre Tochter immer noch mit dem Jungen aus Jeens Band?« Asami versucht tatsächlich, eine normale Unterhaltung mit mir zu führen. Ich bin bewegt.

»Mit Travis, ja. Sie scheinen sich sehr zu mögen. Wie geht es Jeen?«

»Gut. Er findet seine Schule richtig toll.«

»Schön.«

Peinliche Pause, während mir klar wird, dass wir beide kein weiteres Small-Talk-Thema haben. Das ist aber auch in Ordnung, denn ich muss ohnehin los.

»Ich fahre Max abholen. Viel Glück bei der Jagd nach Sasha.«

Asami sieht mich entschlossen an und nickt. Wer auch immer Sasha Lewicki ist, sie tut mir unwillkürlich leid.

Auf meinem Weg zur Tür stoße ich mit Soeinhottie zusammen, der gerade hereinkommt. Ich habe ihn seit Ewigkeiten nicht mehr gesehen – nicht mal beim Abholen. Er umarmt mich kurz, wobei mir sein Parfum in die Nase steigt.

»Dann trinkst du sehr wohl Kaffee – nur nicht mit mir!«, sagt er scherzhaft.

»Ha, ha. Genau! Wie geht's dir?«

»Gut. Hast du kurz Zeit?«

Ich blicke auf mein Telefon. »Nein, ich muss in fünf Minuten an der Schule sein. Du nicht?«

Ihm entgleisen leicht die Gesichtszüge. »Nein. Ali übernimmt das Abholen jetzt.«

»Oh« ist alles, was mir einfällt. Ich würde liebend gern mehr erfahren, aber ich kann es nicht leiden, nicht da zu sein, wenn Max aus der Schule kommt. Bei den Pfadfindern war ich mal fünf Minuten zu spät, und er war überzeugt, dass ich nie wiederkommen würde.

»Ich muss mich beeilen. Wir sehen uns.« Ich stürme zu meinem Minivan, und als ich einsteige, sehe ich Don, der mir von der Tür aus immer noch nachschaut. Er sieht wirklich traurig aus. Ich nehme mir vor, mich später noch mal bei ihm zu melden.

Verraten Sie es niemals Ron, aber: Ich liebe es, mal einen Abend für mich allein zu haben. Nachdem ich einen ziemlich verwirrten, aber aufgeregten Max beim Laden abgesetzt habe, fahre ich noch schnell einkaufen und dann nach Hause. Ich weiß genau, wie ich meinen Abend verbringen will. Wenn man Mutter ist, empfindet man ein ungestörtes Bad als unbeschreiblichen Luxus. Zu wissen, dass niemand einfach hereinkommen wird, ist geradezu berauschend. Ich lasse die tiefe Löwentatzenwanne in unserem Badezimmer mit heißem Wasser volllaufen und gebe ein ganzes Tütchen Epsomsalz von Dr. Teal's hinein. Das ist jetzt nicht gerade ein Luxusmittelchen, aber es duftet ganz nett nach Lavendel. Ich zünde ein paar Kerzen an, schenke mir ein großes Glas Oregon Pinot noir ein und verbinde mein iPhone mit dem Bluethooth-Lautsprecher. Ich lege mein Handy neben das Bett und überlege kurz, Don zu schreiben, um zu hören, ob es ihm gut geht. Aber dann verschiebe ich es doch auf später. Nichts soll mich jetzt von diesem Genuss ablenken.

Wie Sie wissen, gehört mein Herz dem Rock 'n' Roll, aber wenn ich mich zu entspannen versuche, höre ich gern leichten Jazz. Anita Baker fängt an zu singen.

Ich sitze also da, und in diesem Moment gibt es keinen glücklicheren Menschen auf diesem Planeten.

Als ich ins Wasser gleite, fühlt es sich an, als würden tausend winzige Stecknadeln in meine Haut piksen, aber als ich ganz eingetaucht bin, löst sich der Schmerz zusammen mit dem Salz auf.

Ich schließe die Augen und fange an, mir den Schlammlaufparcours ins Gedächtnis zu rufen. In Gedanken durchlaufe ich jede Station – den Lauf, die hohe Wand, die Haken, die steile Rampe, das eiskalte Wasser, den Feuerring und zuletzt die Kriechstrecke durch den Schlamm bis zur Ziellinie. Noch zwei Monate, aber ich wünschte, es wäre morgen. Ich bin so bereit. Ich bin so bereit …

Ich reiße die Augen auf. Das Badewasser ist kalt, und ich zittere. Ich muss eingedöst sein. Ich stehe schnell auf, schwinge ein Bein über den Wannenrand und greife nach einem Handtuch. Anscheinend lehne ich mich zu weit nach vorn, denn das Nächste, woran ich mich erinnere, ist mein Fuß, der auf dem Boden wegrutscht, während sich mein anderes Bein noch in der Badewanne befindet. Ich werde zu einem Spreizschritt gezwungen, bei dem meine Vagina hart auf den Wannenrand knallt. Ich spüre ein Knacken in meiner Leiste, gefolgt von einem Schmerz, der mir die Tränen in die Augen treibt.

»Scheiße, fuck, au, Mist, verflucht!« Ich lasse mich auf die Seite fallen und ziehe dabei mein anderes Bein aus der Badewanne.

»Teufel noch eins, verdammte Scheiße.« Ich fange an zu weinen. Ich kann gar nicht glauben, wie sehr meine Leiste schmerzt. Ich habe keine Ahnung, wie ich aufstehen soll. Weil ich zittere, ziehe ich ein Handtuch über meinen Körper und lege den Kopf auf die weiche weiße Badezimmermatte. Ich muss irgendwie an ein Telefon kommen und jemanden anrufen. Da die untere Hälfte meines Körpers nicht zu gebrauchen ist, ziehe ich mich mit den Armen über den Boden.

Ist es einfältig, dass ich trotz des unbeschreiblichen Schmerzes feststelle, wie viel Kraft ich in meinem Oberkörper habe? Weiter! Argggghhhh! Meine Leiste pocht.

Ich rutsche zur Badezimmertür, fasse den Türknauf und

reiße die Tür weit genug auf, um durchrobben zu können. O Gott, ist mir kalt! Kalt bis auf die Knochen, wie meine Mutter sagen würde. Ich bin noch nie in der Badewanne eingeschlafen, und jetzt weiß ich auch, warum einem das niemand empfiehlt.

Ich kann mir nur vorstellen, welches Spektakel Ron zu Gesicht bekommt, als er eine Minute später hereinkommt, während ich zu meinem Handy neben dem Bett robbe – nackt, notdürftig mit einem Handtuch bedeckt, weinend und zugleich fluchend.

»Mein Gott, Jen!« Er rennt zu mir und kniet eine Millisekunde später neben mir auf dem Teppich.

»Ich b-b-b-bin in der W-W-W-Wanne ausgerutscht«, bringe ich schluchzend heraus, bevor ich neben ihm zusammenbreche.

»Wo ist Mommy?«, höre ich Max von unten rufen.

»O Gott. Er darf mich nicht so sehen. Sonst wird er noch jahrelang Albträume haben.«

»Warte kurz, Großer. Sie ist im Badezimmer«, ruft Ron zu ihm runter. »Zieh dir schon mal den Schlafanzug an und putz dir die Zähne.« Er sieht mich an. »Wo tut es weh? Hast du dir was gebrochen? Soll ich einen Krankenwagen rufen?«

»Ich glaube nicht. Es ist nur die Leiste.« Ich zittere unkontrollierbar.

Ron schätzt kurz die Situation ab, nimmt mich auf die Arme und legt mich aufs Bett. Er holt ein Sweatshirt aus meiner Kommode und hilft mir dabei, es anzuziehen. Ich bin froh, die weichen Kissen zu spüren, als ich mich zurücklehne und Ron mich zudeckt. Meine Vagina pocht immer noch, aber das Zittern lässt allmählich nach.

»Ich bin gleich wieder da.« Er gibt mir einen Kuss auf den Kopf und läuft aus dem Zimmer. Ich kann hören, wie er leise mit Max spricht und dann nach unten geht. Als er zurückkommt, hat er ein Glas Wasser dabei, zwei Ibuprofen und eins von den Kühlpacks, die ich immer im Gefrierfach bereithalte.

»Darf ich es mir mal ansehen?«

Ich nicke und helfe ihm, die Decke zur Seite zu schieben. Er zieht scharf die Luft ein, als er meinen Oberschenkel sieht. Ich gucke nach unten: An der Stelle, wo das Bein in die Hüfte übergeht, bildet sich bereits ein Bluterguss. Es ist schwer zu sagen, ob ich an meiner Vagina ebenfalls einen Bluterguss habe, weil dort alles ganz naturbelassen ist, aber es fühlt sich so an.

»Scheiße«, sage ich, und meine Augen füllen sich wieder mit Tränen. Ich schiebe mir die Tabletten in den Mund und nehme einen Schluck Wasser. Nachdem ich geschluckt habe, kommt ein Schluchzen aus meinem Mund.

»Schhh. Schon gut. Kühl erst mal.« Ron legt mir das Kühlpack vorsichtig oben aufs Bein. Zuerst zucke ich zusammen, aber die Kälte lässt den Schmerz etwas abklingen.

»Ist mit Max alles okay?« Ich schniefe. »Wie war das Roller Derby?«

»Max guckt fern, und das Roller Derby war gut. Erzähl mir lieber, was hier passiert ist.« Rons samtige Stimme klingt besorgt.

»Ich habe ein Bad genommen und bin eingeschlafen. Als ich wach wurde, habe ich gefroren. Ich wollte zu schnell raus, und als ich mit einem Bein draußen stand, bin ich ausgerutscht und auf meinem Brötchen gelandet«, sage ich und benutze das Wort für Vagina, das dank der Weisheit von Graydon Cobb in unser Haus kam. (Max kam eines Tages ganz aufgeregt aus der Schule und erzählte mir, Graydon habe gesagt, dass Jungs Hotdogs hätten und Mädchen Brötchen.) »Ich habe ein Knacken in der Leiste gespürt, und es hat saumäßig wehgetan.«

»Oh Schatz, das tut mir so leid. Ich finde, du solltest das morgen lieber röntgen lassen.«

Ich nicke und bin plötzlich zu müde, um weiterzusprechen. Meine Augen gehen wie von alleine zu.

»Hast du morgen einen Termin mit Garth? Den sollte ich lieber absagen.«

Ich höre, was Ron sagt, doch es dauert ein paar Sekunden, bis ich den Inhalt begreife. Garth, Training. Schlamm. Schlamm!

»O Gott«, stöhne ich.

»Was?«

»Das ganze Training.« Ich hole tief Luft und fange wieder an zu weinen.

»Hey, hey, hey.« Ron streichelt mir über den Kopf. »Schon gut.«

»Warum weinst du?«, ertönt eine leise Stimme von der Tür.

Ich bedecke schnell das Kühlpack und gucke an Ron vorbei zu Max. Er trägt seinen »Wo ist Waldo?«-Schlafanzug, einen Hut und eine Brille.

»Komm her, mein Süßer.« Ich strecke die Arme aus, und er kommt zu mir, bleibt aber neben dem Bett stehen.

»Warum weinst du? Hast du uns vermisst?«

Nur ein Kind kann eine Situation so sehen.

»Ich habe euch zwar vermisst, aber vor allem habe ich Aua am Oberschenkel gemacht, und das tut etwas weh.«

»Soll ich dir einen Kuss draufgeben, damit es besser wird?«

»Schon gut, das hat Dad schon gemacht. Wie war das Roller Derby?«

Max steht auf, und seine Augen glänzen.

»Es war so lustig! Diese Frauen fahren auf Rollschuhen immer im Kreis und versuchen, sich gegenseitig umzuschubsen. Zuerst fand ich es nicht so toll, aber Daddy sagt, das ist alles nur gespielt und sie tun sich gar nicht richtig weh, wenn sie hinfallen.«

Ich sehe Ron mit einer hochgezogenen Augenbraue an. Er zuckt die Achseln.

»Das andere Team hieß Roller City Rats.«

»Ja, den Namen findet Max super.« Ron grinst.

»Ich freue mich, dass du Spaß hattest. Aber jetzt ist es höchste Zeit fürs Bett. Lass dich einmal drücken und dann von Daddy ins Bett bringen, damit ich mein Aua ausruhen kann.« Wieder strecke ich die Arme aus.

Max kuschelt sich an mich. »Aber ich hasse es, wenn Daddy mich ins Bett bringt«, jammert er. »Er schläft immer vor mir ein.«

»Heute Abend nicht, Großer!«, versichert Ron ihm, als er sich Max über die Schulter legt.

»Gute Nacht, Baby.« Ich seufze und lege mich auf mein Kissen. Noch bevor Ron zurückkommt, bin ich eingeschlafen.

19. Kapitel

Nachdem ich vier Stunden im Overland Park Regional Medical Center verbracht habe, erfahre ich, dass ich mir nichts gebrochen habe. Ich habe einen schlimm gezerrten Hüftbeuger und einen formvollendeten Bluterguss. So blöd es klingt, aber ich bin ein bisschen enttäuscht. Wenn ich schon derartige Schmerzen aushalten muss, hätte ich schon gerne das Recht, mit einer Beckenfraktur prahlen zu können und mich nicht mit einem lapidaren Hämatom begnügen zu müssen. Dr. Sintay, der diensthabende Arzt an diesem Morgen, sagt, ich hätte Glück gehabt, dass ich mir keine ernsthaftere Verletzung zugezogen hätte. »Das Badezimmer ist ein sehr gefährlicher Ort, Mrs. Dixon.«

Vor allem, wenn mein Ehemann drin war, denke ich, behalte es aber für mich.

Ron bringt mich und mein Rezept für Schmerzmittel nach Hause. Nachdem ich ihm versichere, dass ich zurechtkomme, fährt er in den Laden. Er hat mich auf unser gemütliches Sofa gesetzt, mir Kissen in den Rücken gestopft, ein Kühlpack auf die Leiste gelegt und die Fernbedienung in die Hand gedrückt. Was will ich mehr? Peetsa nimmt Max nach der Schule mit zu sich nach Hause, und so liegen doch tatsächlich ein paar Stunden Freizeit vor mir. Ich nehme das Telefon und rufe Garth an.

»Was hat der Arzt gesagt?«, begrüßt er mich.

»Keine Brüche oder Fissuren. Nur eine starke Muskelzerrung und ein übler Bluterguss.«

»Na, Gott sei Dank. Hat er gesagt, wann du mit dem Training weitermachen kannst?«

»Frühestens in drei Wochen, vielleicht auch später. Dann bleiben uns noch drei Wochen bis zum Schlammlauf.«

Schweigen.

»Was ist?«

»Jen, vielleicht sollten wir deine Teilnahme an dem Wettbewerb noch mal überdenken.«

»Spinnst du? Es ist nur ein Bluterguss. Es geht mir gut!«, schreie ich förmlich.

»Reg dich nicht auf.« Garths Stimme ist so ruhig, das es mich reizt. »Hör mir zu.«

Ich stoße ein hörbares Seufzen aus und zeige dem Telefon den Stinkefinger. »Okay, was?«

»Du hast eine tolle Leistung erbracht. Ich kann gar nicht glauben, was wir in den letzten sechs Monaten geschafft haben.«

»Garth, bitte hör auf, um den heißen Brei zu reden. Was willst du mir sagen?« Mein Ton ist harscher, als ich will, aber meine Geduld wurde bereits für die zwanzig Minuten medizinische Versorgung im Krankenhaus aufgebraucht, die über vier Stunden verteilt war.

»Also, hör zu: Wenn du jetzt für drei Wochen ausfällst, wirst du für den Schlammlauf nicht bereit sein. Du denkst, du kannst da weitermachen, wo wir aufgehört haben, aber das ist ein Irrtum – du wirst nicht mehr in Form sein. Du wirst zwar nicht lange brauchen, bis du wieder in Bestform bist, aber ich rate dir, keine weitere Verletzung zu riskieren. Im August findet auch ein Schlammlauf statt, in Springfield. Wir können darauf hintrainieren.«

Er hat recht. Ich weiß, dass er recht hat.

»Aber ich fühle mich so bereit. Genau das habe ich gedacht,

als ich gestern Abend in der Wanne lag. Ich habe mir gewünscht, das Rennen wäre heute.«

»Sei froh, dass es nicht so ist. Wir können in einem Monat noch mal überlegen, was wir machen. Aber für den Augenblick sollten wir das Thema beiseitelegen.«

»Na gut, dann überlegen wir in einem Monat neu«, gebe ich schließlich nach. »Was kann ich denn machen, während die Verletzung ausheilt?«

»Dich ausruhen, Jen. Das ist die beste Medizin. Überstürze bloß nichts, sonst fällst du noch einen weiteren Monat aus. Ich komme dich morgen besuchen.« Ich höre im Hintergrund jemanden schreien. »Und Nina lässt ausrichten, du bist ein Tölpel.«

»Ha! Sag ihr, sie soll mich später anrufen. Ich schlafe jetzt erst mal ein Rundchen.« Ich unterdrücke ein Gähnen.

»Braves Mädchen. Bis morgen.«

Ich lege auf und kuschle mich in das gemütliche Sofa. Als ich gerade wegnicke, brummt mein Handy. Es ist eine Nachricht von Asami.

Können wir uns treffen?

O Gott, ich bin gerade so was von nicht in der Stimmung für ihre Verrücktheiten. Ich beschließe, die Nachricht zu ignorieren.

Das Handy brummt noch zweimal kurz hintereinander.

Hallo?

Können wir uns treffen?

Ich knurre und tippe schnell eine Antwort.

Mir geht's nicht gut. Versuchen wir es doch nächste Woche.

Natürlich antwortet Asami innerhalb weniger Sekunden. Sie muss zwanzig Finger haben.

Es ist wichtig.

Ich weiß, dass ich heute nichts machen kann, aber vielleicht kann ich mich morgen mit ihr treffen. Also schreibe ich ihr genau das.

Wo?

Bei mir zu Hause um 13:00.

Ich bekomme keine Antwort mehr, aber ich kann mir vorstellen, dass Asami sich selbst zunickt.

Am nächsten Tag klingelt Asami um Punkt ein Uhr mittags an meiner Tür. Nina und Garth sind gerade da und haben mir was zum Mittagessen gebracht (von Taco Bell, meiner Lieblingssünde), also bitte ich sie, Asami auf dem Weg nach draußen reinzulassen. Ich höre eine kurze Begrüßung und leises Gemurmel, dann kommt Asami zu mir ins Wohnzimmer.
»Ich hatte ja keine Ahnung, dass Sie einen Unfall hatten.« Ich meine, aufrichtige Sorge in ihrer Stimme zu hören, und bin gerührt.
»Ich bin ausgerutscht, als ich aus der Badewanne gestiegen bin.« Je öfter ich es ausspreche, umso mehr komme ich mir wie ein Volltrottel vor.
»Haben Sie gerufen ›Ich bin gestürzt und komme nicht hoch‹?«, fragt Asami. Ich brauche einen Moment, um zu begreifen, dass es ihre Art von Humor ist. Der Satz stammt aus einem alten TV-Werbespot für ein medizinisches Notrufsystem

für Senioren. Eine sehr alte Dame liegt dort hilflos neben ihrer Badewanne und ihrem Rollator. Ich lächle.

»Der war gut. Also, was gibt's?«

»Na ja ...« Sie setzt sich mir gegenüber in einen Sessel und zieht sich den Mantel aus. Heute leider kein Entenhut. Ich hätte es zu gern gehabt, dass Nina ihn sieht. »Es gefällt mir zwar nicht, Sie zu treten, wenn Sie ohnehin schon am Boden liegen, um es mal so auszudrücken, aber Ihre Idee hat nicht funktioniert.«

»Meine Idee ...« Ich lasse die Frage offen. Ich weiß genau, wovon sie redet, aber ich muss ihr ihren Witz heimzahlen.

Sie sieht mich mit hochgezogenen Augenbrauen an.

»Ihre Idee, Sasha Lewicki glauben zu machen, sie habe irgendwas gewonnen, damit sie auftaucht, um sich den Preis abzuholen. Es hat nicht funktioniert. Es ist niemand gekommen.«

»Haben Sie ihr eine E-Mail geschickt?«

Asami nickt.

»Mit einem falschen Absender?«

Sie nickt nochmals.

»Und ihr geschrieben, sie habe ...«

»Zehntausend Dollar gewonnen.«

»Wirklich? Und was haben Sie geschrieben, wo sie sich den Gewinn abholen soll?«

»Im Gastronomiebereich im Einkaufszentrum. Vor Wok and Roll.«

Kein Wunder, dass es nicht geklappt hat.

»Warum dort?«

»Ich wollte unter Menschen sein, für den Fall, dass etwas Unerwartetes passiert.«

»Was zum Beispiel?«

Asami zuckt mit den Schultern.

»Keine Ahnung. Ich wollte einfach nur Zeugen in der Nähe wissen.«

Ich verändere meine Position auf dem Sofa und zucke vor Schmerzen zusammen. Ich sollte noch eine Schmerztablette nehmen, aber ich werde warten, bis Asami weg ist – auch wenn diese Unterhaltung vielleicht etwas lustiger wäre, wenn ich ein bisschen high wäre.

»Wie lange haben Sie gewartet?«

»Fünf Stunden.«

»Und niemand ist gekommen. Haben Sie irgendwen gesehen, den Sie kennen?«

»Ja, viele. Von der Schule.«

»Haben Sie sich mit jemandem unterhalten?«

»Eigentlich nicht.« Asami wirkt irgendwie beschämt. »Aber einige haben mir zugewinkt.«

»Also, höchstwahrscheinlich ist sie gekommen, hat Sie und vielleicht noch ein paar andere Leute von der Schule gesehen und sich erschreckt. Oder sie war dort, aber Sie kennen sie unter einem anderen Namen. Wen haben Sie alles gesehen?«

Asami schließt die Augen und denkt einen Moment lang nach.

»Schuldirektor Jakowski, Peetsa, Kim Fancy und ihre Tochter, ähm ... und die Mutter von Zach Elder.«

»Trudy.«

»Ja, genau. Trudy. Mehr nicht.«

»Hm. Tja, ich weiß nicht, was ich sagen soll. Ich bin mir sicher, dass sie sich irgendwann von selbst zeigen wird.« Ich unterdrücke ein Gähnen. »Entschuldigung. Die Schmerzmittel machen mich müde.«

Asami springt genauso auf wie Max, wenn ich ihn zum Abendessen rufe.

»Oh, tut mir leid. Ich gehe besser. Danke fürs Zuhören.« Ich spüre genau, dass dieser Rückschlag in ihren Ermittlungen sie entmutigt hat.

Sie zieht sich den Mantel an und macht sich auf den Weg zur Haustür.

»Kann ich noch was für Sie tun, bevor ich gehe?«

»Nein, ich brauche nichts, aber danke. Und machen Sie sich keine Sorgen, Asami. Wahrscheinlich gibt es eine ganz einfache Erklärung für die Sache.«

Asami nickt mir kurz zu – eine Geste, die ich von nun an nur mit ihr verbinde – und lässt mich mit meinen Schmerzmitteln allein.

Die Nachwehen meines Badezimmerunglücks bringen gute und schlechte Nachrichten hervor. Die schlechte Nachricht ist, dass Dr. Sintay sagt, ich solle auf keinen Fall mit meiner Familie in den Skiurlaub fahren. Und die gute Nachricht? Ich bleibe eine Woche alleine zu Hause. Also, nicht ganz alleine. Nina wird bei mir einziehen, und Chyna nimmt meinen Platz auf der Piste ein.

Ich weiß, dass ich eigentlich trauriger darüber sein sollte, aber irgendwie kann ich keine Enttäuschung aufbringen. Ich liebe den Ort, an den wir immer fahren: ein hübsches, versteckt liegendes Kleinod in Utah namens Solitude, das seinem Namen alle Ehre macht. Ich schwöre, dass man dort noch nie am Lift anstehen musste – auch nicht, wenn dort Hochbetrieb herrscht. In Solitude finden sich vor allem die Einheimischen ein, die keine Lust auf den Wahnsinn in Park City haben, und ich liebe es über alles, dorthin zu fahren … normalerweise.

Doch seit dem Unfall kann ich nur an die pure Glückseligkeit denken, die es bedeutet, Zeit für mich zu haben. Wie werde ich nur die Tage füllen, die für gewöhnlich daraus bestehen, Besorgungen zu machen, zu putzen, die Wäsche zu machen und Max' und Rons zeitraubende Wünsche und Bedürfnisse zu erfüllen? Denken Sie jetzt bloß nicht, dass ich mein Leben als

Ehefrau und Mutter nicht großartig finde. Aber selbst vom besten Leben braucht man mal eine Pause, und – sehen wir der Wahrheit mal ins Gesicht – wenn man sich mit der Familie ein Haus in einem Skiresort mietet, sind das *keine* Ferien. Man verlagert im Grunde nur das alltägliche Leben von einem Ort an einen anderen. Solange nicht jemand anderes die Betten und die Wäsche macht und das Kochen übernimmt, führt man dasselbe Leben weiter – mit der zusätzlichen Schwierigkeit, nicht zu wissen, wo in der Küche was steht.

Meine Genesung verläuft langsamer, als ich dachte, weshalb ich vollkommen nutzlos bin, als Ron und Max die Sachen für die Reise packen. Max ist nur in der Lage, die Spielsachen aufeinanderzutürmen, die er mitnehmen will, und Ron hat seit dem Tag, an dem er sagte: »Ich mache das«, nicht eine einzige Tasche gepackt. Es ist eine echte Folter für mich, im Bett zu sitzen, während er die Schrankfächer durchwühlt und die Sachen unordentlich in die Koffer wirft.

»Schätzchen, vielleicht sollte Max ein paar seiner Skiklamotten anprobieren, bevor du sie einpackst.«

Da ich mich zum ungefähr dreißigsten Mal in seine Angelegenheiten einmische, geht Ron nicht mehr darauf ein. Auf dem Weg zur Tür bleibt er kurz stehen.

»Ich liebe dich, aber wenn du auch nur noch einen weiteren Kommentar zum Packen abgibst, verstecke ich deine Schmerzmittel.«

Ich verrate ihm nicht, dass ich das Medikament vor zwei Tagen gewechselt habe, weil sich die Schmerzmittel nicht mit dem Wein vertragen haben. Für den restlichen Vormittag halte ich den Mund, obwohl ich haargenau weiß, dass Max' Zahnbürste und Zahnpasta es nicht in den Koffer schaffen werden.

Und jetzt sitze ich auf meinem supergemütlichen Sofa, und die sechs freien Tage liegen vor mir wie ein roter Teppich aus attraktiven Möglichkeiten. Aus der Küche kommt ein köstlicher Duft. Nina kocht Abendessen, und neben mir steht ein schönes Glas Rotwein in Reichweite. Hätte ich *da unten* nicht permanent Schmerzen, wäre das Leben gerade ziemlich perfekt.

Ich schnappe mir meinen Laptop vom Beistelltisch und klappe ihn auf. In meinem Postfach habe ich eine Spaßmail von Peetsa mit dem Betreff »15 Wege, alles ungeschickt zu machen«, der übliche Kram von Gap, Zappos, Pottery Barn und Weight Watchers und eine Nachricht von meiner Mutter.

An: JDixon
Von: KHoward
Datum: 26. März
Betreff: Wie geht es dir?

Liebling,

wie geht es dir? Ich hoffe, schon besser. Ich würde dich ja anrufen, aber seitdem ich dich neulich mitten am Tag geweckt habe, befürchte ich, dass mir das wieder passiert, und ich weiß doch, wie sehr du deinen Schlaf brauchst. Aber bitte ruf mich an, wann immer du willst, außer in den nächsten Tagen. Da sind Dad und ich nicht in der Stadt, weil wir zu unserem Post-St.-Patrick's-Day-Ausnüchterungsurlaub fahren. Die Hälfte unserer Gemeinde ist immer noch voll.

Gute Besserung, mein Schatz.

Küsschen,
Deine Mutter

Ich will gerade den Computer zuklappen, als eine E-Mail von Miss Ward aufpoppt.

An: JDixon
Von: PWard
Datum: 26. März
Betreff: Frühlingsferien

Hallo Jenny,

ich habe Sie schon eine Weile nicht mehr gesehen, und irgendwer erzählte mir von Ihrem Unfall. Ich hoffe, es geht Ihnen schon besser.

Am 12. April machen wir einen Klassenausflug zur Elbow-Schokoladenfabrik. Ich denke, den Kindern wird es gefallen, zu sehen, wie Schokoladenhasen gemacht werden.

Ich brauche drei Mütter als Begleitpersonen. Können Sie und Asami eine Nachricht rumschicken?

Danke,
Peggy

Also, vor dem Hintergrund, dass wir kurz vor den Ferien unsere Osterfeier hatten, ist das ziemlich seltsam. Aber ich sollte mir darüber nicht den Kopf zerbrechen. Was in Miss Wards Hirn so vor sich geht, wird mir wohl für immer ein Rätsel bleiben. Ach, und mal nebenbei bemerkt: Ich werde nicht an dem Ausflug teilnehmen, vielen Dank auch. Mich in eine Schokoladenfabrik mitzunehmen ist, wie einen Alkoholiker in eine Whiskydestillerie zu bringen. Ich leide an einer ernst zu nehmenden Abhängigkeit, und der einzige Weg, sie unter Kontrolle zu halten, ist völlige Abstinenz. Es gab mal ein paar düstere (Schokoladen-)Tage, als ich seinerzeit aus Europa zurückkam und mir klar wurde, wie mein Leben aussehen würde, nämlich a) mit zwei kleinen Kindern bei meinen Eltern wohnen und b) in einem elenden Job arbeiten. Alles kam mir so trostlos vor, also wandte ich mich meiner einzigen Lichtquelle zu – der Schokolade. Ich habe eine Vorliebe für das gute Zeug entwickelt, während ich in Übersee den Bands hinterhergejagt bin. Sie haben doch bestimmt schon mal Milkaschokolade gegessen. Die Jungs von INXS bestanden darauf, immer genug davon in ihrer Garderobe zu haben. Mir läuft schon das Wasser im Mund zusammen, wenn ich nur daran denke. Es ist keine Übertreibung, wenn ich sage, dass ich dieses süße Teufelszeug sechs Monate lang jeden Tag zum Frühstück, Mittagessen und Abendessen verspeist habe. Ich konnte weder aufhören, noch wollte ich es. Schokolade hat mich glücklich gemacht – dick und glücklich und dann nur noch dick. Ich erinnere mich noch lebhaft an den Tag, als ich mit Vivs und Laura zur Grippeimpfung ging. Ich fragte die Sprechstundenhilfe, ob sie mich auch impfen könne. Sie sah mich von oben bis unten an und sagte: »Da muss ich zuerst den Arzt fragen. Ich bin mir nicht sicher, ob das in Ihrem Zustand in Ordnung ist. Im wievielten Monat sind Sie?«

Das war's. Ich ging nach Hause, warf gut fünf Kilo Milkatafeln, dir mir ein Freund und Bandstalkergefährte geschickt hatte, in den Müll und habe fast nie wieder Schokolade angerührt. Ich denke, das ist einer der Gründe, warum mir Halloween so zuwider ist – wegen der Schokolade, die dann so schutzlos und erreichbar in mein Haus kommt.

Ich muss sofort an den Klassenverteiler schreiben, um Freiwillige aufzutun.

An: Miss Wards Klasse
Von: JDixon
Datum: 26. März
Betreff: Lust auf Schokolade?

Hallo liebe Klassenkameraden!

Frohe Frühlingsferien! Ich hoffe, Sie genießen alle eine schöne freie Woche. Ich bin immer noch Ihre vertrauensvolle Elternvertreterin. Dieser Job fordert einen wirklich jeden Tag rund um die Uhr. Aber keine Ursache.

Miss Ward bat Asami und mich, Sie darüber zu informieren, dass unsere Kinder am 12. April einen Ausflug zur Elbow-Schokoladenfabrik machen. Ja, ich weiß, dass wir bereits eine Osterparty gefeiert haben, aber Miss Ward möchte, dass die Kinder lernen, wie man Schokohäschen macht, damit sie nächstes Jahr fertig sind! Wie dem auch sei – ich brauche drei Freiwillige als Begleitpersonen.

Ich weiß, dass viele von Ihnen bislang noch keinen Ausflug begleitet haben, und ich habe kein Problem damit, Sie zur Abholzeit laut auf dem Parkplatz anzusprechen. Allerdings rate ich Ihnen, von sich aus mitzumachen. Immerhin geht es um Schokolade! Auf etwas Besseres brauchen Sie nicht zu warten.

Antwortzeiten werden notiert.

Für immer Ihre Jen (und Asami im Geiste)

Ich klappe den Laptop zu und seufze. Ich frage mich, wie der Skiurlaub läuft. Es sind erst zwei Tage vergangen, aber ich vermisse meine Mannschaft und frage mich, wie sie ohne ihren helfenden Hausgeist (das bin ich) klarkommen. Ich bin mir ziemlich sicher, dass Vivs und Laura Ron tatkräftig unterstützen und sich nicht nur mit ihren Freunden beschäftigen. Sie hatten schon ziemlich früh ein großes Verantwortungsbewusstsein. Am meisten mache ich mir Sorgen um Max, weil ich weiß, dass er mich vermissen wird. Ich habe ihm ein paar kleine Nachrichten in den Koffer gesteckt, die er zufällig finden wird und in denen ich ihm sage, dass ich an ihn denke. Ich hätte dasselbe gerne für Ron gemacht, aber mein armer Schatz hat dank seiner Exfrau eine Posttraumatische-versteckte-Nachrichten-Belastungsstörung. Cindy hat ihm immer zwei Dutzend Nachrichten in die Tasche gepackt, wenn er zu einem Wochenende mit seinen Jungs oder zu einer Sportmesse aufgebrochen ist. Zu einer bestimmten Tageszeit musste er eine bestimmte Nachricht öffnen. Dann rief sie ihn an, um sich zu vergewissern, dass er es auch wirklich getan hatte. In jeder Nachricht standen am Ende dieselben Sätze: »Wag es nicht, mich zu betrügen. Ich würde es sowieso herausfinden. In Liebe, Cindy.«

»Das Essen ist fertig.« Nina kommt zu dem kuscheligen Sofa herüber, um mir hochzuhelfen. Ich kann zwar gehen, aber das Aufstehen ist noch immer schmerzhaft.

»Bist du sicher, dass du nicht im Wohnzimmer essen willst?«, fragt sie.

»Ganz sicher.« Ich packe ihren Arm, und gemeinsam hieven wir mich hoch. »Ich brauche mal einen Tapetenwechsel.« Beim Aufstehen fängt es in der Leistengegend zu pochen an, und mir treten vor Schmerzen die Tränen in die Augen. Aber ich reiße mich zusammen, gehe zum Esstisch rüber und lasse mich langsam auf einen der gepolsterten Esszimmerstühle nieder. Das Essen sieht toll aus.

»Was ist das? Es riecht köstlich.«

»Hühnchencurry, Mangochutney, grüne Bohnen mit Pesto und Parmesan und Basmatireis.« Nina setzt sich an den Kopf des Tisches und erhebt ihr Weinglas.

»Das hast du alles in *meiner* Küche gefunden?«

»Deine Schränke sind ziemlich voll. Ihr müsst eine Menge Geschenkekörbe bekommen, denn ihr habt so viele von diesen kleinen Gourmetgläsern, die du euch niemals selbst kaufen würdest.«

»Was zum Beispiel?« Ich bemühe mich, nicht verletzt zu sein.

»Ähm, Kaviar, Pralinen, Chilimarmelade, vakuumverpackte Datteln aus Israel, Cornichons ...« Nina zählt die Sachen an ihren Fingern auf.

»Okay, okay.« Ich nehme einen Bissen von dem Hühnchen und genieße es. »O mein Gott. Ist das lecker.« Ich hebe mein Weinglas. »Auf die Köchin.«

Nina stößt mit mir an.

»Und danke, dass du hier bei mir wohnst. Ich bin dir echt was schuldig.«

Nina wischt meinen Dank mit der Hand weg. »Spinnst du? Ich finde es doch selbst toll. Ich hoffe, es stört dich nicht, wenn Garth ab und zu herkommt.«

»Überhaupt nicht. Hoffentlich lässt er mich ein paar Dehnübungen machen oder so was. Ich habe ein bisschen zugelegt, nachdem ich seit zwei Wochen kein Work-out mehr gemacht habe.« Ich klopfe auf meinen Bauch.

Nina wirft mir einen »Du hast doch 'nen Knall«-Blick zu und isst weiter. Ich beschließe, dass jetzt genau der richtige Zeitpunkt ist, um ihr eine Idee zu unterbreiten, die ich seit Wochen ausbrüte.

»Und, was gibt's Neues von Sid?«

Sie zieht die Augenbrauen hoch.

»Ähm ... nicht viel. Ich habe ihn auf Faceblock blockiert. Ich nehme an, meine Botschaft ist damit angekommen. Warum?«

»Tja, also, ich finde, er hat nicht annähernd genug dafür gelitten, dass er sich dir gegenüber wie ein Weltklassearschloch verhalten hat.«

Nina zuckt mit den Schultern. »Ich bin drüber weg.« Meine Güte, ist denn hier überhaupt keiner mehr nachtragend? Sie ist der wandelnde Beweis dafür, dass man über eine alte Liebe am besten mit einer neuen Liebe hinwegkommt.

»Aber mich beschäftigt es. Der Typ muss für seine Sünden leiden.«

Nina lehnt sich mit dem Wein in der Hand zurück und sieht mich neugierig an.

»Und was schlägst du vor?« Sie pult sich ein Reiskorn aus den Zähnen.

»Wir müllen ihn mit Spammails zu.« Ich nehme mein Weinglas und trinke einen Schluck.

»Wir machen was?«

»Ihn mit Spams zumüllen. Ihn für jede noch so dämliche Spammail anmelden.«

»Im Ernst?«

Ninas Gesicht verrät mir, dass sie nicht besonders viel von meiner Idee hält.

»Denk doch mal darüber nach. Es gibt doch nichts Ärgerlicheres, als wenn das Postfach von Hunderten von Nachrichten verstopft wird, die von allen möglichen Websites kommen. Ich schlage vor, ihn überall einzutragen – von den Zeugen Jehovas bis zur Kardashian-Fanpage.«

Nina fängt an zu kichern. »Oder auf einer Fanseite von den Green Bay Packers. Er kann diese Mannschaft auf den Tod nicht leiden.«

»Super. Du hast es verstanden. Was hasst er denn sonst noch so?«

»ABBA.«

»Die Band?«

»Ja.«

»Wie kann man denn ABBA hassen? Na gut, was noch?«

»Ähm ... O Gott, ich habe noch nie so richtig darüber nachgedacht.«

»Lass dir Zeit.«

»Richard Simmons! Er hasst Richard Simmons – den Workout-Typen. Und Horrorfilme – er war schon immer ein richtiges Weichei. Gibt es davon auch Websites?«

»Es gibt für alles eine Website, Süße.«

Nina holt meinen Computer vom Sofa, und wir verbringen die nächste Stunde damit, alles aufzulisten, was Sid nicht mag, und Websites zu finden, für deren Newsletter wir ihn anmelden können. Als Nina die Ideen ausgehen, fange ich einfach an, ihn für E-Mails von Lokalpolitikern und der Nationalen Schusswaffenvereinigung einzutragen. Er wird sich nicht erklären können, was da los ist. Ist es klein und armselig, was wir da machen? Ja. Ist es eine Form von Internetmissbrauch? Absolut. Fühle ich mich deswegen schlecht? Kein bisschen. Ich hoffe, dass Sid an seinem Posteingang erstickt. Leider werden wir das nie erfahren.

Während wir unseren Angriff ausführen, klingelt es auf FaceTime, und meine zwei Lieblingsmänner poppen auf meinem Bildschirm auf. Sie haben beide rote Gesichter und sehen erschöpft aus.

»Hallo ihr zwei!«

»Hallo Mommy! Wie geht es dir?«

»Schon besser. Wie war es heute auf der Piste?«

»Kalt. Geht es dir schon so gut, dass du zu uns kommen kannst?«

»Leider nicht, mein Süßer, tut mir leid. Wie lange seid ihr denn heute Ski gelaufen? Wart ihr auf einer blauen Piste?«

»Nein. Dad sagt, das machen wir morgen. Aber ich will morgen nicht Ski fahren. Es war so kalt.« Er fängt an zu weinen.

»Wie kalt ist es denn da oben?« Ich richte meine Frage an Ron.

»Heute ist angeblich der kälteste Tag. Morgen werden es auf dem Berg ungefähr minus zwei Grad. Und am Fuß sogar nur minus ein Grad«, versichert er mir, aber ich bin skeptisch. Wenn es um Max geht, legt Ron immer so eine Abhärtungsmentalität an den Tag. Ich persönlich hasse Skilaufen, wenn es richtig kalt ist, und wenn ich da wäre, müsste Max nicht auf den Berg rauf. Das ist eine der fundamentalen Unterschiede zwischen Rons Erziehungsstil und meinem. Ich bin viel eher geneigt, mein Baby zu verhätscheln.

»Wo sind die Kinder?«, frage ich, um die gute Stimmung aufrechtzuerhalten.

»Sie essen alle zu Abend, außer Chyna. Sie lässt Max ein Bad ein.«

In genau diesem Moment ist eine schreiende Stimme zu hören: »Max, haben wir deine Zahnbürste schon gefunden?« Ich erwäge, ihnen zu sagen, dass ich genau weiß, wo sie liegt, entscheide mich aber dagegen. Meiner Mutter zufolge ist Häme nämlich kein freundlicher Zug.

»Ab in die Wanne mit dir, Maxi. Das Bad wird dich wieder schön aufwärmen.«

»Okay. Tschüs!« Er springt von Rons Schoß und läuft aus dem Sichtfeld.

Ron sieht überrascht aus. »Das ging ja einfach.«

»Nur bis er aus der Wanne kommt und merkt, dass ich nicht mehr am Computer bin.«

Er stößt einen schweren Seufzer aus. »Er vermisst dich schrecklich. Wie wir alle.«

Ich bin gerührt, aber ich weiß genau, dass sie vor allem vermissen, was ich immer alles für sie mache. Das soll nicht zynisch klingen. Aber ich kenne doch meine Spezies.

»Ich vermisse euch auch. Es ist so verdammt still hier. Wie lief das Skifahren heute denn?«

»Super! Außer für Travis. Ich glaube, er ist noch nie Ski gelaufen.«

»O nein! Hat er Unterricht genommen?«

»Vivs ist eine ziemlich gute Lehrerin. Sie hat ihn total gut motiviert, und dann hat jeder von uns noch eine Stunde mit ihm auf dem Anfängerhügel verbracht. Max fand es großartig, dass er nicht der Langsamste war. Er hat darauf bestanden, Travis Pizza und Pommes beizubringen.«

Er spielt damit auf die Art an, wie die Skilehrer kleinen Kindern Schneepflug und Parallelfahrt beibringen. Ich kann es mir bildlich vorstellen.

»Bitte achte darauf, dass er morgen dick eingepackt ist. Wenn er friert, verliert er die Lust, und du kriegst ihn nicht mehr vor die Tür.«

»Mache ich. Versprochen. Wie geht's deiner Prellung?«

»Es wird langsam. Laufen klappt schon ganz gut, aber das Aufstehen und Hinsetzen zwiebelt noch ganz schön. Ich glaube, Garth wird mir Ende der Woche ein paar leichte Dehnübungen zeigen.«

»Geh es bitte langsam an, ja?«

»Mache ich. Sag den Mädchen, dass ich sie lieb habe.« Ich werfe dem Bildschirm eine Kusshand zu. »Ich liebe dich.«

»Ich dich auch«, erwidert Ron, bevor der Monitor schwarz wird.

»Nur noch ein bisschen, Jen. Tief einatmen. Du machst das großartig.«

Garth und ich haben ein neues Level der Intimität erreicht. Er macht etwas bei mir, das sich Thaimassage nennt. Im Augenblick befinden wir uns auf meinem Wohnzimmerteppich; Garth sitzt dicht hinter mir und hat die Arme um meine Arme gelegt, die ich um meinen Oberkörper geschlungen habe. Angeblich dehnt er mich und nutzt dabei sein Körpergewicht, um die Dehnung zu verstärken, aber ich werde den Gedanken nicht los, dass das hier ein Witz ist, den er und Nina sich ausgedacht haben.

Ich atme noch mal tief ein, als Garth mich langsam aus der »Dehnung« entlässt. Weil ich mich tatsächlich richtig gut fühle, versuche ich, das merkwürdige Gefühl, das immer wieder hochkommt, zu ignorieren. Dabei hilft es mir nicht unbedingt, dass Nina vor mir sitzt, uns zusieht und zweifellos Dreier-Fantasien hat.

»Wow. Das hat sich super angefühlt. Danke.« Ich gucke zu Nina. »Hat er das mit dir auch schon gemacht?«

Sie grinst schief. »Bei mir macht er das ein bisschen anders.«

Garth wird rot und steht auf. »Okey-dokey. Das sollte deiner Steifheit guttun, Jen.«

»Tut es denn deiner Steifheit gut, Garth?«, frage ich und bemühe mich dabei um ein ernstes Gesicht. Nina bricht in Gelächter aus.

»Ihr zwei seid echt tödlich. Mannomann, fünf Tage zusammen, und schon habt ihr das Drehbuch für euer Pay-per-View-Special fertig.«

»Du solltest mal hören, was wir sagen, wenn du nicht hier bist«, scherze ich.

»Nein, danke. Ich glaube nicht, dass ich das verkraften würde – und dabei war ich beim Militär.«

Nina steht auch auf. »Was meinst du, wann sie hier sein

werden?« Sie fragt nach unseren unerschrockenen Skiläufern, die sich für den späten Nachmittag angekündigt haben.

»Ron sagt ...« Ich greife nach meinem Handy und checke meine Nachrichten. »Die voraussichtliche Ankunftszeit ist um achtzehn Uhr, und sie sind wahrscheinlich pünktlich. Wollt ihr zum Abendessen bleiben? Wir könnten was bestellen.«

»Nein, danke«, sagen sie wie aus einem Mund. Nina fährt fort: »Ich möchte mit Chyna nach Hause und ihre Tasche auspacken. Aber ihr müsstet euch aus allem, was ich in den letzten Tagen gekocht habe, ein großes Resteessenmenü zaubern können.«

»Du bist ein Rockstar. Ich kann dir gar nicht genug danken.« Ich meine es genau so, wie ich es sage. Nina und ich hatten so viel Spaß – genau die richtige Menge an Spaß. Ich habe diese Woche der Erholung dringend gebraucht, aber jetzt bin ich wieder bereit für meine Dixon-Männer.

20. Kapitel

Sie können sich meine Begeisterung vorstellen, als ich an diesem schönen Aprilmorgen den Ausflug zur Elbow-Schokoladenfabrik begleite. Es ist nicht so, dass ich meine drei Freiwilligen nicht gefunden hätte, o nein. Deshalb dachte ich auch, ich wäre aus dem Schneider. Zumindest bis Trudy Elder mich *heute Morgen* anrief, um einen Rückzieher zu machen ... Sie erzählte irgendwas von Zach, der Coxsackie-Viren habe. Also, wenn *das* kein Zufall ist! Hey Lady, es gibt auch Menschen, die so was einfach mal hinnehmen und ihren Verpflichtungen nachkommen.

Hier stehe ich nun also, in einer Hölle, die aus einer immer noch schmerzenden Leiste, der sinnlosen Herstellung von Schokohäschen und der Qual besteht, die es für mich bedeutet, wenn diese süßen Sirenen (aus Milch- und Zartbitterschokolade) direkt vor meinen Augen produziert werden. Ich habe mindestens zehnmal »Nein, danke« gesagt, als Probierexemplare an mir vorbeizogen. Ich wünschte, es gäbe einen Nobelpreis für Selbstdisziplin.

Die Kinder haben einen Riesenspaß dabei, sich anzusehen, wie sich Schokolade in Hasen verwandelt. Wahrscheinlich leide ich an einer tragischen Neugierlosigkeit, denn ich habe mich nie gefragt, wie die hohlen Hasen hergestellt werden. Dabei bin ich im Nachhinein froh über dieses neue Wissen.

Der Mann, der uns an diesem Morgen durch die Fabrik führt, heißt Jacques (eine Abwandlung seines richtigen Namens, Jack, die unsere Chocolatier-Erfahrung noch exotischer machen soll), und er hat uns bereits gezeigt, wie man die richtige Schokoladenmenge in die Häschenform gießt und diese dann dreht, bis alle Seiten gleichmäßig bedeckt sind und keine überflüssige Schokolade mehr vorhanden ist. Währenddessen hat er die ganze Zeit auf verstörend offensichtliche Art mit Miss Ward geflirtet. Ich meine, immerhin sehen ihm Kinder dabei zu! Genug mit den Zweideutigkeiten, Jacques.

Die anderen Begleitpersonen sind Jill Kaplan und JJ Aikens, die viel freundlicher war als erwartet, als ich anstelle von Trudy auftauchte.

Sie und ich stehen am Rande des inneren Kreises, der sich um den Chocolatier gebildet hat, und haben einen distanzierten, aber dennoch freien Blick auf die Jacques-Show.

»Und, wer will mal an einem Häschen naschen?«, fragt er die Kinder mit einem Akzent, den man sich nur aneignen kann, wenn man Filme mit Maurice Chevalier guckt und einige Zeit in North Dakota verbracht hat. Wir sehen, wie er Miss Ward zuzwinkert, und sie kichert.

»Ist das zu fassen?«, fragt JJ aus dem Mundwinkel, für den Fall, dass Lippenleser in der Nähe sind.

»Na ja, zwischen den beiden läuft doch was. Hundertpro.« Ich spreche extra leise.

»Ja, natürlich. Was denken Sie denn, wie sie sonst an diese Privatführung gekommen ist?«

»Entschuldigung, was?«

»Ich habe gehört, dass sie mit ihm schläft!«, zischelt JJ wieder, ohne die Lippen zu bewegen.

»Sind Sie sicher?« Ich gucke sie an, um zu sehen, ob sie einen Witz macht.

»Na ja, ich war nicht *dabei*, aber Kim hat es mir erzählt.«

»War *sie* denn dabei?«

Ich werde von JJ mit einem bellenden Lachen belohnt. Zum ersten Mal.

»Man kann nie wissen.« JJ klingt etwas verbittert.

Ich versuche, die Informationen zu verarbeiten, die mir da gerade entgegengeschleudert werden. Jacques und Miss Ward haben eine Affäre, und Kim Fancy weiß davon. Kim Fancy, die (und ich würde es nicht glauben, wenn ich es nicht mit eigenen Augen gesehen hätte) Miss Ward vor zwei Monaten ins Gesicht geschlagen hat. Ich muss mehr wissen. Ich betrachte JJ und frage mich, wie viel Wahrheitsserum sie heute zu sich genommen hat.

»Ich habe Sie und Kim in der letzten Zeit nicht sehr häufig zusammen gesehen«, werfe ich einen kleinen Köder aus.

JJ sieht mich an, als wäre ich ein Schluck Wasser in der Wüste. »Vielen Dank! Ich weiß. Ich fühle mich ziemlich beiseitegeschoben.«

»Beiseitegeschoben – von wem?« Ich spiele die Besorgte. »Von Miss Ward?«

»Was? Nein«, spöttelt sie. »Von ihrem Training.«

»Ihrem Training?«

»Ja. Sie trainiert seit Monaten für einen Schlammlauf diesen Monat.«

Schlammlauf? Mir wird ein bisschen übel.

»Sie ist geradezu besessen davon. Sie hat sogar einen Trainer und so.«

Diese Neuigkeit trifft mich wie ein Schlag in die Magengrube. Warum, weiß ich nicht. Ich meine, wen interessiert es, wenn Kim Fancy an demselben Schlammlauf teilnimmt wie ich? Das macht mich doch nicht weniger besonders.

Macht es wohl! schreit eine Stimme in meinem Kopf.

Ich sehe, wie mir Jill Kaplan von der anderen Seite des Schokoladenflusses fieberhaft zuwinkt.

»Wir sollten besser zu den anderen rübergehen«, sage ich zu JJ.

Als wir zu den Kindern gehen, die gleich ihre Häschen verzieren werden, reiße ich mich zusammen. Jacques hat fünfzehn kleine Hasen aufgereiht – einen für jedes Kind, zum Verzieren und Mit-nach-Hause-Nehmen. Es gibt Zuckeraugen, Zuckerfliegen, Zuckerhüte und sogar Zuckermöhren. Ich beobachte Max dabei, wie er versucht, dem Hasen eine Zuckermöhre auf die Nase zu legen, als wäre er ein Schneemann. Aber da sie nicht kleben bleibt, isst er sie einfach.

»Hey, nicht die Verzierung essen, Großer«, ermahne ich ihn.

»Was ist die Verzierung?«

»Die Dekoration.« Das konstante Geschnatter legt sich, während die Kinder sich ihrer Aufgabe widmen. Ich blicke auf und sehe Miss Ward und Jacques in der Ecke stehen und miteinander flüstern, während sie den Kindern zusehen.

»Offensichtlicher geht es ja kaum.« JJ gesellt sich zu mir, um mit ihrer Lästerei weiterzumachen. Ich ertappe mich bei dem Gedanken, ob Miss Ward die kostenlose Führung in der Schokoladenfabrik wirklich mit ihrem Körper erkauft hat, und beschließe, dass sie eine bessere Frau ist als ich, falls das tatsächlich der Fall sein sollte.

»Ich habe ebenfalls für einen Schlammlauf trainiert«, erzähle ich JJ, um das Thema zu wechseln. »Ich frage mich, ob es derselbe Lauf ist, an dem Kim teilnehmen will.«

»*Im Ernst?*« JJs Tonfall klingt etwas ungläubiger, als es mir gefällt.

»Ja. Ich trainiere seit September.«

»Wow, ich hatte ja keine Ahnung, dass Schlammläufe so en vogue sind.« Sie wirkt perplex, weil ihr so etwas Wichtiges durchgegangen ist.

»O ja. Alle Hausfrauen mittleren Alters machen das.«

»Wirklich?«

Ich lächle. »Nein, ich mache nur Spaß. Wissen Sie, an welchem Lauf Kim teilnehmen will?«

»Ähm, er findet hier statt, im April. Mehr weiß ich nicht. Ist das der gleiche Lauf, bei dem Sie mitmachen?«

»Ich denke schon. Aber ich hatte vor einigen Wochen einen Unfall, und jetzt wird das leider nichts mehr. Ich fange nächste Woche wieder mit dem Training an.« Bei diesen Worten fängt es an, dort unten zu pochen, und mir wird klar, dass es verdammt hart werden wird, das Training wieder aufzunehmen. Ich bin immer noch empfindlich und zudem außer Form. Garth wird einen Heidenspaß haben, mir immer wieder zu sagen: »Ich hab's dir doch gesagt.«

»Vielleicht sollte ich das auch machen.« JJ reißt mich aus meinen Gedanken.

Mein Gott, hat diese Frau eigentlich auch mal eigene Ideen? Sie ist eine professionelle Auf-den-fahrenden-Zug-Aufspringerin, falls es so was gibt.

»Unbedingt. Versuchen Sie es mal« ist alles, was ich darauf erwidere.

»Bitte weniger schwatzen, liebe Mütter.« Miss Ward hat sich von Jacques gelöst und sich zu uns gesellt, ohne dass JJ oder ich es bemerkt haben. Ich ignoriere die Ermahnung.

»Es sieht so aus, als hätten Sie was mit Jacques«, kommentiere ich.

Miss Ward macht das gleiche Gesicht, das ich immer ziehe, wenn ich an schlechtem Käse rieche.

»Er ist überhaupt nicht mein Typ.«

Ich sehe zu JJ, und die verdreht die Augen.

»Die Kinder müssen langsam ihre Jacken anziehen und zurück zum Bus.« Miss Ward hängt sich ihre Handtasche um.

Als die Kleinen in den Bus steigen, die in Zellophanfolie eingepackten Schokohasen fest in ihren Händen, nehme ich Max in den Arm und danke JJ und Jill für ihren Einsatz.

Mein Handy brummt, während ich den zuverlässigen Minivan anwerfe. Gott, fühlt sich das gut an, sich hinzusetzen! Es ist eine Nachricht von Ron.

Willst du heute Abend mal nicht kochen müssen?
Dann lass uns bei Garozzo's essen gehen.

Oh, er kann Gedanken lesen!

Max auch?

Ich habe schon Chyna gefragt, ob sie auf ihn aufpassen kann. Also nur wir zwei, Babe.

Klingt genau nach dem, was ich jetzt brauche.

Manchmal kann ich gar nicht fassen, was für ein Glück ich habe. Ich habe eine Menge Frösche geküsst, aber das war es wert – weil ich schließlich diesen Prinzen von einem Mann gefunden habe.

Mein Telefon brummt wieder.

Du siehst heute toll aus.

Abendessen und Komplimente? Hm ... da ist doch was im Busch.

Danke! Du siehst immer toll aus.

Im Ernst? Ich hätte nicht gedacht, dass dir das auffällt.

Wie sollte es mir nicht auffallen?

Schön, dass dir gefällt, was du siehst.

Typisch Ron. Er hat keine Ahnung, wie süß er ist.

Das tut es in der Tat.

Du bringst mich zum Lächeln.

Ich möchte noch viel mehr mit dir machen als das.

Ganz schön verspielt heute!

Du aber auch.

Was könnten wir da nur tun?

Ich schicke ihm mein Zeichen für Brüste, weil ich weiß, dass ihm die an meinem Körper am besten gefallen. Der arme Mann hatte seit meinem Unfall keinen Sex mehr. Er war so geduldig. Dann habe ich eine Idee.

Wie wäre es, wenn wir heute Abend bei Garozzo's mal kurz auf die Toilette verschwinden?

Wirklich?

Wirklich. Du hast lange genug gewartet.

Wow. Ich weiß nicht, was ich sagen soll.

Sag, dass wir uns um 19 Uhr treffen, Dummkopf!

Okay.

Ich lache, als ich den Minivan starte und mich in den Verkehr einfädle. Ron und ich haben uns früher andauernd so heiße Nachrichten geschickt. Es ist schon viel zu lange her. Heute Abend wird bestimmt lustig. Ich hatte schon seit Ewigkeiten keinen Sex mehr auf der Toilette.

Weil Ron nicht aus seinem Laden wegkommt, treffen wir uns vor dem Restaurant. Er wartet in seinem Wagen auf mich und steigt aus, als ich auf den Parkplatz fahre. Er scheint mit den Gedanken woanders zu sein. Um ihn etwas aufzuheitern, nehme ich ihn in den Arm und lasse ihn wissen, dass ich heute Abend das Kommando habe.

»Wirklich? Wow. Das kommt unerwartet.« Er grinst etwas dümmlich.

»Ich dachte, das hätte ich ziemlich deutlich gemacht.« Ich drücke seine Pobacken.

»Das?« Er drückt meinen Po zurück.

»Ja, das.«

»Also, es ist auf jeden Fall eine schöne Überraschung.«

»Wirklich?« Ich bleibe stehen und sehe ihn an. »Wir haben es doch vorhin geplant.«

»Ach ja? Wann?«

»Heute. Du hast mir heiße Nachrichten geschickt.« Ich greife in meine Tasche, um ihm mein Handy zu zeigen, und als ich hochblicke, sehe ich Don Burgess um die Ecke biegen. Er bleibt kurz stehen, als er uns sieht. Mich überkommt der blanke Horror, als ich begreife, was ich sehen werde, wenn ich mir die Nachrichten ansehe. Don. Ron. Mist. Ich sollte ernsthaft darüber nachdenken, mir eine Brille zuzulegen.

»Wovon redest du? Lass mal sehen.« Er greift nach meinem Handy, und ich überlege kurz, wegzulaufen. Doch am Ende weiß ich, dass es die bessere Lösung ist, das hier jetzt durchzustehen.

Don scheint festgefroren zu sein. Er sieht ziemlich irritiert aus. Wahrscheinlich versucht er, die Situation richtig einzuordnen.

Ron ist fertig mit Lesen. Er sieht zuerst mich an, bevor er Don bemerkt.

»Don. Wie geht's? Zum Essen verabredet?« Rons Stimme ist viel zu ruhig, als dass ich beruhigt sein könnte.

»Äh, ja.« Ich muss Don zugutehalten, dass man ihm seine Verwirrung und sein Unbehagen deutlich ansieht. »Ihr zwei auch?«

»Definitiv. Mit wem treffen Sie sich denn?« Ron verschränkt die Arme vor der Brust und stellt sich breitbeinig wie ein Türsteher hin.

»Okay, okay, jetzt lasst es uns nicht peinlich machen«, sage ich, als wäre es das nicht längst. Ich stehe zwischen den beiden. Don und Ron. Meine Güte, wie konnte es nur dazu kommen?

»Sind Sie hergekommen, um mit meiner Frau Sex auf dem Klo zu haben?« Rons samtene Stimme ist ungefähr eine Oktave tiefer als normalerweise.

Auf Dons Gesicht spiegelt sich kein Anzeichen von der Panik, die mich durchflutet.

»Ähm, nein. Ich bin gekommen, um ihr zu sagen, dass ich *keinen* Sex mit ihr auf dem Klo haben kann.«

»Was?«, sagen Ron und ich gleichzeitig. Ich bin etwas beleidigt. Er könnte froh sein, überhaupt irgendwo Sex mit mir zu haben, vor allem auf dem Klo. Als mir klar wird, dass ich das jetzt lieber nicht sagen sollte, lache ich gezwungen auf.

»Das ist alles ein großes Missverständnis.« Ich lege Ron die Hand auf den Arm. »Wenn man darüber nachdenkt, ist es eigentlich sogar ganz lustig.«

»Es *wäre* lustig, wenn dieser Typ nicht in der Annahme hier aufgetaucht wäre, dass er es mit meiner Frau treiben kann.« Ron reißt seinen Arm los und starrt Don wütend an.

»Hey, Moment«, erwidert Don. »Das ist nicht der Grund, warum ich hier bin.« Er hebt die Hände und fängt an, rückwärtszugehen. Keine gute Idee, da er nach einem guten halben Meter über einen Blumenkübel mit Petunien fällt und hart auf dem Rücken landet.

»Alles in Ordnung?« Ich will zu ihm rübergehen, doch Ron hält mich zurück.

»Es geht ihm gut.« Er führt uns beide ins Restaurant. Ich werfe Don ein lautloses »Tut mir leid« zu, als ich durch die Tür gezogen werde.

»Guten Abend, Mr. und Mrs. Dixon.«

Irina begrüßt uns von ihrem Platz hinter dem Empfangscounter. Ich nenne sie die feuchteste Empfangschefin, weil ihre Hände immer nass sind. Sie gehört zu unserem Lieblingspersonal bei Garozzo's, und normalerweise würde ich sie nach ihren Kindern fragen und ein klein wenig mit ihr plaudern, aber heute Abend traue ich mich nur, ihr kurz zuzulächeln und zu nicken.

Ron übernimmt das Ruder.

»Irina, können wir den Tisch hinten neben dem kleinen Fenster bekommen?«

Sie sieht ihn irritiert an, sagt aber nur: »Sicher, folgen Sie mir.«

Sie nimmt zwei Speisekarten mit und führt uns durch das halb volle Restaurant an den Tisch, der hier als schlechtester Platz gilt, weil ihm die zweifelhafte Ehre zuteilwird, neben den

Toiletten und zugleich in der Nähe des Ortes zu liegen, an dem die Kellner ihre Bestellungen aufgeben. Wenn Ron versucht, mich zu bestrafen, hat er es geschafft.

Als wir uns setzen, öffne ich den Mund, um alles zu erklären, doch Ron, der immer noch mein Handy hat, ist damit beschäftigt, durch meine Nachrichten mit Don zu scrollen. *Ach du Schande.* Endlich sieht er mich an.

»What the fuck? Was ist hier los?«

Oh-oh. Ron benutzt sonst nie das F-Wort. Die Lage ist ernst.

»Bitte, Schatz, es tut mir leid. Du hast die Nachrichten gelesen. Du weißt, dass es ein Irrtum war.«

»Für *dich* war es einer. Aber er dachte, es wäre echt. Warum zum Teufel sollte er denken, du würdest ihn dazu einladen, dich in einem Restaurant zu vögeln?« Er macht eine Pause. »Habt ihr eine Affäre?«

»Nein!«, sage ich so einfühlsam wie möglich. »Nein. Nein. Niemals. Das würde ich niemals tun.«

»Ach, komm schon, Jen!«, fährt Ron mich an. Über seine Schulter hinweg kann ich sehen, dass wir bereits die Blicke einiger Gäste auf uns ziehen. »Du schreibst dir mit diesem Typen seit Beginn des Schuljahres.«

»Ja, aber es sind nur Nachrichten. Dumme, sinnlose Nachrichten, die nichts zu bedeuten haben.« Ich versuche, mich zu erinnern, wie weit die Flirterei ging.

»Warum schreibt jemand ›Meinst du Kaffee oder KAFFEE?‹ in Großbuchstaben? Wenn mir das eine Frau schreiben würde, würde ich denken, sie will mich anmachen.«

»Darf ich Ihnen etwas empfehlen?« Unsere Kellnerin legt ein schlechtes Timing an den Tag.

»Ich hätte gern ein Glas Rotwein«, sage ich.

»Ich auch.« Ron reibt sich über die Augen.

Sie nickt und geht. Ich sehe Ron an. Er holt tief Luft.

»Es sollte nur lustig sein. Ich habe ihn nicht angemacht. Das musst du mir glauben.«

Ron schüttelt den Kopf und blickt auf den Tisch.

Der Wein kommt, und wir nehmen beide einen großen Schluck. Ich weiß genau, dass Ron nicht weiß, was er sagen soll. Also fahre ich fort.

»Wahrscheinlich wäre das alles gar nicht passiert, wenn du ihm nicht gesagt hättest, dass ich in der Highschool in ihn verknallt war.«

»Ach, bitte, das wusste er doch schon.«

»Glaub mir, er hatte keine Ahnung.«

»Und was ist mit eurem großen Abenteuer im Wäscheraum der Turnhalle?«

»Wir hatten kein Abenteuer!« Plötzlich wird mir klar, dass ich ihm die Geschichte nie erzählt habe. »Ich bin reingeplatzt, als er Oralsex mit der Volleyballtrainerin der Mädchen hatte.«

Ron zieht die Augenbrauen hoch.

»Wirklich?«

»Ich musste nachsitzen und dem Reinigungspersonal helfen. Man gab mir einen Haufen Uniformen, die gewaschen werden sollten. Also ging ich zur Turnhalle und in den Wäscheraum und habe Don zwischen den Beinen dieser Frau gesehen.«

»Wow. Haben sie dich bemerkt?«

»Leider ja.«

»Wurde die Lehrerin gefeuert?«

»Das weiß ich nicht. Das einzige richtige Gespräch, das Don und ich jemals in der Highschool geführt haben, war, als er mich bat, nichts zu sagen. Er meinte tatsächlich, sie wären ineinander verliebt.«

Ron grinst, und ich meine schon, einen Silberstreif am Horizont zu sehen. Dann aber zieht er die Brauen wieder zusammen.

»Aber nichts davon erklärt, warum er heute Abend hergekommen ist.« Er fährt sich mit der Hand durch die Haare und kratzt sich fest. »Ich meine, o Mann. Er dachte, er würde hier Sex mit dir haben. Da muss doch noch was sein.«

»Also, im Grunde hat er gesagt, er ist gekommen, um *keinen* Sex mit mir zu haben ...«

Ron starrt mich wütend an. Ich atme tief durch, um meinen Herzschlag zu verlangsamen. Wir trinken schweigend unseren Wein, bis Ron schließlich sagt: »Mir ist der Appetit vergangen.« Er steht auf und legt etwas Geld auf den Tisch.

»Wir sehen uns zu Hause.« Als er nach draußen geht, kann ich ihn durch den Tränenschleier in meinen Augen kaum noch sehen.

Ich trinke beide Weingläser alleine aus. Von dem Versuch, nicht zu weinen, tut mir der Kopf weh, und als ich in meinen Minivan steige, brechen die Dämme, und ich weine gute zehn Minuten hemmungslos. Ron ist bisher noch bei keinem Streit einfach gegangen. Das ist normalerweise meine Rolle – ich bin die, die wegläuft, er ist der, der hinterherkommt. Ich habe keine Ahnung, wie ich alles wieder ins Lot bringen soll. Ich hoffe inständig, dass er einfach nur Zeit braucht, um sich zu beruhigen.

Ich fahre wie in einem Nebel nach Hause. Ich habe ein flaues Gefühl im Magen, und in meinem Kopf pocht es immer noch, obwohl ich so viel geweint habe – höchstwahrscheinlich liegt beides daran, dass ich seit zwei Uhr mittags nichts mehr gegessen habe. Als ich vor unserem Haus vorfahre, sehe ich ungefähr fünf Autos in der Auffahrt stehen; alle kommen mir bekannt vor, und ich bin sogleich alarmiert. Ich springe aus dem Minivan und renne zur Haustür, wo ich von lautem Gelächter begrüßt werde, das aus dem Wohnzimmer kommt? *WTF?*

Als ich das Zimmer betrete, sehe ich meine Familie und Freunde in einem Kreis sitzen und Karten spielen. Meine Mutter sieht zu mir rüber.

»Na endlich. Wir dachten schon, ihr würdet gar nicht mehr hier auftauchen.«

»Was macht ihr denn alle hier?«, frage ich ohne jegliche Gastfreundlichkeit.

»Frag deinen Ehemann«, schlägt meine Mutter vor.

»Ist er hier?«

»Er sollte eigentlich bei dir sein.« Nina steht auf und kommt zu mir rüber. »Was ist los?« Sie kennt mich so gut wie niemand sonst. Ganz zu schweigen davon, dass meine Augen wahrscheinlich aussehen, als hätte ich fünf Runden mit Muhammad Ali hinter mir.

»Er hat das Restaurant vor mir verlassen, das ist alles. Was macht ihr alle hier?«, frage ich noch einmal.

»Wir sind hier, um mit dir zu reden«, erwidert Laura, während sie anfängt, das Kartenspiel zusammenzuräumen.

»Worüber? Was ist los? Warum seid ihr zwei nicht im College?«

»Wir fahren noch heute Abend zurück, keine Sorge.« Vivs zieht die Augenbrauen hoch. »Die eigentliche Frage ist doch, warum Ron nicht hier ist. Schließlich hat er diese Versammlung doch einberufen.«

»Ich brauche erst mal ein Wasser«, sage ich und laufe in die Küche. Was zum Teufel machen all diese Leute in meinem Haus? Ich bin so dermaßen nicht in der Stimmung dafür. Chyna kommt rein, als ich mein Wasser auf ex trinke.

»Max ist in eurem Bett und sieht fern«, informiert sie mich. »Soll ich bei ihm bleiben?«

»Wenn es dir nichts ausmacht? Ich muss erst mal rausfinden, was in meinem Wohnzimmer vor sich geht.«

»Kein Problem, viel Glück.« Sie schenkt mir ein Lächeln, das ich als mitleidig empfinde, und geht wieder nach oben.

Ich mache mich auf den Weg zum Wohnzimmer, doch meine Mutter fängt mich im Flur ab und schiebt mich zurück in die Küche. Sie drückt mich gegen die Arbeitsplatte und mustert jeden Zentimeter in meinem Gesicht. Schließlich spricht sie so liebevoll mit mir wie nie zuvor.

»Was ist los, mein Schatz?«

»Oh, Mom.« Ich breche in Tränen aus und werfe die Arme um sie.

»Schhhh. Schon gut. Lass es raus.«

Als ich mich endlich so weit beruhige, dass ich einen zusammenhängenden Satz herausbekomme, erzähle ich ihr kurz die ganze erbärmliche Geschichte – angefangen an dem Abend, als ich Don zum ersten Mal in der Schule sah, bis hin zum Fiasko des heutigen Abends.

»Ich dachte, ich könnte einfach ein bisschen Spaß haben, verstehst du? Es war irgendwie aufregend. Aber ich hätte niemals irgendwas gemacht. Ich liebe Ron, und ich bin glücklicher als die meisten verheirateten Paare, die ich kenne. Warum sollte ich das für ein Abenteuer aufs Spiel setzen? Was stimmt denn nicht mit mir?«

»Ach, meine Süße, mit dir stimmt alles. Du trauerst nur deiner Jugend nach.«

Na großartig – meine Mutter nennt mich alt. Und genau das sage ich ihr auch.

»Jennifer Rose, das habe ich nicht gesagt. Natürlich bist du nicht alt, aber du bist auch nicht mehr das zweiundzwanzigjährige Mädchen, das durch Europa zieht und einen lockeren Lebenswandel führt.«

»Mom!«

»Nein, hör mir zu.« Sie führt mich zum Küchentisch und zieht zwei Stühle für uns vor.

»Du hast das alles gemacht und eine tolle Zeit gehabt. Und sag das niemals deinem Vater, aber ich bin froh, dass du ein bisschen Spaß hattest. Wir haben gleich nach der Highschool geheiratet, und er ist der einzige Mann, den ich jemals geküsst habe, von ... du weißt schon ganz zu schweigen.« Sie sieht auf ihren Schoß.

Ich lasse diese etwas zu offenherzige Aussage einen Moment sacken.

»Willst du sagen, dass du es bereust, nur mit Dad zusammen zu sein?«

»Nein. Ich sage, dass es in Ordnung ist, festzustellen, dass der wirklich lustige Teil deines Lebens möglicherweise hinter dir liegt. Traurig zu sein, dass er vorüber ist, und dann weiterzugehen. Diese Jahre kommen nicht zurück, ganz egal, wie jung du dich fühlst, wenn du mit anderen Männern flirtest. Und glaub mir: Es liegt noch eine ganze Menge Gutes vor dir.«

Ich gucke meine Mutter an und versuche, sie nicht als meine Mom zu sehen, sondern als Frau. Das machen wir Töchter oft. Dann kommt mir etwas in den Sinn.

»Hast du jemals mit einem anderen Mann geflirtet?«

Sie lächelt mich vielsagend an. »Na ja, mein Schatz, denkst du wirklich, ich bin all die Jahre zum Bingo gegangen, weil mir das Spiel so gut gefallen hat?«

Ich bekomme einen Lachanfall, bis ich wieder anfangen muss zu weinen. Bäh.

Meine Mutter reicht mir eine Papierserviette aus dem Spender auf dem Tisch und wartet, bis ich mich beruhige.

Dann bitte ich sie, mir zu sagen, warum alle hier sind.

Sie hält mir die Hände hin, so wie sie es immer getan hat, als ich noch ein Kind war. Ich ergreife sie dankbar.

»Aber *warum* seid ihr hier?«, frage ich wieder.

»Das wirst du schon sehen. Es war Rons Idee.«

Als sie seinen Namen erwähnt, dreht sich mir der Magen um. Ich frage mich, wann er wohl nach Hause kommt.

Die Frage beantwortet sich von selbst, als wir zurück ins Wohnzimmer gehen. Er sitzt neben meinem Vater, meinen Töchtern, Nina und Garth, und alle warten schweigend darauf, dass etwas passiert.

»Also, was geht hier vor?«, frage ich niemanden und alle.

Meine Mutter, die sich mittlerweile zu meinem Vater aufs Sofa gesetzt hat, nickt Ron zu. Der nickt zurück. Dann steht sie auf und zieht einen Zettel aus ihrem BH. Nett, Mom. Immer schön stilvoll.

»Jennifer, zuerst möchte ich dir sagen, dass wir so stolz auf dich sind. Seien wir doch ehrlich: Nach deinem kleinen Ausflug nach Europa warst du nicht unbedingt auf der Überholspur zum Erfolg.«

Die anderen lachen.

»Aber du hast dich zusammengerissen und dir ein schönes Leben aufgebaut.«

»Danke, Mom.« Meine Augen füllen sich schon wieder mit Tränen und ihre ebenfalls. Sie reicht den Zettel meinem Vater, setzt sich und putzt sich mit dem Tuch, das sie immer in ihrem Ärmel trägt, die Nase.

Mein Vater steht auf und räuspert sich.

»Wir haben mit Genuss dabei zugesehen, wie du dich wieder in Form gebracht hast, und ich muss sagen: Du siehst umwerfend aus, meine Kleine. Nicht dass du vorher keine Schönheit warst, aber seit einiger Zeit umgibt dich so ein gesundes Strahlen.«

»Ähm, danke, Dad.« Warum sagen diese Menschen lauter nette Dinge? Mein Geburtstag ist doch erst in zwei Wochen.

Nina ist die Nächste.

»Süße, du weißt ja, wie gerne ich dich mit deinem Training

aufziehe, aber ich weiß, dass du mit Herz und Seele dabei bist. Ich wünschte, ich hätte die Disziplin, so etwas zu erreichen. Du bist meine Heldin.« Sie hebt ihr Glas, um auf mich anzustoßen.

Ich sehe durch einen Schleier aus Tränen, die einfach nicht aufhören wollen. Ich kann gar nicht glauben, mit wie viel Liebe ich gerade überschüttet werde. In Anbetracht des emotionalen Tsunamis, den ich heute bereits durchlebt habe, ist es zu viel.

»Ich bin dran!«, sagt Vivs, als sie aufsteht, und bringt damit alle zum Lachen.

»Mom, du bist ohne Zweifel einer der verrücktesten Menschen, die ich kenne. Niemand, den ich kenne, hat eine Mutter wie dich. Du hast Laurs und mich zu starken, unabhängigen Frauen erzogen, aber du hast uns auch gezwungen, Wäsche waschen und kochen zu lernen. Ich schwöre, ich bin in meinem Freundeskreis die Einzige, die weiß, wie man einen Knopf annäht.«

»Das ist wirklich eine Schande«, unterbricht meine Mutter sie. Die mangelnden hauswirtschaftlichen Fähigkeiten der jüngeren Generation bringen sie immer in Rage.

»Auf jeden Fall lieben wir dich, und wir sind wirklich stolz auf dich. Was auch passiert.«

Was auch passiert?

Ich denke noch über diesen letzten Satz nach, als Laura das Ruder übernimmt.

»Du warst immer die beste Mutter aller Zeiten. Auch wenn du Sachen gemacht hast, wie uns während der Autofahrt mit deinem Schuh zu schlagen ...«

»Das war ein einziges Mal!«, verteidige ich mich.

»Ich weiß! Ich sage nur, dass du, obwohl du manchmal ausgerastet bist und ziemlich gemein warst ...«

»Laura, hör auf zu reden.« Vivs fasst sie am Arm und zerrt sie aufs Sofa.

»Sie weiß, dass ich sie liebe«, protestiert Laura, bleibt aber sitzen.

Garth steht neben Nina auf und wirft mir dieses strahlende Lächeln zu, das er mir auch bei unserer ersten Begegnung geschenkt hat.

»Jen, du bist ein Rockstar. Du hast einem alten ehemaligen Trainer wie mir eine Chance gegeben, und mir haben die letzten sechs Monate wahnsinnig viel Spaß gemacht. Dein Freund zu sein ist wie eine zusätzliche Auszeichnung für mich.«

»Danke, Garth, mir geht es genauso.«

»Aber die Sache ist die …«

Ah! Die Sache. Endlich kommen wir zu der Sache.

»Ich denke, du solltest in den nächsten Monaten an keinem Schlammlauf teilnehmen.«

Es überrascht mich, dass ich nicht früher darauf gekommen bin. Mein Vater sprach davon, wie toll mein Körper jetzt aussieht. Wäre das jemals in einer Geburtstagsrede vorgekommen?

Alle starren mich an und warten auf meine Reaktion. Hätten sie mich an einem anderen Abend erwischt, hätte ich vielleicht mit ihnen diskutiert. Aber heute besitze ich keinen Funken Kampfgeist mehr, weshalb ich nur mit den Schultern zucke.

»Ich weiß wirklich nicht, was ich sagen soll. Wie ich sehe, habt ihr euch viele Gedanken gemacht und euch offensichtlich hinter meinem Rücken getroffen.«

»Nur ein Mal«, versichert Laura mir.

Ich zwinkere ihr zu. Dann sehe ich Garth fest in die Augen. »Wirklich?«

Er lächelt verlegen. »Wir werden das machen, versprochen. Ich glaube nur, du bist noch nicht so weit. Du warst es, glaub mir. Aber die dreiwöchige Zwangspause macht eine Teilnahme im April unmöglich. Ich habe dir ja schon gesagt, dass deine Sternstunde im August kommen wird.«

»Aber in der Zwischenzeit ...« Ron steht auf. Ich habe es die ganze Zeit nicht geschafft, Blickkontakt mit ihm herzustellen. »Ich möchte, dass du darüber nachdenkst, noch mal an dem Minievent in meinem Laden teilzunehmen.« Seine monotone Stimme fühlt sich nach all der Liebe von den anderen wie eine Ohrfeige an.

»Ihr macht da noch mal mit?«

Er nickt. »Das Gouverneursbüro hat letzte Wochen angerufen und gefragt, ob wir wieder teilnehmen.«

Ich gucke zu Garth, der beide Daumen nach oben reckt.

»Zurück zum Tatort, hm?«, sage ich.

»Diesmal wirst du es allen zeigen«, versichert Vivs mir. Alle nicken zustimmend.

Auf einmal überwältigen mich die Geschehnisse des Abends. Ich kann nicht anders. Ich fange wieder an zu weinen.

Laura und Vivs stehen auf, kommen schnell zu mir und umarmen mich ungeschickt. Woher wussten sie, dass ich genau das jetzt brauche?

Auf dem Weg in mein Bett schleiche ich mich auf Zehenspitzen in Max' Zimmer, um ihm einen Gutenachtkuss zu geben, und stelle fest, dass er noch wach ist.

»Kannst du nicht schlafen, mein Großer?« Ich setze mich auf sein Bett und streiche ihm die Haare aus den Augen.

»Nein. Ich glaube, ich habe zu viel von dem Hasen gegessen«, murmelt er.

Ich unterdrücke ein Lächeln.

»Ich bin überrascht, dass Chyna dir erlaubt hat, ihn zu essen.«

»Sie weiß es gar nicht so richtig«, flüstert er. »Sie denkt, ich hätte nur die Ohren gegessen.«

»Hm, das ist ja nicht so toll. Nur weil ich nicht zu Hause

bin, heißt das nicht, dass du dich nicht an die Regeln halten musst.«

»Ich weiß.« Er gähnt. »Tut mir leid. Legst du dich noch zu mir?«

Ich weiß, dass ich eigentlich in mein Schlafzimmer gehen und versuchen sollte, mit Ron zu reden, aber ich will nicht schon wieder diese Eiseskälte spüren. Als alle gegangen waren, ist er ohne ein Wort nach oben gegangen. Außerdem – wer könnte so einem Angebot schon widerstehen? Ich quetsche mich in das Rennautobett, und Max kuschelt sich an mich.

21. Kapitel

**An: Miss Wards Klasse
Von: JDixon
Datum: 08. April
Betreff: Die guten alten Eltern-Lehrer-Gespräche**

Guten Morgen, liebe Freunde!

Eigentlich wollte ich die ganze Mail in hochtrabender Sprache verfassen, aber da mich das jetzt schon langweilt, wechsle ich zu trockenem Humor.

Können Sie es fassen, dass schon wieder Elternsprechtagszeit ist? Mir kommt es so vor, als hätten wir den ganzen Zirkus eben erst hinter uns gebracht. Was soll ich sagen, mein Gott, wie viel mehr können wir denn noch über unsere Kinder reden?

Miss Ward hat offensichtlich eine Menge zu sagen, und deshalb werden wir unseren Hintern am 27. und 28. April wieder auf diese winzigen Stühle quetschen müssen.

Mein Plan ist, denselben Plan wie im September zu benutzen. Ich habe ihn unten für Sie eingefügt. Wenn Sie ein Problem damit haben, behalten Sie es für sich oder wenden Sie sich an Asami. Sie ist die Verständnisvollere von uns beiden.

*Elternsprechtagsplan:
Donnerstag, 27. April
12:30 Lewicki
13:00 Fancy
13:30 Aikens*

14:00 Zalis
14:30 Alexander
15:00 Kaplan

Freitag, 28. April
08:00 Cobb
08:30 Dixon
09:00 Westman
09:30 Baton
10:30 Tucci
11:00 Elder
11:30 Wolffe
13:00 Gordon/Burgess
13:30 Chang
14:00 Brown

Am 29. April findet übrigens ein Mini-Schlammlauf im Laden meines Mannes statt (im Fitting Room in der Drummond Street), um mehr Aufmerksamkeit auf die »Werde Fit«-Kampagne des Gouverneurs zu lenken. Falls irgendwer teilnehmen möchte, soll er oder sie mir einfach eine E-Mail schicken. Ich kann fünf Personen mitbringen.

Das ist alles. Gehen Sie weiter. Hier gibt es nichts zu sehen.

Jen (und Asami im Geiste)

Ich weiß genau, dass Garth es mir leicht machen will, und ehrlich gesagt, bin ich froh darüber. Wie traurig ist es eigentlich, dass es sechs Monate dauert, um in Form zu kommen, und ungefähr sechs Tage, um wieder unfit zu werden?

Er meidet sämtliche Übungen, die meine Leistengegend strapazieren könnten, was leider nicht die fiesen Burpees ausschließt. Nach fünf Wiederholungen werfe ich das Handtuch, und er gewährt mir eine kurze Pause. Wir haben bereits Liegestützen, Sit-ups und ein bisschen Seilspringen hinter uns, aber dann musste ich unterbrechen, weil das Blut etwas zu wild durch die Region unterhalb meines Bauchnabels rauschte. Wir trainieren erst seit zwanzig Minuten, und ich bin schon durch.

»Sieht gut aus, Jen.«

»O bitte, Garth! Ich stelle mich an wie ein Neuling. Wann musste ich zum letzten Mal nach fünf Burpees aufhören?«

»Gönn dir eine Pause. Wir haben noch zweieinhalb Wochen, um dich wieder in Kampfform zu bringen, und das wird nicht an einem einzigen Tag passieren. Ich würde gern noch an deiner Ausdauer arbeiten, also mach doch noch einen schnellen Walk auf dem Laufband. Ich stelle es etwas schräg, damit es sich nach Berganstieg anfühlt.«

Ich seufze und raffe mich vom Boden von Rons Gym & Tan auf. Nachdem ich mehrere Wochen nicht mehr hier unten war, habe ich ganz vergessen, welche Veränderungen ich im Winter vorgenommen habe. An der Wand hängt jetzt ein rotes Nike-Poster, auf dem in schwarzen Buchstaben steht: »Wenn niemand an dich glaubt, musst du es tun.« Es war ein Weihnachtsgeschenk von Peetsa, und ich finde es super. Außerdem habe ich einen dekorativen Korb mit Handtüchern hingestellt, mit denen ich mir den Schweiß abwischen kann, und einen Krug mit Wasser, in dem manchmal Zitronenscheiben schwimmen und manchmal Gurken. Normalerweise zünde ich auch eine Duftkerze Typ »Meeresbrise« an. Alles in allem ist es ein netter Trainingsraum.

»Was machst du an deinem Geburtstag?«, fragt Garth, während er verschiedene Knöpfe an unserem Laufband drückt.

»Ich weiß es noch nicht genau.« Ich mache schnelle Schritte auf dem Band und werfe Garth einen verstohlenen Blick zu. »Warum? Plant Ron etwas?«

Ich klinge etwas verzweifelt. In den letzten Wochen war die Stimmung zu Hause ziemlich angespannt. Ich hoffe, Max bekommt nicht allzu viel davon mit. Wir essen zwar immer noch gemeinsam zu Abend und verbringen Zeit miteinander, aber wenn es um mich geht, aktiviert Ron ein Kraftfeld um sich herum. Am Morgen nach dem eigenartigen Zwischenfall haben wir miteinander geredet, nachdem er mich in Max' Bett gefunden hatte. Ron sagte, er brauche Zeit und Raum, und ich solle ihm bitte beides gewähren. Das tue ich auch, aber es ist wirklich schwer. Am liebsten würde ich ihm immer wieder sagen, wie leid es mir tut und wie sehr ich ihn liebe, aber er gibt mir nicht die Chance dazu.

»Nicht dass ich wüsste«, erwidert Garth als Antwort auf meine Geburtstagsplanungsfrage, und ich bin mir sicher, dass er recht hat. Er reduziert das Tempo des Laufbandes und sieht mich nachdenklich an.

»Ist es okay für dich, nur an dem Minilauf im Laden teilzunehmen?«

»Total okay.« Ich ächze und keuche. »Ich bin so dermaßen aus der Form, dass ich froh bin, wenn ich da überhaupt durchhalte.«

»Ich werde dafür sorgen, dass du mehr als bereit bist.«

Nachdem Garth gegangen ist, setze ich mich in mein Küchentresen-Büro, lege mir ein Kühlpack auf die Leiste und checke meine Mails.

Ich habe so viele Antworten, dass ich mir nicht mal die Mühe mache, Sasha Lewickis automatisierte Antwort zu öffnen. Ich brauche wirklich nicht zu wissen, bis wann sie nicht im Büro sein wird.

An: JDixon
Von: AChang
Datum: 08. April
Betreff: Die guten alten Eltern-Lehrer-Gespräche

Jennifer,

ich habe Sie schon lange nicht mehr gesehen. Ich nehme an, Sie müssen sich von Ihrem Unfall erholen.

Vielen Dank, dass Sie sich um den Elternsprechtag kümmern. Hätten Sie morgen Zeit für einen Tee, bevor wir die Kinder abholen? Ich habe eine neue Theorie über Sie-wissen-schon-wen.

Asami

O gütiger Gott, gib es auf, Frau. Ich werde sie zum Schweigen bringen müssen. Ich maile ihr, dass wir uns morgen um vierzehn Uhr bei Starbucks treffen. Sie braucht dringend eine Realitätsprüfung.

**An: JDixon
Von: KFancy
Datum: 08. April
Betreff: Die guten alten Eltern-Lehrer-Gespräche**

Hallo Jen,

zum Glück habe ich keinen Trip nach Manhattan geplant – sonst hätte ich schon wieder ein Problem gehabt. Mein Termin kann so bleiben.

Ich würde übrigens sehr gerne an dem Schlammlauf im Geschäft Ihres Mannes teilnehmen. Was für eine hübsche Idee. Es wird sicher angenehm leicht, nachdem ich in der Woche davor an dem richtigen KC-Schlammlauf teilnehme. Werden Sie auch dabei sein?

*Grüße
Kim*

Ich dachte mir, dass sie den Köder schlucken würde. Kim Fancy ist genau der richtige Anreiz für mich, um den Schlammlauf im Laden zu rocken.

**An: JDixon
Von: MJBaton
Datum: 08. April
Betreff: Die guten alten Eltern-Lehrer-Gespräche**

Liebe Jen,

unser Elternsprechtagstermin ist super, und Jean-Luc würde gerne an dem Schlammlauf im Geschäft Ihres Mannes teilnehmen. Wäre das okay?

*Grüße
Mary Jo*

Jean-Luc Baton in Shorts und beim Training? Äh, ja, bitte. Dann öffne ich die Antwort von Shirleen Cobb und muss zum ersten Mal seit Tagen laut lachen.

An: JDixon
Von: SCobb
Datum: 08. April
Betreff: Die guten alten Eltern-Lehrer-Gespräche

Jennifer,

Elternsprechtagstermin ist gut. Ich hätte Ihnen und Ihrem Mann bei dem Schlammlauf gerne ausgeholfen, aber ich trainiere seit ungefähr zwei Monaten bei Curves und möchte nichts machen, das meinem Fortschritt in die Quere kommen könnte.

Shirleen

Zu meiner großen Überraschung hatte niemand ein Problem mit dem Elternsprechtagstermin, *und* ich konnte alle fünf Plätze für den Mini-Schlammlauf besetzen. Außer Kim und Jean-Luc haben sich die Mütter von Hunter und Ali Gordon angemeldet.

Als ich ihre E-Mail sehe, fällt mir ein, dass ich Don noch etwas schuldig bin. Am Morgen nach dem Heiße-Nachrichten-GAU schrieb er mir, er sei zu Garozzo's gekommen, um mir zu sagen, dass er mich zwar umwerfend findet, aber nicht auf diese Art. Offensichtlich versucht er, wieder mit Ali zusammenzukommen, und konzentriert alle seine romantischen Bemühungen auf dieses Ziel. Er schrieb, dass er sich die ganze Zeit über wirklich gerne auf einen Kaffee mit mir treffen wollte, aber nur, um mit mir über *sie* zu sprechen. Er schrieb mir, dass er unser Nachrichtengeplänkel witzig fand, aber nie daran gedacht hat, mehr daraus werden zu lassen.

Als ich deine Einladung zum Sex bekam, war ich überrascht und fühlte mich geschmeichelt. Ich meine: total geschmeichelt. Aber ich wusste, dass es auf keinen Fall passieren würde. Ich wollte persönlich mit dir darüber sprechen und dich nicht einfach im Restaurant sitzen lassen. Du bist ein tolles Mädchen, und ich dachte, ich hätte dir vielleicht in irgendeiner Form falsche Hoffnungen gemacht. Nun, da ich weiß, dass die Nachrichten gar nicht für mich bestimmt waren, ergibt alles einen Sinn.

Ich hoffe, du und Ron konntet am Ende darüber lachen. Er sah nicht allzu glücklich aus, aber nachdem du ihm alles erklärt hast, hat sich das bestimmt geändert. Falls nicht, werde ich gerne mit ihm reden und ihm den Kopf zurechtrücken.

*Mach's gut
Don*

Will er mich auf den Arm nehmen? Das ist der Typ, der sagte, er wolle mir beim Trainieren helfen. Wenn das kein Flirten ist, dann reiche mir bitte irgendwer ein Wörterbuch. Das ist so typisch Mann, sich so aus der Affäre zu ziehen. *Ach, du wolltest gar keinen Sex mit mir? Tja, ich auch nicht mit dir. Das war nur Spaß.* Alles klar, Don, das klären wir noch.

Ich werde nicht lügen. Zu erfahren, dass meine kleine Verknalltheit die ganze Zeit über nicht auf Gegenseitigkeit beruhte, war ein Schlag in den Magen. Ich weiß, ich habe gesagt, dass die Nachrichten nichts zu bedeuten hatten und alles nur ein Spaß war, aber die traurige Wahrheit ist, dass sich Don Burgess, wieder einmal, nicht für mich interessiert. Zumindest sind wir diesmal Freunde – oder wir *waren* Freunde; ich bin mir nicht sicher, was wir jetzt sind.

Ich antworte Don und schreibe, dass alles gut ist, wenn es auch nicht besonders komisch war, und bla, bla, bla. Ich wünsche ihm Glück mit Ali und ende mit einem: Wir sehen uns.

Auf Wiedersehen, Soeinhottie! Es war schön mit dir.

Der April ist mein Lieblingsmonat, und das nicht nur, weil ich da Geburtstag habe. Ich liebe den Duft des tauenden Bodens, der dann in der Luft liegt. Das ist eins der ersten Frühlingsanzeichen, und es erinnert mich immer an meine Kindheit.

Ich nehme einen tiefen Atemzug, bevor ich zu meinem Treffen mit Asami im Starbucks gehe. Ich sehe sie in der Schlange stehen, stelle mich neben sie und sage: »Also – was ist Ihre neue Theorie?«

Ich mag es, wie Asami und ich miteinander umgehen. Kein Vorgeplänkel, keine falschen Küsschen, kein Geplauder. Wir kommen direkt zur Sache.

»Es ist Miss Ward«, platzt es aus Asami heraus.

O mein Gott, das wird ja noch schlimmer, als ich dachte.

»Ich lade Sie ein«, fährt sie fort. »Was möchten Sie?«

»Vielen Dank. Ich nehme einen großen Peach Tranquility. Ich besetze schon mal das Sofa für uns.«

Auf dem Sofa checke ich mein Handy, um zu sehen, ob ich vielleicht eine Nachricht von Ron habe. Aber kein Glück. Er ist immer noch kühl. Als Asami kommt, stellt sie einen riesigen Cookie zwischen uns. Schokolade mag ja ein No-Go für mich sein, aber zu einem Chocolate Chip Cookie sage ich niemals Nein.

»Bedienen Sie sich«, sagte sie, als sie sich den Pulli auszieht.

Wer ist diese Frau? Oder vielleicht war das schon die ganze Zeit über die echte Asami, und ich habe es nur nie gesehen. Ich beschließe, dass ich ihrer verrückten Hexenjagd freundlich, aber bestimmt begegnen muss.

»Ich muss Ihnen etwas sagen und hoffe, dass Sie mir zuhören«, fange ich an. »Ich denke, dass Sie den Mond anbellen. Ich weiß, um die wahre Identität von Sasha Lewicki rankt sich ein Mysterium, aber wenn man mal das große Ganze betrachtet, ist das im Grunde doch egal. Schadet es Suni auf irgendeine Art? Beeinträchtigt es die Qualität Ihres Alltags? Wahrscheinlich nicht, also warum lassen Sie die Sache nicht einfach ruhen?«

In Gedanken klopfe ich mir für meine nette kleine Ansprache auf die Schulter. Ich sehe, dass Asami die Stirn zu einem kleinen V zusammengezogen hat und mit dem Mund ein O formt. Ich wähle diesen Moment, um mir ein Stück von dem Cookie abzubrechen und in den Mund zu werfen, stelle dann aber mit Grauen fest, dass er mit Rosinen ist und nicht mit Schokolade. Es gibt nicht vieles in meinem Leben, das enttäuschender ist, und wäre es gesellschaftlich akzeptiert, würde ich den Bissen wieder ausspucken.

Asami hat noch immer keinen Ton gesagt, aber sie sieht mich an.

»Es tut mir leid. Ich hoffe, ich habe Ihre Gefühle nicht verletzt. Ich denke nur, dass es wichtigere Dinge gibt, mit denen man sich beschäftigen kann.«

Sie nickt. »Sie haben recht, die gibt es. Ich weiß auch nicht genau, warum ich mich so sehr in diese Sache verbissen habe.«

»Na ja, es wird garantiert als eins der größten Rätsel in die Geschichte von Raum 147 eingehen«, behaupte ich. »Das und wie es Mary Jo Baton gelungen ist, sich Jean-Luc als Ehemann zu angeln.«

Mein kleiner Witz entlockt ihr ein Lächeln. Ich denke, es besteht doch noch Hoffnung für Asamis Sinn für Humor.

Dankbar strecke ich mich im Bett aus und lege mir ein großes Kühlpack auf die Leiste. Nur nach einem langen Tag wie diesem habe ich noch Probleme mit der Verletzung. Normalerweise würde Ron heute Abend mit mir herumalbern, weil er wie jeder Mann auf der Welt der Meinung ist, Sex sei das perfekte Geburtstagsgeschenk für die eigene Frau. Aber so, wie die Dinge zurzeit zwischen uns stehen, bin ich mir nicht mehr so sicher. Er war heute Morgen wirklich süß und hat mir mit Max das Frühstück ans Bett gebracht, aber dann habe ich den ganzen Tag nichts von ihm gehört. Eigentlich war das auch in Ordnung, denn ich hatte unerwartet viel um die Ohren. Die Mädchen haben mich auf FaceTime überrascht und mir die Happy-Birthday-Version der Beatles als Ständchen gebracht – mit Travis am Bass und Raj am Tambourin. Später habe ich mit Nina, Peetsa und Ravi im Laden mit den Schildern (Stu's Diner) zu Mittag gegessen. Wir haben uns mit selbst gemachtem Chili vollgestopft, und Steph gab mir einen ganzen Apfelkuchen für zu Hause mit. Es gab nur ein einziges neues Schild bei Stu's: ein kleines, das an der Eingangstür hängt und auf dem steht:

»Wenn ich Lust hätte, einem Arschloch zuzuhören,
würde ich furzen.«

Den restlichen Nachmittag habe ich damit verbracht, mir die Haare schneiden und föhnen zu lassen, und am Abend beschließe ich den Tag mit einem lustigen Abendessen bei Minsky's mit der gesamten Familie. Hier gibt es die beste Pizza in KC. Manche finden vielleicht Waldo's besser, aber wir sind seit jeher eine Minsky's-Familie. Wir bestellen immer dasselbe: eine Papa-Minsky's mit Peperoni, italienischen Würstchen, Salami und gegrillter roter Paprika. Niemand würde nach einem

Abend bei Minsky's mit uns in einem Raum schlafen wollen, so viel steht fest.

Jetzt bin ich also achtundvierzig. Alles in allem betrachtet, gefällt es mir besser als mit achtundzwanzig. Vor allem besser als mit *meinen* achtundzwanzig, als ich bei meinen Eltern lebte und zwei kleine Kinder alleine großzog. Wie der großartige Billy Joel einst sagte: »Es ist ein Wunder, das ich überlebte.« Das ist definitiv meine denkwürdige Zeit.

22. Kapitel

Ich wache noch vor meinem Wecker auf, den ich auf sieben Uhr gestellt habe. Ich bin wahnsinnig aufgeregt, doch bevor ich aus dem Bett springe, zwinge ich mich, meine morgendlichen Dehnübungen und Affirmationen zu machen. Das hat Garth mir gezeigt, während ich verletzt war. Es geht so:

»Mein Geist und mein Körper sind in perfekter Balance. Ich bin grenzenlos.«

Nett, nicht wahr? Selbstliebe ist zwar nicht so ganz mein Ding, aber diese Übung macht einen richtig stark. Auf jeden Fall ist sie besser als das Mantra, das ich früher runtergebetet habe, nämlich: »Schwing deinen fetten Hintern aus dem Bett.«

Ich weiß, dass heute nur ein gesponserter Mini-Schlammlauf stattfindet, aber für mich ist es, als hätte man den olympischen Zehnkampf und den Superbowl zu einem Stück zusammengerollt und in eine große Tüte Chips gelegt. Meine Nerven sind zum Zerreißen gespannt. Ich kehre an den Ort meiner vernichtenden Niederlage zurück – meines vollständigen Zusammenbruchs im Angesicht körperlicher Herausforderung. Das war ein rabenschwarzer Tag. Nur wenn ich mich beim Versuch, über die Wand zu klettern, eingekotet hätte, wäre es noch schlimmer gewesen.

Aber heute gehört diese Wand mir. »Mein Geist und mein Körper sind in perfekter Balance. Ich bin grenzenlos.«

Ich hieve meinen fetten Hintern aus dem Bett und schleppe ihn unter die Dusche. Max schläft noch. Ich kann nur annehmen, dass Ron bereits im Laden ist und den Aufbau überwacht. Ich selbst muss nicht vor neun Uhr dort sein.

Gott, ich wünschte, ich hätte länger geschlafen; es ist gestern Abend so spät geworden. Um Halt zu finden, lehne ich mich gegen die Duschwand. Wie das Glück es so wollte, haben Ron und ich am Vorabend die unsägliche Sache mit den Nachrichten aus der Welt geräumt. Zwar war der Umgang zwischen uns wieder unbeschwerter geworden, aber wir hatten noch nicht richtig über alles gesprochen. Nachdem ich Max ins Bett gebracht hatte, ging ich zu Ron ins Schlafzimmer und erwischte ihn dabei, wie er etwas auf meinem Handy las.

»Ist das mein Handy?« Ich bemühte mich, nicht allzu empört zu klingen, weil wir in unserer Ehe immer eine Mein-Telefon-ist-dein-Telefon-Politik gepflegt haben. Aber zu sehen, wie er ohne zu fragen durch meine Nachrichten scrollt, bringt mich schon ziemlich auf.

»Ja, ist es«, antwortete er, ohne jedes Anzeichen von Schuld in der Stimme. »Ich habe noch mal die Nachrichten gelesen, die du dir mit Don geschrieben hast.«

Jetzt ist es also so weit. Ich machte mich bereit für die nun folgende Auseinandersetzung.

»Und, hast du was gesehen, was du beim ersten Mal überlesen hast?«, fragte ich.

»Ja, eine Menge. Ihr zwei hattet wirklich einen regen Austausch.«

»Aber nur über blödes Zeug.« Ich ging zu ihm rüber und setzte mich neben ihm aufs Bett.

»Das sehe ich.« Er schaute immer noch aufs Handy statt mir in die Augen.

Ich berührte seinen Arm. »Ron, es tut mir leid. Ehrlich.«

»Ich verstehe noch immer nicht, warum du das Bedürfnis

hattest, mit diesem Typ so hin und her zu witzeln. Bin ich nicht interessant genug?«

Ich seufzte. Wie hätte ich sagen können: Es liegt nicht an dir, es liegt an mir«, ohne abgedroschen zu klingen?

»Es ist alles meine Schuld, Schatz. Du bist in jeder Hinsicht mehr, als ich mir im Leben wünschen könnte. Aber laut meiner Mutter habe ich eine kleine Midlife-Crisis.«

Endlich sieht Ron mich an.

»Worin besteht denn diese Krise?«

»Äh, ich bin achtundvierzig, meine besten Jahre liegen hinter mir, und ich werde Großmutter.«

Alarmiert setzte er sich auf. »Was? Wer ist schwanger?«

»Also, im Augenblick niemand, aber irgendwann wird es so kommen.«

»Mein Gott, Jen, ich hätte fast einen Herzinfarkt bekommen.«

»Entschuldige. Aber das geht halt in meinem Kopf vor.«

»Was geht da sonst noch so vor?« Meine Antwort schien ihn misstrauisch gemacht zu haben.

Ich lehnte mich auf dem Bett zurück und schloss die Augen. Verflixt, was geht nicht in meinem Kopf vor?

»Ich denke darüber nach, wie ich jeden Tag ein bisschen weniger attraktiv aussehe. Ich denke, dass Max gerade erst mit der Highschool fertig sein wird, wenn ich sechzig bin. Ich frage mich, ob ich lieber hätte Karriere machen sollen statt eines Haufens verschiedener Jobs. Ich frage mich, warum du mich liebst und wann du vielleicht damit aufhörst. Ich mache mir Sorgen, dass ich als Ehefrau, Tochter, Mutter und Freundin vielleicht nicht gut genug bin. Und ich frage mich, ob es das war, ob so mein Leben aussieht und ob es so genug ist.«

Wir schweigen eine ganze Weile, und dann fragte mein Mann: »Ist das alles?«

Ich brauchte einen Moment, ehe ich begriff, dass er einen Witz machte. Dann fing ich an, herzlich zu lachen. Er legte sich neben mich.

»Und deshalb hast du angefangen, mit einem alten Freund zu flirten?«

»Er war nie mein Freund. Aber ...« Ich versuchte, treffend zu beschreiben, was mich die ganze Zeit angetrieben hatte.

»Aber ... es hat dir das Gefühl gegeben, jung zu sein?«

Ding, ding, ding! Ron hat den Hauptgewinn.

»Auf gewisse Weise wohl schon. Er kannte mich vor dem College, vor den Kindern ... vor dir.«

»Na ja, er kannte dein junges Ich, aber nicht dein bestes Ich, wenn du mich fragst. Ich weiß nicht, ob ich die siebzehnjährige Jen genauso gemocht hätte wie die siebenundvierzigjährige Jen.«

»Achtundvierzig«, korrigierte ich ihn.

»Stimmt, achtundvierzig. Es tut mir leid, dass du eine Midlife-Crisis hast, weil du älter wirst. Aber du musst dich mal durch unsere Augen sehen.«

»*Unsere* Augen?«

»Meine und Max'. Wir lieben dich, und wir finden dich großartig. Dieser Skiurlaub hat ohne dich keinen Spaß gemacht, und zwar nicht nur, weil niemand da war, der uns Tacos aus der Pfanne gemacht hat.«

Ich wollte etwas sagen, doch Ron schnitt mir das Wort ab.

»Lass mich ausreden. Du bist alles für uns ... für mich. Aber wenn wir dir nicht reichen, macht mir das Angst.«

Ich setzte mich auf. »Das tut ihr! Das tust du! Ich liebe mein Leben mit euch und den Mädchen. Es ist nur schwer, älter zu werden. Ich bin nicht mehr das hübscheste Mädchen auf der Party, und daran muss ich mich erst noch gewöhnen.«

Ron setzte sich neben mir auf und zog mich in seine Arme.

»Du wirst immer das hübscheste Mädchen auf meiner Party sein. Daran darfst du niemals zweifeln.«

Kitschig, oder? Aber in meinen Ohren war es Musik, und der Versöhnungssex hat die Spannungen zwischen uns endgültig gelöst. Ich bin so froh, dass wir die Sache geklärt haben. Ich wünschte nur, es wäre nicht am Abend vor dem Mini-Schlammlauf gewesen, weil ich jetzt körperlich und mental total fertig bin.

Nach dem Duschen greife ich nach meinem Handy und checke das Wetter. Sonnig mit einer Höchsttemperatur von neunzehn Grad: perfekt.

Ich ziehe eine Dreiviertel-Yogahose an, meinen Lieblingssport-BH und eins der Fitting-Room-T-Shirts, die Ron extra für das Event hat herstellen lassen. Ich gehe mir kurz mit der Bürste durch die Haare und entscheide mich dafür, mir einen Pferdeschwanz zu machen.

Ich summe die Titelmelodie von *Rocky*, als ich runter in die Küche laufe und mir Rührei auf Ezekiel-Brot mit Ketchup mache – mein Frühstück für Champions.

Es ist 7:30 Uhr, und ich bin startklar. Mist. Ich muss mich ablenken. Also gehe ich in Max' Zimmer und poltere so lange herum, bis er aufwacht.

»Guten Morgen Mommy«, sagt er mit einem Gähnen.

»Guten Morgen, mein Großer.« Ich lege mich zu ihm in sein Rennautobett und kuschle mich an ihn.

»Ist heute dein Lauf?«, fragt er.

»Jep.«

»Wirst du gewinnen?«

»Ich werde schon gewinnen, wenn ich nur den Parcours schaffe.«

Er nimmt mein Gesicht in seine Hände, sodass ich ihn direkt angucke.

»Mommy. Gewinnen heißt gewinnen.« Er hört sich an wie Ron.

»Nein, mein Süßer, gewinnen heißt, sein Bestes zu geben.« Ich nehme ihn fest in den Arm.

»Willst du mein Lied übers Gewinnen hören?«

»Klar.« Ich unterdrücke ein Gähnen. »Leg los.«

»Gewinnen, gewinnen, gewinnen, gewinnen, gewinnen«, singt er leise zu einer absolut nicht erkennbaren Melodie. Ich schließe die Augen und seufze glücklich.

»Mommy!«

Ich öffne die Augen, und irgendwas ist anders. Das Licht im Zimmer ist anders, und Max riecht nach Käse.

»Wie spät ist es?«, frage ich.

»Keine Ahnung.« Er geht zu seinem iPad mini und klappt es auf. »Acht Uhr fünfundfünfzig.«

»Ach du Schei...benkleister.« Ich springe aus dem Bett. »Bin ich eingeschlafen?«

»Ja, als ich gesungen habe. Deshalb bin ich runtergegangen und habe mir Frühstück gemacht, ohne den Ofen oder die Mikrowelle zu benutzen.« Er klingt so stolz.

Junge, Junge, es kommt niemals etwas Gutes raus, wenn ich wegdöse. Ich ziehe Klamotten aus dem Schrank und werfe sie auf Max' Bett. »Süßer, wir müssen los. Kannst du dich bitte alleine anziehen?«

»Aber es laufen gerade die *Ninja Turtles*.«

»Max, du wusstest, dass du das heute nicht gucken kannst. Bitte zieh dich an und komm dann runter in die Küche.«

»Ich will aber nicht.« Er zieht jetzt eine Schnute *und* jammert.

»Max, bitte! Das ist mein großer Tag. Du musst jetzt einfach mitmachen. Sichern, laden und los.« Ich fange an, ihm den Schlafanzug auszuziehen.

»Nein! Hör auf! Nicht! Hände sind nicht zum Schlagen da!«, schreit er.

»Ich schlage dich nicht. Ich ziehe dich aus. Hör jetzt auf, so ein Theater zu machen!« Ich bin kurz davor, die Geduld zu verlieren. »Was ist denn nur los mit dir?«

Noch während ich es ausspreche, weiß ich es.

»Was hast du zum Frühstück gegessen?«

»Käsedip.«

Er hat Hunger.

»Großer, zieh du dich an, und ich mache dir zum Frühstück zwei Pop-Tarts. Und auf der Fahrt zum Laden kannst du dir im Auto eine DVD ansehen.«

Drohungen und Bestechungen sind die einzigen zwei Erziehungsmethoden, die ich kenne. Zum Glück ist diese Bestechung erfolgreich, und deshalb sitzen Max und ich in meinem Minivan und düsen in die Stadt zum Laden, noch bevor Sie »Jen ist eine schlechte Mutter« sagen können.

Als wir auf den Parkplatz fahren, sieht es so aus, als sei ein Zirkus in die Stadt gekommen. Um ein riesiges orangefarbenes Zelt haben sich viele Menschen versammelt. Oben an dem Zelt hängt ein großes blau-weiß-orangefarbenes Banner, das alle zum »Werde-Fit-Mini-Schlammlauf des Gouverneurs sponsored by Fitting Room« willkommen heißt.

»Guck mal, Max!«, schreie ich so laut, dass er mich trotz Kopfhörern hören kann. Der Anblick ist so beeindruckend, dass er sich von seinem Film losreißt.

»Boah!«, ruft er. »Cool.«

Und das ist es in der Tat: cool. Rons Team hat ganze Arbeit geleistet und einen anspruchsvollen, aber nicht zu anspruchsvollen Hindernisparcours aufgebaut, der den halben Parkplatz und das angrenzende Feld beansprucht. Ich brauche eine Minute, um zu begreifen, dass es – zu meinem großen Entsetzen –

sogar ein Feuerhindernis gibt. Verglichen mit letztem Jahr haben sie definitiv noch eins draufgelegt.

Da es auf dem Parkplatz keine freie Parklücke mehr gibt, muss ich ein Stück die Straße runter parken. Max und ich laufen schnell zum Parkplatz zurück und bahnen uns unseren Weg durch die Menge zu Ron, der die Teilnehmer registriert und sich Haftungsausschlüsse unterzeichnen lässt.

»Hallo, tut mir leid, dass wir so spät sind.«

»Seid ihr spät?« Ron sieht nicht mal hoch. Ich merke ihm an, dass er von dem Andrang überwältigt ist. Ich weiß, dass es ein großer Tag für ihn ist, aber für mich ist es auch wichtig.

Ich lasse Max bei seinem Vater und dem restlichen Fitting-Room-Team hinter dem Tisch. Auf dem Parkplatz stoße ich mit Hunters Müttern zusammen. Kim und Carol tragen aufeinander abgestimmte Shorts und selbst gemachte T-Shirts, auf denen »Team Hunter« steht. Ich nehme sie beide kurz in den Arm.

»Sie sehen toll aus!«

»Danke. Dieser Hindernisparcours ist aber echt der Hammer!«, sagt Kim oder Carol. »Ich bin ein bisschen eingeschüchtert.«

»Er ist größer als im letzten Jahr«, erzähle ich.

»Haben Sie letztes Jahr auch schon mitgemacht?«

»Äh, so könnte man das sagen, ja.« Ich möchte wirklich nicht noch einmal die Schande von meinem gescheiterten Versuch durchleben. Ich entdecke Garth, Nina und Chyna neben der Ladentür und entschuldige mich.

»Wie fühlst du dich?«, fragt Garth, nachdem ich alle umarmt habe.

»Ein bisschen matschig. Ich bin heute Morgen noch mal eingeschlafen und vor ungefähr fünfzehn Minuten wieder aufgewacht«, berichte ich. »Chyna, meine Süße, willst du dir zwanzig Dollar mit harter Arbeit verdienen?«

Sie lächelt und geht zu dem Zelt, wo Max ist.

»Ich habe ihr schon gesagt, dass sie deshalb hier ist«, versichert Nina mir. »Wie läuft es mit dir und Ron?«

»Wir haben die Sache gestern Abend endlich geklärt.«

Nina zieht ihre perfekten Augenbrauen hoch. »Junge, Junge. Wenn Ron sagt, dass er Zeit und Raum braucht für sich, macht er wirklich keine Witze.«

»Du sagst es.«

»Dann hat er dir also verziehen?«

»So könnte man das sagen.« Beim Gedanken an unseren Versöhnungssex werde ich rot. »Er war eindeutig entschlossen, mir zu beweisen, dass meine Realität besser ist als jede Fantasie.«

Nina lächelt. »Dann hat er wohl alle Register gezogen, was?«

Ich beuge mich zu ihr rüber und verspreche ihr, dass sie die Details später zu hören bekommt. Jetzt muss ich mich konzentrieren.

Ich wende mich an Garth.

»Als ich den Parcours gesehen habe, hat sofort meine Leiste geschmerzt. Ist das normal?«

»Du wirst es schaffen. Es ist ein toller Parcours. Ich freue mich schon darauf.«

»Und ich freue mich darauf, dich in Aktion zu sehen.« Nina drückt seinen Arm.

»Ich mich auch«, schnurre ich.

»Okay. Schluss jetzt. Jesses.« Garth wird bei unserer Blödelei ganz rot.

Der heiße Dad Jean-Luc und Kim Fancy stehen zusammen beim Gatorade-Stand, der direkt in meinem Blickfeld liegt. Kim trägt einen langärmligen schwarzen Gymnastikanzug, der ihren ohnehin schon dünnen Körper ausgemergelt wirken lässt. Jean-Luc sieht in seinen kurzen Laufshorts und dem

Hoodie zum Anbeißen aus. Ich blicke an meinem T-Shirt und der Leggings hinunter und stelle fest, dass ich mir mehr Gedanken über mein Outfit hätte machen sollen.

Ich winke den beiden und mache mich auf den Weg zu ihnen. Ali, die Mutter von Don Burgess' Tochter, gesellt sich zu mir; ich hatte vollkommen vergessen, dass sie sich auch angemeldet hatte. Ich frage mich, ob sie von dem Nachrichtendrama weiß und ob es sie stören würde.

»Hallo. Vielen Dank, dass ich hier mitmachen darf«, sagt sie und keucht ein bisschen. »Mein Vorsatz für das neue Jahr ist es, meine schlechten Gewohnheiten abzulegen und wieder in Form zu kommen. Dieser Parcours sieht wirklich gruselig aus.«

Sie bleibt stehen, um zu verschnaufen; ich frage mich, wie weit sie wohl kommen wird, wenn sie nicht mal bei einem flotten Schritttempo mithalten kann, ohne zu schnaufen wie eine Dampflok.

»Ist Don mitgekommen, um Ihnen zuzusehen?«

»O Gott, ich hoffe nicht«, erwidert Ali und schlägt sich sogleich die Hand vor den Mund. »Entschuldigung. Das ist mir so rausgerutscht.«

»Kein Problem. Mögen Sie es nicht, wenn er Ihnen bei so was zuguckt?«

Sie schüttelt den Kopf. »Das ist schwer zu erklären.«

Ich ziehe die Augenbrauen hoch, um ihr zu zeigen, dass ich keine Ahnung habe, wovon sie redet, aber als sie gerade weitersprechen will, sehe ich Kim und Jean-Luc auf uns zukommen. Deshalb berühre ich kurz ihren Arm und bitte sie, einen Moment zu warten.

»Schön, dass Sie da sind!«, begrüße ich sie überschwänglich. »Kim und Carol sind drüben beim Zelt. Raum 147 ist gut vertreten hier!«

»Sie sagen es«, vernehme ich eine Stimme hinter mir.

Ich drehe mich um, und Sie werden nie erraten, wer von allen Menschen auf der Welt da ist. Na ja, vielleicht erraten Sie es doch, aber ich bin total schockiert.

Miss Ward steht in einer pinkfarbenen Trainingsjacke und Shorts vor mir. Die blonden Haare hat sie zu zwei Zöpfen geflochten, und sie trägt ein weißes Tuch im Haar.

Ich höre Ausrufe wie »Miss Ward!« und »Peggy!«, als jeder sie auf seine Art begrüßt.

»Sind Sie hier, um uns anzufeuern?«, frage ich.

»Ich bin hier, um mehr als das zu tun. Ich werde den Parcours laufen.«

»Gute Entscheidung.« Jean-Luc scheint übertrieben erfreut über diese Neuigkeit. Ich hingegen habe innerlich auf Panikmodus geschaltet. In Gedanken gehe ich zu dem Moment zurück, als ich Ron sagte, ich würde ein paar Leute zu dem Lauf einladen. Wir waren in der Küche und spülten das Geschirr vom Abendbrot.

»Äh, da bin ich nicht so sicher.« Er schien nicht sonderlich begeistert.

»Oder vielleicht auch nicht.«

»Es ist nur so, dass wir in diesem Jahr auf extrem große Resonanz gestoßen sind. Ich habe vor zwei Wochen ein Poster im Laden aufgehängt, und bis jetzt haben sich schon hundertfünfundsiebzig Teilnehmer angemeldet. Ich frage mich nur, wie viele in den drei Stunden überhaupt durch den Parcours laufen können.«

»Also, wenn sie ungefähr so drauf sind wie ich im letzten Jahr, kannst du darauf wetten, dass sie nach dreißig Sekunden zusammenbrechen.«

Normalerweise hätte ihn das zum Lächeln gebracht, aber weil wir uns damals noch in der Eiszeit befanden, durfte ich mir nur seinen Hinterkopf ansehen.

»Dann wäre es dir lieber, ich würde niemanden fragen?«
»Nein, frag ruhig. Aber nicht mehr als fünf, okay?«
»Okay.«
Da ich nicht unnötig für zusätzlichen Wellengang sorgen wollte, nahm ich seine Bitte sehr ernst.

Und jetzt ist Miss Ward hier und geht davon aus, einfach mitmachen zu können. Ich nehme sie beim Arm und führe sie weg von den anderen Eltern.

»Haben Sie sich im Laden angemeldet?«, frage ich so höflich wie möglich.

»Nein.« Sie zieht die Augenbrauen hoch. »Ich habe es in Ihrer E-Mail gelesen.«

»Na ja, Sie haben nicht geantwortet, und ich habe ja geschrieben, dass wir nur fünf Plätze haben. Ich weiß nicht, ob wir Sie noch unterbekommen.« *Wie um alles in der Welt hat sie die E-Mail gelesen?*

»Aber ich habe geantwortet, Jen. Wahrscheinlich war ich sogar die Erste.«

Ich gucke sie skeptisch an. Sie weicht meinem Blick nicht aus.

»Ich bin *immer* die Erste, die antwortet.«

Und in diesem Moment spüre ich eine starke Verschiebung in meinem Gleichgewicht. Für eine Millisekunde verliere ich die Balance, fange mich aber sogleich wieder. *Oh. Mein. Gott.* Ich atme tief durch.

»Sasha Lewicki, nehme ich an.«
»Wie sie leibt und lebt.«

Die Puzzleteile fangen an, sich zusammenzusetzen. Miss Ward ist die Einzige, die Sasha und deren Tochter Nadine je gesehen hat; sie ist nicht im Verteiler und weiß trotzdem immer, was in den Mails steht. O mein Gott, Asami hatte recht! Das wird sie mir für den Rest meines Lebens unter die Nase reiben.

Ich will gerade anfangen, Hunderte von Fragen auf sie abzufeuern, angefangen mit »Warum in Gottes Namen?«, aber ich werde von der Lautsprecherdurchsage unterbrochen, mit der die Teilnehmer aufgefordert werden, sich zum Parcours zu begeben.

Plötzlich ist Garth an meiner Seite. »Ich finde, wir sollten uns zuerst ein paar Leute ansehen, bevor wir starten.« Ich nicke und lasse mich von ihm wegführen. Obwohl ich total geplättet bin, vergesse ich meine gute Kinderstube nicht und lade die Gruppe 147 ein, uns zu folgen.

»Bist du in Ordnung?«, fragt Garth, als wir in Richtung Startlinie gehen.

»Ja, wieso?«

»Weil du echt einen seltsamen Gesichtsausdruck hast.«

»Ist wohl die Aufregung.« Ich könnte ihm von dem großen Rätsel erzählen, das ich soeben gelöst habe, aber ich glaube nicht, dass er es so schnell verstehen würde.

Wir versammeln uns in einer Schlange für den Parcours. Ich drehe mich um und sehe zu meiner Gruppe. Kim und Carol haben sich zu uns gesellt und motivieren sich gegenseitig. Dr. Evil hat ihr Kampfgesicht aufgesetzt, und Ali kaut an den Nägeln. Auf sie kann ich mich am meisten verlassen. Jean-Luc Baton macht ein paar Last-Minute-Dehnübungen, wird aber vorübergehend von Miss Wards beachtlichen Kurven abgelenkt, als sie ihre Trainingsjacke auszieht. Ich bin es auch. Ihre Brüste sind von der Schwerkraft tatsächlich völlig unbeeindruckt. Ich bewundere sie einen Augenblick lang, bevor ich meine Aufmerksamkeit auf den Parcours richte.

»Das wird Spaß machen«, schwärmt Garth, als wir die ersten Starter beobachten. Alle zwei Minuten lassen sie Zweierteams starten. Die ersten beiden sind zwei Frauen mittleren Alters, die ich sehr wahrscheinlich von Curves kenne. Sie kommen nicht über die Wand und machen etwas, das mir niemals in den Sinn gekommen wäre: Sie gehen einfach drum herum.

Der Parcours ist ziemlich schlicht, aber deshalb noch lange nicht einfach. Genau wie im letzten Jahr ist die knapp zwei Meter hohe Wand das erste Hindernis. Danach muss man einen Reifen etwa fünfzig Meter weit tragen, dann hundert Meter rennen und anschließend unter einem Netz durch eine Schlammstrecke kriechen. Danach folgen eine Reihe Klettergerüste und ein künstlicher Hügel, den man zuerst hochklettern und auf der anderen Seite hinunterrutschen muss. Dann rennt man durch ein paar Rasensprenger, um nass zu werden, springt über eine Feuerlinie und läuft über die Ziellinie.

Das Adrenalin wird durch meinen Körper gepumpt, als Garth und ich uns der Startlinie nähern. Am liebsten würde ich schreien: »Ich bin noch nicht so weit!«, doch die Wahrheit ist, dass ich es sehr wohl bin. Jetzt will ich es nur noch hinter mich bringen. Vor allem diese verfluchte Wand. Ich drehe mich nach Ron um, in der Hoffnung, dass er meinen Start verfolgt, doch ich sehe nur Chyna und Max, die mir von der Seitenlinie aus zuwinken.

Ich drehe mich zum Team 147 um. Kim Fancy und Miss Ward/Sasha Lewicki haben sich als Zweierteam zusammengetan. Ha. Nach der Nummer mit der Ohrfeige dachte ich, sie wären Todfeinde. In der Wettkampfsituation findet man merkwürdige Verbündete. Ich schüttle den Kopf, um klar zu werden. Ich muss mich jetzt konzentrieren.

»Viel Glück, Leute!«, sage ich zu allen. Sie lächeln mir zu und recken die Daumen nach oben. Als ich mich ein letztes Mal nach Ron umsehe, sagt uns ein Typ an der Startlinie, dass Garth und ich die nächsten sind. Garth nimmt meine Hand.

»Du schaffst das, Jen.« Er zwinkert mir zu, dann geht es los. Wir rennen zu der Zweimeterwand. Szenen vom Vorjahr blitzen in meinem Kopf auf, und sofort verfalle ich in alte, schlechte Gewohnheiten und versuche, mich mit Armkraft über die Wand zu hieven.

»Benutz die Beine!«, schreit Garth mir von oben zu. Gott, er ist schon oben?

Ich erinnere mich daran, was er mir beigebracht hat: weniger Kraft aus den Armen nehmen und die Beine benutzen. Ich hänge mich oben an die Wand, lasse die Arme gerade und springe wie ein Frosch mit den Beinen an der Wand empor, bis ich einen Fuß oben drüberlegen und meinen Körper hochziehen kann. Auf der anderen Seite springe ich runter und zucke vor Schmerzen zusammen.

Garth springt ebenfalls.

»Alles gut?«, fragt er. Ich nicke.

Wir laufen zu den Reifen, und jeder hievt einen hoch. Er ist schwer, aber es geht – eher sperrig als irgendwas sonst. Ich kann damit zwar nicht rennen, aber ich gehe, so schnell ich kann, und bin froh, als ich die Stelle sehe, an der ich ihn fallen lassen kann. Garth trägt natürlich zwei auf einmal.

»Du machst das super«, keucht er, als er seine Reifen auf den Haufen wirft und wir zum Hundertmeterlauf starten. »Wie geht's deiner Leiste?«

Sie tut zwar weh, aber das werde ich ihm auf keinen Fall sagen.

»Gut. Prima«, ächze ich.

Nach dem Sprint beginnt die Schlammstrecke. Wir legen uns auf den Bauch und kriechen gefühlte fünf Kilometer durch Dreck – dabei sind es in Wirklichkeit nur fünfzig Meter. Als ich das Ende erreiche, bin ich begeistert. Ich springe auf die Füße und schlage mit Garth ein, der natürlich schon auf mich wartet.

Nächste Station: Klettergerüste. Ohne nachzudenken,

springe ich hoch und greife nach dem ersten, doch meine Hände rutschen sofort ab, und ich lande auf meinem Hintern.

»Wisch dir die Hände am Rasen ab, sonst wirst du nie Halt finden!«, ruft Garth mir zu, während er elegant an mir vorbeisegelt. Ich fahre mit den Händen über den Rasen und versuche, möglichst viel von dem Schlamm abzuwischen. Als ich ein zweites Mal nach den Stangen greife, habe ich einen sicheren Halt und klettere hinüber.

Garth und ich rennen den künstlichen Hügel hinauf und rutschen auf der anderen Seite, die nur aus Matsch besteht, wieder runter. Währenddessen wird mir klar, dass wir uns dem Ende nähern. Wir laufen durch die Rasensprenger, sodass wir richtig durchnässt sind, reichen uns die Hände und springen zusammen über die Feuerlinie. Ich spüre die Hitze nicht mal.

Als wir zur Ziellinie joggen, sehe ich meine ganze Bande auf mich warten. Mom, Dad, Max, die Mädchen, ihre Freunde, Nina und ganz vorne, mit einem Kühlpack in der Hand, Ron.

Mit weit geöffneten Armen laufe ich mitten in die Gruppe hinein und hoffe, sie alle auf einmal umarmen zu können. Es ist ein Tohuwabohu aus Lachen, Tränen, Gratulationen und einem »Du machst mich ja ganz schmutzig!« – Letzteres von meiner Mutter. Dankbar nehme ich das Kühlpack und halte es zwischen meine Beine.

»Ich liebe dich über alles«, sage ich zu ihm mit Tränen in den Augen.

»Ich weiß.« Er umarmt mich.

Da wir für die anderen Teilnehmer Platz machen müssen, gehen wir an die Seite und schwatzen ein wenig. Aber vor allem bejubeln wir den Rest von Team 147, als sie die Ziellinie überqueren.

Kim und Carol sind die Ersten. Sie halten beim Rennen Händchen und lächeln die ganze Zeit. Sie scheinen wirklich eine gute Ehe zu führen. Als sie im Ziel sind, nimmt Carol Kim in den Arm und schwingt sie im Kreis herum. Aha, jetzt wissen wir also auch, wer das Weibchen ist und wer das Männchen. Damit wäre noch ein Rätsel gelöst!

Als Nächstes sehe ich Jean-Luc mit Ali. Beide sind von Kopf bis Fuß mit Schlamm bedeckt, aber nur einer von beiden sieht aus, als hätte er soeben ein Fotoshooting für die *Men's Health* hinter sich gebracht. Neben ihm kämpft Ali darum, mit ihm mitzuhalten, und sie scheint überglücklich zu sein, als sie die Ziellinie sieht. Kaum haben sie sie überquert, hebt Jean-Luc sie hoch und wirbelt sie im Kreis herum. Ist das irgendein Ritual, von dem ich nichts wusste?

Zu guter Letzt kommen Kim Fancy und Miss Ward. Sie sind mit Schlamm bedeckt und rennen, als würden sie einander jagen. Das ist kein Witz. Sie liefern sich ein Kopf-an-Kopf-Rennen und laufen so dicht nebeneinander, dass eine die andere mit einem kräftigen Schubs problemlos außer Gefecht setzen könnte. Ich sehe Kim Fancy schon als Siegerin, doch dann überqueren sie die Ziellinie gemeinsam, schlagen ein und rennen zur Seite des Gebäudes, wo die Toilettenhäuschen stehen.

»Wenn man muss, muss man«, kommentiert meine Mutter.

»Ich will noch mal«, sage ich zu Ron. »Es war so schnell vorbei.« Ich umarme ihn und strecke den Arm nach Max aus. »Ihr seid wirklich die beste Anfeuertruppe auf der ganzen Welt.« Ich wende mich an meine Familie und Freunde: »Ich kann gar nicht glauben, dass ihr dafür alle hergekommen seid.« Alle unterhalten sich so angeregt, dass sie mich überhaupt nicht wahrnehmen.

»Ich muss weiterarbeiten.« Ron löst sich aus Max' und meiner Umarmung. »Bleibst du noch ein bisschen hier?«

»Als Erstes muss ich mal pinkeln. Aber dann komme ich zu dir.« Ich reiche ihm das Kühlpack und mache mich auf den Weg zur Gebäudeseite. Ich bin so glücklich, ich fliege förmlich. Aber als ich um die Ecke des Gebäudes biege, bleibe ich abrupt stehen – denn ich werde mit dem Anblick von Miss Ward und Kim Fancy belohnt, die neben den Toilettenhäuschen stehen und *rumknutschen*! Und holla die Waldfee, die gehen so richtig zur Sache. Kim hat unsere Vorschullehrerin mit dem Rücken gegen die Wand gedrückt, und Miss Ward umschlingt sie mit einem Bein wie mit einem Seil. Sie sehen mich nicht, und ich verziehe mich sofort wieder um die Ecke und frage mich, ob ich mir das Ganze womöglich nur eingebildet habe. Ein kurzer zweiter Blick bestätigt, dass das nicht der Fall ist. Das ist zu viel für mich. Miss Ward ist Sasha Lewicki, *und* sie ist Kim Fancys heimliche Geliebte? Ich komme mir vor wie in einem Film – und zwar einem richtig schmutzigen.

Ich muss immer noch pinkeln, beschließe aber, die Toilette im Laden zu benutzen. Ich gehe über den Parkplatz zurück und nehme nur am Rande wahr, dass sich immer noch Teilnehmer auf dem Parcours befinden. Mein Verstand versucht, alles, was ich über Miss Ward und Kim Fancy weiß, in eine logische Ordnung zu setzen. Wie lange läuft das schon? Hatte Miss Ward etwa gar keine Affäre mit dem schnittigen David Fancy? Ich war mir dessen so sicher gewesen, vor allem nach der zur Schmuckpräsentation umgemodelten Weihnachtsparty. Immerhin hatte Miss Ward ganz offensichtlich irgendwann ihr Kleid aus- und es sich falsch herum wieder angezogen. Ich hatte immer angenommen, dass sie sich mit dem schnittigen David auf der Toilette für einen Quickie getroffen hatte und dass dies der Grund für die Ohrfeige von Kim im Februar war. *Diese Ohrfeige!* Worum ging es da? Ein Krach unter Liebenden? Vorspiel?

Ich betrete den Laden und bin dankbar, dass es hier relativ still ist. Das Event ist wirklich großartig, aber ich bin mir nicht sicher, ob es zuträglich für Rons Geschäft ist. Alle sind draußen und amüsieren sich, doch niemand hält sich hier drin auf, um was zu kaufen.

Ich winke Kendra zu, der Verkäuferin hinter der Ladentheke, und gehe in Richtung Toilette auf der linken Seite im Laden, gleich neben den Suspensorien und Sport-BHs. Ich schließe die Tür ab, weil ich nachdenken muss. Außerdem tut es gut, sich mal kurz hinzusetzen. Ich habe das Gefühl, in Hyperschallgeschwindigkeit unterwegs zu sein, seit ich an diesem Morgen zum zweiten Mal aufgewacht bin.

Normalerweise kommen mir auf dem Klo die besten Ideen, aber heute tauchen nur immer neue Fragen auf. Deshalb spüle ich und wasche mir die Hände. Ein Blick in den Spiegel zeigt, dass ich von den Kampfspuren eines Schlammkämpfers übersät bin, und ich fühle mich ziemlich cool, als ich zurück zum Parkplatz gehe. Ich gucke auf die Uhr und kann kaum glauben, dass es erst 10:15 Uhr ist. Das alles ist in nur einer Stunde passiert? Unweigerlich kommt mir der Slogan unserer Armee in den Sinn: »Vor neun Uhr morgens erledigen wir mehr als die meisten Leute am ganzen Tag.«

Ich finde Max und Chyna am Gatorade-Stand, wo sie Becher an die Besucher verteilen.

»Mommy, Garth sucht dich«, informiert mich Max und reicht mir einen Becher Gatorade.

»Danke dir. Habt ihr zwei Spaß?«

»Dad sagt, ich kann im Schlamm spielen, wenn alle fertig sind, und mich an den Klettergerüsten entlanghangeln.«

»Ach ja? Na, hast du aber ein Glück.«

»Er meinte, dass ich den Parcours auch mal ausprobieren kann«, erzählt Chyna mir. »Wenn du einverstanden bist.«

»Natürlich. Aber vielleicht nimmst du Garth als Unterstützung mit. Hast du eine Idee, wo er und deine Mom stecken?«

»Ich glaube, sie wollten mit irgendeinem Mann vom Gouverneursbüro sprechen.«

»Und wo ist der?«

»Sitzt bei dem Typen, der die ganzen Durchsagen macht.« Sie zeigt zu einem Tisch in der Nähe der Startlinie.

»Max, willst du mitkommen oder bei Chyna bleiben?«

»Mommy, ich arbeite gerade.«

»Okay-hay! Es wird eh nicht lange dauern.«

Auf dem Weg zu dem Tisch werde ich mindestens ein Dutzend Mal von Freunden und Kunden aufgehalten, die mir alle zu dem erfolgreichen Tag gratulieren, als hätte ich damit irgendwas zu tun. Ich verspreche, ihre Komplimente an Ron weiterzugeben, falls ich ihn jemals wiedersehe. Endlich entdecke ich den Tisch des Moderators und Garth, der sich mit irgendeinem Anzugträger unterhält. Ich warte, bis er mich sieht, und winke ihn zu mir herüber. Ich bin nicht in der Stimmung, noch mehr Hände zu schütteln.

»Da bist du ja! Ich habe dich schon gesucht. Du musstest anscheinend wirklich dringend aufs Klo.«

»Wenn du wüsstest«, erwidere ich. »Wo ist Nina?«

»Sie holt was aus dem Auto. Wie fühlst du dich?« Er legt den Arm um mich.

»Ich fühle mich super! Das war echt toll. Am liebsten würde ich den Parcours gleich noch einmal machen. Wie habe ich ausgesehen?«

»Wie ein Mädchen, das für eine größere Herausforderung bereit ist, so viel steht fest. Ich bin so stolz auf dich. Du musst doch total euphorisch sein.«

Na ja, zumindest war ich das, denke ich, spreche es aber nicht aus. Das ganze Miss-Ward/Kim-Fancy-Drama hat mich völlig aus der Spur gebracht. Garth hat recht – eigentlich müsste ich auf Wolken gehen. Stattdessen will ich nur eins: Nina finden und ihr alles erzählen. Aber Garth braucht jetzt nichts davon zu wissen.

»Bin ich auch. Es war unglaublich, und das habe ich allein dir zu verdanken.« Ich umarme ihn.

Garth ist glücklich. »Und wir sind noch nicht fertig. August, Baby. Dann wird's erst ernst. Wir müssen den ganzen Sommer durchtrainieren.«

»Ich bin bereit«, sage ich. Ich erblicke Nina, die auf uns zukommt. »Ich werde dir dein Mädchen mal für ein paar Minuten entführen.« Er lächelt und winkt.

Ich packe Nina am Arm und führe sie zu einer Bank in der Nähe der Straße.

»Sieht so aus, als ob du und Ron ...«

Rücksichtslos schneide ich ihr das Wort ab.

»Ich muss dir was erzählen. Aber du musst es für dich behalten.«

»Versprochen.« Nina wirkt eher skeptisch als neugierig.

»Schwöre bei Chynas Leben, dass du es niemandem erzählst.«

»Äh, nein. Aber ich schwöre es bei unserer Freundschaft, falls es dir dann besser geht.«

Ich sehe sie einen Moment lang an und nicke dann.

»Einverstanden.« Ich hole tief Luft. »Ich habe gerade Miss Ward und Kim Fancy gesehen, wie sie bei den Klohäuschen miteinander rumgeknutscht haben.« Ich warte auf eine Reaktion, und Nina enttäuscht mich nicht. Ihr springen fast die Augen aus dem Kopf.

»Verarschst du mich?«

»Nein.«

»Hast du mir nicht erzählt, eine von den beiden hätte die andere *geohrfeigt*?«

»Jep.«

»Bist du sicher, dass sie rumgeknutscht haben? Vielleicht haben sie sich nur umarmt.«

»Mit ihren Zungen?«

»O mein Gott, im Ernst?«

»Jep.«

»War es heiß?«

»Nein!« Ich lache. Typisch Nina.

»Ich meine ja nur ... weil es beide gut aussehende Frauen sind. Hätte ein Kerl es heiß gefunden?«

»Wahrscheinlich. Aber darauf wollte ich eigentlich nicht hinaus.«

»Das nenne ich mal guten Tratsch.«

»Du hast versprochen, es nicht weiterzuerzählen«, erinnere ich sie.

»Mache ich auch nicht. Darf ich es denn Garth sagen?«

»Natürlich.« Ich weiß genau, dass ich Ron später auch noch alles detailliert berichten werde.

Nina blickt an mir vorbei zum Parkplatz.

»Wir sollten zurückgehen. Garth macht das *Mayday*-Zeichen in meine Richtung.«

Während Nina Garth zur Rettung eilt, sehe ich nach Max, der noch immer mit Chyna den Gatorade-Stand besetzt.

»Hallo ihr beiden. Macht's noch Spaß?«

»Ich hab Hunger, Mom. Können Chyna und ich zu McDonald's gehen?« Max hat das Interesse an seinem Job verloren, und die goldenen Bögen nebenan haben nun eine geradezu hypnotische Wirkung auf ihn. Mal überlegen, Pop-Tarts zum Frühstück und jetzt McDonald's zum Mittagessen. Ich hoffe, die Kinderschutzbehörde beobachtet uns nicht.

»Könnt ihr«, antworte ich. »Aber ich habe mein Portemonnaie nicht dabei.«

»Ich habe Geld von meiner Mutter«, versichert Chyna mir.

»Ist gut. Esst aber nicht zu viel, falls ihr den Parcours später noch probieren wollt.«

»Machen wir nicht«, sagen beide im Chor, und weg sind sie.

Das Event läuft bombastisch. Noch immer stehen Teilnehmer in der Schlange, um den Parcours zu laufen, und der Moderator hat angefangen, motivierende Songs wie »We Will Rock You« von Queen zu spielen. Ich lächle in mich hinein, weil ich mich so für Ron freue. Das ist ein echter Gewinn für ihn.

Als ich an Ali Gordon vorbeigehe, die gerade zu ihrem Auto humpelt, wird mir bewusst, dass wir unser Gespräch gar nicht beendet haben.

»Ist alles in Ordnung?«, frage ich sie.

»Ja, alles gut. Nur meine Waden fangen an, sich zu verhärten. Ich glaube, ich hätte vorher lieber etwas trainieren sollen.«

»Da ich jemand bin, der nichts anderes gemacht hat als trainieren, stimme ich Ihnen zu. Brauchen Sie Hilfe?« Ich beuge mich zu ihr.

Sie lacht resigniert und legt einen Arm um meine Schulter. »Ich glaube, ja. Danke.«

Ich lege ihr einen Arm um die Taille, und wir gehen los. Ich bin grundsätzlich eine hilfsbereite Person, aber ich will nicht verschweigen, dass ich in diesem Fall Hintergedanken habe. Ich will herausfinden, ob ich Ali dazu bringen kann, Details über sich und Don auszuplaudern. Da ich nicht in der Verfassung bin, um besonders schlau oder gerissen vorzugehen, komme ich einfach direkt zum Punkt.

»Und, was haben Sie mit Don für einen Deal?«

Sie sackt noch etwas mehr in sich zusammen.

»Meine Bemerkung von vorhin tut mir leid. Aber manchmal bin ich einfach so frustriert.«

»Warum?«

Sie seufzt. »Na ja, er ist ein guter Kerl. Aber er ist einfach ...« Sie sucht nach dem richtigen Wort, aber ich habe leider keins auf Lager.

»Er ist Peter Pan«, sagt sie schließlich.

»Er zieht sich grün an und fliegt durch die Stadt?« Es ist ein Witz, nur findet Ali es offenbar nicht komisch.

»Ich meine, er hat ein Peter-Pan-Syndrom. Er will nicht erwachsen werden.«

»Wirklich? Den Eindruck hatte ich bisher überhaupt nicht.«

»Warum sollten Sie auch? Sie müssen schließlich kein Kind mit ihm großziehen.«

Darüber denke ich kurz nach.

»Nimmt er nicht an Lulus Leben teil? Ich meine, immerhin ist er bei den ganzen schulischen Terminen dabei.«

»Ja, das ist eine neue Entwicklung. Jetzt, da sie geht, spricht und kommuniziert, will er plötzlich Papa spielen. Aber als sie ein Baby war – vergessen Sie's.«

»Das ist hart. Warum haben Sie überhaupt zusammen ein Kind bekommen?«

Sie lacht verbittert.

»Das Kondom ist gerissen.«

»Nein!« Ich schnappe nach Luft. »O mein Gott, passiert so was tatsächlich? Ich denke immer, das ist genau so ein Mythos wie die Alligatoren in den Abwasserkanälen von New York.«

Jetzt lacht sie. »Nein. Kein Mythos. Wir kannten uns erst wenige Monate, als es passierte. Das ist mein Auto.« Sie zeigt auf einen beigefarbenen Hyundai an der Ecke, löst den Arm von meinen Schultern und angelt ihren Schlüssel aus ihrer Gürteltasche. Aber ich lasse sie nicht einfach so vom Haken.

»Und Sie wollten das Baby natürlich behalten.«

»Wir beide, ja. Immerhin war Don damals zweiundvierzig und ich Ende dreißig. Also dachten wir: Warum nicht? Er wollte heiraten, aber ich habe abgelehnt – zum Glück. Ich dachte eher: Wozu die Eile? Don war wirklich total engagiert, bis Lulu geboren und er mit der Realität konfrontiert wurde.«

»O Gott« ist alles, was mir einfällt.

»Er ist ausgeflippt.« Sie seufzt und lehnt sich an ihr Auto. »Er war richtig eifersüchtig auf Lulu, weil sie so viel Aufmerksamkeit bekam. Er hat es einfach nicht kapiert. Wir haben angefangen, uns ständig zu streiten. Irgendwann sagte ich ihm, wenn er nicht akzeptieren könne, dass er nicht mehr das Kind sei, solle er gehen.«

»Und das hat er gemacht?«

»Ja!«, schreit sie. »Können Sie sich das vorstellen? Ich habe ihn bestimmt drei Jahre lang nicht gesehen.«

»Was für ein Arschloch.« Unwillkürlich denke ich, was für ein Glück ich mit Ron-»Ich wechsle die Windel«-Dixon habe.

»Meine Eltern leben in Des Moines, weshalb sie keine große Hilfe waren. Eine Zeit lang habe ich von Sozialhilfe gelebt. Das war richtig schlimm.«

»Wann ist er zurückgekommen?« Ich muss daran denken, wie anstrengend es war, Vivs durch Europa zu karren, während ich mit Laura schwanger war. Vielleicht sollte ich darüber ein Buch schreiben.

»Sie werden es mir nicht glauben.«

»Riskieren Sie's.«

»Wir haben uns beim Speeddating getroffen.«

»Was?«

Sie nickt und hat die Augen weit aufgerissen.

»Verrückt, nicht wahr? Als er sich vor mich setzte, hätte ich um ein Haar meinen Drink ausgespuckt.«

»Was haben Sie zu ihm gesagt?«, frage ich gebannt.

»Ich habe tatsächlich gesagt: ›Verrückt, nicht wahr?‹« Sie zuckt mit den Schultern. »Wir haben ausgemacht, uns noch mal zu treffen, und er hat behauptet, an Lulus Leben teilhaben zu wollen.«

»Und Sie haben ihn gelassen?«

»Nicht sofort. Immerhin war der Typ schließlich drei Jahre lang wie vom Erdboden verschluckt. Wenn er seine Tochter so sehr vermisst hat, hätte er mich jederzeit anrufen oder mir eine Mail schicken können. Ich frage mich immer noch, was wohl passiert wäre, wenn ich nicht zu diesem dämlichen Dating-Quatsch gegangen wäre.«

Ich versuche, ihr einen anderen Blickwinkel zu vermitteln.

»Aber es ist auch irgendwie romantisch. Als ob es so sein sollte.«

»Vielleicht. Er war dann oft bei uns. Es war toll, Unterstützung zu haben, vor allem finanzielle Unterstützung. Und ich weiß nicht, ob Sie das wissen, aber er kann super mit Kindern umgehen.«

»Das habe ich hautnah bei einem Klassenausflug miterlebt.«

»Er ist ein Naturtalent. Es tut mir leid für ihn, dass er die ersten Jahre mit Lulu versäumt hat.«

»Treffen Sie sich mit anderen Männern und Frauen?«

»Ich weiß nicht genau, was er macht, aber ich hatte seit zwei Jahren keine Verabredung mehr. Deshalb will ich mich auch wieder in Form bringen. Ich will nicht länger wie ein Kartoffelsack aussehen.«

Ich weiß genau, was sie meint. Nach der Geburt von Max war »plump« der einzig treffende Ausdruck, um mich zu beschreiben. Deshalb hatte ich mich bei Curves angemeldet. Ich überlege, es Ali vorzuschlagen.

»Sie sind nun wirklich kein Kartoffelsack«, versichere ich ihr. »Haben Sie beide jemals darüber nachgedacht, es noch mal miteinander zu versuchen?«

Ali öffnet die Autotür und stöhnt laut, als sie sich auf den

Fahrersitz sinken lässt. »Don spricht davon, aber ich weiß nicht recht. Ich bin immer noch dabei, meine Wut auf ihn zu verarbeiten.«

Ich nicke.

Sie startet den Motor. »Vielen Dank für die Hilfe.«

»Ein Epsomsalzbad und Ibuprofen«, rate ich ihr. »Gegen die Schmerzen.«

23. Kapitel

Man könnte denken, dass ich mit meinem neu erworbenen Wissen wie eine Hummel unterwegs war, die die gesamte William-H.-Taft-Grundschule mit Neuigkeiten von Miss Ward, Kim Fancy und dem Phantom Sasha Lewicki bestäubt. Doch das war ich nicht. Ich behielt alles für mich, was – wenn Sie mich fragen – von schier übermenschlicher Zurückhaltung zeugt. Ron meint, ich hätte nur Angst vor den Nebenwirkungen, und vielleicht stimmt das auch. Das hier ist kein Tratsch à la »Ich sah sie bei einem Eiscremegelage bei Ben and Jerry's«. Das hier ist eine Information mit dem Potenzial, Menschen zu verletzen und Leben zu verändern. Ich denke die ganze Zeit an Nancy Fancy und wie alles über sie hereinbrechen würde, wenn es herauskäme. Und die arme kleine Nadine Lewicki! Ach, Moment, die gibt's ja gar nicht.

Ich weiß, dass ich zumindest Asami wissen lassen sollte, dass sie recht hatte, um ihrem Elend ein Ende zu bereiten. Aber da ich nicht weiß, was sie mit den Informationen anstellt, mache ich einfach mit meinem Leben weiter.

Der Schlammlauf in Rons Laden war ein gigantischer Erfolg. Er fand sogar einen Platz auf der Titelseite vom *Kansas City Star*, wenn auch auf der unteren Hälfte. Das Bild, das dort zu sehen war, zeigte Garth, wie er gerade aus dem Schlamm aufstand. Man kann auf dem Foto sogar meinen Ellbogen sehen! Der Vizegouverneur rief Ron sogar höchstpersönlich an, um ihm zu danken. Sie möchten, dass er für das nächste Jahr schon mal über eine Cross-Promotion mit einem der Fernsehsender nachdenkt.

Es ist Mitte Mai. Vivs und Laura sind mit dem laufenden Schuljahr fertig, haben sich aber entschieden, auf dem Campus zu bleiben und zu arbeiten, statt nach Hause zu kommen. Ich kann nicht sagen, dass ich überrascht wäre. In Manhattan, Kansas liegt definitiv Liebe in der Luft. Zu Max' letztem Schultag – der zu meinem großen Entsetzen bereits in zwei Wochen ist – wollen sie aber beide kommen. Normalerweise wären die Kinder bis zur dritten Juniwoche in der Schule, doch offensichtlich will die Schulleitung die gute alte William H. Taft einer Verschönerung unterziehen, weshalb sie diese ach so kritischen letzten beiden Wochen, in denen die Kinder nichts anderes tun, als spielen und Ausflüge machen, einfach gestrichen hat.

Mir fällt ein, dass ich Miss Ward eine E-Mail schreiben sollte, um in Erfahrung zu bringen, ob sie eine Abschlussparty feiern möchte. Der letzte Schultag ist schließlich kein Hallmark-Feiertag, oder?

Ich lege eine Wäschefaltepause ein und gehe zum Küchentresen-Büro, um ihr zu schreiben. Als ich mich einlogge, sehe ich, dass Shirleen Cobb, Nina und Miss Ward mir alle gemailt haben. Mensch, bin ich heute aber beliebt! Aus Jux und Dollerei lese ich Shirleens Nachricht zuerst.

An: JDixon
Von: SCobb
Datum: 23. Mai
Betreff: Spieldate

Jen,

Graydon möchte sich offenbar mit Max zum Spielen verabreden. Ich würde das gerne hier machen, damit ich überwachen kann, was Graydon isst. Wie wäre es mit diesem Samstag?

Shirleen

Ja, Graydon und Max sind wieder Freunde. Der ganze »Du bist ein Lügner«-Zwischenfall ist längst vergessen ... bei einigen. Ich bin nur froh, dass Shirleen Gastgeberin spielen will, weil ich auch so schon genug auf dem Zettel habe. Mir auch noch Gedanken darüber zu machen, was Graydon darf und was nicht, würde mir womöglich den Rest geben. Ich maile ihr mein Einverständnis zurück und lese weiter.

An: JDixon
Von: NGrandish
Datum: 23. Mai
Betreff: Hey

Breaking News aus dem Schulleiterbüro! Ruf mich an.

Kuss und Umarmung
Nina

In genau diesem Moment brummt mein Handy, und ich sehe, dass Nina mir dasselbe als Nachricht geschickt hat. Ich kann mir schon vorstellen, worum es geht. Sie hatte mehrfach angekündigt, als Vorsitzende des Elternvereins zurückzutreten, aber ich nahm immer an, das sei nur heiße Luft. Anscheinend hat sie es jetzt wirklich getan. Ich werde sie später anrufen.

An: JDixon
Von: PWard
Datum: 24. Mai
Betreff: Heute

Hallo Jenny,

ich weiß, dass es aufs lange Wochenende zugeht, aber könnten Sie sich mit mir heute nach der Schule um fünfzehn Uhr im Klassenraum treffen?

Danke,
Peggy

Endlich! Das Universum hat meine Geduld und Feigheit belohnt. Miss Ward will ein Treffen. Ich werde gewiss sterben, wenn Kim Fancy auch da ist.

Ich schicke Miss Ward eine kurze Bestätigung des Termins und frage dann Peetsa per Nachricht, ob sie nach der Schule Max mit zu sich nach Hause nehmen kann.

Bis zum Treffen bleibt mir gerade noch genügend Zeit, nach oben zu laufen und kurz zu duschen (ohne Haarewaschen), eine frische Mom-Uniform anzuziehen und bei Starbucks vorbeizuschauen. Peetsa hat geantwortet, dass sie Max mitnimmt und mit den Jungs die Einkäufe für ihr Barbecue zum Volkstrauertag erledigt, zu dem wir herzlich eingeladen sind. Ich bin ihr wirklich was schuldig. Mit zwei Sechsjährigen einkaufen zu gehen, ist nicht wesentlich einfacher, als Katzen zu hüten.

»Du siehst gut aus, Mama«, sage ich zu ihr, als ich sie vor der Schule treffe. Es ist ein sonniger Frühlingstag, und Peetsa trägt einen kurzen Faltenrock und eine leichte Bluse. Sie sieht so hübsch aus.

»Ich dachte, du würdest nicht kommen.« Sie zwinkert mir zu.

»Miss Ward hat mich um ein Treffen gebeten.«

»Weswegen?«

Ich zucke mit den Schultern. »Keine Ahnung.« Ich hasse es, sie anzulügen. Zum Glück kommt Ravi zu uns und bringt ein neues Thema mit: Was wir mit den Jungs im Sommer vorhaben. Wir versuchen gerade, eine Art gemeinsames Programm aufzustellen, als die Schulglocke klingelt. Bei dem guten Wetter sind die Kinder besonders laut und aktiv, als sie aus dem Gebäude kommen.

Ich winke Max zu uns rüber und nehme ihn in den Arm. Er riecht nach Schmutz, was mir verrät, das sie heute draußen waren.

»Hallo, mein Großer, ist es in Ordnung für dich, wenn du heute für eine Weile mit zu Zach T. gehst? Ich muss mich mit Miss Ward treffen.«

»Wollt ihr über mich sprechen?« Er sieht besorgt aus.

»Nein. Wir werden über die supergroße Abschlussparty sprechen, die wir mit euch allen feiern wollen.« Peetsa sieht mich mit hochgezogenen Augenbrauen an, und ich zucke die Achseln.

»Können wir eine Hüpfburg aufstellen?«, fragt Max.

»Und Zuckerwatte essen!«, fügt Zach T. hinzu.

»Das ist nicht Karneval, Jungs, sondern nur eine Party. Bis später, ja?« Ich winke Ali und Lulu zu, als ich auf die Schule zugehe. Mein Telefon klingelt genau in dem Moment, als ich das Gebäude betrete. Es ist Nina.

»Tut mir leid, ich wollte dich vorhin eigentlich anrufen. Hast du es getan? Bist du zurückgetreten?«

»Ich wollte, aber dann hatte ich Zweifel. Aber ich habe etwas mitbekommen, das dich interessieren wird.«

»Was denn?« Ich bleibe in der Eingangshalle stehen, um zu vermeiden, dass meine Stimme durch den leeren Flur bis zu Raum 147 hallt.

»Miss Ward hat gekündigt.«
»Was?«
»Jep. Anscheinend hat sie Jakowski gesagt, dass sie geht. Mehr weiß ich nicht.«
»Ich bin gerade auf dem Weg zu einem Treffen mit ihr.« Obwohl niemand in der Nähe ist, flüstere ich.
»O mein Gott. Finde heraus, was los ist, und ruf mich danach sofort an.« Noch bevor ich mich von Nina verabschieden kann, legt sie auf.
Ich stecke das Handy in meine Handtasche und gehe schnell zum Klassenraum. Miss Ward sitzt auf ihrem Pult, summt ein Kinderlied und sortiert irgendwelche Zettel. Als sie mich sieht, springt sie genauso auf wie auf dem ersten Elternabend. Meine Güte, wie lange das schon her ist!
»Jenny!« Sie umarmt mich. »Danke, dass Sie gekommen sind. Setzen Sie sich. Ich habe Neuigkeiten für Sie.« Sie hüpft auf ihr Pult und überlässt mir die Entscheidung, mich auf einen Kinderstuhl oder einen Kindertisch zu setzen. Ich wähle einen Tisch und hoffe, dass er mich trägt.
»Was gibt's?«, frage ich so unbeschwert wie möglich.
»Ich wollte Ihnen mitteilen, dass ich gekündigt habe.«
»Wirklich?« Ich tue ehrlich überrascht – oder zumindest hoffe ich, dass ich so wirke. »Warum?«
Ich rechne damit, dass sie mir beichtet, dabei erwischt worden zu sein, wie sie die Identität einer Schülerin und einer Mutter erfunden hat, und man sie deshalb um ihre Kündigung gebeten hat. Doch wieder überrascht sie mich.
»Die Privatschule in New Jersey, an der ich früher gearbeitet habe, möchte, dass ich zurückkomme. Sie haben mir ein tolles Angebot gemacht.«
»Wirklich? Schön für Sie« ist alles, was mir dazu einfällt. Und dann kommt mir etwas in den Sinn. »Aber das hätten Sie

mir doch auch einfach per Mail schreiben können. Warum wollten Sie sich persönlich mit mir treffen?« Mutig, ich weiß. Aber ich gehe nicht ohne Antworten.

Sie sieht mich listig an. »Ich dachte, Sie haben vielleicht noch ein paar Fragen an mich.«

»Die habe ich in der Tat. Möchten Sie eine Abschlussfeier? Das wollte ich Sie eigentlich per Mail fragen.«

»Sicher.« Sie macht eine großzügige Geste. »Alles, was Sie wollen. Das überlasse ich Ihrer Fantasie. Sonst noch was?«

Ich seufze. Ganz offensichtlich will sie, dass ich frage.

»Warum haben Sie Sasha und Nadine Lewicki erfunden?« So. Es ist draußen.

Mit einem Lächeln gibt sie mir zu verstehen, dass sie denkt, eine Art Pattsituation gewonnen zu haben.

»Na ja, ich war neu hier und wollte unbemerkt die Klasse im Auge behalten. Ich fand Ihre E-Mails übrigens einsame Spitze. Sie sind wirklich lustig.«

»Danke. Ist das der einzige Grund?«, frage ich.

»Ich habe in der Vergangenheit schlechte Erfahrungen mit den Eltern meiner Schüler gemacht. Mütter können manchmal so heimtückisch sein.«

Ich gucke sie an, doch sie sagt nichts. Sie zuckt nur mit den Schultern.

»Was für einen Grund sollte es sonst noch geben?«

Ich bin extrem unzufrieden. So wie wenn es einen in der Mitte des Rückens juckt und man nicht richtig drankommt.

»Ich weiß nicht. Sie haben sich viel Mühe gemacht, nur um Ihre eigene Klasse auszuspionieren. Ich hätte Ihnen auch einfach Kopien schicken können.«

»Ja, aber dann wären die Mails nicht dieselben gewesen, oder? Ich wollte die ungeschminkte Wahrheit.«

»Tja, na dann. Gut. Schön, dass Sie Ihr Ziel erreicht haben.

Ich bin nur froh, dass es da draußen kein schrecklich vernachlässigtes Mädchen gibt, deren Mutter ein Workaholic ist.«

Sie lacht. »Ich weiß. Hallo, ist da der Kinderschutzbund?«

Ich bin mir sicher, dass mehr hinter der Geschichte steckt, aber ich habe alles gehört, was ich wollte.

»Dann organisiere ich für den letzten Schultag die Party. Vielleicht können wir auf dem Rasen hinter der Schule ›Versteinern‹ spielen.«

»Ich bin nicht an Details interessiert, Jenny. Es wird bestimmt ganz toll werden.«

Das ist mein Stichwort, um zu gehen. Als ich die Tür öffne, steht Miss Ward direkt hinter mir und umarmt mich ungeschickt.

»Danke, Jenny. Sie waren mir in diesem Jahr eine gute Freundin.«

Da ich beim besten Willen nicht weiß, was ich dazu sagen soll, erwidere ich die Umarmung einfach und gehe.

Auf dem Weg zu meinem Auto rufe ich Nina an. Sie geht nach dem ersten Klingeln dran.

»Was ist passiert?«

»Na ja, du hattest recht: Sie geht.«

»Hat sie dir den Grund verraten?«

»Sie sagte, ihre alte Schule in New Jersey will sie zurückhaben und hat ihr ein tolles Angebot gemacht.«

»Glaubst du ihr?«

»Ja. Warum sollte sie sich das ausdenken? Die größere Frage ist, ob Kim Fancy davon weiß und wie sie es aufnimmt?«

»Hast du dich mit ihr angefreundet?«

»Kein bisschen«, räume ich ein.

Ich schließe den Minivan auf und schlüpfe auf den Fahrersitz.

»Ist diese Info für die Öffentlichkeit bestimmt?«, fragt Nina.

»Zumindest hat sie nicht gesagt, ich solle es für mich behalten, also nehme ich es an. Ich fühle mich ein bisschen mies. Sie mag vielleicht verrückt sein, aber Miss Ward war eine gute Lehrerin. Max wird sie vermissen.«

»Der wird sich ganz sicher auch in seine nächste Lehrerin verlieben. Das ist doch immer so.«

Wir machen Pläne, uns am langen Wochenende zu treffen. Als ich auf den Parkplatz fahren will, sehe ich einen roten Grand Cherokee mit geöffneter Motorhaube am Straßenrand stehen. Ich fahre langsamer, um zu fragen, ob ich helfen kann, und bereue den Impuls augenblicklich, als ich JJ Aikens sehe. Ich lasse mein Fenster runter.

»Hallo JJ, brauchen Sie Hilfe?«

Sie blickt verwirrt hoch, ehe sie von ihrem Auto zu meinem rüberkommt.

»Nein, danke.« Sie seufzt. »Ich warte nur auf den Pannendienst. Ich habe meinem Mann extra noch gesagt, dass irgendwas mit dem Schaltgetriebe ist.«

»Haben Sie Kit dabei? Ich kann Sie irgendwohin fahren, wenn Sie wollen.«

»Schon okay. Sie spielt mit meinem Handy, und es dürfte eigentlich nicht mehr allzu lange dauern.« Sie guckt auf ihre Uhr.

Für jemanden mit einer Autopanne wirkt sie ungewöhnlich traurig. Ich beschließe, ihr die großen Neuigkeiten von unserer Lehrerin zu erzählen, um sie von ihren Sorgen abzulenken.

»Miss Ward hat mir gerade erzählt, dass sie die Schule verlässt und zurück nach New Jersey geht.«

JJ scheint kein bisschen überrascht zu sein. Aber was dann passiert, erschreckt mich total.

»Kim auch«, erwidert sie mit einer eigenartig quäkigen Stimme. Dann verzieht sie das Gesicht und bricht in Tränen aus.

»Wirklich?«, sage ich etwas zu laut, woraufhin JJ noch heftiger weint.

Ich stelle die Automatikschaltung auf Parken und steige aus. Ich gehe zu JJ hinüber und lege ihr den Arm um die Schulter.

»Das tut mir so leid. Ich weiß, dass Sie eng befreundet sind.«

Sie schüttelt meine halbe Umarmung ab und sieht mich an, als sei *ich* die Verrückte.

»Denken Sie etwa, ich wäre traurig? Ich bin nicht traurig, sondern *wütend*!« Sie wischt sich ihre offensichtlichen Wuttränen ab und sieht mir fest in die Augen. »Sie haben keine Ahnung, was ich mit ihr alles durchgemacht habe.«

Ich bin völlig irritiert. »Wovon reden Sie?«

»Kann ich nicht sagen. Ich darf es niemandem sagen.«

»Was dürfen Sie niemandem sagen?« Mal sehen, ob sie den Köder schluckt.

Sie schüttelt den Kopf. »Seit fast drei Jahren behalte ich ihre Geheimnisse für mich und unterstütze ihre dämlichen Ideen.« Sie spricht mehr mit sich selbst als mit mir. »Wussten Sie, dass sie sich immer alles nach Hause liefern lässt? Wahrscheinlich gehen die Leute in New York nicht selbst nach draußen, um einzukaufen.«

»Sie meinen in *Manhattan*«, sage ich in dem Versuch, sie aufzuheitern.

»Manhattan«, spöttelt JJ. »New Jersey trifft es wohl eher.«

»Sie ist aus Jersey?«, frage ich aufrichtig überrascht.

In JJ's Augen flackert die Panik auf. »O mein Gott, das haben Sie nicht von mir.«

»Was habe ich nicht von Ihnen?« Ich zwinkere ihr zu. »Aber stimmt das wirklich?«

JJ wischt sich mit der Hand die Nase ab und nickt.

»Aus einem Ort namens Edgewater.« Sie zuckt mit den Schultern. »Soll ganz nett sein.«

»Und warum dann das ganze Gerede von Manhattan?«

»Sie wollte wichtig klingen. Selbst *ich* habe die Wahrheit erst in diesem Jahr erfahren, als diese Frau aufgetaucht ist.«

Ich ziehe die Augenbrauen hoch. »Sie meinen die Schmuckdesignerin?«

»Nein, Miss Ward!«

»Sie kennt Miss Ward aus New Jersey?«

Da ist wieder die Panik.

»O Gott. Sagen Sie nichts. Das darf niemand wissen.«

Ich versuche, cool und ruhig zu wirken, aber mein Herz rast.

»Was ist so geheimnisvoll daran, sich aus New Jersey zu kennen?«

»Das darf ich keinem erzählen«, flüstert JJ.

Ja, Sie schweigen wirklich wie ein Grab.

Ausgerechnet in diesem Moment kommt der Pannendienst von Triple A – die Jungs sind echt die Gewinner in der Kategorie »schlechtes Timing«. JJ wird sofort aus unserer Unterhaltung gerissen, als Dusty (steht auf seinem Namensschild) auf uns zukommt und nach dem Problem fragt.

Als JJ ihn zur Vorderseite ihres Wagens führt, diskutiere ich mit mir selbst aus, ob ich bleiben und mein Glück versuchen soll oder ob ich mich auf den Weg machen und mit dem zufriedengeben soll, was ich weiß.

Die Entscheidung fällt, als JJ mich fragt, ob ich sie und Kit nach Hause fahren kann.

»Natürlich, gerne«, erwidere ich lächelnd. Ich setze mich auf den Fahrersitz und bete für ein hohes Verkehrsaufkommen.

»Ich glaube, ich war noch nie bei Ihnen zu Hause«, sage ich zu JJ. Dabei weiß ich es hundertprozentig.

»Ich wohne in der Trail's End, direkt am Einkaufszentrum.«

»Alles klar.« Ich fahre auf die Straße und rechne aus, dass mir bei dem momentanen Verkehr ungefähr fünfzehn Minuten bleiben, um so viele Informationen wie möglich von ihr zu bekommen – außer wir haben Glück und es gibt auf dem Weg eine Massenkarambolage. Kit sitzt in Max' Kindersitz und freut sich, mit Kopfhörern einen seiner Filme zu gucken.

»Also ...«, beginne ich in der Hoffnung, dass JJ den Faden wiederaufnimmt.

Sie dreht sich mit ihrem ganzen Körper zu mir.

»Sie haben versprochen, niemandem zu verraten, was ich Ihnen erzählt habe«, fleht sie.

»Sie haben mir nur erzählt, dass Miss Ward und Kim sich aus New Jersey kennen. Ich werde nichts weitererzählen, aber ich glaube, es wäre ohnehin schwer, jemanden zu finden, den das interessiert.«

»Dass sie sich kennen, ist nicht das Ding, sondern *wie* sie sich kennen.«

Wir halten an einer Ampel, wo ich ihr einen hoffentlich gut gespielten irritierten Blick zuwerfe.

JJ seufzt entnervt.

»Hören Sie, wenn ich es Ihnen sage, können Sie es nicht weitersagen.«

»Werde ich nicht.«

»Schwören Sie es bei Max' Leben.«

Lustig, dass ich eben erst von Nina verlangt hatte, beim Leben ihres Kindes zu schwören. Doch sie hatte sich geweigert. Ich bin mir nicht sicher, ob es besonders klug ist, Max' Leben von meiner Fähigkeit, die Klappe zu halten, abhängig zu machen, aber ich bin viel zu neugierig, um es nicht zu tun.

»Okay. Ich schwöre es.«

»Bei Max' Leben.«

Ich verziehe das Gesicht.

»Bei Max' Leben.« Jetzt weiß ich, dass ich es niemandem verraten werde. Ich gucke JJ erwartungsvoll an.

»Also, nach allem, was ich weiß, ist Kim hergezogen, um von Peggy wegzukommen.«

Ich bemühe mich, den Blick auf die Straße gerichtet zu lassen, aber ich muss kurz zu ihr rübersehen, um herauszufinden, ob sie es ernst meint.

»Als ich Kim im Kindergarten kennenlernte, verbrachten wir viel Zeit miteinander, während wir die Kinder langsam an die neue Umgebung gewöhnten. Sie waren nicht dort, oder?«

Bin ich so leicht zu vergessen?

»Max ist nicht in den Kindergarten gegangen.«

Am liebsten würde ich ihr den geringschätzigen Blick, den sie mir zuwirft, aus dem Gesicht schlagen.

»Kim erzählte mir damals, dass sie wegen Davids Job hergezogen sind und weil er eine Affäre hatte und sie einen Neuanfang brauchten. Sie schienen sich wirklich Mühe zu geben. Zum Beispiel haben sie häufig romantische Wochenenden zu zweit miteinander verbracht. Wir haben ein paarmal auf Nancy aufgepasst.«

»Wie passt Miss Ward in die Sache?«

»Als wir den Brief von der Schule bekamen, in dem stand, wer unsere Vorschullehrerin sein wird, war Kim total durch den Wind.« Bei der Erinnerung lacht JJ kalt auf. »Sie erzählte mir, das sei die Frau, mit der David die Affäre hatte, und dass sie ihnen anscheinend gefolgt sei. Sie war am Boden zerstört und tat mir richtig leid. Sie ging sogar zu Direktor Jakowski und versuchte, die Frau noch vor Schuljahresbeginn feuern zu lassen.«

»Es überrascht mich, dass ihr das nicht gelungen ist«, sage ich und denke daran, wie unnachgiebig Kim Fancy sein kann, wenn sie etwas will.

»Hier links«, lotst JJ mich. Wir befinden uns jetzt auf der Trail's End, ziemlich nah an unserem Ziel.

»Auf jeden Fall klappte es nicht. Haben Sie mal Miss Wards Lebenslauf gesehen?«

Ich schüttle den Kopf.

»Sie hat an der Columbia einen Doktor in Frühkindlicher Erziehung und Bildung gemacht und ihre berufliche Laufbahn damit begonnen, im Staat New Jersey den Weg für ein ›Mandarin für Kleinkinder‹-Programm zu bahnen. Es gab keine Chance, dass Jakowski sie nicht einstellt.«

»Das ist verrückt« ist alles, was mir dazu einfällt.

»Dort am Ende des Blocks ist mein Haus, mit dem blauen Briefkasten«, sagt JJ. Verdammt! Ich bin noch nicht bereit, sie gehen zu lassen. Ich fahre in ihre Auffahrt und stelle die Schaltung auf Parken.

»Dann reden wir hier also von Stalking? Sie ist ihnen hierher gefolgt, um ein Kaninchen auf ihrem Herd zu kochen?«

»Was?« Ganz offensichtlich geht die Anspielung auf meinen absoluten Lieblingsfilm *Eine verhängnisvolle Affäre* an JJ vorbei.

»Nichts. Wahrscheinlich ist sie hergezogen, um David zurückzugewinnen – und dann was? Ihn dazu zu bringen, Kim zu verlassen?«

»Das habe ich zumindest gedacht, doch wie sich herausstellte, war *Kim* diejenige, die die Affäre hatte, und *Kim* war es auch, die Miss Ward zurückgewinnen wollte.« Sie schüttelt ungläubig den Kopf. »Und jetzt hat sie es geschafft.«

»Wann haben Sie das alles rausgefunden?«

»Vor zwei Wochen. Bis dahin dachte ich, David hätte die Affäre mit ihr gehabt. Kim tat mir so leid, weil sie diese Frau andauernd sehen musste. Sie hat sie permanent schlechtgemacht, sich dann aber mit ihr getroffen«, sie zeichnet mit den Fingern

Anführungszeichen in die Luft, »›um zu reden‹. Ich dachte, sie versucht, ihre Ehe zu retten. Aber dann habe ich sie dabei erwischt, wie sie in Kims Garten rumgeknutscht haben. Ich glaube, das war nach dem Event im Laden Ihres Mannes.«

Einen Moment lang schweigen wir beide. Miss Ward zieht nach Kansas, um ihrem Herzen zu folgen, und gewinnt schließlich das Mädchen. Ha. Das ist irgendwie romantisch – jedenfalls auf eine verrückte, wenig feine Art. Dann runzle ich die Stirn.

»Und was wird aus Nancy und David?«

JJ zuckt mit den Schultern. »Keine Ahnung. Denken Sie, er würde mit ihnen zurück nach New Jersey gehen?«

»Ich habe nicht die geringste Vorstellung davon, was diese Leute tun würden.« Ich lache. Junge, Junge ... Zu meiner Zeit als Elternvertreterin bei Vivs und Laura ist so etwas nie passiert.

»Mein Gott, es fühlt sich gut an, über das alles zu sprechen«, gibt JJ zu. »Ich habe dieses Jahr wirklich viele Geheimnisse für mich behalten.« Sie beginnt, ihre Taschen zusammenzusuchen, und sagt Kit, dass sie jetzt aussteigen. »Vielen Dank fürs Herbringen.«

»Gern geschehen.«

»Es war nett, mit Ihnen zu reden. Früher hatte ich viele Freunde, aber als Kim herzog, war ich regelrecht von ihr besessen und habe die meisten verloren.« Sie öffnet die Beifahrertür und steigt aus, hält aber inne, bevor sie die Tür wieder schließt.

»Vielleicht war ich auch ein bisschen in sie verliebt.«

Und mit diesem beinahe zu offenherzigen Bekenntnis wirft sie die Tür ins Schloss und geht mit Kit auf ihr Haus zu.

»Denken Sie dran«, ruft sie, nachdem sie sich noch mal umgedreht hat, obwohl ich sie durch die geschlossenen Fenster kaum hören kann. »Sie können es niemandem erzählen.«

24. Kapitel

**An: Die Eltern der Erstklässler in spe
Von: JDixon
Datum: 08. Juni
Betreff: Schöne Ferien!**

Liebe ehemalige Klasse von Miss Ward,

ich möchte Sie nur zum dritten und letzten Mal daran erinnern, dass morgen der letzte Schultag für unsere Vorschüler ist und dass Sie alle zu unserem Draußentag/Picknick eingeladen sind, der von 10 bis 14 Uhr auf der Westseite auf dem Rasen hinter der Schule stattfindet.

Danke an alle, die von sich aus angeboten haben, Speisen und Getränke mitzubringen. Ich freue mich, Ihnen mitteilen zu können, dass wir einen neuen Gewinner in unserer Kategorie ›Schnellste Antwort‹ haben. Da Sasha Lewickis automatische Antwort die Klasse verlassen hat, führt Ravi Brown das Rudel mit beeindruckenden 58 Sekunden an. Aber Sie sollten wissen, dass sämtliche Antworten in weniger als zehn Minuten kamen. Ich könnte nicht stolzer sein.

Außerdem möchte ich allen danken, die in den vergangenen zwei Wochen eingesprungen sind und Direktor Jakowski geholfen haben, unsere Klasse zu managen. Miss Wards verfrühter Abgang hätte in eine Katastrophe münden können, doch wir haben alle an einem Strang gezogen und das Ding am Laufen gehalten. Ein spezielles Dankeschön geht an Ali Gordon und Don Burgess. Sie beide sind einfach großartig mit den Kindern! Sie sollten Lehrer werden.

Ich hoffe, Sie morgen zu sehen. Falls aber nicht, sage ich an dieser Stelle schon mal schöne Ferien.
Endgültig Ende und aus!

Jen (und Asami im Geiste)

Und da ist sie: meine letzte offizielle E-Mail als Elternsprecherin. Nach dem morgigen Tag bin ich eine freie Frau. Also gut, »frei« ist relativ, da ich immer noch Mutter bin und jetzt den ganzen Tag einen aktiven kleinen Jungen zu Hause habe. Jeden Tag. Gott sei Dank gibt es Spieldates. Ich habe Max schon bis zum Nationalfeiertag verplant.

Diese letzten zwei Wochen waren das, was meine Mutter einen Schwindel nennen würde. Ob Sie es glauben oder nicht – Miss Ward kam nach dem Volkstrauertag-Wochenende nicht zurück. Sie muss schon die ganze Zeit geplant haben, genau dann zu gehen. Das hätte ich an der Umarmung erkennen können.

Die Kinder waren ziemlich irritiert, als sie am Dienstag nach dem langen Wochenende in Raum 147 gingen und am Smartboard eine Nachricht von Miss Ward vorfanden, die nicht mehr als ein Drittel überhaupt verstehen konnte. Max zufolge war es Suni Chang, die den anderen vorlas und damit die Lage rettete. In der Nachricht stand, dass ihre Arbeit hier erledigt sei, dass sie alle wundervolle Erstklässler würden und dass sie selbst zu einer neuen Gruppe Vorschüler weiterziehen müsse, die sie bräuchten ... So wie Mary Poppins. Genau das schrieb sie! *So wie Mary Poppins.* Los, lassen Sie einen Drachen steigen, Miss Ward.

Für die Schule war es eine enorme Anstrengung, dafür zu sorgen, dass die Klasse während der letzten zwei Wochen versorgt war. Die meisten Mütter übernahmen an der Seite von

Direktor Jakowski den Job der Co-Lehrerin. Der Schulleiter ließ sich übrigens nicht anmerken, dass er jemals Zeit in einem Klassenraum verbracht hatte. Mein spezielles Lob für Ali und Don kam wirklich von Herzen. Sie kamen zusammen in die Klasse, was ich überrascht und glücklich zur Kenntnis nahm, und die Kinder liebten sie. Sie dachten sich viele großartige Lernspiele aus, die total Spaß machten (alles Max zufolge, dessen Lieblingsspiel *Was ist in der Tasche?* hieß). Ich frage mich unwillkürlich, ob meine kleine Unterhaltung mit Ali zwischen den beiden irgendwas ins Rollen gebracht hat. Wahrscheinlich nicht, aber für mich ist es lustiger, wenn ich mir vorstelle, dass es so ist.

Ich fand es etwas untypisch für Miss Ward, zu gehen, ohne ihre gemeinsame Zeit mit den Kindern auf irgendeine Art abzuschließen. Wie ich schon einmal sagte: Sie war eine Spinnerin, aber eine *großartige* Lehrerin. Die Kinder waren traurig, dass sie nicht die Möglichkeit hatten, sich von ihrer geliebten Klassenkameradin Nancy Fancy zu verabschieden, die (große Überraschung!) auch nicht wiederkam. Ich kann nur annehmen, dass sie sich alle glücklich und zufrieden in Manhattan oder New Jersey eingerichtet haben.

Ich habe das Versprechen, das ich auf Max' Leben geleistet habe, gehalten. Aber eine Woche nachdem JJ Aikens mich zur Geheimhaltung verpflichtete, fing sie an, es jedem zu erzählen, der ihr zuhörte. Ich kann Ihnen sagen, die Sache war *das* Tratschthema schlechthin. Und wie jede gute Story wurde auch diese Geschichte von Mal zu Mal besser. Meine persönliche Lieblingsversion ist die, in der Shirleen Cobb sagte, *sie* hätte gehört, dass Miss Ward und die Fancys gemeinsam Pornos drehten. Als ich sie fragte, welche Art von Pornos, erwiderte sie: »Die unamerikanische Art.«

Das einzige Geheimnis, das tatsächlich eins blieb, war die

wahre Identität von Sasha Lewicki. Natürlich habe ich Asami davon erzählt (wen sonst hätte es wirklich interessiert?), und sie hätte nicht großmütiger sein können, als sie sagte: »Ich hab's doch gesagt.« Ich musste ihr meine Anerkennung zollen. Sie hatte absolut den richtigen Riecher.

Jetzt gerade bin ich auf dem Weg zu Party City, um Wasserbomben für eins der Spiele zu besorgen, die wir morgen bei dem Picknick spielen wollen. Diese Party wird meine letzte Amtshandlung als Elternsprecherin sein, und ich muss zugeben, dass mir das irgendwie ein bisschen die Luft nimmt.

Ich überlege noch, ob ich diese Tatsache Nina mitteilen soll, wenn ich sie morgen bei dem Picknick sehe. Seitdem sie sich erneut als Vorsitzende des Elternvereins verpflichtet hat, macht sie dann und wann Anspielungen, dass ich mich wieder als Elternsprecherin melden soll. Bis jetzt hat sie mich noch nicht direkt darum gebeten, aber ich bin mir sicher, dass das noch kommt. Und wenn es so weit ist, bin ich ziemlich sicher, was ich ihr antworten werde.

»Aufüberhauptgarkeinen Fall!«

An: Die Eltern von Mrs. Peeles Klasse
Von: JDixon
Datum: 30. August
Betreff: Ich bin Ihre Elternsprecherin!

Liebe Eltern,

für alle, die mich nicht kennen: Mein Name ist Jennifer Dixon, und ich freue mich (zwinker), in dem kommenden Jahr Ihre Elternsprecherin zu sein.

An die Eltern, die mich aus dem letzten Vorschuljahr kennen: Ich kann nur sagen, dass Sie das Bootcamp bereits erfolgreich absolviert haben. Sie kennen die Regeln und können jetzt mit dem Lesen aufhören. Wir sehen uns beim ersten Elternabend am ... (siehe unten)
Allen anderen sage ich: Lesen Sie bloß jedes einzelne Wort dieser E-Mail ...

Danksagung

Zuallererst möchte ich dem Beinstock/UTA-Beauftragten Paul Fedorko danken, der mich davon überzeugt hat, dass mein ganzes Gejammer über meine Arbeit als Elternsprecherin Stoff für ein gutes Buch abgeben könnte. Danke, dass Sie mich nicht nur angespornt, sondern auch beschämt haben, indem Sie sagten: »Danielle Steel ist nicht zu beschäftigt, um zu schreiben, und sie hat mehr Kinder als Sie.«

Während ich *Die Elternsprecherin* schrieb, hatte ich keine Ahnung, dass die fünf am meisten gefürchteten Worte, die ein Freund der Autorin hören kann, »Wirst du mein Buch lesen?« lauten. Zum Glück war ich von vielen großzügigen Seelen umgeben, die mehr als gewillt waren, diverse Entwürfe zu lesen und mir ein Feedback zu geben. Dafür bin ich dankbar. Die Loyalste von allen war meine bezahlte Berufsfreundin Gabrielle Maertz. Wenn Gabby nicht an den richtigen Stellen gelacht hätte, hätte ich nach den ersten vierzig Seiten nicht weitergeschrieben. Andere schenkten mir ihre Zeit und Weisheit – meine Schwester/Freundinnen auf ewig: Maria Crocitto, Nancy Bennet und Cindy Vervaeke. Alison Cody, die den gesamten Albtraum mit mir erlebte. Jessica Aguirre, die alle Seiten ausdruckte und mit sich herumschleppte, bevor sie sie zu Ende las – Gott segne sie. Paige Baldwin, die mir sagte, dass Jen ein Ziel bräuchte. Sheri Impemba, die das Buch als Erste las und mich fragte, ob ihre Freunde es auch lesen dürften. Jan Weiner, die mir erlaubte, eine sehr niedliche Story über ihren Sohn Caden zu verwenden, und Caroline Rhea, der ich die lustigste Zeile in dem Buch zu verdanken habe (Sie dürfen selbst entscheiden, welche das ist).

Dank an Serena Jones, meine Lektorin bei Holt, die die gruselige Aufgabe hatte, mir zu sagen, dass die Früchte meines zweijährigen, mit viel Liebe verfassten Werks überarbeitet werden müssten. Es gibt einen alten Witz, der geht so: »Wie viele Autoren braucht man, um eine Glühbirne zu wechseln?« Antwort: »Zwei. Einen, der sie wechselt, und einen, der die Änderung rückgängig macht.« Aber nein – es waren wirklich Änderungen erforderlich, und Serenas messerscharfer Blick und ihr sanftes Anstupsen haben *Die Elternsprecherin* zu einer noch viel besseren Geschichte gemacht.

Und zum Schluss Dank an den Starbucks in der 88sten Straße/Ecke Broadway, der mir erlaubt hat, sein Café als Schreibwerkstatt zu nutzen, und der immer PB&J-Lunchboxen und grünen Eistee dahatte. Beides hat meine Kreativität befeuert.

Informationen zu unserem Verlagsprogramm, Anmeldung zum Newsletter und vieles mehr finden Sie unter:

www.harpercollins.de

Cathrin Moeller
Himmelfahrtskommando – Ein Mordsacker-Krimi

Im eigentlich beschaulichen Dorf Mordsacker ist ordentlich was los! Ein altes Fräulein sitzt plötzlich tot an seinem Kaffeetisch. Neben sich ein Abschiedsbrief. Alle glauben an Selbstmord – nur Amateurdetektivin Klara Himmel wittert eine Verschwörung. Hat vielleicht die hübsche junge Schamanin etwas damit zu tun, die seit geraumer Zeit im Ort für Unruhe sorgt? Leider interessiert sich Klaras Mann, der Dorfpolizist, nur noch für die Hühner und Ziegen auf seinem chaotischen kleinen Bauernhof und nicht für die Ermittlungsarbeit. Aber zum Glück gibt es ja Klara, die sich todesmutig an die Arbeit macht.

ISBN: 978-3-95649-799-5
9,99 € (D)

Tanja Janz
Strandrosensommer

Pfahlbauten, kilometerweiter weißer Sandstrand, blühende Strandrosen und das Rauschen vom Meer - nach über zehn Jahren hat Inga fast vergessen, wie schön es in St. Peter-Ording ist. Nachdem ihr Freund sich zur Selbstfindung nach Indien aus dem Staub gemacht hat, ist Inga ebenfalls reif für eine Auszeit. Sie besucht Tante Ditte, die auf einem wunderschönen alten Pferdehof an der nordfriesischen Küste lebt. Doch aus der geplanten Erholung wird nichts, denn der Hof steht kurz vor der Pleite. Der einzige Ausweg scheint eine zündende Geschäftsidee oder ein mittelgroßes finanzielles Wunder zu sein. Inga krempelt die Ärmel hoch - und das Glück ist mit den Fleißigen ...

ISBN: 978-3-95649-830-5
9,99 € (D)

Karin Spieker
Schlagerfeen lügen nicht

Tinka Kuhn hat ein Geheimnis: Als Schlagerfee bringt sie regelmäßig die Säle in Seniorenheimen zum Beben. Doch das dürfen die Mitglieder ihrer Band niemals erfahren, denn die halten gar nichts von der seichten Schunkelmucke. Tinkas Leben wird noch verwirrender, als sie sich bei der Datingbörse »Together Forever« anmeldet und plötzlich gleich mehrere Traumprinzen zur Auswahl hat. Gut, dass Oma Edith ihr mit Rat und Tat zur Seite steht. Eine pfiffige Großmutter als Amor und Karrieremaskottchen hat schließlich noch niemandem geschadet ... oder etwa doch?

ISBN: 978-3-95649-796-4
9,99 € (D)

Anne Barns
Drei Schwestern am Meer

Deutsche Erstveröffentlichung

Eine Insel, drei Frauen, ein altes Familiengeheimnis

Das Weiß der Kreidefelsen und das Grün der Bäume spiegeln sich türkis im Meer – Rügen! Viel zu selten fährt Rina ihre Oma auf der Insel besuchen. Jetzt endlich liegen wieder einmal zwei ruhige Wochen voller Sonne, Strand und Karamellbonbons vor ihr. Doch dann bricht Oma bewusstlos zusammen und Rina muss sie ins Krankenhaus begleiten. Plötzlich scheint nichts mehr, wie es war, und Rinas ganzes Leben steht auf dem Kopf.

ISBN: 978-3-95649-792-6
9,99 € (D)